Sue Townsend – Downing Street No. 10

Sue Townsend lebt als Schriftstellerin in Leicester und wurde mit den Tagebüchern des Adrian Mole weltberühmt.
Zahlreiche weitere Buchveröffentlichungen, u.a.: »The Queen and I« und »Adrian Mole und die Achse des Bösen« (Heyne, München 2006).

Edition
TIAMAT
Deutsche Erstveröffentlichung
Herausgeber:
Klaus Bittermann
1. Auflage: Berlin 2006

www.edition-tiamat.de
Druck: Fuldaer Verlagsanstalt
Buchumschlag unter Verwendung eines Bildes von
Rudi Hurzlmeier
ISBN: 3-89320-093-2

Sue Townsend

Downing Street No. 10

Aus dem Englischen von
Ute Brammertz

Critica
Diabolis
134

Edition
TIAMAT

Für Colin, in Dankbarkeit und Liebe

Jack Sprat, der aß kein Fett,
Seine Frau, die mocht es sehr,
Auf diese Weise bekamen sie
Den Teller recht schnell leer.

John Clarke
Paroemiologia Anglo-Latina (1639)

Prolog

EDWARD CLARE PUTZTE SICH in dem höhlenartigen Badezimmer der Ann Street Nummer fünf in Edinburgh die Zähne. In Gedanken zählte er die Bürstenstriche, wie seine Mutter es ihm beigebracht hatte: immer mindestens zweihundert. Er hatte es fast geschafft, als ihm einfiel, dass er am Abend zuvor bei hundertfünfzig aufgehört hatte, weil er unbedingt in seinem Buch weiterlesen wollte – ein Band von Mrs Blyton über die Fünf Freunde und einen bösen Leuchtturmwärter.

Als er die Zweihundertermarke erreicht hatte, trat er von der angenehm weichen Gummimatte vor dem Waschbecken weg und ging barfuß auf dem kalten Linoleumboden umher, bis er weitere fünfzig Bürstenstriche bewältigt hatte. Er wusste, dass Gott auf ihn herabblickte und es ihm gefallen würde, wenn er sah, dass Edward Clare das Defizit ausgeglichen hatte.

Nachdem er sich die Zahnpasta aus dem Mund gespült hatte, wischte er das Waschbecken mit dem Lappen sauber, den Mummy über das Abflussrohr gehängt hatte. Er ging zur Toilette und hob vorsichtig die Klobrille aus Mahagoniholz hoch. Nachdem er sich die Polyesterschlafanzughose heruntergezogen hatte, nahm er ein Stück Toilettenpapier der Marke Bronco aus dem Spender an der Wand und wickelte es behutsam um seinen winzigen, rosafarbenen Penis.

Er war immer noch dabei zu urinieren, als das Telefon unten im Flur läutete. Es klingelte beunruhigend lange. Mummy war im Krankenhaus und konnte nicht an den Apparat gehen, aber wo steckte Daddy?

Da hörte er, wie die Gartentür zugeschlagen wurde und die Schritte seines Vaters über den Parkettboden in der Diele hallten. Das Telefonläuten verstummte. »Percy Clare am Apparat«, hallte die dröhnende Stimme seines Vaters herauf.

Edward schüttelte die letzten Urintropfen in die Kloschüssel, wickelte seinen Penis aus und zog sich die Schlafanzughosen hoch. Er riss zweimal kurz an der Kette und beobachtete, wie das Bronco-Papier im Klosettbecken kreiste, bevor es verschwand. Als sich das Wasser in der Kloschüssel beruhigt hatte, klappte er den Deckel wieder herunter. Mit einem Krachen schlug die Gartentür zu, und nachdem Edward sich hastig die Hände gewaschen hatte, eilte er zum Schlafzimmerfenster und sah hinaus. Sein Vater entfernte sich vom Haus und ging den mosaikgepflasterten Gartenweg entlang; seine Schultern bebten, wie sie es immer taten, wenn er lachte. Edward grinste. Er freute sich schon auf den Witz oder die lustige Geschichte, die sein Vater ihm später beim Frühstück erzählen würde.

Mummy war seit sieben Wochen und drei Tagen im Krankenhaus – seit Pamela, Edwards Schwester, auf die Welt gekommen war –, und seitdem redete Daddy am Frühstückstisch mit ihm, anstatt Briefe oder den *Morning Star* zu lesen.

Gestern Morgen hatte Edwards Vater ihn gefragt, ob er »Lust hätte, ein Musikinstrument zu erlernen«. Da Edward daran gelegen war, seine Cornflakes zu essen, bevor sie unangenehm matschig wurden, hatte er schnell gesagt: »Ja, Daddy.« Dann hatte er das erste Instrument genannt, das ihm in den Sinn kam: »Gitarre.«

Sein Vater hatte gelacht. »Gitarre! Ich denke, Mum schwebte da etwas Passenderes vor ... Mum würde es sicher begrüßen, wenn du dich ihr und ihrer Donnerstagsgruppe anschließen würdest, weißt du, als Teil des Streichquartetts.«

Mummys Donnerstagsfreunde ... Wie langweilig sie aussahen, wenn sie in der Diele ihre Mäntel und Hüte ablegten. Nichts als gewöhnliche Männer und Frauen, die stets warm angezogen waren, bequemes Schuhwerk trugen und gutmütige, unscheinbare Gesichter hatten. Wie glücklich sie immer aussahen, sobald sie auf ihren Instrumenten spielten!

Edward sah zu, wie sein Vater sich auf den glitschigen grünen Gartenstuhl setzte, auf dem nie jemand saß. Zuerst glaubte Edward, sein Vater lache immer noch, denn sein Gesicht war zu einem breiten Grinsen verzogen. Der Anblick ließ Edward selbst lächeln. Daddy war in letzter Zeit bedrückt gewesen, seitdem Mummy ins Krankenhaus gekommen war. Vielleicht war der Anruf von der Ärztin mit dem schwarzen Damenbart und dem roten Lippenstift gewesen. Vielleicht würde Mummy bald nach Hause kommen.

Edward freute sich, dass seine Gebete erhört worden waren. Rasch warf er dem Jesusbild mit den leuchtenden Farben, das über seinem Bett hing, einen Blick zu. Unter dem linken Arm trug Jesus ein Lamm, in der rechten Hand hielt er einen Hirtenstab. Andere Lämmer drängten sich um Jesus' nackte Füße. Manchmal hatte Edwards Vater halblaut über das Bild geschimpft und gesagt: »Eddy, dein verfluchter Jesus sieht aus wie Errol Flynn in Frauenklamotten.« Doch Mummy schien Edwards Jesusbild zu gefallen, denn sie putzte die Glasscheibe des Bilderrahmens einmal die Woche mit rosafarbenem Fensterputzmittel, bis sie wieder glänzte.

Es war nicht ganz einfach, das Schiebefenster zu öffnen. Schließlich ließ es sich hoch genug stemmen, und sein Kopf passte hindurch. Er konnte die faulige Herbstluft riechen und hörte seinen Vater ein derart schreckliches Geräusch von sich geben, dass ihm vor Angst beinahe schlecht wurde. Sein Vater wehklagte wie diese fremdländischen Frauen, die man immer in den Fernsehnachrichten sah.

Edward zog den Kopf wieder in sein Schlafzimmer zurück und duckte sich unter das Fenster. Er saß mit dem Rücken zur Wand. Mit ein bisschen Glück hatte sein Vater ihn nicht bemerkt. Er griff in seine Schlafanzughosen und hielt seinen kleinen Penis in der Hand. Mummy hatte ihm gesagt, er solle sich da unten nicht anfassen, aber Edward wusste, dass seine Mummy es – von diesem Morgen an – nie wieder herausfinden würde.

An jenem Tag ging Edward nicht zur Schule. Er saß still in seinem Zimmer und las zwei Kapitel in seinem Buch.

Nach und nach kamen Leute ins Haus. Die Musiker, die Kommunistenfreunde seines Vaters, Nachbarn, die Gemeinde der anglikanischen Kirche, in der Heather bei Hochzeiten, Taufen und Beerdigungen Orgel gespielt hatte.

Allerdings wurde Edward von niemandem wirklich mitgeteilt, dass seine Mutter gestorben war. Tränenüberströmte Verwandte packten ihn und weinten über seinen Kopf hinweg.

Seine Lieblingstante Jean sagte zu ihm: »Oh Eddy, was sollen wir bloß ohne sie machen?«

Alle gingen davon aus, dass es ihm bereits jemand anders gesagt hatte, also tat es keiner. In den Tagen vor der Beerdigung wurde Edward zum Geheimagenten. Er lauschte an Türen und las jeden einzelnen Papierschnipsel, der ihm in die Hände fiel.

Genau in dem Augenblick, als Mummy restlos verbrannt und zu Asche gemacht wurde, war er damit beschäftigt, während eines Schulausflugs nach Bamburgh ein Fossil von einer Felswand zu lösen. Die Erwachsenen um ihn herum hatten entschieden, dass es für einen kleinen Jungen wie ihn zu aufwühlend sei, einer Bestattung beizuwohnen. Er hatte belauscht, wie Tante Jean seinem

Vater erklärt hatte: »Er kann nicht gehen, Percy. Das arme Kind stand seiner Mutter unnatürlich nahe.«

Diesem Gespräch entnahm er auch, dass Pamela, die Schwester, die er nie zu Gesicht bekommen hatte, in ein Land namens England gebracht werden sollte, wo sie bei Tante Jean und Onkel Ernest leben würde.

Um elf Uhr am 1. Oktober 1959 hörte er schließlich auf, die Felswand zu bearbeiten, und zog den Zettel mit der Überschrift »Trauergottesdienst für Heather Mary Clare« hervor.

Er stellte sich seine Mutter im Innern eines Sarges vor. Was sie wohl trug? Hatte ihr jemand die Haare gekämmt? War sie auch richtig tot? Was, wenn die Ärztin mit dem roten Lippenstift und dem schwarzen Damenbart einen Fehler begangen hatte, und seine Mutter gar nicht tot war – sondern nur schlief? Hatte sein Vater nicht zu einem seiner Kommunistenfreunde gesagt, die Ärztin sei eine Schande für den verfluchten National Health Service?

Edward kniete auf dem Sand, das Faltblatt des Trauergottesdienstes fest umklammert. Felssplitter bohrten sich schmerzhaft in seine nackten Knie, aber er achtete nicht darauf. Er versuchte, zu Jesus zu beten, doch er bekam das Bild seiner Mutter nicht aus dem Kopf, wie sie in ihrem Sarg erwachte und ihm zurief, dass er sie befreien solle. Doch wie sollte er das tun? Er war mehr als hundert Meilen entfernt. Selbst wenn er sofort aufbrach und einen Schnellzug nahm, würde er zu spät kommen.

Mr Little, der Geologielehrer, rief: »Clare, beeil dich! Wir haben nur eine halbe Stunde bis zum Gezeitenwechsel.« Die anderen kleinen Jungen, die an dem Fels herumhämmerten, blickten kurz auf. Ihnen stand die Erleichterung ins Gesicht geschrieben, dass nicht sie vom strengen Mr Little getadelt worden waren, sondern Clare; der Junge, der im Laufe des restlichen Schultages immer wieder ohne den geringsten Anlass in Tränen ausbrach.

Zum ersten Mal merkte Jack Sprat, dass er arm und schmutzig war und aus einer Familie von zweifelhaftem Ruf stammte, als er von seiner Mutter zu einer Nachbarin geschickt wurde, um sich einen Kochtopf zu borgen. Er war sechs Jahre alt und trug trotz des Schnees Turnschuhe. Sein älterer Bruder Stuart war an der Reihe, die Gummistiefel zu tragen. Stuart war mit einer Nachricht zum Laden an der Ecke geschickt worden, in der seine Mutter um Weißbrotscheiben, zwei Dosen mit Bohnen und zehn Zigaretten bat. Außerdem beschwor sie den Ladenbesitzer, bei ihm anschreiben lassen zu dürfen.

Jack betrachtete den roten Teppich und spürte die Wärme, die der Heizkörper an der Wand neben der Eingangstür verströmte. Er konnte bis in die Küche am Ende des Korridors sehen. Auf dem Herd standen vier Kochtöpfe. Unter den Deckeln stieg Dampf hervor, und in der Luft lag ein Duft, der ihm das Wasser im Mund zusammenlaufen ließ.

Grahams Mutter erschien und fragte: »Jack, wo ist dein Mantel?«

»Ich weiß nicht«, antwortete er.

»In diesem Wetter kannst du nicht hemdsärmelig herumlaufen«, meinte sie. »Weiß deine Mutter, dass du draußen unterwegs bist?«

Er sagte ihr, seine Mum ließe fragen, ob Mrs Worth ihnen einen Kochtopf leihen könne; ihrer war verkohlt, weil seine Mum eingepennt war und die Kartoffeln hatte anbrennen lassen.

Mrs Worth starrte ihn ungläubig an. »Ihr habt nur einen Kochtopf?«

»Ja«, sagte Jack.

Graham Worth warf seiner Mutter einen Blick zu und lachte. Der wunderbare Duft aus der Küche war wie ein köstliches braunes Ding, das in der Luft zwischen ihnen schimmerte.

»Komm herein und mach die Tür zu«, sagte sie gereizt. Jack schloss die Eingangstür und ging den Flur entlang.

Graham Worth kehrte ins Wohnzimmer zurück, legte sich bäuchlings auf einen blauen, flauschigen Vorleger vor dem Gasofen und sah sich weiter *Blue Peter* im Kinderfernsehen an. Neben dem Kamin stand ein Abfalleimer, an dessen Rand ein Stück Orangenschale hing. Unter Jacks Augen streckte Graham den Arm aus, und als er ihn wieder zurückzog, hielt er die Orange in der Hand, die er geschält hatte, bevor er aufgestanden war, um an die Tür zu gehen.

Grahams Mutter stand gebückt vor einem Schrank mit metallenen Gerätschaften und kramte geräuschvoll darin herum. Schließlich richtete sie sich wieder auf, einen Kochtopf und einen Deckel in Händen. Sie wischte das Innere des Topfs mit einem rot-weiß karierten Geschirrtuch aus, setzte dann den Deckel auf den Topf und gab ihn Jack.

»Du solltest einen Mantel tragen«, erklärte sie ihm missbilligend.

»Den hat Stuart«, antwortete der Junge mit seiner eigentümlichen, tiefen Stimme.

Sie beobachtete, wie Jack ihren ordentlichen, von Schnee frei gefegten Gartenweg entlangtrottete, die gefrorenen Reifenspuren auf der Straße überquerte und auf sein eigenes Haus, die Nummer zehn, zuging. Eine Schneedecke hatte sich barmherzigerweise über das kaputte Spielzeug, die alten Autoreifen und den Abfall gelegt, die überall in dem kleinen Vorgarten der Sprats verstreut waren. Endlich einmal sah das Haus so ordentlich und anständig aus wie der Rest der Straße.

Kapitel 1

MAN SCHRIEB DEN 30. MÄRZ, und Wachtmeister Jack Sprat stand an der Türschwelle von Downing Street Nummer zehn. Er schwitzte in seiner kugelsicheren Weste, während er sich mit dem Premierminister unterhielt. Durch das Haar des Premierministers, das allmählich an Fülle verlor, drang das Sonnenlicht. Ein Wagen hatte ihn gerade eben von der angolanischen Botschaft zurückgebracht.

»Wie geht es Ihrer Mutter, Jack?«

»Sie kommt langsam darüber hinweg. Heute Abend besuche ich sie in Leicester. Danke, Sir.«

»Straßenraub ist ein Problem, das wir ernst nehmen müssen«, sagte der Premierminister.

Jack, der an die blauen Flecken denken musste, die das Gesicht seiner Mutter bei seinem letzten Besuch wie Gewitterwolken überschattet hatten, pflichtete ihm bei.

Der Premierminister drückte Jack leicht am Oberarm und flüsterte: »Sagen Sie ihr, dass ich für sie bete. Gott wird uns beistehen.«

Doch Jack fühlte sich nicht getröstet. Er sah zu, wie der Premierminister scheu in die Kameras lächelte, bevor er die Jacke seines marineblauen Anzugs aufknöpfte und den Fotografen zuwinkte. Die Tür wurde von unsichtbarer Hand geöffnet, und der Premierminister verschwand im Innern des Hauses.

Jack sprach in das winzige Mikrofon, das an seinem Aufschlag befestigt war, und bestätigte die sichere Ankunft des Premiers. Dass die Gebete des Premierministers in den Augen seiner Mutter tatsächlich einen Unterschied machen würden, bezweifelte er stark. Sie war bekennende Atheistin und hatte aufgehört, an Gott zu glauben, als Jacks Bruder Stuart in einem schäbigen Zimmer in Bristol an einer Dosis chemisch versetzten Heroins gestorben war.

Eine Stimme in Jacks Ohr klärte ihn darüber auf, dass Ms Amelia Badstock und eine Gruppe Minderjähriger auf dem Weg zu Nummer zehn waren, um eine Petition zu überreichen, in der es um die Einrichtung von Freizeitzentren für die Jugend von Newtown Linford ging.

»Okay«, murmelte er und machte sich auf die erste von fünf Petitionen gefasst.

Es war ein Tag wie jeder andere in Nummer zehn. Die glänzende schwarze Tür öffnete und schloss sich hunderte Male, um Geschäftsleute, Floristen, Diktatoren, einen Ölscheich, eine Gruppe Rentner, Beamte, eine Nagelpflegerin, schönrednerische Pressesprecher, Poppys Kindermädchen Su Lo, Kabinettsminister, Sekretäre und Mitarbeiter des inländischen Geheimdienstes MI5 durchzulassen, die sich als Techniker der Telefongesellschaft tarnten.

Die Besucher waren daran gewöhnt, einen Polizisten in der Nähe der Tür stehen zu sehen, was sie oftmals vergessen ließ, dass in der Uniform und unter dem Helm ein Mensch mit Gefühlen, Ohren und einem Gehirn steckte. Jack bekam Gesprächsfetzen und kurze Unterhaltungen mit und prägte sie sich gut ein.

Im Innern des Hauses sprach der Premierminister mit seinem engsten politischen Freund und Kollegen, seinem Pressesprecher Alexander McPherson, über die Rettung Afrikas.

McPherson erfreute sich trotz seiner jungen Jahre allgemeiner Bekanntheit. Er war das jüngste von sechs Kindern gewesen, wobei es sich bei den anderen fünf um Mädchen handelte. Im Laufe seiner Kindheit war er von seinen älteren Schwestern derart verhätschelt und verwöhnt worden, dass er damals regelmäßig in Wut geriet und in der Einkaufsstraße des Trabantenstädtchens, in dem sie wohnten, einen Aufsehen erregenden Koller bekam, wenn er seinen Kopf nicht durchsetzen konnte.

Seine früheste Erinnerung war, wie er in einem Puppenwagen durch den Garten geschoben wurde, während seine Schwestern darüber stritten, wer als Nächste mit Schieben an der Reihe war. So nahm er die Aufmerksamkeit der Frauenwelt als selbstverständlich hin; seine Unschuld verlor er mit dreizehn. Seine Schwestern bevorzugten Romane mit starken Heldinnen – *Sturmhöhe*, *Anne auf Green Gables*, *Lolita* – und pflegten ihm zur Schlafenszeit daraus vorzulesen.

Nach seinem Abschluss am Balliol College in Oxford verschlug es ihn ins Verlagswesen, und er übernahm die Redaktion der Leserbriefseite eines erotischen Magazins namens *Fetisch*. Krafft-Ebings Lehrbuch zur Sexualpathologie immer in Reichweite, verfasste er unflätige Antworten auf die zumeist traurigen, gelegentlich aber auch prahlerischen Schreiben seiner Leserschaft.

Einst war das unschöne Gerücht umgegangen, McPherson sei über einen solchen Brief mit Edward Clare in Kontakt gekommen, doch in Wirklichkeit waren sie einander zum ersten Mal in Cambridge begegnet, als McPherson mit einigen seiner Freundinnen einen Auftritt der Amateurrockband *Vile Insinuations* besuchte. Der spätere Premierminister spielte die Bassgitarre und trug sein Haar in schulterlangen Ringellöckchen. Allerdings verließ McPherson das Konzert entrüstet, seine Mädchen im Schlepptau, nachdem Clare das nächste Lied der Band mit den Worten angekündigt hatte: »Ich hoffe, das hier wird euch gefallen. Es heißt ›Rockin' Round the Cross‹

und wurde uns vom Allmächtigen höchstpersönlich eingegeben.«

Das nächste Mal kreuzten sich die Wege der beiden anlässlich eines Empfangs im Unterhaus, bei dem Verleger dazu eingeladen wurden, die Labour Party durch Spenden zu unterstützen. McPherson blätterte fünfzig Pfund hin und erklärte Edward Clare, der damals noch in der Opposition war, was getan werden musste, damit Labour die Wahl gewann.

»Du musst den Leuten schmeicheln, du musst genau wissen, wann du deinen Kopf aus der Schusslinie bringen solltest, du musst es den Männern recht machen, aber auch die Frauen ansprechen, und solange keine Bilder in der Presse kursieren, auf denen du einen Hund zu Tode trittst, solange du immer hübsch lächelst und dich manierlich benimmst, und solange du mir die Medienarbeit überlässt, kommt ihr an die Macht.«

In diesem Augenblick befanden sich die beiden im privaten Wohnzimmer von Nummer zehn. Auf dem Couchtisch lag ein Schulschnellhefter mit Erdkundeunterlagen.

»Wir können Afrika retten, Alex.« Die Stimme des Premierministers zitterte vor Erregung.

Alexander hievte seinen korpulenten Körper schwungvoll von der Armlehne des beigefarbenen Sofas, auf der er gesessen hatte, und fing an, im Zimmer auf und ab zu gehen. »Afrika? Das ist doch wohl nicht dein Ernst?«

Es war keine rhetorische Frage. In Alexanders Augen war Afrika das Grab des weißen Mannes, und der Wunsch, Afrika *retten* zu wollen, ein Zeichen von Geistesgestörtheit in fortgeschrittenem Stadium. Nichts und niemand konnte Afrika retten außer die Afrikaner selbst.

»Weißt du was, Ed, es ist vielleicht im Moment keine so gute Idee, von Afrika anzufangen«, meinte Alexander. »Nicht, während wir immer noch daran arbeiten, dass die Züge endlich pünktlich sind.«

Doch Edward war gewappnet. »Afrika ist ein dunkler Fleck auf dem Gewissen der Welt. Jemand muss die

Leute aus dem Dunkel zerrütteter Wirtschaftssysteme hin zu einem Verständnis für steuerliche Verantwortlichkeiten führen!«

»Ed, wir müssen erst die Sache mit der Fuchsjagd in Ordnung bringen, bevor wir uns mit dem verfluchten afrikanischen Subkontinent abgeben können«, sagte Alex ungeduldig.

Edward erwiderte leise: »Ich wünschte wirklich, du würdest ein wenig auf deine Ausdrucksweise achten, Alex. Adele ist nebenan und stillt Poppy.«

»Sei mir nicht böse, wenn ich mal eben kurz lache«, entgegnete Alex, »aber ist nicht Adele diejenige, die ein Buch mit dem Titel *Arschlöcher in der Geschichte* geschrieben hat?«

Einen Augenblick lang verschwand das Lächeln aus Edwards Gesicht. Dann meinte er: »Das war ein rein wissenschaftliches Werk. Henry Kissinger sagte mir, er habe es auf seinem Nachttisch liegen.«

»Und es stand zwölf Wochen hintereinander an der Spitze der *New York Times* Bestsellerliste«, rief Adele aus dem Nachbarzimmer.

»Ist ja doll«, meinte Alexander, »aber können wir jetzt ein paar Dinge besprechen, Ed? Wir haben eine verdammt harte Woche vor uns. Ein halbes Dutzend Regierungsberichte sind veröffentlicht, die Verbrechensrate ist gestiegen, und laut des Rowntree Trust sind fünf von zehn Briten regelmäßig mit Alkohol oder Drogen zugedröhnt. Oh, und die Totengräber treten am Montag in den Streik, wenn sie nicht eine Lohnerhöhung von zehn Prozent und eine Fünfunddreißigstundenwoche bekommen.«

»In Afrika stirbt alle zehn Sekunden ein Kind an einer Krankheit, die durch Wasser übertragen wird«, konterte Edward.

»Ja, klar, mir bricht das Herz, wenn ich nur daran denke«, erwiderte Alex, »aber wir werden knietief in Leichen stecken, wenn wir die verfluchten Leichenwäscher nicht zur Räson bringen, und es soll richtig schweineheiß werden, sagt Michael Fish, dieser Wetterfrosch mit dem Fischgesicht bei der BBC. Darf ich deine Aufmerksamkeit also wieder auf *unseren* Schwarzen Kontinent zurücklenken, Ed?«

Eine Wolke Eau Sauvage vorausschickend betrat David Samuelson das Zimmer. Am Morgen war er ungewöhnlich tollpatschig mit dem Zerstäuberfläschchen umgegangen, hatte jedoch keine Zeit gehabt, Hemd und Jackett zu wechseln, die nun von dem Zeug durchdrungen waren.

Samuelson war ein Grande der Arbeiterbewegung. Sein Großvater, Hector Samuelson, hatte die allererste Ideal Home Exhibiton in Earl's Court ins Leben gerufen, die mit einer durchschnittlichen Besucherzahl von über 300.000 pro Tag alle Rekorde brach.

Dieser Ausstellung mit ihren revolutionären Dampfbügeleisen, Pfannen mit Antihaftbeschichtung und Couchtischen im Sputnikdesign wurde das erwachende Verlangen der britischen Bevölkerung nach langlebigen Konsumgütern und der Beginn des Produktionsbooms zugeschrieben.

Hector Samuelsons Enkel David war von einem Zeitgenossen in Oxford als »teuflisch schlau« beschrieben worden; ein anderer Zeitgenosse, dem er immer noch eine größere Geldsumme schuldete, hatte ihn lediglich als »teuflisch« bezeichnet.

Dass er homosexuell war, war noch das Uninteressanteste an ihm. Seine Vorliebe für portugiesische Kellner war allgemein bekannt, und er hatte sich in einer gewaltigen Stuckvilla in Ladbroke Grove niedergelassen, um möglichst viele in seiner Nähe zu wissen. Ab und an ging ein Foto von ihm und einem seiner Kellnerfreunde durch die Presse, aber das Interesse der Öffentlichkeit war nicht unbegrenzt haltbar – und letzten Endes sieht ein hübscher portugiesischer Jüngling in Kellnerlivree aus wie der andere.

Samuelsons Laster war das Geld, denn er liebte den Luxus. In seiner Jugend hatte er häufig die Bergwerke und Fabriken im industriellen Norden besucht, wo sein Großvater und Vater Unterhausabgeordnete der Labour Party gewesen waren. Selbst als kleiner Junge hatten ihn die Gerüche und die Einzelheiten des Arbeiterlebens, der Atem der Arbeiter wie auch ihre Eigenart, auf engstem Raum miteinander zu hausen, zurückschaudern lassen. Sogar das Essen auf ihren Tellern war zusammengepfercht und hatte sich aus Platzmangel über den Rand ergossen.

Auf dem Gymnasium hatte er sich in Geschichte hervorgetan und ein reifes und einfühlsames Verständnis für die Arbeiterbewegung in Großbritannien an den Tag gelegt. Manchmal war er von Archivberichten über verdreckte, halb verhungerte Kinder zu Tränen gerührt worden, die barfuß in Fabriken arbeiteten und auf dem Heimweg zurück zu ihren überfüllten Löchern am Straßenrand eingeschlafen waren.

Die Arbeiterklassen aus dem Lehrbuch zog er bei weitem ihren realen Erscheinungsformen vor, die er verabscheute. Er zuckte schon zusammen, wenn er nur ihre ungehobelten, lauten Stimmen auf der Straße hörte. Dabei hasste er sie nicht insgesamt – manche von ihnen lud er sogar zu seinen Partys ein –, doch er sehnte eine Zeit herbei, in der jede einzelne Besteckschublade im ganzen Land eine Parmesanreibe enthielt.

Samuelson deklamierte gewohnt theatralisch: »Ich *muss* einfach mit dir reden, Eddy!«

»Wir sind mitten in einer Besprechung, Dave«, meinte Alexander.

Edward blickte David an, der sagte: »Nein, du solltest dir das anhören, Alex! Es ist wichtig. Ich habe mir das Feedback unserer Fokusgruppe angesehen. Geschlafen habe ich nicht, aber das macht nichts«, fügte er mit Märtyrerstimme hinzu. »Es ist an der Zeit, das Image der Partei radikal und auf Dauer zu ändern, angefangen beim Namen. Ich habe meine Fühler ausgestreckt und bin der Ansicht, dass jetzt genau der richtige Zeitpunkt wäre.«

Edward und Alexander saßen zwei ganze Minuten lang da und hörten sich Davids Pläne an, ohne ihn zu unterbrechen. »Wir streichen ›Labour‹ aus dem Parteinamen. Das Wort Labour hat einen total negativen Beigeschmack. Man assoziiert damit Schweiß und harte körperliche Arbeit, Gewerkschaften und eine in die Länge gezogene, schmerzhafte Geburt.* Denkt mal darüber nach: Die meisten von uns geraten während der Arbeit nicht einmal ins Schwitzen, und karrierebewusste Mütter entscheiden sich überwiegend für einen Termin zum Kaiserschnitt – wie Adele.«

»Wenn wir das ›Labour‹ aus ›New Labour‹ fallen lassen, bleibt ein einziges Wort übrig: ›New‹. Tut mir Leid, aber das macht mich nicht gerade heiß«, sagte Alexander trocken.

»Hast du ein paar Vorschläge, David?«, wollte Edward wissen.

David strich sich mit langen, bleichen Fingern das Haar aus der Stirn. »Nein, ich habe lediglich das Problem benannt. Ich will erst grünes Licht, bevor ich mich an eine Lösung setze.«

»Schlägst du vor, ›New‹ zu behalten?«, wollte Edward wissen.

»Wie können wir ›New‹ behalten?«, erwiderte Alexander. »›New‹ war 1997 vielleicht noch neu. Mittlerweile ist es scheißalt.«

»Du solltest dich besser an eine Lösung machen, David«, sagte Edward. »Andernfalls bleibt uns am Ende nichts übrig. Gar nichts.« Er starrte auf einen Sicherheitsbericht über den Unterhausabgeordneten und Kronanwalt Bob Marshall Andrews auf seinem Schreibtisch. Das Papier harrte noch seiner Unterschrift, doch Edward konnte nichts sehen. Seine Partei hatte keinen Namen! Er fühlte, wie er selbst sich immer weiter auflöste und zer-

* Der englische Begriff *Labour* bedeutet nicht nur Arbeit und Mühe, sondern auch (Geburts-)Wehen.

fiel. Edward entschuldigte sich und begab sich in sein privates Badezimmer, wo er die Tür absperrte und sich auf dem Badewannenrand niederließ. Anschließend nahm er zwei Blatt Bronco-Toilettenpapier aus einer Packung, die er in dem Schrank unter dem Waschbecken aufbewahrte, und wickelte sich das Papier gekonnt um den Penis. Nach einer kurzen Stille spülte er das Papier hinunter, wusch sich die Hände und lächelte in den gewölbten Rasierspiegel, der sein Gesicht mehrfach vergrößerte und ihm auf diese Weise versicherte, dass er immer noch existierte.

Als er ins Wohnzimmer zurückkehrte, stritten Alex und David über den Gesetzentwurf zur Fuchsjagd. David wollte herausfinden, ob es möglich sei, Fuchshologramme von Satelliten im Weltraum auf die britischen Grafschaften hinabzubeamen, in denen Fuchsjagd betrieben wurde. Alexanders Kommentar lautete: »Von mir aus können sie die roten Viecher ans Kreuz schlagen. Mir hängt die ganze Scheißdebatte zum Hals raus.«

Nachdem die beiden fort waren, saß Edward an seinem Schreibtisch und unterzeichnete das Schreiben, das den MI5 dazu bevollmächtigte, Haus, Auto und Büro von Kronanwalt Bob Marshall Andrews abzuhören.

Da betrat Adele das Zimmer. »Ed, Liebling, komm und sei mir zuliebe nett zu einer Journalistin, ja? Schenk ihr ein Lächeln und streichele mir vor ihr durchs Haar. Sie heißt Suzanne Nicholson und ist die Redakteurin der Frauenseiten von *Joy*. Es ist eine neue Zeitschrift, und ich soll auf die Titelseite!«

Adeles Nase war außergewöhnlich groß. Kurz nach ihrer Geburt hatte ihr Vater, Guy Floret, bei ihrem Anblick geäußert: »*Mon dieu, ma pauvre enfant! Elle est Pinocchio!*«

Edward schmiegte sich zwischen ihre nach Milch duftenden Brüste und sagte mit heiserer Stimme: »Dich sollte es in der Mitte des Magazins nackt als Ausfaltposter geben, Adele, mein Liebling.«

»Er ist ja so *süß*«, flüsterte Suzanne Nicholson, nachdem der Premierminister seine Frau geküsst, ihr übers Haar gestreichelt und das Zimmer verlassen hatte, wobei er die Tür leise, fast entschuldigend hinter sich schloss.

Adele zog die langen, dünnen Beine an und trank einen Schluck Kamillentee. »Er ist süß, aber er ist kein *Sacharin*.«

Suzanne musste an ihren eigenen Ehemann denken, der um sieben Uhr morgens die Haustür laut hinter sich zugeschlagen hatte, nachdem er in Richtung Schlafzimmertür gebrüllt hatte: »Du verfluchtes dummes Miststück!«

Er war sauer, weil sie ihm gebeichtet hatte, dass sie seine drei Maßanzüge in einer der dreihundertundfünfzehn chemischen Reinigungen in der Londoner City vergessen hatte. Der Abholzettel war auf geheimnisvolle Weise verschwunden und in keiner ihrer vielen Handtaschen aufzufinden – ebenso wenig in der Tasche irgendeines Kleidungsstücks, im Auto oder einer Schublade oder einem Schrank zu Hause oder im Büro.

Nach einer Woche voller Ausflüchte war sie in Tränen ausgebrochen und hatte ihm die schreckliche Wahrheit eröffnet. Für ihr Versagen hatte sie den Stress verantwortlich gemacht, unter dem sie stand, weil sie sich auf das Interview mit Adele Floret-Clare vorzubereiten hatte. »Sie ist die klügste Frau der Welt«, hatte sie gejammert. »Was soll ich sie bloß fragen? Sie wird mich mit Haut und Haaren auffressen!«

Suzanne beobachtete, wie Adele den Hörer eines Telefons ans Ohr hob und gedehnt näselte: »Wendy, Schätzchen, wir hätten gerne noch etwas von diesem *fantastischen* Tee.«

Rasch kritzelte Suzanne stenografisch: »Die Nase ist eindrucksvoll. Makellose Haut, professionelles Make-up, Zähne gebleicht (kürzlich), Schuhe von Prada; Preis im Laden in der Bond Street herausfinden. Plebejische Aussprache am Telefon ausgeprägter.«

Offensichtlich war Wendy betrübt, denn Adele gab leise, mitfühlende Geräusche von sich. Dann warf sie einen Blick auf die Uhr und formte Suzanne gegenüber »Eine Minute« mit den Lippen, bevor sie energisch in den Hörer sprach: »Eine Amputation ist die einzig vernünftige Alternative.« Sie erhob sich und wollte den Hörer wieder auflegen, doch Wendy schien nicht geneigt, das Gespräch zu beenden.

»Nicht jetzt, Wendy, ich bin gerade beschäftigt ...«

Adele legte auf und bedachte Suzanne mit einem Lächeln. »Also wirklich, da bittet man um eine Tasse Tee und wird in das Psychodrama anderer Leute hineingezogen! Die arme Wendy, unsere Haushälterin. Ihr Sohn Barry – unter uns, ein schrecklicher Rowdy – hat sich das Bein bei einem Motorradunfall zerfetzt. Das Bein heilt einfach nicht, und nun vertrödelt er seine Zeit in einem Krankenhausbett, bekommt ausgesprochen teure Antibiotika ... Selbstverständlich ist das hier nicht für die Öffentlichkeit bestimmt ...«

Suzanne setzte ihre ernste Miene auf. »Es versteht sich von selbst, dass Sie den Artikel vor der Veröffentlichung autorisieren dürfen ...«

»Ich hätte die arme Wendy Ihnen gegenüber nicht erwähnen sollen, aber ich kann nicht anders, als mit den Angestellten und ihren Problemchen mitzuleiden ... Sorry, ich werde versuchen, mir keine weiteren Sorgen um Wendy und Barry zu machen. Also, schießen Sie los!«

Suzanne warf einen Blick auf ihre Fragenliste. »Okay. Wie fühlt man sich, wenn man von der Zeitschrift *People* zur klügsten Frau der Welt ernannt wurde?«

Adele stieß ein Lachen aus. »Oh, es war nicht der *Welt*!« Bescheiden senkte sie den Blick. »Es war lediglich Europa.«

Suzanne ging zur zweiten Frage über. »Wie sieht ein typischer Tag im Leben von Adele Floret-Clare aus?«

Erneut lachte Adele.

»Einen typischen Tag gibt es überhaupt nicht; und philosophisch gesprochen gibt es so etwas wie ein ›Leben‹ oder einen ›Tag‹ auch nicht. Ich meine, was meinen Sie mit ›Leben‹ und ›Tag‹?«

Suzanne konnte spüren, wie ihre Schläfen zu pochen anfingen. »Okay. Was haben Sie also gestern gemacht?«

Adele wirkte verwirrt. »Meinen Sie mit gestern die letzten vierundzwanzig Stunden?«

Am liebsten hätte Suzanne die klügste Frau Europas angeschrien, doch da öffnete sich die Tür, und eine Frau mit abgehärmten Gesichtszügen und roten, verquollenen Augen trat ein. Sie trug ein Tablett mit einer gläsernen Teekanne und schottischem Mürbegebäck, das in Fächerform auf dem Teller angeordnet war.

Als das Tablett auf dem Tisch stand, stieß Adele ein kurzes Lachen aus und sagte zu der Frau: »Wendy, Schätzchen, wollen Sie uns denn umbringen? *Mürbegebäck?* Herrje, das *Fett*, der *Zucker*!«

»Mir wurde angeordnet, nur noch britisch einzukaufen.«

»Aber was ist mit diesen Haferkuchendingern, die wir immer hatten?«

»Die werden jetzt in Polen hergestellt«, meinte Wendy.

Adele rührte die Teebeutel in der Kanne um, wobei sie auf ihre Uhr sah. »Wegen Barrys Bein«, sagte sie in scharfem Tonfall. »Er wird immer noch in der Lage sein, sich umherzubewegen. Letzte Woche überreichten Edward und ich einem Jungen eine Tapferkeitsmedaille, dem eine historische Dampflok beide Beine abgefahren hatte. Jetzt spielt er im Rollstuhl Basketball...«

Als Suzanne Wendy ansah, registrierte sie zu ihrer Freude den überaus giftigen Blick, den die Frau Adeles Rücken zuwarf, bevor sie die Tür hinter sich schloss.

»Also, nun aber zurück zu Ihrer faszinierenden Frage. Der Wecker klingelt um halb sechs, aber für gewöhnlich sind wir da längst auf. Das ist für uns immer die wertvollste Zeit, bevor die Welt über uns hereinbricht. Aber Sie wollen etwas über *gestern* wissen ... Tja, also um fünf sind wir aufgestanden, Ed hat Tee gekocht, und wir haben uns unterhalten. Es gibt bei uns eine Regel: keine Politik, keine Familie. Es war ein gutes Gespräch.«

»Über?«, wollte Suzanne wissen, ohne wirklich eine Antwort zu erwarten.

»Oh, es ging um Transsubstantiation.«

»Transsubstantiation«, wiederholte Suzanne zögerlich. »Und das hat nichts mit Politik zu tun? Transport? Verkehrswesen?«

Adele lachte. »Ich sehe schon, dass Sie keine Theologin sind, Suzanne.« Sie lehnte sich zurück und verschränkte die Hände hinter dem Kopf. »Transsubstantiation hat mit der Eucharistie zu tun ... Werden Brot und Wein völlig in Leib und Blut Christi verwandelt?«, fügte sie ernst hinzu.

»Faszinierend«, murmelte Suzanne, die nur eine vage Vorstellung davon hatte, was die Eucharistie war.

Adele nippte an ihrem Tee und zog eine Grimasse. »Das ist nicht Kamille, sondern Lapsang Souchong. Also wirklich! Je früher Barrys Bein abkommt, desto besser für uns alle.« Sie fuhr fort, ihre offiziellen Verpflichtungen vom Vortag aufzuzählen. »Um sechs, nachdem Ed gebetet und ich meditiert hatte, schaltete Ed die Radiosendung *Today* ein und nahm ein Bad, ich duschte, dann brachte uns Wendy ein kontinentales Frühstück, dann habe ich Poppy gefüttert, die ich immer noch stille, Haare, Maniküre, die Kinder zum Abschied vor dem Schulweg geküsst, zehn Minuten Zeitungen gelesen. Dann mit Wendy das Essen für den Empfang der *Manchester United Ehefrauen und Partnerinnen Vereinigung* hier in Nummer zehn besprochen. Mit dem Auto zur LSE, einen Vortrag über die Feminisierung des westlichen Mannes gehalten. Mit dem Auto wieder zurück hierher. Dreißig Zeilen für den *Spectator* über die tägliche E-Mail-Flut geschrieben, danach Mittagessen mit Camilla P.B., die versprochen hat, mir bei unserem Besuch in Highgrove nächste Woche das Reiten beizubringen. Und dann? Ach ja, ich stillte das Baby, habe mit Gail Rebuck Schuhe eingekauft, eine Delegation Nonnen aus Ruanda getroffen, bin nach oben gegangen, aß ein Sandwich mit den beiden größeren Kindern, Morgan und Estelle. Er macht gerade seine GCSE-Prüfungen* in der Schule, und sie hat in der Camden School für Mädchen angefangen. Mit dem Auto zur Tennisstunde mit Andre, wieder hierher zurück, Dusche, Haare, Make-up. Telefonate geführt, Briefe geschrieben, E-Mails verschickt, wieder das Baby gestillt, Empfang für die Man-U-Frauen. Ed kam – er ist ein großer Fußballfan. Dann, oh ja, nach oben zu den Kindern gegangen, Morgan bei einem Aufsatz über *King Lear* geholfen. Haar, Make-up, umgezogen, in der französischen Botschaft mit Charlotte Rampling und Eddie Izzard zu Abend gegessen. Habe mich bereit erklärt ...«

»Wie ist Eddie denn so?«, fragte Suzanne, die ein Fan des Komikers war.

Adele entgegnete: »Er trug schwarze Strumpfhosen und rote Stöckelschuhe und schien sich die ganze Zeit köstlich über irgendetwas zu amüsieren. Ich konnte mich nicht sonderlich für ihn erwärmen.«

Nachdem Wendy Suzanne hinausgebracht hatte, saß Adele allein da und ließ das Interview noch einmal in ihrem Kopf Revue passieren. Sie hatte gespürt, dass Suzanne sie nicht leiden konnte. Schon als kleines Mädchen hatte sie gewusst, dass man seine überdurchschnittliche Intelligenz am besten für sich behielt. Ihre Großmutter hatte sie gewarnt: »Niemand mag Klugscheißer, Adele.« Manchmal beneidete sie die dummen Leute – Eds Wähler – um deren banale Unterhaltungen und ihre belanglosen Berufe. Sie fasste sich an den Nasenflügel. Sollte sie sich

* Das *General Certificate of Secondary Education* entspricht in etwa der deutschen Mittleren Reife. Die britischen Schülerinnen und Schüler legen diese Prüfungen im Alter von ungefähr sechzehn Jahren ab. Wer in den GCSE-Prüfungen besonders gut abgeschnitten hat, kann weiter zur Schule gehen, um die so genannten A-Levels, das britische Abitur, abzulegen.

operieren lassen? Ed beteuerte ständig, er liebe ihre Nase, und bedeckte jeden Zentimeter davon mit Küssen. Doch sie war es leid, das Ding wie eine Signalflagge vor sich her zu tragen.

Sobald Suzanne die Tür von Nummer zehn hinter sich gelassen hatte, schaltete sie ihr Handy ein. Jack Sprat, der bewundernd Suzannes Beine musterte, konnte hören, wie sie beim Weggehen sagte: »Sie ist eine Zimtzicke.«

Er lächelte in sich hinein, denn er wusste ganz genau, von wem sie sprach.

Kapitel 2

ADELE FLORET-CLARE WAR IN PARIS als uneheliches Kind einer Engländerin, die in den Folies Bergère arbeitete, und eines französischen Buchhalters zur Welt gekommen. Sie wuchs in Hoxton bei ihrer Großmutter auf, die um vier Uhr morgens aufstand und Bürogebäude putzte, um Adele auf eine Privatschule schicken zu können, bei der sie davon ausging, dass die anderen Schulmädchen Adele wegen ihrer Nase nicht hänseln würden. Doch sie lag falsch: Der Spitzname ihrer Enkelin in der Schule lautete Le Nez. Adele hatte vier populärphilosophische Bücher geschrieben. Das erste war veröffentlicht worden, als sie gerade einmal neunzehn war. Es war ein internationaler Bestseller geworden. Der provozierende Titel, *Gott ist lesbisch*, sorgte dafür, dass in der Presse, im Radio und im Fernsehen ausgesprochen viel darüber berichtet wurde. Häufig wurde Adele gefragt, ob sie selbst lesbisch sei. Sie achtete stets darauf, eine zweideutige Antwort zu geben, was den Fragesteller angenehm erregte und garantierte, dass ihr Name und Foto nicht nur regelmäßig im Feuilleton erschienen, sondern auch in den Klatschspalten und im Nachrichtenteil der Zeitungen.

Mit einundzwanzig Jahren war Adele Gastprofessorin an der Sorbonne und hatte zwei weitere Bücher veröffentlicht: *Philosophenehefrauen am Rande des Nervenzusammenbruchs* und *Wittgenstein – Der Schwachkopf hin-*

ter dem Mythos. Sie hatte eine kleine Wohnung in der St Martin's Lane in London und ein auf Dauer angemietetes Zimmer im Hôtel Rivoli in Paris.

Damals war sie glücklich gewesen: jung, gesund, elegant, klug, erfolgreich, hoch geschätzt und berühmt. Unglücklicherweise hörte Adele jedoch Stimmen in ihrem Kopf; Stimmen, die ihr gemeine und obszöne Wörter zuflüsterten. Sie besuchte in London und Paris Psychiater, fand jedoch weder in der einen noch in der anderen Sprache Abhilfe. Psychopharmaka zeigten keinerlei Wirkung. Die Stimmen brabbelten weiter und bezichtigten sie der abscheulichsten Verbrechen. Im Laufe eines Interviews in der *South Bank Show* warfen die Stimmen ihr vor, in das Verschwinden von Shergar, dem Rennpferd, verwickelt zu sein. Sie hatte laut ausgerufen: »Das ist doch kompletter Blödsinn!« Ihre Reaktion hatte Moderator Melvyn Bragg verblüfft, denn er hatte sie lediglich gefragt, ob Alexander der Große von Plato absichtlich dahingehend beeinflusst worden sei, das Griechische Reich zu vergrößern. Ihre ärgerliche Antwort war nicht herausgeschnitten worden, da sich mit dergleichen hohe Einschaltquoten erzielen ließen.

Edward Clare war gerade eben zum Parlamentsabgeordneten von Flitwick East gewählt worden, als Adele Floret ihn kennen lernte. Es war bei einem Empfang für Gore Vidal und stellte für beide eine umwälzende Erfahrung dar.

Nach ein paar Minuten intensiven Smalltalks – über Waffenlieferungen in die Golfstaaten – wurde beiden klar, dass sie dabei waren, sich ineinander zu verlieben. Edward konnte den Blick nicht von Adeles prachtvoller Nase abwenden.

Als man ihnen Gore persönlich vorstellte, waren ihnen seine schleppend hervorgebrachten Enthüllungen über eine Filmdiva, den Chef der CIA und einen Afghanen gleichgültig. Nachdem Edward seine Besorgnis um den Hund zum Ausdruck gebracht hatte, entschuldigten sich die beiden und entschwanden kurz darauf in einem schwarzen Taxi.

Sobald der Wagen um die nächste Ecke gebogen war, warfen sie sich einander in die Arme. Edward rief dem Fahrer zu, er solle durch die Stadt fahren, bis man ihm Bescheid gebe anzuhalten. Den Fahrer konnte diese romantische Geste gar nicht beeindrucken, denn er war auf dem Heimweg nach Golders Green, wo das Abendessen auf ihn wartete. Edward sagte: »Okay, fahren Sie uns also nach Golders Green.«

Doch sie hatten Riesenglück: Ein junger Mann sprang von der Überführung an der Edgware Road und fiel genau vor die Räder des Taxis.

Die Art, wie Edward die Sache in die Hand nahm, imponierte Adele – er beruhigte den hysterischen Taxifahrer und zog sein Anzugjackett aus, um den Kopf des Toten zu bedecken.

Edward wollte nicht, dass die Nacht je endete. Adele war eine grandiose Frau – sie war so *stilvoll*, hatte alles derart *im Griff*. Sekunden, nachdem der junge Mann ihnen vor die Windschutzscheibe gefallen war, hatte sie über das Kreischen der Bremsen hinweg bemerkt: »Ein Achilles in der Edgware Road.« Dieser unschöne Vorfall ließ sie schnell Pfade beschreiten, die sie ansonsten erst nach Monaten betreten hätten.

Sie kannten sich noch nicht einmal zwei Stunden, als Edward Adele bereits seine politischen Ambitionen beichtete. Ja, bevor er Adele begegnet war, hatte er selbst nicht so genau gewusst, wie diese Ambitionen aussahen. Doch mit ihr in den Armen fühlte er sich wie Superman; und wie Superman würde er die Welt retten, wenn man ihn nur ließe.

Nachdem sie ihre Zeugenaussagen bei der Polizei gemacht hatten, und das Blut von der Straße gewaschen war, gingen sie in Edwards winzige Zweitwohnung in Westminster. Adele erkundete die Bücherregale, die sich an den Wänden vom Boden bis zur Decke erstreckten, während er in der Kochnische bitter schmeckenden Kaffee zubereitete. Als er die Tassen und Untertassen ins Wohnzimmer trug, sah er, wie sie sich Paris von Yves Saint Laurent zwischen die Brüste sprühte, was ihr nicht im Geringsten peinlich war. Sie knöpfte sich ihr cremefarbenes Seidenhemd wieder zu. »Ich fühle mich unglaublich erregt«, erklärte sie. »Allerdings weiß ich nicht, ob es daran liegt, dass ich Zeugin eines gewaltsamen Todes geworden bin, oder an dir!«

Ihr fiel eine Gitarre auf, die in einer Ecke lehnte, und sie erkundigte sich, ob er spielen könne. Statt einer Antwort griff er einfach nach dem Instrument und spielte die Anfangsakkorde von »Brown Sugar«. In einem pawlowschen Reflex sprang Adele auf und stolzierte wie Mick Jagger durch das kleine Zimmer – einen Arm in der Luft. Sie waren füreinander geschaffen. Adeles Euphorie war derart groß, dass sie es sogar wagte, ihm von den Stimmen in ihrem Kopf zu erzählen. Er nannte ihr den Namen eines Freundes aus Cambridgezeiten, der jetzt ein gefragter Psychiater war. Außerdem versicherte er ihr, dass psychiatrische Dienste zur Chefsache erklärt werden würden, sobald Labour an die Macht käme.

Jeder hatte seine andere Hälfte gefunden. Adele würde den zukünftigen Premierminister heiraten.

Etwa einen Monat später erschienen sie gemeinsam vor dem Untersuchungsgericht, das die Ursache für den Todesfall aus jener Nacht feststellen sollte. Hier erfuhren sie, dass der junge Selbstmörder Mohammed Karzai hieß und sich umgebracht hatte, weil seine Abschlussnoten nicht gut genug gewesen waren, um an der Universität von Sheffield zugelassen zu werden, an der er auf Wunsch der Eltern Pharmazie hätte studieren sollen.

Als Edward und Adele Arm in Arm das Gerichtsgebäude verließen, sagte Adele: »Welch Ironie des Schicksals! Mohammed, dieser Trottel, hat sich vor zwei der klügsten Köpfe Großbritanniens das Leben genommen.«

Wachtmeister Jack Sprat fragte sich des Öfteren, weswegen man ihn überhaupt bei der Polizei aufgenommen hatte. Falls man die Anwärter einer strengen Überprüfung auf mögliche Sicherheitsrisiken unterzog, hatte Jack sich irgendwie daran vorbeigeschlängelt, um dann auch noch den seiner Meinung nach besten Posten bei der Polizei zu ergattern: das Bewachen der Eingangstür von Downing Street Nummer zehn.

Er war das schwarze Schaf in einer weit verzweigten Großfamilie. Kein einziges der übrigen Familienmitglieder hatte je einen Videorekorder in einem Laden gekauft.

Als er seiner Familie mit dreizehn Jahren verkündet hatte, dass er vorhabe, acht GCSE-Fächer abzulegen, und deshalb »einen ruhigen Ort zum Lernen« brauche, hatte er sie vor ein Rätsel gestellt. Weder sein Bruder noch seine Schwester hatte jemals das leiseste Interesse an Prüfungen an den Tag gelegt; beide waren von der Schule abgegangen, sobald es das Gesetz erlaubte.

Trevor, Jacks letzter Stiefvater, hatte mit mäßigem Erfolg eine kriminelle Laufbahn eingeschlagen. Mittlerweile besaßen sie dank seines unermüdlichen Einsatzes ein vollständiges Kochtopf-Set. Er erkundigte sich bei seinen Freunden in Verbrecherkreisen, wo sich ein Schreibtisch herbekommen ließe, doch nach erfolglosem, wochenlangem Warten hatte er großzügigerweise eine Ecktischkombination aus der Möbelabteilung des Littlewoods-Katalogs gekauft, die aus einem Schreibtisch und einigen Bücherregalen bestand. Drei Wochen später wurde sie geliefert; in siebzehn Einzelteilen mit einem Inbusschlüssel, fünfundsiebzig Schrauben, Holzdübeln und einer Tube Holzkleber, die mit Tesafilm an einer der Schubladenvorderseiten befestigt waren. Während Jack zusah, wie sein Stiefvater sich fluchend abmühte, den Schreibtisch zusammenzubauen, pochte sein Herz vor Aufregung wild. Er konnte es kaum erwarten, seine Bücher in die Regale zu stellen und die Schnellhefter aus der Schule in die Schubfächer einzusortieren.

In dem Schlafzimmer, das sich Jack mit seinem erwerbstätigen Bruder Stuart teilte, war kein Platz für den Schreibtisch, sodass man die Möbel in dem kleinen Wohnzimmer umstellte und auf diese Weise seinem Ehrgeiz Raum schuf. Der Fernseher wurde aus einer Ecke in die andere geräumt, was es erforderlich machte, neue Leitungen zu verlegen und den Antennenanschluss zu versetzen. Außerdem musste die dreiteilige Sitzgarnitur anders im Zimmer verteilt werden, was bedeutete, dass der Hundekorb weggeräumt und unter den Küchentisch gestellt wurde, wo er sieben lästige Jahre lang blieb, bis der Hund starb.

Von dem Geld, das Jack beim Zeitungsaustragen verdient hatte, kaufte er sich eine Schreibtischlampe bei Boots und Abend für Abend saß er inmitten des gelben Lichtkegels, während *Coronation Street* und andere Sendungen im Fernsehen liefen.

Ab und an pflegte seine Mutter sich während einer Werbepause zu Jack umzudrehen, der über seinen Schreibtisch gebeugt da saß. »Es ist nicht normal, dass ein Junge in seinem Alter abends zu Hause ist«, murmelte sie bei diesen Gelegenheiten Trevor zu.

Wenn Jack tagsüber in der Schule war, griff Norma manchmal verstohlen nach einem seiner Schnellhefter, schlug ihn auf und las ein paar Seiten, wobei sie die Lippen leicht bewegte und lautlos mitlas. »Das Blut an Lady Macbeths Händen symbolisiert die Schuld, die sie durch die Ermordung ...« Sie schloss den Schnellhefter mit einem Gefühl des Stolzes, fragte sich jedoch gleichzeitig, was sie falsch gemacht hatte. Ihre anderen Kinder wirkten durchaus fröhlich, warum also beschäftigte sich Jack mit Blut und Mord?

Die Füße unter dem Küchentisch auf dem Rücken des Hundes, hatte Jack einmal während eines sonntäglichen Abendessens versucht, seiner Familie zu erklären, dass ein Schulabschluss es ihm ermöglichen würde, im Leben voranzukommen und einen guten Beruf zu erlernen.

»Was denn zum Beispiel?«, fragte sein Stiefvater, der auf ein Stück Yorkshire Pudding einhackte.

Jack zögerte. Der Hund wechselte unter seinen Füßen die Lage. Jack spießte ein paar Erbsen auf und führte die Gabel an den Mund. »Ich möchte Polizist werden«, nuschelte er, bevor er sich die Erbsen in den Mund schob.

Erst herrschte Schweigen, dann brachen alle Anwesenden in schallendes Gelächter aus. Seine Schwester Yvonne verschluckte sich an einem halb zerkauten Stück Lamm mit Minzsoße und musste husten.

»Du machst wohl Witze!«, rief sein Bruder Stuart.

Stuart hatte neulich fünf Monate in einer Jugendstrafanstalt verbracht, nachdem ihn Wachleute in einem Lagerhaus mit einer Plastiktüte voll Head & Shoulders Shampoo erwischt hatten.

Jacks gesamte Großfamilie bestand aus Kleinkriminellen. Es handelte sich um eine Art Familienunternehmen. Fast jeder Gegenstand im Haus sowie die meisten Kleidungsstücke, die sie trugen, waren entweder gestohlen oder mit gefälschten Schecks betrügerisch erstanden worden. Jacks Schuhe, an denen gerade der Hund leckte, hatte ein liebender Onkel von einem Lkw gestohlen, der auf einem Autobahnparkplatz stand.

Selbst Jacks allererste Kleidung – eine Babyausstattung, die aus Hemdchen, Windel, Windelhöschen, Schlafanzug, Jäckchen und Wickeltuch bestand – hatte seine Tante Marilyn im Laufe eines verwegenen Raubzugs in einer Filiale von Mothercare erbeutet.

Fast jeden Abend saß Jack mit dem Rücken zum Fernseher an seinem Schreibtisch und machte Hausaufgaben. Manchmal, wenn etwa das Gelächter des Fernsehpublikums allzu hysterisch wurde, drehte er sich um und warf einen Blick auf den Bildschirm. Seine Mutter genoss diese kurzen Momente und versuchte ihn dazu zu bewegen, den Füller wegzulegen und sich zu ihr aufs Sofa zu setzen – manchmal stellte sie den Aschenbecher beiseite und klopfte einladend auf den Sitz neben sich –, aber

Jack wusste, dass er für immer verloren sein würde, wenn er mit dem Lernen aufhörte, und dass er unsichtbar und entbehrlich werden würde, wie es die meisten Leute waren, die er kannte.

Freitagabends kam eine düstere Frau namens Joan zu ihnen nach Hause, um das Haar seiner Mutter zu der platinblonden Hochfrisur aufzutoupieren, die sie seit ihren Tagen als frühreifes Schulmädchen trug. Norma schien nicht zu bemerken, dass ihr Gesicht einem Erdrutsch zum Opfer gefallen war, oder dass der blaue Lidschatten und der blassrosafarbene Lippenstift mittlerweile nicht mehr so recht passten zu einer Frau, deren müde Gebärmutter vor langer Zeit von Östrogenpräparaten abgelöst worden war. Und wie sie sich kleidete! Ein wahrer Alptraum.

Es war teilweise der Kleidung seiner Mutter zuzuschreiben, dass Jack Polizist geworden war. Er konnte sich noch an den jährlichen Elterntag an der Gesamtschule erinnern, die er besuchte, ohne je einen Tag zu schwänzen. Er hatte versucht, seine Mutter davon fernzuhalten – indem er ihr sagte, sie würde sich nur ärgern, wenn sie Schlange stehen musste, um mit seinen langweiligen Lehrkräften zu sprechen –, doch sie hatte darauf bestanden. »Es ist mal was anderes, sie was Nettes über eines von meinen Kindern sagen zu hören.«

Die älteren Sprats hatten nichts als Schande über den Familiennamen gebracht, und Yvonne hatte sogar versehentlich den Vorratsraum des Hauswirtschaftszimmers in Brand gesteckt, indem sie eine brennende Zigarette an einer Regalkante hatte liegen lassen.

Jack beobachtete besorgt vom Treppenabsatz aus, wie Norma unentschlossen vor ihrem zum Bersten voll gestopften Kleiderschrank stand.

Er hielt die Luft an, als sie eine Jacke aus Ozelotimitat von einem Drahtbügel nahm, und atmete wieder aus, als sie sie mit den Worten auf das Bett schleuderte: »Die kriege ich nicht mehr zugeknöpft, seit meine Titten größer geworden sind.«

Nachdem sie vieles anprobiert und verworfen und Jacks Schwester um Rat gefragt hatte, entschied sie sich für eine Bomberjacke aus weißem Plastik mit dazu passendem Rock und ließ auf diese Weise Jacks schlimmste Befürchtungen wahr werden.

Sie gingen zusammen aus dem Haus, doch Jack ließ sie weit hinter sich. Zuerst rief sie ihm nach, er solle auf sie warten, doch er brachte es nicht über sich, neben ihr her zu laufen. Er schämte sich für ihre in weiße Stilettos gestopften Krampfadern und das knarrende Quietschen ihres Plastikoutfits.

Sein Kopf glühte vor Schamröte, als sie die Schule betraten und vom Direktor begrüßt wurden. »Mrs Sprat, nicht wahr? Sie haben da einen guten Jungen. Wir hegen große Hoffnungen, was Jack betrifft.«

Jack konnte den belustigten Blick in den Augen des Direktors sehen, als der aufgeblasene Wichtigtuer seine Mutter von Kopf bis Fuß musterte. Die herabhängenden Flamingo-Ohrringe, die Mascarakleckse an den Enden ihrer kurzen Wimpern, das orangefarbene Make-up, das an ihrer Kieferlinie übergangslos aufhörte, und die schlaffen Brüste, die ihr aus dem Knüpfbatiktop quollen. Dann betrat Jack mit seiner Mutter die Aula, in der die Lehrkräfte an Tischen saßen und sich mit Eltern unterhielten, und Jack war überzeugt, dass sich jeder zu ihnen umdrehte, seine Mutter anstarrte und auslachte. Er sehnte sich nach gutbürgerlicher Ehrbarkeit und wünschte sie sich ebenso für seine Mutter.

Als er einen dicken Mann, der in einer Schlange stand, »Jesses, schau dir das an!« zu einer Frau sagen hörte, stieg Wut in Jack hoch, und er legte den Arm um die weißen Plastikschultern seiner Mutter. Weshalb sollte sie keine Flamingoohrringe tragen? Es waren schließlich wunderschöne Vögel.

Kapitel 3

JACK BENÖTIGTE ÜBER FÜNF STUNDEN für eine Fahrt, die normalerweise zweieinhalb dauerte. Der Anhänger eines Lkws, der Kartoffeln von Ungarn nach Milton Keynes transportierte, hatte sich quer gestellt und seine Ladung über die Fahrbahn verschüttet, sodass der Verkehr auf zwei Autobahnen, der M1 in nördlicher Richtung und der M25 in östlicher wie auch in westlicher Richtung, völlig zum Erliegen gekommen war.

Jack rief vom Auto aus bei seiner Mutter an, erhielt jedoch keine Antwort. Sie ging nicht mehr gern ans Telefon, seitdem sie von einer Reihe verzweifelter Verkäufer bei Tag und Nacht angerufen worden war, die sie anflehten, ihren Strom bei den Gaswerken zu kaufen und ihre Telefonrechnung über die Wasserwerke abrechnen zu lassen. Sie hatte geglaubt, jemand spiele ihr einen grausamen Streich.

Eine Minute vor Mitternacht hielt Jack vor dem Haus seiner Mutter an, bei dem trotz der späten Stunde jedes einzelne Fenster hell erleuchtet war. Seine Mutter liebte 100-Watt-Birnen; es war kein Wunder, dachte Jack, dass sie ständig Schulden bei Powergen, ihrem Stromanbieter, hatte. Norma war immer noch auf und wartete auf ihn. Vom Gartenweg aus konnte er ihre Silhouette durch die dünnen Vorhänge erkennen: Sie saß auf dem Sofa und sah sich *Late Night Line-Up* im Fernsehen an. Sie war nicht wählerisch, was das Fernsehprogramm betraf. Tom Paulins großer Kopf füllte den Bildschirm aus.

Jack klopfte an und rief durch den Briefschlitz, der sich auf halber Höhe der Tür befand. Nach einer Weile konnte er hören, wie sie zu Peter, ihrem alten Wellensittich, sagte: »Unser Jack ist da, um uns zu besuchen, Pete.«

Als sich die Tür öffnete, erkannte Jack seine Mutter zuerst nicht wieder. Noch nie zuvor in seinem Leben hatte er sie ungeschminkt gesehen. Selbst nach dem Raubüberfall hatte sie es sich im Krankenhaus nicht nehmen lassen, Lippenstift aufzulegen. (Obgleich nur ein Auge mit blauem Lidschatten und Wimperntusche verschönert wurde, da das andere zugeschwollen war.) Jetzt, eine Woche nach ihrer Entlassung, trug sie nicht einmal ihre dritten Zähne, und ihre Haare hatten völlig die Farbe und die auftoupierte Höhe eingebüßt und hingen ihr wie traurige weiße Bindfäden um das von Blutergüssen überzogene, eingefallene Gesicht. Dies war nicht seine Mutter; es war das Skelett seiner Mutter. Sie sah wie eine Buchseite aus, die man aus Gray's Anatomie-Atlas gerissen hatte. Der junge Kerl, der ihr ihre Rente gestohlen hatte, hatte sie obendrein ihres Fleisches und Bluts beraubt, als er mit ihrer Einkaufstasche und dem Portmonee weggelaufen war.

»Hallo, Mum. Gut siehst du aus«, meinte Jack automatisch. Sie legte großen Wert auf ihre äußere Erscheinung.

»Ich habe dir etwas vom Abendessen aufgehoben«, sagte sie und ging den schmalen Flur entlang zur Küche vor.

Die Sprats hatten weder etwas für Begrüßungsküsse noch für andere zärtliche Gesten übrig.

Peter saß trostlos auf dem Boden seines Käfigs, wobei er knöcheltief in Samenhülsen und seinem eigenen Kot versank. Sein blaues Federkleid sah glanzlos und zerrupft aus.

Jack steckte den Finger durch die Käfigstäbe. »Kopf hoch, Pete, deine Mum ist auf dem Wege der Besserung«, wandte er sich an den Vogel. »Jetzt muss sie nur noch zum Friseur.« Pete war oft der Kanal, über den Jack mit seiner Mutter kommunizierte.

»Ich habe Angst, zum Friseur zu gehen, Pete.«

Peter hüpfte auf seine kleine Schaukel und starrte düster in den winzigen Spiegel, der vor ihm baumelte.

»In letzter Zeit ist er ein griesgrämiger kleiner Tropf«, meinte Norma zu Jack und öffnete dann die Ofentür, um einen Teller herauszuholen, den ein anderer, umgedrehter Teller bedeckte. Dampf stieg auf, als sie den oberen Teller lüftete und Jacks Abendessen zum Vorschein kam. »Dein Leibgericht!«

Jack betrachtete die bläulichen Streifen Lammbrust, die vertrockneten Erbsen und Möhren und den Kartoffelbrei, die an dem unteren Teller angebacken waren. Er sagte zu dem Vogel: »Wenn ich den grausamen Bastard finden würde, der unserer Mum wehgetan hat, würde ich ihn wahrscheinlich umbringen, Pete.«

Dann zwang er sich, den größten Teil seiner ekelhaften Mahlzeit zu essen. Er wusste, dass seine Mutter es hasste zu kochen und dass sie nie sonderlich gut darin gewesen war. Und er verzieh ihr, dass sie vergessen hatte, dass er sich seit über dreißig Jahren vegetarisch ernährte, und sein verstorbener Bruder Stuart derjenige gewesen war, der das Fett an der Lammbrust so gern gemocht hatte.

Norma saß da und sah Jack beim Essen zu. Ihr fielen die Falten um seine Augen auf sowie die beiden tiefen Furchen, die jetzt seine Nase und seinen Mund miteinander verbanden ...

Zu Beginn der allabendlichen Routine vor dem Zubettgehen bedeckte Norma Peters Käfig mit einer Decke aus einem Polyesterbaumwollgemisch, die mit Sonnenblumen bedruckt war. Peter hörte nicht auf, sich in seinem verdunkelten Käfig zu bewegen. Jack sprach streng zu dem nicht mehr sichtbaren Vogel. »Ruhe!«, befahl er.

Er schaltete das Licht in der Küche aus und fragte sich auf dem Weg nach oben in den Abstellraum, in dem er schlafen würde, warum er den kleinen Vogel derart barsch angefahren hatte.

In dem billigen Kiefernbett mit der zum Sonderpreis eingekauften Matratze schlief er schlecht; mit einer kleinen Schwiele an seinem Fuß blieb er immer wieder an dem bügelfreien Bettzeug hängen, das seine Mutter bevorzugte.

Einmal im Laufe der langen Nacht streckte er die Hand aus, um seinen Reisewecker zu ertasten, und warf dabei einen aus Ton getöpferten Esel vom Nachttisch. Er hörte, wie der Esel hinabfiel und auf dem teppichlosen Boden neben dem Bett zerbrach.

Als er das nächste Mal erwachte, war es Morgen, und er lag eine Weile da und ließ den Blick über die Eselfigürchen schweifen, die ihn umgaben. Sie waren auf jede erdenkliche Art und Weise verziert, manche mit Blümchenmuster, manche sahen realistisch aus, manche trugen Satteltaschen, andere zogen kleine Karren. Etliche hatten Hüte auf, zwei trugen stolz Ponchos zur Schau, und auf einem war zu lesen: »Ein Andenken an die Lavendelfelder Norfolks«. In dem Loch in seinem Rücken steckten immer noch ein paar vertrocknete Stängel.

Es war von jeher leicht gewesen, seiner Mutter zu Weihnachten und zu ihrem Geburtstag Geschenke zu kaufen; in den Geschäften hatte es immer irgendwelchen Eselkram gegeben, den sich Kinder leisten konnten.

Nachdem Jack aufgestanden war, zog er sich rasch an und schlüpfte in die Freizeitkleidung von Marks & Spencer, in der er sich in letzter Zeit nie ganz wohl gefühlt hatte. Er kam sich wie ein Hochstapler vor – als tue er nur so, als sei er wie die anderen.

Bevor er das Zimmer verließ, hob er die Scherben des zerbrochenen Esels auf und musste feststellen, dass es sich um ein Exemplar handelte, das Stuart in einem Töpferkurs in der Jugendstrafanstalt gemacht hatte, in die er wegen Marihuanabesitzes gekommen war. Jack wickelte die Scherben in ein Taschentuch und ging nach unten, um nach Klebstoff zu suchen. Er würde ihn reparieren müssen – der Esel aus dem Gefängnis war das einzige Geschenk, das Stuart seiner Mutter je gemacht hatte, und sie sagte oft, dass sie bei einem Brand lediglich Peter und »den Esel von unserem Stuart« retten würde.

Jack putzte das Spülbecken in der Küche mit einem verrosteten Stahlwolleschwamm von Brillo aus und wartete darauf, dass der moderne Wasserkocher zu kochen begann. Peter bewegte sich raschelnd auf dem Boden seines abgedunkelten Käfigs, während Jack Tee machte und ins Wohnzimmer trug, das auf die Straße hinausging. Das Haus gegenüber, in das er einst geschickt worden war, um einen Kochtopf auszuleihen, war mit Brettern vernagelt, und im Vorgarten stand ein schrottreifer Wohnwagen. Schulkinder marschierten vorüber und warfen einander liebevolle Obszönitäten an den Kopf. Unter dem Gewicht ihrer riesigen Rucksäcke gingen sie gebückt. Sie wirkten wie Infanteristen, die durch die Ruinen einer eroberten Stadt zogen.

Oben ging die Klospülung, doch ihr folgte nicht das beruhigende Plätschern des Wasserhahns – seine Mutter hielt Bakterien und Keime für etwas Gutes und war der Ansicht, dass es mehr Krankheitsfälle gab, seitdem pausenlos von täglichen Bädern und Duschen gefaselt wurde. Sie lachte Jack ins Gesicht, wenn er Nahrungsmittel in ihrem Kühlschrank fand, die das Verfallsdatum schon längst überschritten hatten, und erzählte ihm schreckliche Geschichten von Käse, der sich vor lauter Maden hob und senkte.

Sobald die Kinder um die nächste Ecke gebogen waren, lag die Straße wieder verlassen da. Ein paar Autos fuhren vorbei, doch Jack erschien die Atmosphäre unnatürlich ruhig.

An jenem Tag, als er vor Jahren von zu Hause ausgezogen war, um das Hendon Police College zu besuchen, und vor der Tür gestanden und zehn Minuten lang auf ein Taxi gewartet hatte, das ihn zum Bahnhof bringen sollte, war er überrascht gewesen, wie viele Leute vorübergingen und ihm alles Gute wünschten. Kleine Kinder hatten in ihren Vorgärten gespielt, Autos wurden am Bordstein repariert. Jack konnte sich daran erinnern, wie sich die Frauen damals in ihren Arbeitskitteln über die Gartentore gelehnt hatten, um den neuesten Tratsch auszutauschen.

Als seine Mutter ins Zimmer kam, fragte Jack sie, wo die ganzen anderen Leute steckten.

»Heutzutage verlässt keiner mehr das Haus«, antwortete sie und trat neben ihn an das Fenster. »Ich schaue nicht einmal mehr nebenan vorbei und ich habe aufgehört, die Wäsche draußen auf die Leine zu hängen. Einer dieser schlimmen Jungs is' letzte Woche über den Zaun geklettert und hat den Gartenstuhl gestohlen, den du mir mitgebracht hast.«

»Ich baue dir einen höheren Zaun und besorge dir noch einen Stuhl.«

»Nein, lass nur mit dem Stuhl«, erwiderte Norma gereizt. »Sie würden ihn bloß wieder klauen, und heutzutage scheint in England sowieso nie die Sonne.«

Sie gingen in die Küche, und Norma schüttelte missbilligend den Kopf, als sie sah, dass Peters Käfig noch immer von der Sonnenblumendecke verhüllt war.

In der Küche gab es keinerlei Nahrungsmittel, zu deren Verzehr sich Jack überwinden konnte; unbezahlte Rechnungen hatte Norma einfach hinter die Teebüchse neben der Spüle gestopft. Das ganze Haus musste geputzt und gelüftet werden, außerdem mussten die notwendigsten Dinge eingekauft werden. Selbst Peters Futternapf wies keinerlei Samen auf, und im Schrank stand lediglich eine leere Packung Trill neben den schimmligen Gläsern mit Marmelade und Eingemachtem. Ursprünglich hatte Jack gehofft, am Abend nach London zurückkehren und seinen zweiten freien Tag genießen zu können – er hatte vorgehabt, die Tate Modern zu besuchen, um mit eigenen

Augen zu sehen, worüber die anderen unaufhörlich redeten –, doch er sah nun ein, dass er eine weitere Nacht bleiben und sich um seine Mutter kümmern musste. Er räumte einen Teil des Küchentisches frei und begann, eine Liste zu schreiben.

Schlosser anrufen
Käfig sauber machen
Asda – Lebensmittel
Putzfrau finden
Post – Rente abholen
Bank – Daueraufträge einrichten
Yvonne finden?

Dann holte er sein Scheckbuch heraus und bezahlte die Rechnungen seiner Mutter.

»Ich hasse es, kein Geld zu haben«, sagte Norma. »Warum musste Terry sterben?«

»Er hätte sich nicht im Dunkeln auf einem Kirchendach herumtreiben sollen.«

Insgeheim war Jack erleichtert gewesen, als er vom Tod seines Stiefvaters gehört hatte. Ein Krimineller weniger in der Familie. Trevors Vorstrafenregister hatte ihn ständig in Verlegenheit gebracht. Immer wieder war im Laufe seiner Polizeikarriere der Verdacht in ihm hochgestiegen, dass Trevor zwischen ihm und einer Beförderung stand.

Norma verlor sich in Träumereien über Trevors Beerdigung. »Ich hab noch nie eine so volle Kirche gesehen. Hunderte strömten auf den Kirchhof. Die Leute wurden gegen Grabsteine gedrückt, nicht wahr, Jack? Und der Pfarrer hat ein paar reizende Dinge über Trev gesagt.«

Jack entsann sich, wie er ganz in der Nähe des reich verzierten Sargs seines Stiefvaters gesessen hatte und sich fragte, wie der angehende Pfarrer mit Trevors allseits bekanntem Verbrecherdasein und den unglückseligen Umständen seines Unfalltodes umgehen würde. Doch der

Narr in seinem hohen, steifen Geistlichenkragen hatte Trevor eine »facettenreiche Persönlichkeit« genannt und seine Bleidiebstähle verherrlicht, indem er Trevor als Pionier der Wiederverwertung bezeichnete, lange bevor Recycling in Mode gekommen sei.

»Im Nachhinein wünschte ich, Trevor wäre eingeäschert worden«, seufzte Norma. »Ich mag den Gedanken nicht, dass er so ganz alleine in der Erde liegt.«

»Du hast mir nie erzählt, wie viel Trevor dir hinterlassen hat, Mum.«

Norma fing an, durch die Taschen der verschiedenen Mäntel zu gehen, die von einem einzelnen Haken an der Rückseite der Küchentür hingen. Jack wusste, dass sie nach Zigaretten suchte. Seine ganze Kindheit schien von Zigarettenrauch umnebelt gewesen zu sein. Schließlich zog Norma eine zerdrückte, zur Hälfte gerauchte Zigarette hervor, die sie triumphierend hochhielt, um sie sich dann zwischen die Lippen zu stecken. Jack konnte spüren, wie er sich innerlich anspannte, als sie nach Feuer suchte, Schubladen öffnete und in Taschen herumkramte, bis sie eine Schachtel Swan Vesta Streichhölzer zwischen den Putzmitteln in dem schmutzigen Unterschrank der Spüle fand.

Norma setzte sich und blies Rauch über den Tisch. »Über Geld spreche ich nicht gern«, meinte sie halsstarrig.

»Das müssen wir aber, Mum. Hast du das Geld von Yvonne zurückbekommen?«

Norma schüttelte den Kopf.

Jack hatte seine Mutter davor gewarnt, in das Frauenpower-Projekt »Schnelle Kohle für Frauen« zu investieren, das nach dem Schneeballsystem funktionierte. Doch sie hatte dreitausend Pfund angelegt, nachdem sie gebannt Yvonnes dramatischen Geschichten von ganz gewöhnlichen Frauen gelauscht hatte, die mit vierundzwanzigtausend Pfund in der Tasche von einem einzigen Frauenpower-Treffen nach Hause gingen.

Nun sprachen Yvonne und seine Mutter nicht mehr miteinander. Der Kontakt war völlig abgebrochen, seitdem Yvonne die Frauenpower so weit getrieben hatte, dass sie ihren völlig verblüfften Mann nach sechsundzwanzig Jahren Ehe verlassen hatte und spurlos verschwunden war. Selbst im Polizeicomputer war sie nicht aufzutreiben gewesen. Jack vermisste Yvonne schmerzlich. Seine Schwester hatte sich immer um Norma gekümmert, und nun schien es, als sei allein Jack für sie verantwortlich.

Jack arbeitete die Liste ab. Er ging zusammen mit seiner Mutter in die Tiefkühlabteilung von Asda. Ins Fenster des Postamts wurde ein Zettel geklebt, auf dem zu lesen stand:

»PUTZHILFE GESUCHT. ZWEI STUNDEN PRO WOCHE.«

Während sie die Tiefkühlfertiggerichte aus den Supermarkttüten auspackten, klingelte das Telefon. Jack ging an den Apparat, und die Stimme eines jungen Mannes erklang: »Ich rufe wegen des Putzjobs an.«

Jack zögerte.

»Ich bin eine gute Reinigungskraft«, sagte der junge Mann. »Früher habe ich im Krankenhaus gearbeitet.«

»Warum arbeiten Sie jetzt nicht mehr dort?«, wollte Jack misstrauisch wissen.

»Ich studiere jetzt und brauche einen Aushilfsjob, um meine Lehrbücher bezahlen zu können.«

Jack bat den jungen Mann, James Hamilton, um fünf Uhr vorbeizuschauen.

Morgan Clare verfasste einen Aufsatz über die Tolpuddle Märtyrer. Mühelos schrieb er in schöner, säuberlicher Handschrift: »Die Tolpuddle Märtyrer waren sechs Landarbeiter, die 1833 gemeinsam einen Versicherungsverein auf Gegenseitigkeit gründeten, als ihr ›Herr‹ ihren Lohn von neun Shilling auf sechs Shilling pro Woche kürzte.«

Mit Unbehagen nahm er wahr, dass seine Schwester

Estelle nicht ihre Hausaufgaben machte. Folglich würde es später Streit geben, wenn Mum und Dad hochkamen, um eine halbe Stunde ausschließlich der Familie zu widmen. »Estelle, du könntest wenigstens so tun, als würdest du was für die Schule machen«, mahnte Morgan. »Fang doch zumindest an!«

»Mir ist scheißegal, was ist, wenn ich einmal erwachsen bin. Ich will eine ungebildete Frau werden.«

Morgan lachte. »Ungebildet bist du bereits. Außerdem kannst du dich sowieso nicht selbst unbilden.«

»Dann lege ich keine Prüfungen oder Examen ab«, verkündete Estelle.

Morgan schrieb: »Meiner Ansicht nach waren jene Männer, James Brine, Thomas Stanfield, John Stanfield, James Hammett, George Loveless und James Loveless, Pioniere der Labour-Bewegung, die es nicht verdienten, derart grausam und herzlos behandelt zu werden.« Er legte den Füller nieder und meinte: »Du hast also keinerlei Ehrgeiz?«

»Ich bin sogar sehr ehrgeizig«, sagte Estelle. »Ich will einmal sehr schön sein und ich will einen Schrank voller teurer Klamotten und Schuhe und ich will einen gut aussehenden Mann heiraten, der mich zum Lachen bringt, und ein Baby will ich auch bekommen.«

Der MI5 hörte mit, wie der Premierminister und seine Frau miteinander schliefen. Im Kopfteil ihres antiken französischen Bettes war ein winziges Mikrophon verborgen, das nicht größer als der Fingernagel eines Babys war.

»Die klingen, als seien sie auf halber Höhe des Snowdon«, sagte Robert Palmer.

»Ich wünschte, sie würden endlich den verfluchten Gipfel erreichen«, murrte Alan Clarke.

»Das ist vielleicht peinlich! Gott sei Dank ist es bloß eine Tonübertragung.«

Als sich das Timbre der leidenschaftlich vorgebrachten Koseworte des Premierministers änderte, waren die beiden Männer vorgewarnt, dass er demnächst fertig sein und bald nach einem Papiertaschentuch greifen würde.

Morgan Clare erwartete nicht, seine Eltern um sechs Uhr nachmittags zusammen im Bett vorzufinden. Als Poppy vor vier Monaten auf die Welt gekommen war, war er nicht länger umhingekommen zuzugeben, dass seine Eltern es trotz fortgeschrittenen Alters immer noch taten. Das war ekelerregend, richtig ekelerregend, aber es zu tun, wenn es draußen noch hell war, war fast schon abartig! Was waren sie denn, Tiere? Okay, vielleicht hätte er nicht einfach ohne anzuklopfen ins Zimmer stürmen sollen, doch er hatte Dad unbedingt von den Tolpuddle Märtyrern erzählen wollen.

»Dad, hast du schon einmal etwas von den Tolpuddle Märtyrern gehört?«

MI5-Mitarbeiter Clarke, der zuhörte, lachte in sich hinein. »Das ist ja wohl mal ein echter Coitus interruptus!«

»Natürlich habe ich das«, erklang die Stimme des Premiers.

»Was denkst du über sie?«

»Nun, ich denke, sie waren mutig, wenn auch etwas töricht.«

»Töricht? Inwiefern denn das?« Morgan klang gekränkt.

»Tja, ich meine, sie hätten sich und ihren Familien viel Kummer erspart, wenn sie bereit gewesen wären, mit ihrem Herrn über eine Lohnerhöhung zu verhandeln, anstatt als Agitatoren auf die Straße zu gehen.«

Im Schlafzimmer des Premierministers stieg Morgan die Zornesröte ins Gesicht. Er liebte die sechs Tolpuddle Märtyrer sowie deren Ehefrauen und Familien heiß und innig. Mittlerweile hatte er das Gefühl, für ihre Sache in den Tod gehen zu können. »Dad, sie waren keine Agitatoren, sondern sie erklärten sich lediglich bereit, Gebäude vor Randalierern und Brandstiftern zu schützen. Und,

Dad, es ging ihnen nicht um eine Gehaltserhöhung; ihr Wochenlohn war von neun auf sechs Shilling gekürzt worden.«

»Vielleicht wäre es ein guter Kompromiss gewesen, sich auf sieben Shilling Sixpence zu einigen«, schlug Edward lächelnd vor.

»Dad, sie waren nicht einmal mit neun Shilling in der Lage, ihre Kinder richtig zu ernähren, also ...«

»Sie unterzeichneten einen gesetzwidrigen Eid, Morgan.«

»Sie gründeten einen Versicherungsverein auf Gegenseitigkeit, Dad. Das ist alles! Sie hatten hundertprozentig Recht.«

»Nichts ist jemals völlig schwarz und weiß, Morgan. Sie waren Staatsfeinde.«

»Waren sie *gar* nicht! Es waren anständige Typen, die gegen ein grausames und, na ja, eben ungerechtes System kämpften, und zur Strafe wurden sie sieben Jahre lang nach Australien geschickt! Auf welcher Seite stehst du eigentlich, Dad?«

Adele, deren Stimme nur gedämpft durch die Bettdecke drang, sagte: »Wenn du von ›Seite‹ sprichst, was genau meinst du dann damit?«

»Du weißt verdammt genau, was ich damit meine!«, rief Morgan.

Adele kämpfte sich zur Oberfläche durch. »Die Nike-Turnschuhe kannst du vergessen und du hast eine Woche lang Hausarrest!«, schrie sie. »Und jetzt geh schon, ich möchte aufstehen und ich bin nackt.«

»Dad, gibt es irgendetwas, wofür du sterben würdest?«, fragte Morgan.

Der Premierminister erwiderte: »Nicht jetzt, Sohn.«

Die Agenten hörten, wie sich eine Tür schloss. Dann sagte Adele: »Du hast heute Abend einen Auftritt im Fernsehen, nicht wahr? Vergiss nach dem Duschen das Deo nicht. Im Scheinwerferlicht schwitzt du wie ein Schwein, Ed.«

Kurz vor fünf ging Norma nach oben. Als sie wieder herunterkam, fiel Jack auf, dass sie eines ihrer ausgestellten Sommerkleider angezogen, sich das Haar hochgesteckt und Lippenstift aufgetragen hatte.

James Hamilton entwaffnete sie beide mit seiner offenkundigen Begeisterung für Hausarbeit. Jack führte ihn in dem kleinen Haus herum, wobei er sich für den Zustand entschuldigte, in dem es sich befand. Er erklärte, dass seine Mutter neulich ausgeraubt worden sei und sich seitdem um nichts gekümmert habe. Dabei handelte es sich nur um eine kleine Lüge. Norma hatte sich nie viel aus Hausarbeit gemacht. Doch bei jeder vorgebrachten Entschuldigung lächelte James ohnehin einfach nur und winkte ab: »Kein Problem.«

James machte viel Wirbel um Peter. »Mein Vater hatte früher zwei Wellensittiche zu Hause in seinem Garten«, erzählte er.

»In eine Voliere?«, erkundigte sich Jack.

»Nein, frei fliegend. Er lebte in Trinidad.«

»Ich dachte, Wellensittiche fliegen nur in Australien frei herum?«, meinte Jack.

»Nein, nein! Die gibt es in ganz Trinidad.«

»Stammt Ihre Mutter aus Trinidad?«, wollte Norma wissen.

»Nö, meine Mum war von hier, aber jetzt ist sie tot. Wann möchten Sie, dass ich anfange?«

Ohne Jack anzusehen oder ihn um seine Meinung zu fragen, entgegnete Norma: »Sie können gleich anfangen und den Käfig von dem armen kleinen Kerlchen sauber machen.«

James hingegen suchte direkten Blickkontakt zu Jack, als er fragte: »Sagen wir sieben Pfund in der Stunde?«

»Nein, sagen wir sechs«, antwortete Jack.

Um halb acht hatte James das Haus mit zwölf Pfund in der Tasche verlassen. Innerhalb von zwei Stunden hatte er die Küche von Grund auf verwandelt und sogar den Spiegel in Peters Käfig geputzt und poliert. Er versprach, am nächsten Morgen um zehn Uhr wiederzukommen, bevor er in die Uni ging.

Nachdem James fort war, schob Jack zwei vegetarische Sheperd's Pies in den nun funkelnden Ofen. »Ein reizender Bursche«, stellte Norma fest. »Kannst du es dir leisten, dass er zweimal pro Woche kommt, Jack?«

»Selbstverständlich kann ich das, nicht wahr, Pete?«, sagte Jack.

Sie trugen das Abendessen ins Wohnzimmer, weil im Fernsehen eine Sendung kam, die sie beide sehen wollten. Am Abend startete eine neue Sendereihe, *Das Presseduell*, die live mit einem Publikum aus Prominenten übertragen wurde. Der Premierminister hatte sich bereit erklärt, als erster Gast aufzutreten.

Jack wollte die Sendung wegen seiner zunehmend engen Verbindung mit dem Premierminister ansehen, wohingegen sich Norma einzig und allein für die Prominenten interessierte. Sie hoffte, Sir Cliff Richard im Publikum zu entdecken und eventuell an seinem Gesicht ablesen zu können, ob er noch Jungfrau war.

Der Premierminister saß im Wartebereich und beobachtete mit gierigen Blicken, wie Donna Flak, die Produzentin des *Presseduells*, die Frischhaltefolie von einer ovalen Servierplatte mit klein geschnittenen Sandwiches entfernte. Seine guten Manieren verboten es ihm, aufzustehen und sich zu bedienen.

Donna knüllte die Frischhaltefolie zusammen und warf sie gekonnt in einen BBC-Abfalleimer an der gegenüberliegenden Wand.

»Potzblitz!«, meinte der Premierminister. »England könnte Sie auf dem Kricketplatz brauchen.«

Die Berater und die anwesenden hohen Tiere der BBC lachten länger, als es der seichte Witz verdient hatte.

Donna erwiderte: »Früher war ich Wickethüterin bei Ladies First, dem Damenteam von Cambridge.«

»Und trotzdem haben Sie Ihren Uniabschluss summa cum laude bestanden?«, entgegnete der Premier mit einem Lächeln.

Donna reichte ihm einen kleinen Teller und eine Serviette und hielt ihm die Servierplatte entgegen. Er nahm sich zwei Sandwiches mit geräuchertem Lachs und fing zu essen an. Am liebsten hätte er ein paar Augenblicke lang ungestört da gesessen und seine Sandwiches verzehrt, doch man ließ ihm keine Ruhe.

Alexander gab ihm die Liste mit den Fragen und einige Vorschläge, was mögliche Antworten betraf. »Du brauchst dir keine Sorgen zu machen«, meinte er.

Der Premierminister kannte sämtliche Journalisten, die der Diskussionsrunde angehörten, außer einer Frau namens Mary Murphy. Das kurze Briefing zu ihrer Person verriet, dass sie für ein Blatt in Northamptonshire schrieb; dass sie fünfundzwanzig war, geschieden, eine dreijährige Tochter hatte und die Sozialistische Allianz wählte.

Im Prominentenpublikum saß die Fernsehmoderatorin Ulrika Jonsson in der ersten Reihe zwischen Stephen Hawking und dem ehemaligen Fußballnationalspieler Gary Lineker. Es wurde freundlich geklatscht, als der Premierminister die Bühne betrat. Er hievte sich schwerfällig auf einen Barhocker und erprobte, mit überkreuzten und nicht überkreuzten Beinen dazusitzen, bevor er sich für die Variante entschied, einen Fuß auf der Sprosse des Hockers abzustützen, während er den anderen baumeln ließ.

Nach einem kurzen Soundcheck, bei dem der Premierminister aufzählte, was er zum Frühstück gegessen hatte – »Ei, Orangensaft, Müsli, Vollkorntoast und, äh, ...« – wurden Fragen zum Euro gestellt. »Ich habe *klar* zu verstehen gegeben, dass es ein Referendum geben wird, sobald ...«

Zu Afrika. »Es ist ganz *klar*, dass Afrika vor gewaltigen Problemen steht ...«

Und Malcolm Black. »Ich denke, jedem dürfte *klar* sein, dass Malcolm ein wunderbarer Finanzminister ist...«

Alles ging gut, bis Mary Murphy ihn fragte, ob er den Preis eines Pints Milch kenne.

Lächelnd antwortete er: »Wir sind Europäer, Mary. Ihnen ist ja wohl klar, dass wir hier, wenn überhaupt, von einem Liter sprechen müssen.«

Das Publikum lachte. Mary Murphy allerdings nicht. »Wie viel?«, wiederholte sie ihre Frage.

Er lächelte erneut. »Pasteurisierte Milch oder halbfett?«, erkundigte er sich, um Zeit zu gewinnen.

Das Prominentenpublikum lachte, diesmal jedoch eine Spur nervöser. Nur wenige von ihnen wussten, wie viel eine Flasche Milch kostete.

»Egal«, versetzte Mary Murphy unnachgiebig.

Graham Norton, der zwischen Adele und Ben Elton saß, rief: »Zum Henker mit der Milch! Wie viel kostet eine Flasche Bollinger?«

Als sich das Gelächter wieder gelegt hatte, wollte ein Diskussionsteilnehmer vom *Independent* wissen: »Herr Premierminister, in den Medien ist wiederholt berichtet worden, und die neuesten Meinungsumfragen bestätigen es, Sie hätten völlig den Bezug zum alltäglichen Leben verloren. Können Sie sich immer noch der Premierminister des Volkes nennen?«

Es dauerte drei lange Sekunden, bevor der Premierminister auf die Frage reagierte. Er lächelte und blinzelte mehrmals rasch hintereinander, dann setzte er zum Sprechen an: »Wissen Sie, erst vor ein paar Tagen habe ich mich mit einem gewöhnlichen Burschen über seine betagte Mutter unterhalten, die das Opfer eines tückischen Straßenraubs geworden ist.«

Jack sagte zu Norma: »Er spricht von dir, Mum.«

»Red doch keinen Unsinn«, erwiderte sie. »Ich bin doch nicht betagt!«

Und Jack fügte in Gedanken hinzu: »Und ich bin nicht gewöhnlich.«

Um zehn Uhr fünfzehn am nächsten Morgen rief Jack von der Autobahn aus bei seiner Mutter an. James ging an den Apparat. Im Hintergrund lief der Staubsauger. Fröhlich erzählte James, er werde Norma in die Stadt bringen, damit sie zum Friseur gehen könne.

»Und was ist mit der Uni?«, erkundigte sich Jack.

»Der Dozent hat Bronchitis, also ...«, antwortete James.

Im Hintergrund konnte Jack hören, wie seine Mutter in der Küche mit Peter redete und den kleinen Vogel fragte, was sie zu ihrem Ausflug in die Stadt anziehen solle.

Kapitel 4

BEVOR JACK UM ZWEI UHR seinen Dienst an der Tür von Nummer zehn antrat, ging er in das Dienstzimmer und machte sich eine Tasse Filterkaffee. Wendy befand sich ebenfalls dort und sprach mit Su Lo, Poppys Kindermädchen, über Barrys Bein.

»Ich weiß wirklich nicht, warum ihr es nicht mit chinesischer Heilkunde versucht, Wendy«, meinte Su Lo. »So bin ich meine Genitalwarzen losgeworden.«

Jack wünschte, er hätte diese Bemerkung nicht gehört. Jetzt würde er ein paar Tage lang nicht mehr in der Lage sein, Su Lo ins Gesicht zu sehen, ohne an ihre Genitalwarzen denken zu müssen.

»Eine Warze ist eine Warze«, gab Wendy zu bedenken, »aber ein entzündetes Bein ist etwas anderes.«

Während Jack seine Tasse im Spülbecken auswusch, hörte er Wendy zu, wie sie Su Lo erzählte, in der Nacht sei ein Arzt zu Adele gerufen worden, die unter heftigem Tinnitus gelitten habe. »Ohrensausen?«, erkundigte sich Su Lo.

»Etwas in der Richtung«, erwiderte Wendy bitter.

Jack setzte sich seinen Helm auf und zog den Riemen unter dem Kinn fest. Es war ein warmer Tag im April; seinen Mantel würde er nicht brauchen.

Als er durch die Korridore in Richtung der Eingangstür ging, konnte er die nervöse Anspannung spüren, die in der Luft lag. So war das immer im Vorfeld der Fragestunde des Parlaments, wenn Abgeordnete jeden Mittwoch eine halbe Stunde lang Gelegenheit bekamen, den Premierminister mit kritischen Fragen zu bombardieren.

Bevor der Premierminister in seinen Wagen stieg, blieb er kurz stehen. »Wie geht es Ihrer Mutter?«, erkundigte er sich bei Jack.

Jack begnügte sich mit der Bemerkung: »Sie ist gut in Form, Sir, danke der Nachfrage.«

»Das ist toll«, erwiderte der Premierminister. Dann wollte er wissen: »Jack, was beschäftigt Ihrer Meinung nach die Menschen in diesem Land am meisten?«

»Die Kriminalität, Sir«, gab Jack zur Antwort. »Es sollte mehr Polizisten auf der Straße geben.«

Die Fragestunde des Parlaments fing nicht gut an, als der Premierminister sich in seinen Aufzeichnungen verlas und auf eine Frage bezüglich des Kabeljaubestands irrtümlich verkündete, dass in der Nordsee nur noch neunundachtzig Exemplare dieser Fischart übrig seien.

Es dauerte eine Weile, bis das höhnische Gelächter verebbt war, und der Premierminister sich wieder ausreichend gefasst hatte, um seinen Fehler zu korrigieren und die ehrenwerten Abgeordneten darüber zu informieren, dass sich, obschon die Bestände dezimiert seien, derzeit immer noch 89 100 Tonnen völlig gesunder Fische in britischen Gewässern tummelten.

Der Oppositionsführer, Tim Patrick Jones, erhob sich. »Ist sich der Premierminister darüber im Klaren, dass der Eisenbahnverkehr im Südosten gestern Morgen völlig zum Erliegen kam?«, meinte er verächtlich. »Und dass es buchstäblich Millionen, *Millionen* geduldig leidender Pendler nicht einmal schafften, verspätet in die Arbeit zu gelangen? Sie schafften es *gar nicht* in die Arbeit!«

Edward hatte am vergangenen Abend die Nachrichten im Fernsehen gesehen, und die an Anarchie grenzenden

Szenen hatten ihn zutiefst schockiert. Reisende hatten im Bahnhof Waterloo Fahrscheinautomaten demoliert und waren in die Filiale von W. H. Smith gestürmt, wo sie sich einfach Zeitungen und Süßigkeiten nahmen.

Der Premierminister stand auf, begleitet von einem Schwall »Pfui!«-Rufe. Er warf einen Blick auf seine Notizen. Dann hob er trotzig den Kopf, wobei er feststellen musste, dass der Finanzminister, Malcolm Black, seine massige Gestalt ein wenig nach links verlagert hatte, sodass andere in der ersten Reihe sich noch näher aneinander drängen mussten.

Während Edward aufstand, hörte er Malcolm in seinem verfeinerten Dialekt aus dem schottischen Tiefland murmeln: »Sei keine Memme, Eddy.« Für den Bruchteil einer Sekunde fragte sich Edward, ob sich die politische Freundschaft, die ihn und Malcolm die letzten fünfzehn Jahre über verbunden hatte, dem Ende zuneigte.

Es gelang ihm nicht, sich zu konzentrieren, und die Erklärung für das Chaos auf den Schienen geriet ihm weitschweifig und unklar. Schweiß begann ihm über die Stirn zu laufen. Hinter sich auf der Bank stieß Malcolm Black einen leisen, aber deutlich in die Länge gezogenen Seufzer aus.

Als Tim Patrick Jones höhnisch feixte: »Möchte der Premierminister uns verraten, wann er das letzte Mal mit dem Zug gefahren ist?«, gab Edward ohne das geringste Zögern eine Antwort, die er auf der Stelle bereute, und die sein weiteres Leben verändern sollte.

»Mit Vergnügen verrate ich dem sehr ehrenwerten Gentleman: Zuletzt fuhr ich vor drei Tagen mit der Eisenbahn, und zwar zusammen mit meiner Frau und meinen drei Kindern.«

Die Hinterbänkler der Labour Party brüllten vor Vergnügen. Am liebsten hätte Edward die Worte wieder eingefangen und eiligst verschluckt, doch die abtrünnige Antwort war bereits in dem amtlichen Parlamentsprotokoll vermerkt und von den Satirikern und Spöttern, die auf der Pressetribüne saßen, auf ihre Notizblöcke gekritzelt worden.

Der Satz »Zuletzt fuhr ich vor drei Tagen mit der Eisenbahn, und zwar zusammen mit meiner Frau und meinen drei Kindern« sollte genauso berüchtigt werden wie Neville Chamberlains »Ich halte in meiner Hand ein Blatt Papier ...« nach seinem Friedensabkommen mit Adolf Hitler.

In einer Doppelhaushälfte in einem Vorort von Coventry war unterdessen ein begeisterter Hobbyfotograf, Derek Fisher, der die Fragestunde des Parlaments auf Radio Five Live anhörte, damit beschäftigt, ein Foto des Premierministers und seiner Familie per E-Mail an die Bildredaktion der *Daily Mail* zu schicken. Der dortige Bildredakteur schickte auf der Stelle eine SMS an den Korrespondenten der *Mail* auf der Pressetribüne, welcher der Antwort des Premierministers auf eine Frage nach einem Briten lauschte, der in Saudi-Arabien wegen Bierbrauens zum Tode durch Steinigung verurteilt worden war.

Noch bevor der Oppositionsführer sich wieder gesetzt hatte, hatte er eine schriftliche Nachricht erhalten, die besagte: »Fragen Sie den Premierminister, ob der Zug, mit dem er am Sonntag fuhr, pünktlich ankam und abfuhr, und auf welcher Strecke er unterwegs war.«

Der Oppositionsführer entschied sich, seine nächste geplante Frage – über das neueste Fiasko im Bereich der Flugsicherung – zu übergehen und es darauf ankommen zu lassen. Er bat um Aufschluss bezüglich der Eisenbahnfahrt.

Langsam erhob sich der Premierminister. »Es bereitet mir ein besonderes Vergnügen, den sehr ehrenwerten Gentleman wissen zu lassen, dass unser Zug pünktlich abfuhr und ankam.«

»Wenn ich mich nicht irre, handelte es sich um eine Rundfahrt«, meinte Tim Patrick Jones.

Auf der Pressetribüne wanderte ein Foto von einer

Hand zur nächsten. Keiner der zynischen Journalisten konnte sich an einen Anlass zurückerinnern, bei dem derart heftig oder lange gelacht worden war wie beim Anblick des Premierministers mit Baseballmütze und Jeansjacke, wie er, die Knie bis zu den Ohren angezogen, auf einem Spielzeugzug mit dem Namen *Puff-Puff* saß.

Adele und Poppy, beide in Baseballmützen, kauerten hinter Edward im ersten Waggon, und die älteren Clare-Kinder hockten schmollend hinten im Dienstwagen des Schaffners, während der Zug puffend seine kreisrunde Strecke fuhr. Adeles Nase machte dem Schirm der Baseballmütze Konkurrenz, was einen parlamentarischen Reporter zu der Bemerkung veranlasste: »Mensch, seht euch diesen Zinken an! Der ist so groß wie ein Flugzeugträger. Man könnte mit dem Flugzeug darauf landen und hätte immer noch genug Platz für eine Partie Hallenfußball.«

Die Kunde von dem Foto ging von der Pressetribüne aus durch die Bänke der Opposition.

Das Gelächter nahm eine hysterische Note an, als die hocherfreuten Politiker das Bild bis ins Detail analysierten.

Währenddessen drängte Tim Patrick Jones den Premierminister dazu, den Namen des Zuges zu nennen! Den Namen des Zuges!

Der Premierminister weigerte sich, diese Frage zu beantworten, wobei er sich auf »Sicherheitsgründe« berief.

Die konservativen Hinterbänkler explodierten, und der Speaker, der Präsident des Unterhauses, hatte Schwierigkeiten, sich über all das wütende Hohngelächter, die Puff-Puff- und Bimmelgeräusche hinweg, die durch den Saal gingen, Gehör zu verschaffen. Der Abgeordnete von Barking Southeast, dessen besonderes Kabinettstückchen die Imitation der *Royal Scot* beim Verlassen vom Bahnhof von Waverley war, verging schier vor Entzücken, weil er merkte, dass er ein gefesseltes und empfängliches Publikum vor sich hatte.

Über den Bänken hinter Edward lastete ein schreckliches Schweigen, als er sich wieder setzte. »Keine Sorge, Ed, davon erholst du dich schon wieder«, sagte Malcolm Black mit grausamer Liebenswürdigkeit. Auf dem Weg aus dem Saal hörte Edward jemanden ein Lied singen, das er noch aus Kindertagen kannte: »The runaway train came down the pass and she blew ...«

Kapitel 5

GEREIZT ZOG ADELE POPPY von einer ihre länglichen Brustwarzen und bot ihr die andere an. »Um Himmels willen, nun mach schon!«, sagte sie zu dem saugenden Kind. »Ich bin mitten in einem verfluchten Meeting, bei dem ich den Vorsitz führe!«

Poppy blickte empor und bemerkte Adeles unzufriedene Miene, dann fuhr sie fort, die Milch aus der von blauen Adern durchzogenen Brust zu nuckeln. Mit der Zeit hatte Adele die gesamte schmutzige, unbequeme Prozedur hassen gelernt, doch sie war Schirmherrin der *Brust gegen Frust*-Kampagne, einer Organisation, die vom Gesundheitsministerium und etlichen angesagten Kinderärzten unterstützt wurde. Folglich würde sie unermüdlich weitermachen müssen, doch sie konnte den Tag kaum erwarten, an dem sie ihre Brüste zurückbekommen und nicht mehr mit einem prustenden, schniefenden, gierigen Kind würde teilen müssen. Himmel, es war einfach barbarisch!

Und welchen Ärger die ganze Sache mit dem mächtigen Interessenverband der Pulvermilch heraufbeschworen hatte! Ihre Hauptgegnerinnen nannten sich *Die Masche mit der Flasche*. Sie waren ihr heftig in den Rücken gefallen und hatten ihr Günstlingswirtschaft vorgeworfen, wobei sich ihnen eine schnatternde Schar Ehefrauen und Freundinnen von Rennfahrern angeschlossen hatte, die in letzter Zeit Kinder zur Welt gebracht hatten. Diese Frauen hatten eine Gruppe namens *Volle Pulle* gegründet. Ferrari hatte gedroht, sich aus Silverstone zurückzuziehen, was im Parlament zu einigen Fragen geführt hatte.

Adele schaltete das Radio an und hörte der stockenden Stimme ihres Mannes zu, der etwas von einem Zug stammelte, bevor er von einem unglaublichen Gewirr aus mehr als zweihundert Männerstimmen übertönt wurde, die »Puff-Puff! Puff-Puff!« riefen.

Unten in einem kleinen Sitzungssaal, an dessen Wänden bedeutsame Brit-Art-Werke hingen, warteten drei einflussreiche und beeindruckende Frauen auf Adele. Sie hofften, sich ihre Unterstützung für eine Anthologie mit dem Titel *Rumoren* sichern zu können, die sie zugunsten einer Sache herausbringen wollten, die ansonsten gerne totgeschwiegen wurde: das Reizdarmsyndrom. Sie hatten bereits eine Kurzgeschichte von Martin Amis und ein ballaststoffreiches Rezept von Jamie Oliver vorzuweisen.

Lady Leanne Baker hatte die Stillpause genützt, um ihren Sohn im Teenageralter per SMS daran zu erinnern, sein Rugbyhemd aus der Waschmaschine zu holen und zum Trocken an den Aga-Gusseisen-Herd zu hängen. Ihr gegenüber am Tisch saßen Rosemary Umbago, die blinde Redakteurin der *Daily Voice*, und Baroness Hollyoaks, der zerzauste Kopf der Liberaldemokraten, und gaben sich dem Klatsch hin. Vor nur einer Stunde beim Betreten des Raumes hatte Baroness Hollyoaks adrett und beinahe präsentabel ausgesehen, doch binnen Minuten stand ihr Haar zu allen Seiten ab, und ihre Kleidung erweckte den Eindruck, einer Frau mit einer völlig anderen Kleidergröße zu gehören.

Die Baroness, an deren Brüsten bisher weder Mann, Frau noch Kind Trost gefunden hatten, erzählte eine leicht anrüchige Anekdote über den Labour-Politiker Roy Hattersley zu Ende und fügte anschließend hinzu: »Ich finde es einfach großartig, wie Sie mit Ihrer Sehbeeinträchtigung zurechtkommen, Rosemary.«

»Oh, bitte nennen Sie es doch Blindheit«, fuhr Rosemary sie barsch an. »Ich ertrage dieses Drumherumgerede der Political Correctness beim besten Willen nicht. Herrgott, ich bin blind! Ich bin sogar blind zur Welt gekommen. Ich bin nicht eine dieser empfindlichen Neublinden, die ständig über den schrecklichen Verlust ihres Augenlichts jammern.«

Eingedenk Rosemarys Abneigung gegen jegliche PC-Ausdrucksweise setzte Baroness Hollyoaks an: »Soviel ich gehört habe, haben Sie zum zweiten Mal geheiratet, Rosemary, einen Südafrikaner. Ist er ein Nigger?«

Bei der Rückkehr des Premierministers aus dem Unterhaus stellte Jack zu seiner Überraschung fest, dass der Premierminister in seinem Wagen blass und unwohl aussah. Selbst das Lächeln, das beinahe ebenso fester Bestandteil seines Gesichts war wie Nase und Mund, war verschwunden. Auf Befehl von Alexander McPherson hin befanden sich vor Nummer zehn keinerlei Fotografen. Jack fragte den Premierminister, als dieser an ihm vorüberging: »Alles in Ordnung, Sir?«

Der Premierminister gab seinem wütend dreinblickenden Privatsekretär ein Zeichen, ins Haus vorzugehen.

»Mir ist eben im Parlament eine Tracht Prügel verpasst worden, Jack.«

Bestürzt fiel Jack auf, dass die Augen des Premierministers glänzten. War es möglich, dass es sich dabei am Ende um ungeweinte Tränen handelte?

»Das tut mir Leid, Sir«, meinte Jack mit rauer Stimme.

Statt durch die Tür zu gehen und sein Büro aufzusuchen, blieb der Premierminister stehen und unterhielt sich mit Jack. Er erzählte ihm von dem Eisenbahntheater. Jack hörte mit verschränkten Armen zu. Als der Premierminister schließlich zu sprechen aufhörte, sagte Jack: »Heute haben wir den ersten April, Sir – vielleicht war Ihre Antwort auf die Zugfrage als Witz gemeint.«

Edward schüttelte den Kopf. »Nein, ich habe eine dümmliche Lüge von mir gegeben. In Wahrheit bin ich seit Jahren nicht mehr mit öffentlichen Verkehrsmitteln gereist, habe eine Milchflasche gekauft oder in einem Krankenhaus des National Health Service darauf gewartet, endlich an die Reihe zu kommen. Ich habe völlig den Bezug dazu verloren, wie das Leben der meisten Leute aussieht.«

»Halten Ihre Berater Sie nicht auf dem Laufenden, Sir?«

»Die bewohnen doch dieselbe sterile Seifenblase, in der ich lebe, Jack!«, platzte Edward heraus. »Es ist etliche Jahre her, dass ich das letzte Mal Fish und Chips aus Zeitungspapier gegessen habe.«

»Da sind Sie nicht der Einzige«, erwiderte Jack. »Das verstößt gegen den staatlichen Gesundheitserlass von 1971.« Allerdings bereitete es ihm kein Vergnügen, dem Premierminister noch weiter vor Augen zu führen, wie sehr er sich von dem Volk entfernt hatte, das er regierte.

Eine Stimme flüsterte Jack ins Ohr, er solle dem Premierminister sagen, dass Oberst Gaddafi am Telefon sei und dringend mit ihm zu sprechen wünsche. Jack richtete es dem Premierminister aus, der jedoch nicht gewillt zu sein schien, das Haus zu betreten. »Was tun Sie, um sich zu entspannen, Jack?«, wollte er wissen.

»Ich setze mich mit einer Tüte Cheese & Onion Chips und einer Flasche Kronenbourg hin und schaue mir *12 Uhr mittags* an, Sir«, gab Jack zur Antwort.

»*12 Uhr mittags!*«, rief der Premierminister aufgeregt und begann zu singen: »Do not forsake me, oh my darling ...«

»Genau der«, meinte Jack. »Ich muss ihn mindestens zwanzig Mal gesehen haben.«

Nachdem der Premierminister das Haus betreten hatte, wandte er sich an seinen Privatsekretär. Gaddafi würde später zurückrufen müssen. Außerdem sagte er die nächste geplante Sitzung ab, die mit dem Oberbefehlshaber der NATO gewesen wäre. Dann rief er bei Wendy an und bat sie, das Kronenbourg-Bier, die Chips und *12 Uhr mittags* auf Video aufzutreiben und ihm nach oben in sein Wohnzimmer bringen zu lassen.

Anschließend rief er Alexander McPherson an, der für ihn ein Interview mit Andrew Marr von der BBC arrangieren sollte, in dem der Premierminister über seinen sorgfältig geplanten Aprilscherz zu sprechen gedachte. Er spielte kurz mit dem Gedanken, Jack zu sich zu bitten, kam jedoch zu dem Schluss, dass es zu spät sei, den Dienstplan der Metropolitan Police auf den Kopf zu stellen. Also sah er sich den Film allein an.

Malcolm Black saß am Schreibtisch in seinem Büro, in dem es wie auf einem Schlachtfeld aussah, und aß ein pochiertes Ei auf verbranntem Toast. Er hatte sich das Essen selbst in der Küche seiner Wohnung zubereitet. Seine Frau war nicht da, und er belästigte das Personal nur ungerne. »Ich begreife nicht«, sagte Alexander McPherson, »wie du in diesem Saustall arbeiten kannst, Malc.«

Malcolm blickte sich um, als sähe er die Unordnung zum ersten Mal. »Ich scheine aber sehr gut arbeiten zu können, und die Meinungsumfragen bestätigen dies. Schließlich bin nicht ich es, der auf einen Nervenzusammenbruch zusteuert.«

David Samuelson saß, den Kopf in die Hände gestützt, da. »*12 Uhr mittags*«, stieß er verächtlich aus. »Er entwickelt sich zurück. Die Handlung ist grob vereinfachend, die Verwendung von Zeit als Metapher ist überzogen, und Gary Cooper spielt so was von hölzern!«

»Wenn mich die Meinung eines verfluchten Filmkritikers interessieren würde, hätte ich nach Barry Norman oder sonst einem Idioten geschickt«, versetzte Alexander.

»Der Footsie war bei Börsenschluss um zwei Prozent gefallen«, warf Malcolm leise ein. »Die Bank von England befürchtet eine Deflation. Der arme Eddy wird langsam zu einer klitzekleinen Belastung.«

»Malcolm, du hast einen langen Streifen Ei auf der Krawatte«, entgegnete Samuelson.

Malcolm tastete nach dem dünnen Rinnsal aus Eigelb und leckte sich anschließend den Finger ab.

»Ed geht es prima«, behauptete Alexander. »Er braucht bloß eine Pause. Himmel, wenn ich seinen Job zu erledigen hätte, wäre ich längst ein Fall für die Klapsmühle!«

Malcolm schob seinen leeren Teller auf einen schwankenden Stapel Steuerunterlagen. »Ich denke, ich könnte seinen Job ganz gut erledigen.«

»Wir waren übereingekommen, dass du noch einmal fünf Jahre abwartest«, erwiderte Samuelson. »Hast du vor, wortbrüchig zu werden?«

Lächelnd versetzte Malcolm: »Die Ereignisse, David, die Ereignisse.«

»Gebt ihm eine Woche«, schlug Alexander vor. »Ich kümmere mich um die Presse.«

»Es wäre wohl nicht angebracht, wenn die Leute sähen, wie er sich mit einem Campari in der Hand auf einer Sonnenliege räkelt«, gab Samuelson zu bedenken.

Malcolm kicherte. »Wir könnten ihn nach Afrika schicken.«

»Diese Hunde von der Presse würden ihn aufspüren«, sagte Alexander. »Wir werden ihn untertauchen lassen müssen.«

Als Gary Cooper und Grace Kelly in dem Einspänner die Stadt verließen, platzte Alexander herein. »Tja, das ist die beste Methode, um in einer Stadt aufzuräumen, Ed: Jedem Bastard eine Kanone in die Hand drücken, damit sie einander gegenseitig abknallen.«

Beim Abspann drückte Edward auf die Rückspultaste an der Fernbedienung und sagte in Gary-Cooper-Manier: »Ich will eine klare Antwort von dir, Alex. Bin ich noch der richtige Mann für den Job?«

»Du brauchst eine Pause, Ed«, meinte Alexander.

»Glaubst du, ich bin weltfremd geworden?«

»Das Meinungsforschungsinstitut Mori hat heute Vormittag eine Telefonbefragung für uns durchgeführt. Nach dem Fiasko gestern Abend beim *Presseduell* ist dein persönliches Rating tiefer gesunken, als wenn du mit einer Liane um den Knöchel von einer Klippe gesprungen wärst. Fünfundachtzig Prozent der britischen Öffentlichkeit sind der Ansicht, dass du nicht die leiseste Ahnung vom heutigen Leben des durchschnittlichen Briten oder der durchschnittlichen Britin hast.«

Edward stand am Fenster. Dann drehte er sich um, als würde er gleich einen shakespeareschen Monolog vor einer Klasse Abiturienten halten. »Ich habe den Bezug zum Volk verloren.« Er hob die Hände, als wolle er sie auf Blutspuren hin untersuchen. »Fünfundachtzig Prozent«, flüsterte er schließlich. »Wer sind dann also die fünfzehn Prozent, die glauben, ich hätte den Alltagasbezug *nicht* verloren?«

»Leute wie wir«, antwortete Alexander. »Die Mächtigen und Einflussreichen.«

»Aber das ist ja völlig absurd! Natürlich stehe ich in Kontakt zu gewöhnlichen Leuten. Ich spreche doch mit Wendy und mit Jack-an-der-Tür!«, rief der Premierminister.

»Wer ist Jack-an-der-Tür?«, wollte Alexander wissen.

»Wachtmeister Jack Sprat«, sagte Edward. »Er hat *12 Uhr mittags* über zwanzig Mal gesehen, und das mit dem Aprilscherz war seine Idee. Und seine Mutter ist die Frau, die überfallen wurde.«

Eine Stunde später erhielt Jack eine Nachricht in seinem Ohr, die besagte, er solle sich oben im Wohnzimmer des Premierministers melden, sobald seine Ablösung da sei. Es stellte sich heraus, dass dies Wachtmeisterin Harris war, eine junge Schwarze, der er einmal bei einer Handfeuerwaffenübung begegnet war.

Nachdem die beiden kurz darüber geflachst hatten,

weshalb man nach ihm geschickt hatte, nahm Jack den Helm ab und wurde nach oben geführt.

Der Premierminister kam ihm zur Begrüßung entgegen und stellte ihn Alexander McPherson vor, der sagte: »Herzlichen Glückwunsch, Wachtmeister Sprat, Sie haben soeben eine Woche Urlaub gewonnen!«

»Wohin?«

»Eine Rundreise durch Großbritannien.«

»Fahre ich alleine?«, erkundigte sich Jack. Er fragte sich, ob ihm etwas anderes übrig blieb.

»Nein«, entgegnete der Premierminister. »Sie nehmen mich mit, und es geht noch heute Abend los.«

In der vergangenen Stunde hatte man Erkundigungen über Jacks Eignung eingezogen. Er schien in jeglicher Hinsicht perfekt zu sein: Er hatte keine Ehefrau, keine Kinder und auch sonst niemanden, der von ihm abhing, abgesehen von einer alten Mutter, die im weit entfernten Leicester wohnte. In seinem Privatleben gab es keine Menschenseele, der seine Abwesenheit auffallen würde.

Alexander hatte Jack eine Kopie des Sicherheitsberichts zugeworfen. Die erschöpfende Ausführlichkeit der darin enthaltenen Informationen über sein Leben war beeindruckend.

Als Jack das Schreiben überflog, beschlich ihn der Gedanke: »Das Ding lässt mich wie eine total traurige Existenz wirken.«

»Ganz nebenbei«, warf Alexander beiläufig ein, »haben Sie irgendwelche politischen Überzeugungen?«

»Ich kann den Tag als Kommunist beginnen, als Sozialist zu Mittag essen und mich als Konservativer schlafen legen, Sir«, erwiderte Jack.

Edward musste lachen. »Umgekehrt auch?«

»Oh nein, Sir«, antwortete Jack. »Ich könnte den Tag niemals als Konservativer beginnen.«

»Ich habe Jesus immer um seinen Aufenthalt in der Wüste beneidet«, sagte Edward. »Dort wurden wichtige Entscheidungen getroffen.«

Alexander stieß ein wütendes Knurren aus. »Tja, wir können allerdings nicht vierzig Tage und vierzig Nächte lang auf dich verzichten. Du kriegst höchstens eine Woche.«

»Es wird reichlich knapp, wenn wir Großbritannien in nur einer Woche bereisen wollen«, warf Jack ein. »Vor allem wenn wir mit öffentlichen Verkehrsmitteln unterwegs sind.«

»Öffentliche Verkehrsmittel?«, meinte Edward. »Wäre es nicht einfacher, wenn wir einen Hubschrauber nehmen?«

»So wie die gewöhnlichen Leute, deren Meinung du so gerne für dich gewinnen möchtest?«, fragte Alexander bissig.

»Wie lautet Ihr Ziel, Sir?«, erkundigte sich Jack. »Was möchten Sie erreichen?«

Edward blinzelte. »Keine Ahnung, Jack. Ich schätze, ich möchte mich wieder mit dem vertraut machen, was für die Mehrheit der britischen Bevölkerung von Belang ist.«

»Haben wir einen Reiseplan?«, fragte Jack.

Da ihm niemand antwortete, fügte Jack hinzu: »Also gut, ich muss nach Hause und eine Tasche packen.«

»Und *ich* muss unbedingt nach Edinburgh«, sagte der Premierminister aufgeregt.

Seit seiner frühesten Kindheit waren sein Leben und fast jeder einzelne Tag verplant gewesen. Selbst als er noch völlig sorglos gewesen war, sich das Haar wachsen ließ und in einer Rockband Gitarre spielte, galt es, Verabredungen zu treffen und zu Proben zu erscheinen. Und heutzutage, da er alles andere als sorglos war, war selbst seine so genannte Freizeit bis in die letzte Minute vorherbestimmt. Schon des Öfteren hatte er Reden über die Freiheit gehalten. Nun bot sich ihm die Gelegenheit, sie am eigenen Leib zu erfahren.

Mithilfe eines höheren Beamten im öffentlichen Dienst wurden rasch Pläne ausgearbeitet. Selbstverständlich würde die Abwesenheit des Premierministers nicht unbemerkt bleiben. Man würde verlauten lassen, dass er fernab von London in einem geheimen Bunker Hunderte von Metern unter den Feldern von Wiltshire eine Übung zum Regieren nach einer nuklearen Katastrophe leitete.

Der stellvertretende Premier, Ron Phillpot, wurde aus dem Fünfsternehotel in Belize abberufen, wo er an einer Konferenz zur Schuldenabtragung der Dritten Welt teilnahm.

Alexander erbot sich freiwillig, Adele die Neuigkeiten zu überbringen und ihr zu erklären, dass Edward sie mehr als sein eigenes Leben liebte.

»Was genau habe ich also zu tun?«, wollte Jack wissen. »Und wie lange?«

»Sie werden der Geleitschutz sein«, antwortete Alexander.

Edward fügte rasch hinzu: »Und Sie werden sich um das Geld und die Fahrkarten kümmern, während ich mit dem Volk interagiere.«

Beinahe wäre Jack angesichts der kindlichen Begeisterung des Premierministers in Gelächter ausgebrochen. Jack war der Ansicht, dass das Volk seit seiner Berufung in den Polizeidienst erschreckend heruntergekommen war. Damals waren die meisten Paare verheiratet – unter einem Partner verstand man zu jener Zeit lediglich einen Firmenteilhaber, alte Männer und Frauen spazierten ohne die geringsten Sorgen durch die Straßen, und Kinder riefen nicht »Platz da für den Abschaum!«, wenn sie ihn in Uniform auf sich zukommen sahen.

Jack, Edward und Alexander gingen in das Elternschlafzimmer hinüber und öffneten Adeles Schubladen und Kleiderschränke. Obgleich der Premierminister völlig durchschnittliche Gesichtszüge besaß, würde man ihn von Huddersfield bis Soweto wiedererkennen. Folglich musste er sich verkleiden.

Edwards Verwandlung in Edwina ließ sich überraschend einfach bewerkstelligen. Dass Adele und er etwa gleich groß und ähnlich gebaut waren und beide Schuhgröße 42 hatten, erleichterte die Sache. Und dass Adele gelegentlich, wenn ihr Haar allzu widerspenstig war, eine Perücke trug.

Oft hatte Adele vor ihren Feministenfreundinnen geprahlt: »Eddy ist im Grunde ein kleines Mädchen.«

Es dauerte nur fünfunddreißig Minuten (inklusive einer gründlichen Rasur und Augenbrauenzupfen), Edward in Edwina zu verwandeln, und es wäre noch schneller gegangen, wenn der Premierminister ursprünglich nicht darauf bestanden hätte, Strapse zu tragen. Keiner der Männer konnte sich entscheiden oder daran erinnern, ob der purpur-schwarze Seidenhüftgürtel mit den daran befestigten elastischen Strumpfhaltern unter oder über Adeles dazu passendes Höschen gehörte.

Schließlich gelang es Jack allerdings, den sich sträubenden Premier dazu zu überreden, Strümpfe und hochhackige Schuhe beiseite zu legen und stattdessen Strumpfhosen und leichte Slipper anzuziehen, indem der Polizist darauf hinwies, dass Strümpfe und Stöckelschuhe zwar bei einem romantischen Candle-Light-Dinner am Valentinstag angebracht sein mochten, allerdings nicht das passende Schuhwerk seien, um damit durch ganz Großbritannien zu latschen.

Auch bei der Wahl der Oberbekleidung musste Jack einschreiten und Edward davon überzeugen, dass die hübschen Sommerkleider, die Adele während ihres letzten Urlaubs in einer Villa in der Toskana getragen hatte, zu viel männliches Fleisch sehen ließen – außerdem, rief er dem Premierminister ins Gedächtnis, war Schnee im April in Großbritannien nichts Ungewöhnliches. Sie einigten sich auf eine knappe Garderobe, die aus einem Anzug von Nicole Farhi mit breiten Hosenbeinen, zwei Rollkragenpullis aus Kaschmirwolle – einer in Pink, einer in Blau –, einer Jogginghose von DKNY und einem langen Pullover bestand, der dem Premierminister über den Schritt ging.

Jack fand immer noch, dass der Premierminister wie ein Mann aussah, der wie eine Frau gekleidet war. Die Perücke mit ihrer schwarzen Lockenpracht war jedoch ein voller Erfolg. Sobald Edward sie aufgesetzt, Abdeckcreme aufgetragen und seine Augen geschminkt hatte, hätte er beinahe im Treppenhaus an seiner eigenen Gattin vorbeigehen können, ohne dass diese ihn erkannte.

Bevor sie Nummer zehn verließen, wurden ein paar grundlegende Regeln aufgestellt. Nur Jack durfte ein Handy bei sich haben, und außer in Notfällen sollte es keinerlei Kontakt zwischen ihnen und Nummer zehn geben. Alexander würde sich um alles kümmern – Adele würde man erzählen, ihr Ehemann befände sich in dem Bunker, und Ron Phillpot würde man davon abhalten, in der Abwesenheit des Premierministers wichtige Entscheidungen zu treffen.

Wachtmeisterin Harris wünschte Jack Sprat und dessen weiblicher Begleitung eine gute Nacht und sah ihnen hinterher, wie sie durch das Tor gingen und sich durch den leichten Nieselregen entfernten. Es gelang ihr nicht, die Eifersucht zu unterdrücken, die an ihr nagte. Sie sollte die Frau an Jacks Arm sein.

Auf dem Weg zum Trafalgar Square empfand der Premierminister eine eigenartige Leichtigkeit, als würde die Last des Regierens tatsächlich von seinen Schultern fallen und zurück in Richtung Downing Street rollen.

»Bei Charing Cross nehmen wir die U-Bahn, Sir.«

»Wissen Sie, Jack, ich bin ein direkter Mensch, tja, also und es wäre mir lieber, Sie legten keinen solchen Wert auf Förmlichkeiten. Also hören Sie auf, mich ›Sir‹ zu nennen, okay?«

Jack nickte und fragte, wie er den Premierminister dann ansprechen sollte.

»Meine Freunde nennen mich Ed«, sagte der Premierminister.

»Und wie soll ich Sie nennen?«, wollte Jack wissen.

Dass er die Gefühle des Premiers verletzt haben musste, entging ihm nicht, da jener seinen Griff an Jacks Arm lockerte. Jack entschuldigte sich jedoch nicht. »Ich bin verdammt noch mal nicht sein Freund«, dachte Jack. »Ich habe ihn noch nicht einmal gewählt, und hier stehe ich und schleppe sieben lange Tage die Tasche für einen Kerl, der aussieht wie eine Joan Collins für Arme.«

»Meinen Sie, wir werden beobachtet, Jack? Überwacht?«, fragte der Premierminister.

Bedrückt nickte Jack, und in einem Zimmer mit Aussicht auf die Themse brachen Clarke und Palmer lauthals in Gelächter aus. »Na klar beobachten wir euch!« meinte Palmer.

Clarke fügte hinzu: »Wir werden es sogar wissen, wenn ihr euch in euren Betten umdreht!«

Sie hatten sich beim ersten Anblick des Premierministers, als dieser in der Aufmachung seiner Frau Nummer zehn verlassen hatte, kaum mehr eingekriegt. »Ich gebe ihm eine halbe Stunde, bis jemand mit Adleraugen ihn erkennt«, hatte Palmer prophezeit.

»Jack sieht so richtig stocksauer aus«, war Clarkes belustigte Antwort gewesen.

Clarke drückte auf den Zoomknopf an dem Satellitenbild und holte Jacks nach unten gezogene Mundwinkel näher heran. »Meinst du, Jack weiß, dass wir ihn beobachten?«, fragte Palmer.

Da blickte Jack vorbei an Nelson, der auf seiner Säule stand, nach oben in den dunklen Himmel, dorthin, wo die Satelliten, mit deren Hilfe ihre Reise überwacht werden würde, die Erde umkreisten. Clarke und Palmer lachten abermals lauthals, als Jack unhörbar mit den Lippen formte: »Hallo, Jungs.«

Kapitel 6

NORMA UND JAMES SASSEN nebeneinander auf dem Sofa vor dem Gasofen. Der Staubsauer stand mitten im Zimmer und war immer noch eingesteckt. Nur ein Drittel des bunt gemusterten Teppichs war gesaugt worden. Ein Aschenbecher, ihre Kippen, Streichhölzer und zwei große Tassen Kaffee standen vor ihnen auf dem Sofatisch, ebenso wie ein Stapel von Normas Fotoalben.

»Das ist Stuart, einen Monat, bevor er gestorben ist«, erklärte Norma, wobei sie mit dem nikotingelben Zeigefinger auf die Fotografie eines Mannes mit hagerem Gesicht und schrecklichen Zähnen deutete.

»So, so«, meinte James, dem nichts Schmeichelhaftes zu dem dummen heroinsüchtigen Versager einfiel, der ihm freudestrahlend von dem Foto entgegenblickte.

»Glücklich sieht er da aus, was?« Norma wollte unbedingt glauben, dass Stuarts kurzes Leben nicht völlig ohne den einen oder anderen Augenblick des Glücks gewesen war.

James dachte: »Er ist glücklich, weil er sich gerade einen Schuss gesetzt hat, das ist alles.« Doch er schwieg, und Norma blätterte um und zeigte ihm ein Foto von Stuart und Jack im rückwärtigen Garten von Nummer zehn.

Beide saßen auf glänzenden Raleigh-Rennrädern. Die Fahrräder sahen bei weitem nicht so mitgenommen aus wie die in die Kamera grinsenden Jungen, deren Gesichter schon völlig abgehärmt wirkten.

»Diese Räder haben eine Menge Ärger gemacht. Jack weigerte sich, auf seinem zu fahren, als er herausfand, dass Trev, mein verstorbener Mann, sie von Halfords geklaut hatte. Trev war richtig verletzt. Er hatte sich so viel Mühe gegeben – den richtigen Bolzenschneider gefunden, den Feueralarm in dem Geschäft ausgelöst. Die Leute meinen, ein Krimineller zu sein sei leicht, aber das ist es nicht! Da muss man enorm viel planen, und immer macht man sich Sorgen. Weißt du, wir hatten den Jungs Fahrräder zu Weihnachten versprochen, aber erst am Abend davor hat Trev angerufen, um mir zu sagen, dass er zwei Rennräder in seinem Lieferwagen hatte.«

James hob die Arme und streckte sich unbeschwert. Sein ganzer Körper fühlte sich entspannt an, als James sich in die weichen Sofakissen sinken ließ. Endlich hatte er einen Ort gefunden, an dem er sich sicher fühlte. Hier war er zu Hause!

»Norma«, sagte er, »du kennst nicht zufälligerweise jemanden, der ein Zimmer zu vermieten hat, oder?«

Norma streichelte über Stuarts Gesicht auf einem der Fotos. Zu Lebzeiten hatte er es nicht gemocht, berührt zu werden. Viele der Schlägereien, in die er geraten war, hatten damit angefangen, dass ihn ein Fremder versehentlich berührt hatte.

»Suchst du nach 'nem Zimmer?«, fragte sie.

»Jawoll. Meine Mum ist gestern in ein Hospiz eingeliefert worden.« James setzte seine Waise-in-spe-Miene auf und tat so, als wische er sich imaginäre Tränen fort. »Ich kann einfach nicht alleine zu Hause bleiben, Norma.«

»Mir hast du erzählt, deine Mama ist tot«, versetzte Norma mit schneidender Stimme.

James zog seine Heulnummer ab, wobei er an den Tag dachte, an dem sein Hund Sheba von einem Milchwagen überfahren worden war. Er weinte heiße Krokodilstränen.

Eine derart offenes Zurschaustellen von Gefühlen fand

Norma äußerst beunruhigend. Nachdem eine Minute vergangen war, legte sie Jack einen Arm um die Schultern. »Lebt deine Mama nun oder nicht?«

James schluchzte. »Meine richtige Mum ist tot, meine Adoptivmutter liegt im Sterben.«

»Was hat sie denn?«, wollte Norma wissen, die sich bestens mit unheilbaren Krankheiten auskannte.

James zog ein adrett gefaltetes Stück Küchenpapier aus der Hosentasche und wischte sich die Augen. »Leberkrebs«, gab er Auskunft.

Norma fiel auf, dass seine langen schwarzen Wimpern nass waren und zusammenklebten. »Hat sie Metastasen?«

»Ja, jede Menge«, antwortete Jack schniefend. Er war ein Junge mit reger Phantasie, der seine nicht existierende Adoptivmutter in ihrem weißen Krankenhausbett klar und deutlich vor sich sehen konnte. Sie hatte etwas von der sterbenden Evita, wie Madonna sie gespielt hatte.

»Wenn du willst, kannst du ein bisschen bei mir wohnen«, schlug Norma vor. »Du kannst im Eselzimmer schlafen.«

»Ab und zu kiffe ich ein bisschen, Norma«, entgegnete James, »ist gut gegen meine Arthritis.«

Norma, Trevor und Stuart hatten des Öfteren einen Joint geraucht, wenn Jack außer Haus war und einem seiner langweiligen Hobbys nachging – Fotografieren oder Gesellschaftstanz. Die Male, als sie zusammen mit ihrem Ehemann und ihrem ältesten Sohn high gewesen war, gehörten zu den glücklichsten Momenten in ihrem Leben. Bei diesen Gelegenheiten hatte es ein großes Zusammengehörigkeitsgefühl als Familie gegeben. Außerdem war es aufregend gewesen, wenn sie alle drei überall im Haus die Fenster aufrissen und Raumsprays versprühten, kurz bevor sie Jack zurück erwarteten.

Norma blätterte eine weitere Seite des Fotoalbums um, und James blickte überrascht auf das große, attraktive Gesicht des ehemaligen Präsidenten Bill Clinton, der ihm entgegengrinste. Im Hintergrund war die Eingangstür von

Downing Street Nummer zehn zu sehen sowie ein Polizist in Hemdsärmeln, der eine kugelsichere Weste und einen Helm trug.

Norma deutete auf den Polizisten. »Ich kann dir genauso gut die Wahrheit verraten«, sagte sie in beschämtem Tonfall. »Das da ist unser Jack. Du hast ihn kennen gelernt. Er mag ja bei der Polizei sein, aber ich habe ihn trotzdem lieb.«

Nachdem James den ersten Schreck überwunden hatte, brachte er hervor: »Keiner kann etwas dafür, was aus seinen Kindern wird, Norma.«

Als der kleine Vogel in der Küche zu zwitschern begann, fiel Norma ein, dass es an der Zeit war, Peter zu füttern. Sie stand auf und schlurfte in ihren Pantoffeln aus dem Zimmer. Im Laufe ihrer Abwesenheit stieß James immer wieder Überraschungsschreie aus, während er sich Fotos von Jack Sprat mit Nelson Mandela, Bobby Charlton, Liam Gallagher, Posh und Becks, und ein paar anderen alten Typen ansah, deren Gesichter ihm vage bekannt vorkamen, ohne dass ihm ihre Namen eingefallen wären.

Während Norma Peters Futterschale mit Trill füllte, konnte sie hören, wie James rasch in sein Handy sprach. »Wir haben einen Untermieter, Pete«, sagte sie. »Er hat junge Beine, er wird uns nach draußen helfen und sich um uns kümmern.«

»Norma, geht es in Ordnung, wenn ein paar Kumpels von mir vorbeischauen?«, rief James in die Küche.

Norma wandte sich an Pete: »Na, was denkst du, Pete. Soll ich es ihm erlauben?«

Doch Peter schien ihr nicht zuzuhören, also brüllte Norma zurück: »Mach ruhig!«

Dann ging sie nach oben, um ihre Pantoffeln gegen ihre Stöckelschuhe einzutauschen. Es war das erste Mal seit langer Zeit, dass sie Gäste hatte.

Zwei Wochen, bevor Jacks Tante Marilyn im Krankenhaus gestorben war, hatte sie zu ihm gesagt: »Im Grunde weiß ich von dir bloß, dass du Rote Bete magst, Jack.« Tatsächlich war es bei ihren Gesprächen im Familienkreis relativ häufig um Rote Bete gegangen. Bei Weihnachtsfeiern hatte Marilyn gerufen: »Sperrt die Rote Bete weg, Jack ist da!« Oder: »Ich hab gerade Rote Bete für Jack besorgt, also sagt ihm, dass er herkommen soll.«

Es gab andere Frauen, darunter etliche Polizistinnen, die Jack Sprat weniger als Liebhaber von Roter Bete kannten, sondern als Liebhaber.

Jack hatte sich dem Studium der erotischen Künste und der weiblichen Psychologie mit derselben gründlichen Hingabe verschrieben wie jedem anderen Wissensgebiet, das ihn interessierte. Er hatte sich mit einer Landkarte des weiblichen Genitalbereichs ausgerüstet und ihn wie ein Forscher erkundet, bis er sich mit verbundenen Augen darin zurechtfand. Immer wieder stellte er überrascht fest, dass er weit mehr über die Genitalien der Frau wusste als über die Frauen. Er nahm es als selbstverständlich hin, dass die meisten Frauen nicht mit einem Penis umzugehen wussten und ihn entweder wie einen Torpedo behandelten, der jeden Moment losgehen konnte, wenn man ihn fest berührte, oder wie einen altmodischen Schalthebel, der sich ohne weiteres in jede Richtung biegen ließ.

Die meisten Frauen erinnerten sich gerne an Jack, weil er sie und ihren Körper gemocht und ihnen die Wahrheit gesagt hatte: dass er nicht in der Lage war, jemanden zu lieben – es war ein genetisches Versagen seinerseits, und er konnte nichts dagegen tun, solange die Wissenschaft kein Heilmittel fand, um ihn vor einem Leben zu bewahren, in dem es keinerlei Liebe gab.

Jack und der Premierminister standen im Dunkeln in einem Zug der Northern Line, der stecken geblieben war. Der Premierminister hasste die Dunkelheit. Einmal hatte ihn ein makellos sauberer Bergarbeiter in Uniform und mit glänzendem Helm durch ein denkmalgeschütztes Bergwerk geführt. Als sie den tiefsten Schacht erreicht hatten und sich vornüber beugten, um durch eine schützende Schicht Plexiglas ein Kohleflöz anzusehen, waren sämtliche Lichter ausgegangen, und der Premierminister hatte in der namenlosen Dunkelheit wie ein kleines Mädchen gekreischt. Der Museumsbergmann hatte lachend gefragt: »Wer ist denn hier die große Heulsuse? Wer hat Angst im Dunkeln?«

Der Premierminister hatte an jenem ausgesprochen männlich konnotierten Ort nicht den Mut aufgebracht zuzugeben, dass er es war und dass er seit dem Tag, an dem seine Mummy begraben worden war, nachts immer mit Licht geschlafen hatte.

Er und die übrigen Leute hatten im Dunkeln kauernd darauf gewartet, dass ein Notfallgenerator unter Tage gebracht wurde.

Jetzt klammerte der Premierminister sich an einem Griff fest, der von der Decke des Zuges hing, und ihm lief der Schweiß zwischen den engen Schalen des Pushup-BHs seiner Frau hinab, der seinen nicht vorhandenen Busen in Form quetschte. Ein Verrückter fing an, Anschuldigungen über Sir Cliff Richard durch den Zug zu brüllen – dass er den Rockgitarristen Hank Marvin dazu gezwungen habe, ein Zeuge Jehovas zu werden.

Weiter hinten in dem Waggon sagte ein Mann, dem man noch die langen Jahre an einer feinen Privatschule anhörte: »Zum Teufel, das ist das letzte Mal, dass ich mit der verdammten Scheiß-Northern-Line fahre! Da krieche ich noch lieber auf meinen verfluchten Knien nach Camden Town, in dieses beschissene kleine Drecksnest.«

»Bitte, Roddy, wir müssen endlich aufs Land ziehen«, flüsterte eine Frau mit tränenerstickter Stimme.

Die Minuten zogen sich zäh dahin, und Fremde begannen zögerlich, sich miteinander zu unterhalten. Der Verrückte wandte sich an den gesamten Eisenbahnwaggon und klärte seine Mitreisenden darüber auf, dass David Beckham der neue Messias sei, und der Fernsehjournalist Jeremy Paxman der Antichrist.

Durch die Lautsprecheranlage ging ein schrilles Pfeifen. »Meine Damen und Herren und sonstigen Passagiere«, verkündete lakonisch eine Stimme mit südlondoner Akzent, »die Londonder Verkehrsbetriebe bedauern, Ihnen mitteilen zu müssen, dass dieser Zug aufgrund eines von einem Mitglied der Öffentlichkeit hervorgerufenen Vorfalls etwa zwanzig Minuten stehen bleiben wird. Ich wiederhole: Zwanzig, zwei-null. Die Londoner Verkehrsvertriebe möchten sich für diese Störung entschuldigen.«

In Jacks Wohnung in der Ivor Street in Camden Town waren noch nicht viele Leute gewesen. Er mochte die meisten Leute und ein paar wenige liebte er beinahe, doch es war ihm unmöglich, seinen Wohnraum mit einem anderen menschlichen Wesen zu teilen. Die kleinen Dinge des Alltags lagen ihm zu sehr am Herzen. Es verursachte ihm körperliche Schmerzen, wenn ein Handtuch nicht genau in der Mitte des beheizten Handtuchhalters hing, und er litt Todesqualen, wenn eine Konserve nicht nach Größe sortiert in Reih und Glied mit den anderen Einmach- und Marmeladengläsern im Vorratsschrank stand. Jeder einzelne Gegenstand in den vier kleinen Zimmern der Wohnung besaß einen genauen Aufenthaltsort, und Jack war selig, wenn jeder Löffel wieder in der Schublade war, und sämtliche CDs in alphabetischer Reihenfolge im Regal standen.

Einst hatte er zugelassen, dass das Chaos in Gestalt von Gwendolyn Farmer Einzug in seine Wohnung hielt. Gwendolyn war eine außergewöhnlich hübsche, aber auch hartnäckige Frau gewesen, mit der Jack im Jahre 1998 drei Monate lang liiert gewesen war, als er bei New Scotland Yard gearbeitet und Telefongespräche abgehört hatte. Eines Tages hatte Gwendolyn ihm vorgeworfen, verheiratet zu sein. Warum sonst lud er sie nie zu sich nach Hause ein? Sie lebte nur zehn Minuten von ihm entfernt, weshalb gingen sie also immer in ihre Wohnung, um sich leidenschaftlich und phantasievoll zu lieben?

In einem schwachen Augenblick hatte Jack die Waffen gestreckt und Gwendolyn zu sich eingeladen, doch binnen einer halben Stunde (während der sie die Fußmatte leicht verrückt und ein Sofakissen ein Stück nach rechts verschoben hatte) war die Beziehung vorbei.

In Jacks ruhigem, geordnetem Reich wirkte Gwendolyn wie ein außer Rand und Band geratenes wildes Tier. Sie brachte Unordnung und Chaos mit sich – Planeten prallten aufeinander, die Sonne drehte sich um die Erde, Flüsse flossen verkehrt herum, Hunde paarten sich mit Katzen, die Toten erwachten zu neuem Leben, und die Zeit lief rückwärts.

Gwendolyn begriff nie, was sie falsch gemacht hatte. Ihrer Meinung nach hatte sie lediglich die unnatürlich saubere und aufgeräumte Wohnung betreten, ihren Mantel auf das Sofa geworfen und die Schuhe von sich geschleudert. Anschließend hatte sie es sich bequem gemacht, eine Zigarette angesteckt und Jack von ihrem Tag in der Abteilung für Vermisstenanzeigen erzählt.

Am folgenden Tag vertraute sie einer Kollegin unter Tränen an: »Er wurde kreidebleich, fing zu zittern an und forderte mich auf zu gehen. Was habe ich nur getan?«

Beinahe hätte Jack den Premierminister gebeten, vor der Haustür zu warten, doch der arme Kerl wäre in seinem grotesken Aufzug ein zu leichtes Opfer für vorübergehende Halunken gewesen. Jack wappnete sich und ließ den Premierminister in die schmale Diele treten, bevor er ihm folgte und die Eingangstür hinter sich schloss.

»Du meine Güte, so viele Bücher!«, stieß der Premierminister aus. »Haben Sie die alle gelesen?«

»Nein, Sir, ich benutze sie zur Wärme- und Geräuschisolierung«, erwiderte Jack sarkastisch. Der Premierminister empfand so etwas wie Erleichterung. Er wusste selbst nicht, warum, aber er hätte nicht gerne eine Woche mit einem Mann verbracht, der tatsächlich die gesammelten Werke von Marx, Engels und Winston Churchill gelesen hatte.

»Sie sind irgendwie sortiert«, meinte der Premierminister, während er mit dem Finger die Buchrücken von Jacks Kostbarkeiten nachfuhr.

»Die Dewey-Dezimalklassifikation, Sir.« Jack zuckte zusammen, als sein Gast Tom Paines *Die Menschenrechte* aus dem Regal zog und fälschlicherweise zwischen Jeremy Paxmans *Die Engländer* und Jennifer Patersons Kochbuch *Zwei Damen vom Grill* zurückstellte. Jack ließ den Premierminister im Wohnzimmer zurück, wo dieser seine CD-Sammlung inspizierte, und eilte ins Schlafzimmer, um eine kleine Reisetasche zu packen. Er wählte eine der drei warmen Lederjacken aus, die in Tüten der chemischen Reinigung verpackt in seinem Schrank mit Freizeitkleidung hingen, und war fünf Minuten später wieder im Wohnzimmer, von wo aus er den Premierminister auf die Wohnungstür zusteuerte.

»Dann gibt es also keine Mrs Sprat?«, erkundigte sich der Premierminister, als sie auf den Bus mit der Liniennummer 73 nach King's Cross warteten.

»Nein, Sir«, antwortete Jack.

Der Premierminister nickte in Richtung der Menschenschlange ganz in ihrer Nähe. »Sie müssen unbedingt aufhören, mich ›Sir‹ zu nennen«, flüsterte er. »Das ist viel zu auffällig. Nennen Sie mich Edward. Oder nein, vielleicht wäre Edwina unter den gegebenen Umständen angebrachter.« Der Premierminister lachte sein mädchenhaftes Lachen. »Können wir in dem Doppeldeckerbus oben sitzen, wenn er dann kommt?«

Jack übte im Stillen, »Edwina« zu sagen.

Die Bahnhofshalle von King's Cross glich einer Massenszene aus einem frühen russischen Film über die Oktoberrevolution. Das allgemeine Durcheinander und die Verzweiflung waren ähnlich. Eine Entgleisung kurz vor dem Bahnhof Peterborough sowie ein Computerausfall bei der Flugsicherung hatten dazu geführt, dass auf einmal unzählige Menschen mit dem Nachtzug nach Edinburgh reisen wollten. Jack hielt den Premierminister an der Hand und zog ihn durch die Menge.

Ein außenstehender Betrachter hätte einen besorgten Mann gesehen, der sich liebevoll um seine überspannte Ehefrau kümmerte. Einem genaueren Beobachter wäre mit großer Wahrscheinlichkeit aufgefallen, dass die Ehefrau einen ziemlich großen Adamsapfel besaß, der an der einen oder anderen Stelle Bartstoppeln aufwies.

Als Jack zu den Anzeigetafeln emporblickte, sah er, dass der Zug nach Edinburgh, den sie hatten nehmen wollen, bis auf weiteres Verspätung hatte. Sitzmöglichkeiten gab es keine, also hockten sie sich auf den Boden. Während der langen Wartezeit ließ Jack den Premierminister etliche Male allein auf das Gepäck aufpassen und stellte sich in den endlosen Schlangen an, um Essen und Getränke zu kaufen. Manchmal vergaß der Premierminister, dass er eine Frau war, und saß mit weit gespreizten Beinen da, die Perücke verruscht, bis Jack ihm behutsam sein neues Geschlecht in Erinnerung rief.

Eine alte Frau, die auf ihrem Koffer saß, sagte zum Premierminister: »Ich habe hundertdreißig Pfund für meine Fahrkarte gezahlt, und nun hocke ich nach fünf Stunden immer noch hier, ohne Durchsagen und ohne Hilfe vonseiten des Personals. Ja, ich habe überhaupt kein Personal zu Gesicht bekommen! Wenigstens hat Mussolini es geschafft, dass die Züge pünktlich waren. Was wir in diesem Land brauchen, ist ein Diktator.«

Erst um fünf Uhr früh war es ihnen endlich möglich, den Zug zu besteigen. Jack schulterte beide Reisetaschen und zerrte den Premierminister durch die drängelnden

Menschen, die alle versuchten, einen Sitzplatz zu ergattern. Nachdem sie eine Zeit lang nach zwei benachbarten Plätzen gesucht hatten, ließen sie sich schließlich an einem Tischchen mit vier Sitzplätzen nieder, wobei sie einander schräg gegenüber saßen. Unheilvollerweise zog einer der anderen Fahrgäste, ein verdrießlich dreinblikkender Mensch in einer Jacke in Tarnfarben, eine Plastiktüte mit sechs großen Bierdosen McEwan's extrastrong Lager hervor und stellte sie vor sich auf den Tisch. Die andere Fremde an ihrem Tisch, eine junge Frau mit einer strengen, geometrischen Frisur, schlug ein Buch auf: *Weltweites Management. Top-Tipps für Führungskräfte in einer globalisierten Welt.*

Bald schon war jeder Platz in dem Waggon besetzt, doch immer mehr Leute drängten mit ihren schweren Koffern, sperrigen Paketen und Taschen herein.

Nachdem dem Premierminister mehrfach beinahe die Perücke vom Kopf gestoßen worden wäre, schlug Jack vor, die Plätze zu tauschen. Die guten Manieren des Premierministers verboten es ihm eigentlich mit anzusehen, wie Frauen im Gang standen. Am liebsten hätte er einer von ihnen seinen Platz angeboten. Dann rief er sich jedoch in Erinnerung, dass er eine Frau war, und dass Frauen wie Adele ohnehin jahrelang um das Recht gekämpft hatten, in Bussen und Zügen stehen zu dürfen, während Männer sitzen blieben.

Er lehnte das Gesicht gegen die Fensterscheibe und blickte in die graue Morgendämmerung, während sie durch die letzten Vororte Nordlondons fuhren. Zu seiner Überraschung stellte er fest, wie unordentlich die Gärten und Hinterhöfe der Häuser waren, an denen sie vorüberreisten, und in welch baufälligem Zustand sich die Schuppen und Nebengebäude befanden. Weshalb schienen so viele Leute alte Kühlschränke, Herde und anderen Müll in ihrem Garten zu sammeln? Meinten sie, dass sie irgendwann später einmal von Nutzen sein könnten? Er befragte Jack nach dessen Meinung.

Der Mann in der Tarnfarbenjacke sagte: »Es kostet dich hundertfünfzig Mäuse, einen verfluchten Müllcontainer zu mieten, seitdem unsere Scheißregierung die Deponiesteuer eingeführt hat.«

Anschließend stellte er sich vor. Sein Name war Mick, und er war auf dem Weg zur Hochzeit seines Bruders. Er wollte vom Premierminister wissen, warum sie nach Edinburgh reise.

Der Premierminister senkte den Blick. »Ich hoffe, dort das Grab meiner Mutter zu finden«, sagte er leise.

»Das ist hart«, erwiderte Mick, der dabei war, seine dritte Bierdose auszuschlürfen. »Ist das da Ihr Mann?« Er nickte über den Tisch hinweg in Jacks Richtung.

»Nein, mein Bruder«, log der Premierminister.

»Wo steckt dann Ihr Mann?«, bohrte Mick nach.

»Ich bin unverheiratet.« Das Lügen ging Edward leicht von der Zunge. Es war viel schwerer, die Wahrheit zu sagen. In der Welt der Politik konnte eine einzige wahre Aussage aus seinem Munde den Wert des Pfunds hochschnellen oder in den Keller sinken lassen.

»Ich hab nicht viel Glück bei den Frauen gehabt«, erklärte Mick, in dessen Stimme nun Selbstmitleid mitschwang. »Keine Ahnung, was ich falsch mache. Ich führe sie aus, spendiere ihnen Drinks, Bier, Ale, härtere Sachen, auch Cocktails. Ja, ich kaufe ihnen sogar was zu essen, wenn sie hungrig sind. Können Sie mir also verraten, was ich falsch mache, Süße?«

Die junge Frau mit der strengen Frisur formte lautlos »Himmelherrgott« mit den Lippen.

Mick schwafelte weiter. »Mein Bruder sollte diese Frau nicht heiraten. Sie ist aus Easterhouse in Glasgow. Heiraten tut sie ihn nur wegen des Geldes. Er ist ein Subunternehmer.«

»In welchem Bereich?«, erkundigte sich der Premierminister.

»Ach, in jedem«, lachte Mick. »Tatsächlich arbeiten muss er nichts, weil er die Aufträge an einen anderen

Subunternehmer vergibt, und *der* vergibt sie dann an einen anderen Subunternehmer – kapiert?« Mick lachte eine Weile herzhaft.

Jack schloss die Augen und ließ sich vom rhythmischen Rattern des Zuges einlullen, der ruckelnd die Gleise entlangfuhr, die von einem Subunternehmen in Auftragsarbeit verlegt worden waren. Er hörte, wie Mick dem Premierminister erzählte, er würde einem Mann eines Tages eine »süße kleine Frau« abgeben, und warum verabredeten sie sich eigentlich nicht auf einen Drink nach der Hochzeit seines Bruders? Beziehungsweise, wieso kam Edwina nicht gleich mit auf die Hochzeit seines Bruders? Er wäre stolz, mit Edwina am Arm vor der Kirche aufzukreuzen. Auf der Stelle würde er seinen Bruder anrufen und eine zusätzliche Nelke bestellen.

Stotternd brachte der Premierminister seine Entschuldigung hervor: »Das ist ausgesprochen liebenswürdig von Ihnen, aber wissen Sie, ich bin nur kurze Zeit in Edinburgh und, na ja, ich und Jack werden ziemlich viel um die Ohren haben, nicht wahr, also wirklich sehr liebenswürdig, aber lassen Sie das mit der zusätzlichen Nelke mal lieber sein.«

Doch Mick ließ sich nicht gerne einen Korb geben und reagierte beleidigt.

Der Premierminister bat seine Sitznachbarin, ihn durchzulassen. Unwillig erhob sie sich und stand mit dem Handy in der Hand im Gang. Sie war dabei gewesen, eine SMS zu schreiben, und sie fuhr fort, mit flinken Fingern Worte in das Gerät zu tippen, während der Premierminister auf dem Weg zur Toilette, die sich am anderen Ende des Waggons befand, an ihr vorüberstolperte. Er brauchte unbedingt einen ruhigen Ort, an dem er nachdenken konnte; nicht nur über die Deponiesteuer und ihre unschönen Auswirkungen, sondern auch über die Tatsache, dass er sich in den Kleidungsstücken seiner Frau wohler fühlte als in seinen eigenen.

Er setzte sich auf den Toilettendeckel und suchte in

seiner Umhängetasche nach Lippenstift und Abdeckcreme. Seine letzte Rasur lag mindestens zehn Stunden zurück, und sein Bart spross bereits wieder. Er rieb sich die Abdeckcreme in die Haut, bis sein Gesicht einer beigefarbenen Maske glich. Anschließend zog er sich mit dem Lippenstift sorgsam die Lippen nach. Im Spiegel probte er ein paar weibliche Gesichtsausdrücke.

Nachdem er sich die schwarzen Lockenpracht gerichtet hatte, die dazu neigte, ihm vom Kopf zu rutschen und schief herabzuhängen, kam er zu dem Schluss, dass er mehr der blonde Typ sei und keine Brünette. Sobald sie in Edinburgh ankamen, würde er Jack als erstes bitten, seinen Kopfumfang abzumessen und ihm eine neue Perücke zu kaufen gehen, etwas in der Art von Marilyn Monroe in dem Film *Manche mögen's heiß*. Mit diesem Film konnte er sich mittlerweile voll und ganz identifizieren. Und wo Jack schon einmal beim Einkaufen war, sollte er gleich noch ein paar andere, aufregendere Klamotten besorgen. Wenn er sich schon als Frau verkleiden musste, konnte es ebenso gut eine sinnliche und verlokkende Frau sein. Er wollte die kommende Woche gewiss nicht als Frau verbringen, die sich derart sittsam und brav kleidete. Es ärgerte ihn immer noch, dass man ihm die Stöckelschuhe ausgeredet hatte. Mit ein bisschen Übung würde er gewiss darin laufen können.

Jack nutzte die Abwesenheit des Premierministers, um mit Mick zu sprechen. Er beugte sich zu ihm und sagte sehr leise, aber bestimmt: »Noch ein Wort zu meiner Schwester und ich reiß dir den Kopf ab und verkaufe ihn an das Löwenhaus im Zoo.«

Dass es in Edinburgh einen Zoo gab, gehörte neben der Existenz des Stadtbergs Arthur's Seat und dem alljährlichen Theaterfestival zu den wenigen Dingen, die Jack über die Stadt bekannt waren. Mick trank schlürfend von seiner fünften Bierdose und nickte respektvoll. Er hätte genau dasselbe getan, wenn ein Fremder im Zug seine Schwester auf eine Hochzeit eingeladen hätte.

Wütend klopfte es an der Klotür, und eine derbe Stimme schrie: »Was zum Teufel treiben Sie da drin?«

Doch der Premierminister war dabei, sich die Zähne zu putzen, und konnte nicht aufhören. Er war erst bei Bürstenstrich hundertzweiundzwanzig und hatte noch achtundsiebzig vor sich. Während des Zähneputzens fragte er sich, wie Adele die Nachricht aufgenommen haben mochte, dass er sich in einem Kommandobunker befand und eine Woche lang von der Außenwelt abgeschlossen sein würde. Seitdem sie einander zum ersten Mal begegnet waren, hatten sie keinen Tag – ja, nicht einmal einen halben – verbracht, ohne miteinander zu sprechen. Er hoffte, sie dachte daran, ihre Medikamente zu nehmen. Ohne verwandelte sie sich in eine völlig andere Frau – sie war dann nicht die selbstbewusste, allseits bekannte Prominente, die er kannte und liebte, eine Frau, die wie ein Koloss über die internationale Bühne schritt, sondern ein kläglich winselndes Geschöpf, das schluchzend im Bett lag und jammerte, ihre Schenkel seien zu dick. Er nahm sich vor, Jack zu fragen, ob es möglich sei, Wendy anzurufen. Die Hausangestellte sollte aufpassen, dass Adele zweimal am Tag ihre fünfundzwanzig Gramm Lithium schluckte.

Jack lehnte sich zurück und hörte der jungen Frau gegenüber zu, wie sie mit ihrem Handy einen geschäftlichen Anruf nach dem anderen tätigte. »Fergus, ich sitze im Zug. Hör zu, ich schaffe es nicht rechtzeitig zu dem Meeting mit diesen schnabellosen, beinlosen Hühnertypen – die Hühnchenfleischleute –, also musst du für mich einspringen. Hör zu, sie werden eine Sterberate von eins zu fünf durchboxen wollen. Der reinste Blödsinn. Wenn die Hühner keine Füße haben, dann leben sie bestimmt noch achtundvierzig Stunden länger, also können wir bei einem Einheitssatz von ... Hallo, hallo, Fergus? Die Verbindung ist ganz schlecht, ich kann dich kaum noch ...«

»Hühnchen esse ich gerne«, meinte Mick.

Als Jack nach einem unruhigen Nickerchen wieder erwachte, stellte er fest, dass der Zug durch Northumbria holperte. Der Boden des Waggons war mit Verpackungsmaterial vollgemüllt; Styroporbecher rollten den Gang entlang wie zusammengeballtes Prairiegras, das durch eine Stadt im Wilden Westen geweht wurde. Es roch nach Fastfood und menschlichen Ausdünstungen. Am liebsten wäre Jack den Zug entlangspaziert, um sich ein wenig die Beine zu vertreten, doch als er sich umsah, musste er feststellen, dass er dazu über am Boden schlafende Fahrgäste und deren Gepäck hätte steigen müssen. Er freute sich schon darauf, endlich Edinburgh zu erreichen – für ländliche Gegenden hatte er noch nie viel übrig gehabt. Als er noch ein Kind gewesen war, hatte seine Mutter ihm häufig gedroht: »Wenn du nicht brav bist, schicke ich dich aufs Land.«

Kapitel 7

BISHER HATTE NORMA NOCH NIE viel mit Ausländern zu tun gehabt. Im Arbeiter-Club hatte es den Schwarzen Charlie gegeben, ein echtes Original. Immer hatte er Witze gemacht, dass er nicht sonnenbaden müsse, und er war nie beleidigt gewesen, wenn man mit Bananen nach ihm warf. Doch seitdem Charlie eines Tages Amok gelaufen und von der Polizei abtransportiert worden war, hatte Norma nicht viel mit schwarzen, braunen oder gelben Menschen zu tun gehabt. Nun schien ihr Wohnzimmer auf einmal voll davon zu sein. Man konnte sich kaum noch bewegen, so eng war es geworden. Zwei von ihnen saßen mit baumelnden Beinen auf Jacks Eckschreibtisch und lachten über eine Geschichte, die James ihnen über einen C-Klasse-Mercedes erzählte, der vor dem Saal der Freimaurer geparkt, und den er sich ausgeliehen hatte. Wie sich später herausgestellt hatte, hatte der Wagen dem Leiter des Rauschgiftdezernats gehört.

»Du bist ein ungezogener Lümmel, James!«, rief Norma. Sie wusste, was »ausgeliehen« bedeutete.

James stand vom Boden auf, wo er im Schneidersitz gesessen hatte, und gab ihr einen Kuss auf die Wange. »Tut mir Leid, Mutter.« Noch während sie lachte, fragte er: »Mutter, geht es in Ordnung, wenn wir hier drin rauchen?«

Zuerst war Norma verwirrt, weil die meisten Jungen

ohnehin bereits rauchten. Das Zimmer war voller Rauch, und Norma war selbst dabei, eine Zigarette zu paffen.

»Du hast nichts gegen ein bisschen Grass, oder, Mutter?«

Erst neulich hatte Norma in den Fernsehnachrichten einen Beitrag über Polizisten in Brixton gesehen, die Marihuana gegen ihre Rheumaschmerzen rauchten. »Nö, macht ruhig«, meinte sie. »Steckt euch eine an. Ich zieh dann auch mal dran.«

Mehrere Stunden später hüllte eine dicke Marihuanawolke Peters Käfig in der Küche ein. Der kleine Vogel, der auf seiner hölzernen Stange schlief, hatte einen herrlichen Traum: Er befand sich in Freiheit und flog hoch über den Blue Mountains in Australien, einem Land, das er noch nie mit eigenen Augen gesehen, nach dem er tief in seinem Innern aber immer eine Sehnsucht verspürt hatte.

Jack war fast immer artig gewesen. Einmal hatte er sich geweigert, für Norma Zigaretten im Laden an der Ecke kaufen zu gehen, weil er auf der vorletzten Seite von *Früchte des Zorns* gewesen war. Ein anderes Mal hatte er von dem Geld, das ihm seinen Mutter immer fürs Schwimmbad gegeben hatte, ein Lexikon gekauft. Doch verglichen mit Stuart, der fast seine gesamte Kindheit kämpfend und schreiend verbracht hatte, war Jack ein Engel gewesen – sauber, ordentlich, höflich und still. Wenn er nicht an seinem Schreibtisch saß, war er oben in seinem Zimmer und las. Auf Freundschaften schien er nicht erpicht gewesen zu sein, obgleich ab und an ein Junge namens John Bond vorbeikam, mit dem er gemeinsam in die runde Stadtteilbücherei ging. Norma hatte einmal vor Jacks Zimmertür gestanden und Jack und John belauscht. Es ging um unverständliches Zeug; sie benutzten Wörter, die Norma noch nie zuvor gehört hatte. Zwar unterhielten sich die beiden Jungen auf Englisch, aber sie hätte ums Verrecken nicht sagen können, worüber sie sprachen! Manchmal fragte sie sich, ob Jack ganz richtig im Kopf war. In der Grundschule hatte eine Lehrerin ihr einst bei einem Weihnachtskonzert gesagt, Jack sei außergewöhnlich frühreif. Norma war wütend geworden. »Er weiß nix über Sex, und schon gar nicht, wie man es macht!«, hatte sie erwidert. Doch die Lehrerin hatte ihr erklärt, mit frühreif lediglich gemeint zu haben, dass Jack für sein Alter sehr intelligent sei, und Norma stolz auf ihn sein könne.

Der Zug hielt am Bahnhof von Newcastle, und etliche der erschöpften Passagiere suchten ihre Habseligkeiten zusammen, wie der Zugschaffner es ihnen per Lautsprecher empfohlen hatte, und stellten sich an, um den Zug zu verlassen. »Piers, ich steige gleich aus dem verfluchten Zug aus. Hören Sie zu, könnten Sie vor meiner Ankunft im Internet nach ›Hühneraugen‹ suchen? ... Nein, ich meine die Augen *von* Hühnern. Gucken Sie unter ›Entsorgung optischer Abfallprodukte‹ nach oder so ähnlich. Ich suche nach einer Absatzmöglichkeit. Im Moment behandeln wir Hühneraugen als Abfall, aber vielleicht gibt es da einen bisher noch nicht erschlossenen Markt. Der Nahe Osten – ist bloß eine Idee –, und wenn sich da nichts finden lässt, müssen wir uns darüber Gedanken machen, sie ohne Augen zu züchten. Sie brauchen keine, schließlich gehen sie nirgendwohin – es ist ja nicht so, als würden sie Stickereiarbeiten anfertigen, während sie auf das Beil warten ... Ja, klar, es würde sich um winzige Mengen handeln, aber unsere Gefrierkammern sind zu zwanzig Kubikmetern nicht ausgelastet. Möglicherweise haben wir es da mit einem überaus rentablen Nischenmarkt zu tun.«

Jack stellte sich die augenlosen, schnabellosen, krallenlosen Hühner vor, die sich in der Obhut der jungen Frau befanden. Nicht zum ersten Mal fragte er sich, ob es für derartige Geschöpfe ebenfalls einen Gott gab, der über sie wachte.

Sobald die junge Frau ausgestiegen war und ihren Koffer den Bahnsteig entlangrollte, meinte Jack: »Ich bin bloß froh, dass ich nicht eines ihrer Hühner bin, Edwina.«

»Wir dürfen Tieren zuliebe nicht sentimental sein, Jack. Diese junge Frau besitzt den richtigen Unternehmergeist. Wir brauchen mehr junge Geschäftsleute wie sie.«

Doch als der Premierminister das nächste Mal einschlief, was in der Nähe von Berwick-upon-Tweed geschah, hatte er einen Alptraum, der ganze drei Sekunden dauerte: Ein blindes Huhn hatte den Zug in seine Kontrolle gebracht, und sie rasten mit hundert Meilen pro Stunde an einem roten Signal vorbei.

Jack, der mit dem Premierminister den Platz getauscht hatte, hoffte, dass der Sitz neben ihm frei bleiben würde. Als der Zug jedoch wieder schneller fuhr und sich in eine Kurve legte, sodass die Bierdosen hin und her rollten und ein blechernes Geräusch von sich gaben, das geradezu angenehm klang, kam ein dicker Mann schwerfällig den Gang auf sie zu und baute sich vor Jack auf. »Ist der Sitz noch frei?«, keuchte er mit überraschend heller Stimme.

Der Mann stellte sein Laptop auf dem Tisch ab und quetschte sich auf den Sitz. Die Tischkante bohrte sich in seinen von einem weißen Hemd bedeckten Bauch. Von dem Kragen, der eng um seinen bulligen Hals schnürte, hing eine marineblaue Krawatte mit einem Muster aus überkreuzten Golfschlägern herab. Jack fragte sich, wo er den marineblauen Anzug gekauft haben mochte. Mit den Stoffmengen hätte man ohne weiteres ein größeres Segelschiff auftakeln können.

Der schnell gehende Atem des Dicken versetzte Jack in Alarmbereitschaft. Schließlich stieß der Mann japsend hervor: »Typisch! Ich warte stundenlang auf einen Zug, und wenn er dann endlich kommt, stehe ich in einer Schlange im Snackshop.«

Jack hatte keine Lust, sich zu unterhalten. Nachdem er also kurz pflichtschuldig gelacht und auf diese Weise die Ironie bestätigt hatte, die darin lag, zu einem Zug hetzen zu müssen, der sechs Stunden Verspätung hatte, schloss er die Augen. In jeder Kultur signalisierte diese Geste, dass er sich nicht an einem Gespräch beteiligen wollte. Doch der dicke Mann war von seinem Körperumfang in die Rolle des Extrovertierten gedrängt worden, sodass er sich nicht zurückhalten konnte.

Als der Premierminister erwachte, merkte er, dass Mick auf die Schulter von Adeles Seidenanzug sabberte. Sanft stieß er Micks Kopf fort, doch dessen Gewicht ließ ihn wie eine Bowlingkugel zurückrollen.

Zwischen ihnen lag eine Visitenkarte auf dem Tisch. Derek F. M. Baker, Finanzberater, Spezialist in Rentenfragen. Derek Baker war dabei, Jack zu erklären, dass Hypothekentilgungsversicherungen zwar einen schlechten Ruf hätten, dass sie aber dennoch eine praktikable Alternative für jemanden seien, der zum ersten Mal ein Haus kaufe.

Jack hatte das Gefühl, ein Statist in einem Western zu sein, der in einer Menschenmenge vor einem Wagen stand und einem Handlungsreisenden zuhörte, der einen reich verzierten Cowboyhut trug und Schlangenöl verkaufte.

Nachdem Derek Jack nicht dazu hatte überreden können, eine zweite Hypothek auf seine »Londoner Liegenschaften« aufzunehmen, erkundigte er sich nach Jacks finanzieller Zukunft. Als Jack meinte, er habe »ausgesorgt, aber danke«, hielt Derek einen dicken Zeigefinger empor. »Ja, aber haben Sie auch im Alter ›ausgesorgt‹? Sie könnten neunzig, ja, sogar hundert werden. Lässt sich von Ihrer Rente das Pflegeheim Ihrer Wahl bezahlen? Oder wird man sie in eine staatliche Einrichtung abschieben und dort vermodern lassen?«

Dazu konnte der Premierminister nicht schweigen. »Entschuldigen Sie, Mr Baker, aber dürfte ich die eine oder andere Ihrer Aussagen verbessern? Erstens ist der treuhänderisch verwaltete Rentenfonds, den die Regierung in der letzten Legislaturperiode eingeführt hat, eine extrem steuergünstige Anlagemöglichkeit, die jedem zugänglich ist, unabhängig vom jeweiligen Einkommen. Und zweitens, was vielleicht noch viel wichtiger ist, hat diese Regierung mehr als jede andere dafür getan, die Leute dazu zu bringen, Geld fürs Alter zurückzulegen, sei es mit auf individuelle Bedürfnisse zurechtgeschnittenen, steuerfreien Sparkonten oder auch Rentenfonds, ganz zu schweigen von der rigorosen Überprüfung der Gesetzeslage, was Firmenrenten betrifft.«

Das Verständnis für die Feinheiten der Rentenpolitik, das die eigenartig aussehende Engländerin an den Tag legte, machte einen gewissen Eindruck auf Derek F. M. Baker. Es war zu schade, dass sie derart schrecklich mit ihrer Gesichtsbehaarung zu kämpfen hatte; andererseits war es nichts, was sich nicht mit ein wenig Enthaarungscreme beheben ließe.

»Sind Sie selbst vom Fach, ähm ...?«

»Edwina«, meinte der Premierminister bereitwillig. »Nein. Ich bin ...« Er zögerte, und Jack fragte sich, auf was die Wahl des Premierministers gefallen sein mochte. Bevor sie die Downing Street verlassen hatten, war er nicht in der Lage gewesen, sich zwischen Beamtin im öffentlichen Dienst, Hausfrau oder Dozentin für Politikwissenschaft zu entscheiden.

»Ich bin Schauspielerin«, sagte der Premierminister und schnippte sich eine schwarze Locke aus dem Auge.

»Wusste ich doch, dass ich Sie von irgendwoher kenne«, meinte Baker. »Worin habe ich Sie also gesehen?«

Bis der Zug am Waverley Bahnhof in Edinburgh ankam, hatte der Premierminister sich eine komplette Schauspielkarriere von den schweren Anfängen im Repertoiretheater bis hin zu Abendessen im Ivy mit Maggie Smith und gemeinsamen Besuchen mit Judi Dench in Gartencentern zusammengebastelt.

Jack war schwer beeindruckt von der Fähigkeit des Premierministers, derart leidenschaftlich in seiner Phantasiewelt aufzugehen. Er geriet lediglich ein wenig in

Sorge, als der Premierminister den Zug mit den Worten verließ: »Ach, endlich wieder in Edinburgh! 1982 wurde mir hier der Perrier Comedy Award verliehen.«

Beide waren nicht sonderlich glücklich darüber, sich ein Zimmer teilen zu müssen. Allerdings war dies eine der Regeln, auf die sie sich mit Alexander McPherson geeinigt hatten – Jack musste jederzeit in Sichtweite des Premierministers bleiben. Ausgenommen waren nur Toilettenbesuche.

Der Empfangschef des Caledonian Hotels war daran gewöhnt, Zimmer an seltsam anmutende Gäste zu vermieten. Herrgott, man denke bloß an die Zeit während des alljährlichen Theaterfestivals! Dann sah die Eingangshalle des Hotels wie das Ausflugsziel einer psychiatrischen Klinik aus. Von daher war die verrückt aussehende Frau mit ihrem großen, ernsten Begleiter mehr oder weniger Durchschnitt, was Gäste betraf. Einmal war der Empfangschef auf ein Zimmer gerufen worden und hatte dort einen Mann angetroffen, der auf einem Primuskocher einen Hummer garte. Der Mann war sehr aufgebracht gewesen, als er hören musste, dass das Kochen auf den Zimmern verboten war. »Haben Sie gesehen, wie viel der Hummer im Restaurant unten kostet?« Als Mr und Mrs Sprat nun bei ihm anriefen und ein Maßband sowie eine Liste mit Edinburghs Krematorien verlangten, konnte ihn das folglich nicht aus der Fassung bringen.

Auf der Suche nach einer Marilyn-Monroe-Perücke begab sich Jack in das Kaufhaus Bentley's an der Royal Mile. Die junge Verkäuferin hatte nur eine vage Vorstellung, wer Marilyn Monroe war, und hatte nie *Manche mögen's heiß* gesehen, sodass Jack nichts anderes übrig blieb, als den Vorrat an Perücken selbst zu durchstöbern. Zu seiner Verärgerung musste er feststellen, dass es bei Perücken eine Einheitsgröße gab, und er sich nicht die

Mühe hätte machen müssen, den Kopfumfang des Premierministers abzumessen oder ewig darauf zu warten, dass man ein Maßband auftrieb und auf ihr Zimmer schickte.

Als die Perücke eingepackt und bezahlt worden war, warf Jack einen Blick auf die Liste, die der Premierminister auf das hoteleigene Briefpapier notiert hatte.

1. Kleid, Größe 42. So ein Cocktaildings, schimmernd oder glitzernd. Etwas, das nach Schauspielerin aussieht.

Nachdem Jack Punkt eins gelesen hatte, hatte er den Premierminister darauf aufmerksam gemacht, dass Schauspielerinnen derartige Klamotten so gut wie nie tagsüber trugen. Einmal hatte er Juliet Stevenson in einem Buchladen am Trafalgar Square gesehen, und sie hatte einen alten braunen Mantel getragen und eine Plastiktüte von Kwik Save bei sich gehabt. Doch der Premierminister ließ sich nicht beirren, woraufhin Jack vorgeschlagen hatte, zwei Kleider zu kaufen. Folglich lautete Punkt zwei:

2. Ein tailliertes Sommerkleid mit Glockenrock in einem seidig glänzenden Stoff, der beim Gehen mitwippt.
3. Schuhe: Unbedingt Stöckelschuhe mit Riemchen oder vorne offen.
4. Langer Mantel: Pelz? Leder? Fell? Schlangenhaut?
5. Sonnenbrille.
6. Diamanten.

Jack hatte eingewandt, dass der Premierminister auf diese Weise viel behaartes Fleisch zur Schau stellen würde. Sofort hatte der Premierminister beim Empfang angerufen und gebeten, einen Portier in die nächste Drogerie zu schicken und vier Packungen Enthaarungscreme kaufen zu lassen.

Als Jack eine Stunde später mit einem kleinen Spachtel Enthaarungscreme in den Kniekehlen des Premierministers aufgetragen hatte, war ihm durch den Kopf geschossen: »Das ist mehr als surreal!« Während Jacks Einkaufstour duschte sich der Premierminister die weiße Paste von seinem mittlerweile so gut wie haarlosen Körper.

Jack war kein geborener Shopper – zweimal im Jahr ging er zu Marks & Spencer, im April und im November, und kaufte sich der Jahreszeit angemessene Kleidung, die selbst bei extremer Kälte beziehungsweise starker Hitze taugte. Er tendierte zu neutralen Farben – allerdings vermied er marineblau, da er diesen Farbton gedanklich mit Pflicht und Arbeit in Verbindung brachte. Wenn er die Kleidung von Marks trug, hatte er das Gefühl, mit seiner Umgebung zu verschmelzen und beinahe unsichtbar zu werden. An ihm selbst war nichts sonderlich Auffälliges. Seine Gesichtszüge waren ausgewogen. Er hatte die Art Augen, Nase, Mund und Ohren, die es bei Marks & Spencer im Sortiment gäbe, wenn sich derartige Dinge verkaufen ließen.

Nachdem Jack sich den Raumverteilungsplan am Fuß der Rolltreppe von Bentley's angesehen hatte, begab er sich in den zweiten Stock zur Damenkleidung für besondere Anlässe. In der Abteilung befanden sich noch andere Männer; verzweifelte, deplatzierte Herren, die auf Stühlen saßen, die man extra für sie aufgestellt hatte. Einer war dabei, das Kreuzworträtsel aus dem *Daily Telegraph* zu lösen. Als Jack an ihm vorüberging, trafen sich ihre Blicke, und der Mann sah weg, als schämte er sich. Jack wühlte sich durch die Ständer und suchte nach Kleidern, Größe 42, die die Vorstellungen des Premierministers erfüllten. Als er mehrere Kleider herausgesucht hatte, wählte er rasch drei aus, und nachdem er diese höchstens eine weitere Minute lang betrachtet hatte, traf er seine endgültige Entscheidung. Jack ging in die Abteilung mit der restlichen Damenoberbekleidung, über dem Arm ein rotes, paillettenbesetztes Futteralkleid mit Chiffonsaum und Zierleiste am Kragen. Erneut suchte er sämtliche geeigneten Kleider in Größe 42 heraus. Er hatte Glück: Der Zigeunerlook war derzeit in, und es gab ein scheinbar endloses Angebot an wallenden, femininen Gewändern zur Auswahl. Letzten Endes entschied er sich für ein Kleid, das weder auf einem Friedhof, noch in einem Bus oder einer Sozialbausiedlung auffallen würde. Schwarz war zwar gewagt, doch Jack war der Meinung, dass Schwarz gut zu dem neuen blonden Haar des Premierministers passen würde.

In Jacks Abwesenheit hatte der Premierminister beim Empfang angerufen und gefragt, ob es Bronco-Toilettenpapier im Hotel gäbe. »Da müssen Sie eines der Dienstmädchen fragen«, antwortete der Empfangschef, der mittlerweile argwöhnte, dass er vielleicht das Opfer einer Reihe von Streichen geworden war. Als er auflegte, sah er sich nach versteckten Kameras um, denn er war überzeugt, ungewollt an einer Reality-TV-Sendung teilzunehmen.

Als Jack mit den Einkaufstüten in das Hotelzimmer stürzte, gelang es dem Premierminister kaum, seine Aufregung im Zaum zu halten. Er trug den weißen Frotteebademantel, den die Geschäftsführung des Hotels jedem Gast zur Verfügung stellte. Ein in Plastik eingeschweißtes Kärtchen in einer der Taschen ermahnte die Gäste, von einem Diebstahl der Morgenmäntel abzusehen, wenn auch nicht in dieser brutalen Direktheit. Auf der Karte stand: »Sollten Sie diesen Bademantel mögen, werden wir Ihnen gerne fünfundfünfzig Pfund zuzüglich Mehrwertsteuer berechnen.« Unter dem Stoff des Bademantels glänzte der Körper des Premierministers. Er hatte die Anweisung auf dem Beipackzettel der Enthaarungscreme ignoriert, die besagte, man möge direkt nach der Enthaarung auf die Anwendung weiterer Kosmetikprodukte verzichten. Die Haarlosigkeit seines Körper hatte ihn in derartiges Entzücken versetzt, dass er den Korb mit Gratistoilettenartikeln geplündert hatte, der neben dem

Waschbecken im Badezimmer stand. Er hatte sich mit Körperlotion einmassiert und ihr etwas folgen lassen, das sich rehydrierendes Protein-Gel nannte. Anschließend hatte er sich Nasenlöcher sowie Ohren mithilfe mehrerer Wattebäusche gereinigt. Den Inhalt der Haarkur hatte er auf sein Haar aufgetragen und nun trug er zum Schutz die Duschhaube darüber. Er hatte sogar das winzige Päckchen mit Nähzeug geöffnet, um die Riemen des BHs seiner Frau zu verkürzen – mit Dankbarkeit gedachte er eines Schullehrers, der ihm vor vielen Jahren das Nähen beigebracht hatte. Mit der Papierfeile hatte er sich die Nägel gefeilt und mit dem zur Verfügung gestellten Schuhputzschwämmchen die Slipper seiner Frau poliert. Als er damit fertig war, rasierte er sich sehr gründlich, wobei er den Vergrößerungsspiegel zu Hilfe nahm, der jede Bartstoppel, Pore und Hautunreinheit in seinem Gesicht gewaltig erscheinen ließ. Er nutzte die Gelegenheit, um sich selbst sorgfältig unter die Lupe zu nehmen. War er ein guter Mann? War er ehrlich? Hatte er das Vertrauen der britischen Bevölkerung verdient? Hatte Präsident Bush Recht, wenn er ihn einen Freund nannte? Dank des Vergrößerungsspiegels machte er die entmutigende Entdeckung, dass es so etwas wie eine gründliche Rasur gar nicht gab. Egal wie fest und ausgiebig er schabte, die Bartstoppeln waren immer noch zu sehen.

Jack breitete den Inhalt der Einkaufstüten auf dem Bett des Premierministers aus. Die Diamanten, mit denen die Ohrringe, eine Kette und ein Ring besetzt waren – insgesamt dreiunddreißig Pfund fünfzig –, funkelten kostbar unter der Leselampe, die knapp über der Kopfleiste des Bettes angebracht war.

Nachdem Jack sich die Schuhe ausgezogen hatte, legte er sich auf sein Bett, den Kopf auf eine Hand gestützt, und machte sich darauf gefasst, die Verwandlung des Premierministers in Edwina St Clare, Filmdiva und Bühnenstar, mitzuerleben. Doch der Premierminister bat ihn verschämt: »Nein, gucken Sie nicht zu, Jack.«

Jack drehte sich um und sah sich die Nachrichten auf CNN an. Eine makellos geschminkte Amerikanerin mit ebenso makelloser Frisur erzählte dem Fernsehpublikum: »Edward Clare, der britische Premier, nimmt an einem Test eines Regierungskontrollzentrums für den Fall einer nuklearen Katastrophe teil. Es heißt, Adele Floret-Clare, die Ehefrau des Premierministers, sei darüber sehr erbost, wie eine der Familie nahe stehende Quelle heute verlautbaren ließ.«

Jack wandte den Kopf um zu sehen, wie der Premierminister auf die beunruhigenden Neuigkeiten reagierte, doch der Premier befand sich hinter verschlossener Tür im Badezimmer. Jack schaltete den Fernseher aus und machte die Augen zu.

Sobald die letzten geringfügigen Änderungen vorgenommen worden waren, und das Stylen und Herrichten ein Ende hatten – nachdem die Riemen der Stöckelschuhe nach mehreren Anläufen zugemacht, das Make-up aufgetragen und die Perücke mit Fingerspitzengefühl zu einem Monroeesken Haarwust verwuschelt worden waren – ging die Badezimmertür auf, und der Premierminster sagte: »Jetzt können Sie gucken.«

Der Anblick, der sich Jack bot, beunruhigte ihn sehr. Im matten Licht des Hotelzimmers sah der Premierminister in seinem roten Paillettenkleid hinreißend aus und kam ziemlich nahe an Jacks Vorstellung einer Traumfrau heran.

»Mein Gott, Sir, Sie sind wunderschön!«, stieß Jack heiser hervor.

Während Jack sich wusch, rasierte und sich ein frisches Hemd anzog, übte der Premierminister zwischen den Betten, in Stöckelschuhen zu laufen. Anschließend machten die beiden sich Arm in Arm auf den Weg in den Speisesaal des Hotels. Der Premierminister war eine Spur overdressed. Als sie den Speisesaal betraten, raunte ein Kellner einem seiner Kollegen zu: »Hübsche Braut. Bloß schade, dass sie keine Titten hat.«

Im Laufe des Abendessens sprachen Jack und der Premierminister über Politik. Jacks Verständnis für Wirtschaft und Sozialpolitik beeindruckte den Premier.

Während sie Blätterteigtaschen mit Anschovis und Kapern aßen, die unverständlicherweise mit Bindfaden umwickelt waren, erklärte Jack, dass es eine schwer wiegende Beleidigung gewesen sei, die Renten um siebzig Pence zu erhöhen. In dem Fall wäre es seiner Meinung nach besser gewesen, den Rentnern gar nichts zu geben.

Um der alten Zeiten willen hatte sich der Premierminister als Hauptgang das schottische Nationalgericht Haggis mit Kartoffeln und Steckrüben ausgesucht. Er setzte Jack auseinander, dass Haggis mit Kartoffeln und Steckrüben seine Leibspeise gewesen sei, als er noch ein kleiner Junge in Edinburgh war, und er riet Jack, dasselbe zu essen. Doch der Koch, Monsieur Souris, hatte das einfache Gericht, das der Premierminister erwartet hatte, zu etwas drapiert, das dem Eiffelturm glich. Außerdem wurde dazu nicht, wie Edward gehofft hatte, Bratensoße gereicht; stattdessen schwamm das Essen in lauwarmer Rhabarber-Coulis.

»Himmelherrgott, wie sollen wir diesem Ding zu Leibe rücken?«, wollte Jack wissen. »Von oben nach unten oder umgekehrt?«

Der Premierminister löste ein kleines Stück Haggis aus der Mitte des Turms. »Versuchen Sie es in der Mitte, Jack.«

Bei einem Zitronensorbet, das durch die Dreingabe frischer Minze und unreifer Erdbeeren ruiniert worden war, diskutierten sie das frühzeitige Ausscheiden in den Ruhestand bei der Polizei.

Jack, den der Wein sanftmütiger gestimmt hatte, und der durch die Gegenwart der bezaubernden Edwina St Clare aufgeheitert war, war einen Augenblick nicht auf der Hut und plauderte aus, dass sich ein Polizeiobermeister aus seinem Bekanntenkreis kürzlich bei voller Rente aus gesundheitlichen Gründen hatte pensionieren lassen.

Angeblich hatte er ein Trauma davongetragen, als er Zeuge wurde, wie sich zwei Betrunkene Freitagabend vor einer Kneipe prügelten.

Die beiden Männer lachten und scherzten bereits ausgelassen miteinander, als der scheußliche Kaffee serviert wurde. »Wissen Sie was, Jack«, meinte der Premierminister, »Sie sähen toll aus mit einer dieser Kurzhaarfrisuren, die zur Zeit modern sind.«

Insgeheim stieß Jack ein Seufzen aus. Er hasste es, wenn Frauen versuchten, sein Aussehen zu verändern.

Der Kellner, der sie den ganzen Abend lang größtenteils unzulänglich, dafür aber ausgesprochen gut gelaunt bedient hatte, brachte ihnen die Rechnung mit den Worten: »In meiner Heimat könnte man für den Preis Ihres Abendessens einen Esel und einen Karren kaufen.«

»Unverschämter Kerl«, entfuhr es Jack.

Doch der Premierminister fragte den Kellner, aus welchem Land er stamme.

»Aus Albanien, Miss. Ich bin zum Arbeiten hier. Kein Schotte würde im Hotel für diesen miesen Tarif arbeiten.«

»Und wie sind Sie in dieses Land gekommen?«, wollte der Premierminister begierig wissen.

»Das war gar nicht so schwierig«, erwiderte der Kellner mit einem Achselzucken, während Jack die Rechnung unterschrieb. »Bei den Männern aus meinem Dorf ist es üblich, in einem Lkw mit Weißen Rüben versteckt nach Großbritannien einzureisen. Mittlerweile leben die meisten Männer aus dem Dorf hier in Edinburgh im Viertel Colinton. Die Frauen und Kinder werden nächstes Jahr nachkommen.«

»Warum importieren wir denn Weiße Rüben aus Albanien?«, fragte der Premierminister.

»Es sind Rüben aus biologischem Anbau für Ihren Mittelstand«, antwortete der Kellner lachend. »Sie sind krumm und voller Würmer, weil wir uns keine Pestizide leisten können.«

Später, als die beiden Männer sich bettfertig machten, sprachen sie über das Problem der illegalen Einwanderung. Der Premierminister räumte ein, dass es zum Teil am Personalmangel lag, und grübelte laut darüber nach, ob man die nächsten Neuzugänge bei den Polizeianwärtern vielleicht in einem Land wie Albanien rekrutieren sollte.

Adele durchstöberte einen ihrer drei Kleiderschränke nach ihrem Hosenanzug von Nicole Farhi. Wendy sah auf der Suche nach den beiden Kaschmirpullovern in einer Schublade nach der anderen nach.

»Sie sind für meine Kleidung verantwortlich, Wendy«, sagte Adele, »ergo sind Sie für das Verschwinden meiner Sachen verantwortlich.«

»Beschuldigen Sie mich etwa des Diebstahls?« Wendy war müde und wollte endlich ins Krankenhaus fahren. Barrys Beinamputation war für den folgenden Tag anberaumt, und sie wollte ihm versichern, dass eine Vertreterin einer Amputationsselbsthilfegruppe da sein würde, sobald er nach der Operation wieder das Bewusstsein erlangte, um ihm in seiner dunkelsten Stunde zur Seite zu stehen. »Denn wenn Sie das tun, gehe ich. Ich weiß sowieso nicht, was ich überhaupt hier zu suchen habe. Geschätzt werde ich jedenfalls nicht im Geringsten! Außerdem bin ich völlig überqualifiziert – darf ich Sie vielleicht daran erinnern, dass ich Ernährungswissenschaften studiert ...«

»Sie haben einen drittklassigen Abschluss von einer Uni, von der noch nie jemand was gehört hat!«, rief Adele.

»Von Bradford hat man sehr wohl etwas gehört!«, schrie Wendy.

Beide Frauen brachen in Tränen aus, woraufhin sie einander tröstend in die Arme fielen. »Es tut mir Leid«, schluchzte Adele. »Ich bin so eine dumme Kuh! Schließlich sind Sie viel zu dick, um in meine Klamotten zu passen. Ich bin ja nur wütend auf Ed, weil er einfach so weggegangen ist, ohne sich von mir zu verabschieden. Nicht einmal anrufen kann ich ihn, und er mich auch nicht. Ich kann einfach nicht ohne ihn leben, Wendy.«

Wendy murmelte: »Ich weiß ja, dass Sie sehr aneinander hängen ...«

»Aneinander hängen? Offensichtlich begreifen Sie gar nichts!«, kreischte Adele. »Ich kann ohne ihn nicht leben.«

Mit elf Jahren war Adele aus ihrer Privatschule genommen und auf ein Internat für besonders begabte Kinder geschickt worden, das vom örtlichen Schulamt unterhalten wurde. Adeles Frühreife hatte ihre Großmutter erfreut, ihr aber gleichzeitig auch Sorgen bereitet, sodass die alte Frau ihre Enkelin im Allgemeinen wie eine Prinzessin von einem anderen Stern zu behandeln pflegte. An der neuen Schule war Adele jedoch nur ein begabtes Kind unter vielen gewesen und über Nacht musste sie miterleben, wie sie zu einem gewöhnlichen kleinen Mädchen wurde, das noch nicht einmal hübsch war und bei den anderen Kindern auch nicht sonderlich beliebt zu sein schien.

Edward war Adeles einziger wahrer Freund. Einen anderen hatte sie nie gehabt. Ohne ihn hatte sie das Gefühl auseinander zu fallen, sich Zelle für Zelle aufzulösen. Als sie einen Blick in den Spiegel des Kleiderschranks warf, sah sie, dass sie bereits am Verblassen war – mit Ausnahme ihrer Nase, die größer denn ja wirkte. Eine spöttische Stimme in ihrem Kopf sprach: »Na, was nun, Madame Naseweis?«

Vor zwei Tagen hatte Adele aufgehört, ihre Medikamente zu nehmen.

Kapitel 8

VORSICHTSHALBER HATTE JACK sich die Taschen mit den pastellfarbenen Papiertaschentüchern voll gestopft, die es im Hotel gegeben hatte, doch schon bald wurde ihm klar, dass er die ganze Schachtel hätte mitnehmen sollen. Die Tränen des Premierministers flossen, als sei ein Staudamm gebrochen. Sein Kummer war von südländischen Ausmaßen, mit weit aufgerissenem Mund und obendrein sehr laut. Die anderen Friedhofsbesucher schlichen auf ihrem Weg zu ihren eigenen Toten an ihnen vorbei. Die Stille, die über diesem kiefernüberschatteten Teil des Friedhofs lag, wurde fast nie von derart frischen Trauerbekundungen zerrissen.

In dem Blumengeschäft früher am Morgen hatte der Premierminister ein paar Tränen vergossen, als die Floristin ihn gefragt hatte, für wen er die Blumen kaufe.

»Für meine Mutter«, hatte er geantwortet.

Die Blumenhändlerin hatte angedeutet, dass ältere Damen normalerweise traditionelle Sträuße den moderneren, stacheligen Gestecken vorzogen, doch der Premierminister hatte erwidert: »Aber meine Mutter ist keine ältere Dame, sie ist erst siebenunddreißig!«

Daraufhin zog sich die Floristin einen Augenblick zurück und ordnete Weidenzweige in einem verzinkten Eimer an, um der eigenartig aussehenden Blondine Gelegenheit zu geben, sich von dem großen, schweigsamen

Mann an ihrer Seite trösten zu lassen. Die Verkäuferin war daran gewöhnt, mit Leuten zu tun zu haben, die sich in einer persönlichen Krise befanden – manchmal dachte sie, dass die Floristenausbildung auch Kurse in psychologischer Beratung beinhalten sollte. Sie hatte aufgehört mitzuzählen, wie viele Ehen sie wahrscheinlich schon gerettet hatte. Für Sträuße, auf deren Grußkarte ein einfaches »Es tut mir Leid« stand, nahm sie sich immer ein wenig mehr Zeit. Sie war des Öfteren im Laden gestanden und hatte zusammen mit Hinterbliebenen geweint. Blumengestecke für Kinder waren nie leicht; es war schwierig, bei Kränzen in Teddybärform die Augen richtig hinzubekommen. Und Hochzeiten! Der Ärger, den man damit hatte! Heutzutage bliesen so viele Bräute ihre Hochzeiten in letzter Minute ab. Nicht, dass die Floristin ihnen Vorwürfe machte. Warum sollte eine junge Frau sich einen Mann fürs Leben aufbürden, obgleich sie ein Baby mehr oder weniger in einem Labor kaufen konnte, wenn sie denn eines haben wollte?

»Dann vielleicht ein Frühlingsgesteck?«, schlug die Blumenhändlerin vor, nachdem sie beobachtet hatte, wie die Frau mit der Sonnenbrille an einem Eimer voll blauer Hyazinthen schnupperte.

Jack warf ein, dass ein paar Weidenzweige nett wären, und zu dritt stellten sie einen süßlich duftenden Strauß zusammen.

Ein Mann fuhr mit einem Rasenmäher um die Gräber. Jack fragte sich, ob das der Grund war, weshalb die Gräber hier keine aufrecht stehenden Grabsteine besaßen – war es, damit das Gefährt besser durchkam, oder handelte es sich um einen ortsüblichen Brauch?

Der Glockenrock des schwarzen Kleides, das der Premierminister trug, bauschte sich in dem Wind, der von der fernen See herwehte. »Ich habe es aufs Ampleforth College geschafft, Mum«, sagte er. »Und ich bin als Anwalt zugelassen worden und jetzt bin ich sogar Premierminister. Vielen Dank also für ... na, du weißt schon ... die guten Startbedingungen. Die Jahre, als du meine Mutter warst, haben mir außerordentlich gut gefallen.«

Der Mann auf dem kleinen Rasenmäher ließ wieder den Motor an und beäugte das lange Gras, das um Heather Clares Grab wuchs. Behutsam führte Jack den Premierminister fort, bevor er erneut zu seiner toten Mutter sprechen konnte. Es war schon schlimm genug, wenn Leute in Filmen dergleichen taten. Auf dem Weg den kleinen Hang hinab in Richtung des Ausgangs meinte Jack: »Tja, sie liegt an einem hübschen Plätzchen, Sir.«

Sie blieben vor einem Schild mit der Aufschrift stehen, »Beschwerden und Fragen bezüglich der Instandhaltung und Pflege der Gräber sind direkt zu richten an: mortltd.co.uk«.

»Dads Asche ist in einem Armenviertel in Glasgow verstreut worden«, sagte der Premierminister.

»Warum denn das, Sir?«, erkundigte sich Jack.

»Mein armer Dad schrieb sein Testament, als er noch Kommunist war und damit rechnete, im Kampf für die Sache zu sterben. Sein ganzes Vermögen ging an die Kommunistische Partei Großbritanniens, was alle ziemlich schockierte, weil er zum Zeitpunkts seines Todes der Vorsitzende der Vereinigung der Konservativen in Berkshire war. Er hätte sein Testament auf den neuesten Stand bringen sollen.«

»Oder seine Überzeugungen.«

»Überzeugungen?« Der Premierminister wiederholte das Wort, als habe er es noch nie zuvor gehört.

»Ich finde es verwirrend, wie jemand seine politischen Grundsätze so radikal über den Haufen werfen kann, das ist alles, Sir«, erwiderte Jack. »Meines Wissens nach war er auch einmal Mitglied der Liberalen?«

»Er zog nach Südwestengland«, erklärte der Premierminister abwehrend. »Die Liberalen bescherten ihm ein reges Sozialleben.«

Jack ließ nicht locker. Es war ihm ein Rätsel, wie jemand derart wechselhaft sein konnte. »Und dann waren da noch zwei Jahre bei den Sozialdemokraten?«

»Kurzzeitig geriet er in den Bann von Shirley Williams, das ist richtig«, räumte der Premierminister ein.

Jack fragte sich, wie fertig ein Mann sein musste, um von Shirley Williams in den Bann geschlagen zu werden. »Prinzipien sind also nichts Beständiges, Sir?«

»Sehen Sie mal, Jack, Prinzipien kann man nicht essen. Genauso wenig versorgen sie einen mit einem Dach über dem Kopf, Kleidung oder einer Ausbildung«, versetzte der Premierminister.

Es war ihr erster Streit. Als sie auf der Rückbank des Taxis saßen, dachte sich jeder der beiden Männer seinen Teil über den anderen. Es waren nicht nur freundliche Gedanken.

Clarke und Palmer hatten keinerlei Geheimnisse voreinander – wozu auch? Heutzutage war nichts mehr geheim. Früher war Clarke gerne in den South Downs wandern gegangen. An seinen freien Tagen hatte er die Stadt hinter sich gelassen, ohne einer Menschenseele sein Ziel zu verraten, und hatte sich in die Hügel abgesetzt, um alleine seinen Gedanken nachzuhängen. Manchmal sang er die Kirchenlieder, die man ihnen in der Schule beigebracht hatte; gewöhnlich mied er die ausgetretenen Pfade, um keinen anderen Wanderern zu begegnen, und genoss das Gefühl, ein unbeachteter Punkt in der Landschaft zu sein. Eines Montagmorgens war er zur Arbeit gegangen und hatte Palmer erzählt, dass er tags zuvor in den South Downs wandern gewesen sei.

»Ich weiß«, antwortete Palmer. »Du trugst neue Stiefel, hattest aber auf der Seite von Stoughton Down die letzten paar Hundert Meter bis zum Goosehill Camp Schwierigkeiten.«

»Wo warst du?«, wollte Clarke wissen.

»Hier im Büro«, erwiderte Palmer.

Clarke mochte seinen Kollegen – liebte ihn sogar ein kleines bisschen –, doch er hasste es, wenn Palmer in seine Privatsphäre eindrang. Also nahm er Palmer das Versprechen ab, es nie wieder zu tun. Palmer hatte es geschworen, aber Clarke konnte sich nie ganz sicher sein, ob Palmer der Versuchung tatsächlich widerstand.

Der Taxifahrer warf dem Premierminister im Rückspiegel einen Blick zu und meinte: »Entschuldigen Sie, Madam, dass ich frage, aber wieso tragen Sie an einem Tag wie heute eine Sonnenbrille? Dass Sie nicht blind sind, kann ich sehen. Haben Sie eine Augenkrankheit oder so was? Ich meine, versuchen Sie, sich einen geheimnisvollen Touch zu geben? Ist es das? Ist es eine Persönlichkeitsstörung, die Sie zu kaschieren versuchen? Oder was?«

Hinter der Sonnenbrille blinzelte der Premierminister Tränen zurück.

»Hören Sie!«, antwortete Jack für ihn. »Halten Sie einfach die Klappe und geben Sie Gas.«

Die restliche Fahrt zum Flughafen verlief in absolutem Schweigen.

Vor dem Terminal des Flughafens von Edinburgh hatte sich eine wütende Menschenmenge versammelt. Die Fluglotsen im Kontrollzentrum in Swanwick waren in den Streik getreten, was ihr Anführer folgendermaßen begründet hatte: »Wir können nicht länger für die Sicherheit von Flugzeugen garantieren, die im britischen Luftraum fliegen. Erst vor achtundvierzig Stunden hatten wir einen Computerausfall, und wir waren gerade damit fertig geworden, den Rückstand aufzuarbeiten, als das System erneut zusammenbrach.«

Um dreizehn Uhr dreißig, als gerade siebenundneunzig Flugzeuge zu Start oder Landung ansetzen wollten, war das Computersystem Amok gelaufen und hatte angefangen, eine alte Folge von *Raumschiff Enterprise* zu zeigen. Von Abenteuerlust gepackt schlug der Premierminister vor, den ersten verfügbaren Flug zu nehmen, der einen britischen Zielflughafen ansteuerte. Da es in der Cafeteria keine Erfrischungen mehr gab, stellte sich der Premierminister in der Schlange vor dem Automaten mit den kalten Getränken an. Eine Frau mittleren Alters vor ihm sagte zornig zu niemandem Bestimmten: »Mir ist wegen dieser Swansick-Geschichte ein Exportauftrag über eine halbe Million Pfund durch die Lappen gegangen!«

Der Premierminister, dem Zahlungsbilanzen sehr am Herzen lagen, fragte die Frau, in welcher Branche sie tätig sei. »Ich versende Haggis-Burger per Luftfracht an Hotels an der Costa del Sol«, entgegnete sie. »Zumindest versuche ich das«, fügte sie verbittert hinzu. »Aber diese verfluchte Regierung kümmert das einen feuchten Kehricht.«

»Oh, aber das stimmt nicht!«, widersprach der Premierminister. »Wir kümmern uns sehr wohl darum.«

Langsam bewegte sich die Menschenschlange vorwärts. An ihrer Spitze hämmerte ein Mann auf den Softdrinkautomaten ein. Aus Versehen hatte er eine Euromünze eingeworfen, und die Maschine enthielt ihm aus Trotz eine Dose Fanta vor. Nach ein paar heftigen Tritten begab sich der Mann auf die Suche nach jemandem, der die Verantwortung für seinen Verlust übernehmen würde.

Jack hatte sich vor einem Zeitungsstand angestellt und wartete darauf, eine Ausgabe der *Edinburgh Evening News* zu bezahlen. Er war von der Schlagzeile angelockt worden. »Ehefrau des Premiers: ›Warzen sind heilig.‹«

Da an der Kasse gestritten wurde, hatte Jack genug Zeit, den Artikel auf der Titelseite zu lesen:

> Im Laufe eines erstaunlichen Interviews heute Vormittag in der Sendung *Today* auf Radio Four erklärte Adele Floret-Clare, die Ehefrau des Premierministers, dem Moderator John Humphrys, dass das menschli-

che Leben absolut heilig sei, und dass Warzen, die ja auf dem menschlichen Körper wüchsen, als heilig betrachtet und mit Sorgfalt und Respekt beerdigt werden sollten. Es sei »zweifellos falsch«, sie in der Verbrennungsanlage eines Krankenhauses zu entsorgen. Verblüfft fragte Humphrys: »Und was ist mit Hühneraugen? Sind die auch heilig?« Woraufhin Mrs Floret-Clare entgegnete: »Selbstverständlich.« Ein Sprecher der Gesellschaft der Fußpfleger sagte später: »Wenn wir für jedes Hühnerauge, das wir entfernen, einen Trauergottesdienst abhielten, müssten wir unsere Preise erhöhen, um die massiv gestiegenen Kosten zu decken, worunter letzten Endes unsere Kunden zu leiden hätten, zu denen auch viele ältere Leute gehören.«

Unter einem Paparazzofoto von Adele Floret-Clare, auf dem sie dümmlich und noch dazu wahnsinnig aussah, stand »Fortsetzung auf Seite 3« zu lesen. Jack blätterte um. Dort war ein weiteres Bild von Adele abgedruckt, diesmal mit Sir Paul McCartney. Der Artikel ging weiter:

Ein Regierungssprecher sagte: »Mrs Floret-Clares Meinungen sind ihre persönliche Angelegenheit. Es ist nicht Ziel der Regierung, ein Gesetz zur Beerdigung kleiner Körperteile zu erlassen.« Das Büro des Erzbischofs von Canterbury veröffentlichte eine kurze Stellungnahme: »Der Erzbischof von Canterbury äußert sich nicht zu religiösen Fragen.« Peter Bowron, ein gefragter Londoner Fußpfleger ist an etliche Zeitungen der Boulevardpresse herangetreten und hat seine Geschichte gegen eine sechsstellige Summe angeboten.

Jack und der Premierminister gelangten etwa zur selben Zeit an die Spitze ihrer jeweiligen Schlange – mit ähnlich frustrierendem Ergebnis. Die computerisierte Kasse nahm kein Bargeld und öffnete sich nur für Kreditkarten. Jack reichte der jungen Kassiererin seine Karte und meinte, als sie sie durch den Leseschlitz zog: »Ein ziemliches Theater für eine Zeitung, was?«

»Ist mir egal«, erwiderte sie. »Ich fasse Bargeld nicht gern an – man weiß nie, wo das schon überall war.«

Der Getränkeautomat benahm sich wie ein Despot in einem Dritte-Welt-Land: Den einen Leuten gewährte er seine Gunst, während er sie den anderen vorenthielt. Der Premierminister fühlte sich ungerecht behandelt. Er hatte sorgsam den korrekten Geldbetrag eingeworfen. Dann hatte er die Taste seiner Wahl gedrückt, doch nichts kam die Rutsche im Innern des Automaten heruntergerollt, um in dem kleinen Auffangtrog aus rostfreiem Stahl zu landen.

Am Grab seiner Mutter hatte der Premierminister krampfartig geweint und nun fühlte er sich ausgetrocknet wie Dörrobst. Er musste dringend seinen Durst löschen. Es war Stunden her, seitdem er das letzte Mal etwas getrunken hatte. Er drückte die entsprechende Taste, um sein Geld zurückzubekommen, aber der Automat behielt es in seinem geheimnisvollen Innern. Dann jedoch ein glücklicher Zufall: Ein Mann, auf dessen Arbeitskittel das Logo der Softdrinkfirma eingestickt war, kam mit unerschütterlicher Miene und einem großen Schlüsselbund auf den Automaten zu.

Der Premierminister trat einen Schritt zurück und ließ den Mann die Maschine öffnen. Dann bat er ihn um eine Dose zuckerfreie Orangenlimonade. »Wenn Sie eine Limodose kaufen möchten, Madam, müssen sie sechzig Pence in den Automaten einwerfen«, meinte der Mann mechanisch.

»Aber das habe ich!«, protestierte der Premierminister.

»Und woher soll ich das wissen, Madam?«

»Weil ich es Ihnen gerade gesagt habe.« Er schenkte dem Mann ein Lächeln, das dieser jedoch nicht erwiderte. Der Mann erlebte derartige Auseinandersetzungen mehrmals am Tag. In seinem befristeten Vertrag hieß es allerdings, dass es ihm nicht gestattet sei, der Öffentlichkeit Geld zurückzuerstatten. Bei dem eintägigen Training, das er absolviert hatte, hatte man ihm eingeschärft, dass die Öffentlichkeit nur aus betrügerischen Lügnern bestehe, die für eine Dose Limo ihre kleinen Kinder verkaufen würden.

Folglich empfahl der Mann: »Schreiben Sie an die Firma, die Adresse steht auf dem Automaten.«

»Was – sich die Mühe machen, Stift, Papier und Briefumschlag aufzutreiben, sich auf der Post wegen einer Briefmarke anzustellen und einen Beschwerdebrief zu schreiben? Und das alles wegen sechzig Pence?«

»Sie würden sich wundern, wie viele Geizhälse es gibt, die es tatsächlich tun«, meinte der Mann, während er die Maschine mit einem neuen Vorrat Dosen auffüllte, die Sodawasser, Süßstoff, Geschmacksverstärker und Farbstoffe enthielten.

»Es sind keine Geizhälse, sondern Leute, die von ihrer Firma betrogen wurden.«

»Meiner Firma gehört dieser Automat nicht«, verkündete der Mann triumphierend. »Er gehört dem Pächter.«

»Und wer ist der Pächter?«, wollte der Premierminister wissen.

»Woher soll ich das wissen?«, beendete der Mann die Unterhaltung, indem er dem Premierminister den Rücken zukehrte.

Jack und der Premierminister ließen das Chaos am Flughafen hinter sich und reihten sich in die lange Schlange am Taxistand ein. Sie wollten zum Busbahnhof fahren, doch nachdem sie anderthalb Stunden gewartet hatten, schlug Jack dem Premierminister vor: »Gehen wir zu Fuß.«

»Ich kann in diesen Schuhen nicht laufen«, antwortete der Premierminister.

»Nur bis zur Hauptstraße«, meinte Jack aufmunternd.

Anfangs versuchten sie gemeinsam, per Anhalter mitgenommen zu werden, doch niemand bremste für sie. Es war ungemütlich und auch ein wenig beängstigend, an dem von Gras überwucherten Seitenstreifen zu stehen, während Lkws rasend schnell an ihnen vorbeidonnerten und sie beinahe mit sich rissen.

Jack glaubte, dass der Premierminister in seiner Marilyn-Monroe-Aufmachung alleine größere Aussichten hätte. Aus der Entfernung war er auf jeden Fall attraktiv genug, um einen Lkw zum Anhalten zu bringen.

Also kauerte Jack sich hinter einen Weißdornstrauch, und es vergingen nur wenige Minuten, bis er hörte, wie hydraulische Bremsen quietschten und eine raue Stimme den dröhnenden Verkehrslärm übertönte. Jack sprang empor und schaffte es gerade noch, in das Fahrerhaus des Sattelschleppers zu klettern.

Das Gesicht des Fahrers verfinsterte sich. Was nach einem hübschen blonden Häschen am Straßenrand ausgesehen hatte, stellte sich nun als Mogelpackung heraus, deren Verfallsdatum schon längst überschritten war. Außerdem hatte sie einen Kerl bei sich. Unglaublich!

Craig Blundell war versucht, die beiden gleich wieder hochkant hinauszuwerfen, doch sein Hightech-Autoradio war bei Radio Three stecken geblieben. Vor ein paar Meilen hatte er es zornentbrannt ausgeschaltet, nachdem er eine Zeit lang unter unsäglichen Qualen Bachs Cello-Suiten zugehört hatte. Zumindest hatte er nun Leute, mit denen er sich unterhalten konnte. Sie würden ihm dabei helfen, wach zu bleiben, und man wusste ja nie – vielleicht war Blondie im Dunkeln gar nicht so schlecht.

Zuerst redeten sie über Fußball. Blondie schien besser Bescheid zu wissen als der ruhige Typ neben ihr – auch wenn es völlig unangebracht war, wie sie die Regierung in Schutz nahm, die ihre Finger bei der Wembley-Scheiße im Spiel gehabt hatte.

Er erzählte den beiden, dass sein erstes Ziel Leeds sei, wo er Ware abzuliefern habe. »Das passt uns großartig«, sagte Blondies Freund.

»Was transportieren Sie?«, wollte Blondie wissen.

Craig sehnte sich danach, Blondie die Wahrheit zu sagen: Dass er vierzehn Asylbewerber aus Afghanistan unter der Abdeckplane in seinem Anhänger versteckt hatte.

Er hoffte, dass bei ihnen alles in Ordnung war. Sie hatten nicht allzu fidel ausgesehen, als er sie an den Docks in Perth abgeholt hatte. Beinahe hätte er Mitleid mit den armen Kerlen gehabt. Laut des ersten Maats des Trawlers war es eine besonders schlimme Überfahrt gewesen, und drei von ihnen waren von den anderen in den Lkw getragen worden.

Manchmal, wenn er hörte, wie sie in ihrer Muttersprache vor sich hin plapperten, fragte er sich, was sie wohl sagten und wer sie sein mochten. Es machte ihn fuchsteufelswild, wenn er in den Zeitungen las, dass er, Craig, ein Menschenhändler sei, der Kapital aus dem Unglück anderer schlug. Er tat ihnen doch einen Gefallen, oder etwa nicht? England war sowieso das beste Land auf der ganzen Welt. Okay, Sprit war hier unverschämt teuer, die Preise waren wirklich unerhört, doch er war mit seinem Lkw bis nach Russland gekommen und konnte aus eigener Erfahrung sagen, dass das ganze Gerede über Europa großer Blödsinn war. Er hatte am eigenen Leib gespürt, dass das Essen in Frankreich beschissen war, und schwedische Mädchen frigide. Genauso wusste er, dass er ein Risiko einging, aber was sollte er denn machen? Leute wie er, die ihren eigenen Lkw steuerten, lebten von der Hand in den Mund. Er war immer auf der Suche nach einer Fuhre, und manchmal musste er etliche Tage an einem Depot irgendwo in Europa verbringen und auf eine Ladung für den Rückweg warten. Es brachte ihn schier um, leer nach Großbritannien zurückzufahren. Der ganze Sprit, und dann nichts im Anhänger!

Jeden Monat musste er mindestens einen Gewinn von zehntausend Pfund einfahren: die Hypothek; die Ratenzahlungen für seinen Lkw und Michelles Benz; Schulgebühren für Emily und Jason; Geigenstunden; der Urlaub in Cancún; Michelles Hundert-Pfund-Friseurbesuche. Manchmal machte es ihm zu schaffen, und dann fragte er sich, wofür er das alles überhaupt tat. Michelle und die Kinder bekam er kaum zu Gesicht und wenn doch, brachten sie es jedes Mal so weit, dass er sich für seine Sprache oder Tischmanieren schämte. Na, und was hatte Edward Clare gleich noch mal gesagt? »Heutzutage gehört jeder der Mittelschicht an.« Craig wusste sehr gut, dass er persönlich da noch einen weiten Weg vor sich hatte. So lange war er einer von denen, die Kapital aus dem Unglück anderer schlugen.

Craig sah dem Premierminister in die Augen – was Besorgnis erregend war, weil sie gerade dabei waren, einen Tankwagen zu überholen – und sagte: »Ich habe Stahlplatten von Polen nach Aberdeen geschafft, dann habe ich in Perth eine Ladung Feueranzünder abgeholt, die nach Leeds müssen.«

»Es klingt absurd, die ganze Zeit Zeug herumzufahren«, stellte der Premierminister fest.

»Man nennt es Globalisierung«, antwortete Jack.

Dem Premierminister fiel ein Gedicht aus seiner Kindheit ein, »Ladungen« von John Masefield:

Ein schmutziger britischer Frachter mit salzverkrustetem Schornstein
Stampft im unbeständigen März durch den Kanal,
Mit einer Ladung Kohle vom Tyne,
Schienen, Blockblei,
Feuerholz, Eisenwaren und billigem Weißblech.

»Der Handel hat dieses Land groß gemacht, früher«, erklärte der Premierminister.

»Also ich würde es anders formulieren, Sir«, meinte Jack, dem kurzzeitig entfallen war, dass er es angeblich mit Edwina St Clare zu tun hatte. Er warf Craig einen Blick zu, aber der sprach in sein Handy und unterhielt sich mit einer gewissen Michelle. »Ich würde sagen«, fuhr Jack fort, »dass uns das Ausbeuten anderer Länder reich gemacht hat, aber nicht groß.«

»Und welche Art von Wirtschaftssystem sollten wir Ihrer Meinung nach haben?«, wollte der Premierminister aufgebracht wissen.

»Ein einfacheres«, entgegnete Jack.

»Wenn es nach Ihnen ginge, würden wir unsere eigene Kleidung weben und unsere Lebensmittel selbst anbauen, nicht wahr? Und wir würden Moriskentänze um den Maibaum aufführen! Und ich schätze, wenn wir krank werden, suchen wir im Gebüsch nach Heilpflanzen, oder?«

»Moriskentänze werden nicht um den Maibaum aufgeführt«, konterte Jack. »Außerdem sind schließlich Sie von jeher Anhänger des Dritten Wegs gewesen.« Es war ihr zweiter Streit.

Am anderen Ende der Leitung argwöhnte Michelle: »Ich dachte, dein Radio ist kaputt.«

»Ist es ja auch«, erwiderte Craig.

»Aber ich kann doch die Stimme des Premierministers im Hintergrund hören!«

Craig musste lachen. Wenn er jemals Edward Clare, diesen dummen Scheißkerl, in seinem Führerhäuschen sitzen hätte, würde er ihm gehörig den Kopf waschen – wegen der unverschämten Spritpreise.

Es war schon dunkel, als sie den Stadtrand von Leeds erreichten. Es nieselte leicht. Craig fuhr auf einen Rastplatz an der Schnellstraße. »Ich denke, es ist Zeit, dass Blondie mich für die Fahrt bezahlt«, erklärte er.

Der Premierminister zog sich den Rock tiefer und rutschte näher zu Jack.

»Ich hab auch nichts gegen einen flotten Dreier«, fügte Craig hinzu, da Jack keine Anstalten machte auszusteigen.

Jack war empört. Sah er vielleicht wie ein Mann aus, der seiner Frau erlaubte, den Preis für ein paar Liter

Treibstoff mit sexuellen Gefälligkeiten zu begleichen? Er half dem Premierminister mit den Worten aus dem Führerhaus: »Danke, Craig, wir sind Ihnen wirklich sehr verbunden – ach, und übrigens hat sich jemand an Ihrem Tacho zu schaffen gemacht, vielleicht, als sie einmal nicht hingeguckt haben.«

Nachdem Craig den beiden ihre Taschen hinterhergeworfen hatte, schlug er die Beifahrertür zu. Dann saß er ein paar Minuten da und telefonierte mit Michelle. Er sagte ihr, dass er spätestens um drei Uhr morgens zu Hause in Sheffield sein würde und hoffte, sie würde nett zu ihm sein, wenn er sich zu ihr ins Bett legte. Michelle meinte, sie sei den ganzen Nachmittag lang im Fitness-Studio gewesen, und es wäre besser für sie, wenn er sie schlafen ließe.

Craig ließ den Kopf auf das Lenkrad sinken. Niemand liebte ihn. In diesem Augenblick tröstete ihn nicht einmal der Gedanke an das Geld, das er bekommen würde, sobald er seine Fuhre ablieferte.

In der dunklen, mondlosen Nacht krochen vierzehn Afghanen durch ein Loch in der Seitenplane des Anhängers und ließen sich an etlichen Picknicktischen nieder, die der Grafschaftsrat von Yorkshire für Autoreisende zur Verfügung gestellt hatte, die eine Rast einlegen wollten. Der Anführer der Afghanen, ein ehemaliger Hals-Nasen-Ohren-Arzt, bedeutete der Gruppe, sich ruhig zu verhalten, bis die Schritte des Mannes und der blonden Frau in der Ferne verhallt waren.

Jack konnte sich nicht daran erinnern, jemals derart erschöpft gewesen zu sein. Er schlug vor, sich auf dem grasbewachsenen Seitenstreifen niederzulassen und sich ein wenig auszuruhen, doch der Premierminister beichtete ihm, an einer leichten Phobie gegen Insekten zu leiden. Also trotteten sie weiter die A64 in Richtung Leeds entlang.

In einiger Entfernung bemerkten sie ein Feuer. Als sie näher kamen, sahen sie, dass es sich um ein brennendes Auto handelte. Die Flammen züngelten in sattem Rot, grellem Orange, himmlischen Blautönen und dem Gelb der aufgehenden Sonne. Drei Einsatzwagen der Polizei waren vor Ort. Die Polizisten unterhielten sich erregt über die Verfolgungsjagd, die Unfall und Brand vorausgegangen war.

Auf der Rückbank eines der Polizeiautos saß ein Junge mit blassem Gesicht. Während Jack und der Premierminister sich näherten, beobachteten sie, wie der Polizist auf dem Vordersitz dem Jungen eine angesteckte Zigarette reichte.

»Weitergehen, bitte«, sagte ein junger Wachtmeister.

Jack fragte sich, weshalb Polizisten das immer sagten. Schließlich standen sie niemandem im Weg und als Steuerzahler hatten sie ja wohl das Recht, die Polizei im Einsatz zu beobachten, oder etwa nicht? Er wich folglich nicht von der Stelle. Der Premierminister hingegen entfernte sich so weit, dass er die Hitze des brennenden Wagens nicht länger auf der Haut spüren konnte.

Der junge Wachtmeister meinte höflich, aber kühl: »Gehen Sie bitte weiter, Sir, oder ich muss Sie wegen Behinderung der Staatsgewalt verhaften.«

»Aber ich behindere niemanden«, entgegnete Jack.

»Das Feuerwehrauto könnte da parken wollen, wo Sie stehen.«

»In dem Fall werde ich natürlich beiseite treten, meinen Sie nicht? Ich bin doch kein Vollidiot.«

Der Premierminister meinte: »Das ist doch halb so wild, Jack. Gehen wir.«

Jack rührte sich jedoch nicht. Auf keinen Fall ließ er sich von diesem Rotzlümmel von einem Polizisten behandeln, als sei die Öffentlichkeit der natürliche Feind der Polizei.

Dem jungen Polizisten schoss immer noch das Adrenalin durch die Adern. Es war seine erste Verfolgungsjagd gewesen, und er brannte darauf, zu seinen Kameraden zurückzukehren, die gerade eine inoffizielle Einsatzbesprechung abhielten. Das Letzte, was sie jetzt gebrauchen konnten, war ein Zivilist, der sich einmischte und auf seinen Rechten bestand.

»Wie heißen Sie und was treiben Sie zu so später Stunde hier draußen?«, fragte er.

»Jack, lassen Sie es gut sein. Das ist es nicht wert«, flehte der Premier und klang dabei wie eine Frau, die ihren Freund von einer Schlägerei abbringen wollte.

»Ich habe etwas gegen ihre stillschweigende Annahme, ich würde gegen irgendein Gesetz verstoßen. Dabei gehe ich nur mit meiner Begleiterin an einer öffentlichen Straße entlang ...«

Nun riss dem jungen Wachtmeister die Geduld. »Sie sind ein schaulustiger Zivilist, der einen Tatort blockiert, und wenn Sie nicht auf der Stelle weitergehen ...«

Ein dicker Sergeant, der einer von Donald McGills frechen Postkarten hätte entstammen können, watschelte zu ihnen herüber. »Was gibt es, Darren?«

»Er weigert sich, auf meine Fragen zu antworten, Sir.«

In der Ferne ertönte die Sirene eines Feuerwehrautos, das auf dem Weg zum Unfallort war.

»Ihr Name, Sir?«, fragte der dicke Sergeant.

»Ich heiße Jack Sprat.«

Das Lächeln verschwand aus dem Gesicht des Sergeants. Anscheinend kannte er den beliebten Reim, in dem Jacks Name auftauchte. »Auf den Arm nehmen kann ich mich selbst. Ihr Name?«

»Ich heiße Jack Sprat«, wiederholte Jack, der Papiere bei sich trug, die es bewiesen. Beinahe empfand er Mitleid mit dem Polizisten; als er früher noch Streife gegangen war, hatte er häufig verdächtig aussehende Personen nach ihrem Namen gefragt und zu hören bekommen, sie seien Engelbert Humperdinck oder Bing Crosby. Jack zog seine Brieftasche hervor und zeigte dem Sergeant seinen Bibliotheksausweis.

Der Sergeant drehte ihn in seinen Wurstfingern herum und gab ihn Jack mit den Worten zurück: »Na gut, nun aber weiter, dann lass ich das noch mal durchgehen.«

Doch Jack wurde den Groll nicht los, den er gegen diese beiden Polizisten hegte. Er hatte nichts getan, außer seine Schritte zu verlangsamen und ein brennendes Auto anzusehen. Was würde es über seine menschlichen Regungen verraten, wenn er einfach vorübergegangen wäre, ohne die Szene auch nur eines Blickes zu würdigen?

Der Premierminister war wütend über Jacks Halsstarrigkeit und konnte das sture Gesicht seines Begleiters nicht länger ertragen. Stattdessen wandte er seine Aufmerksamkeit dem Schluss einer Unterhaltung zu, die ein paar der übrigen Polizisten führten. Ein Beamter mittleren Alters mit einem typischen Polizistenbart sagte: »In zwei Jahren habe ich einen schlimmen Rücken, und weil ich mir die Rückenverletzung während des Dienstes zuziehen werde, kassiere ich eine Abfindung und die volle Rente. Damit machen ich und meine Alte eine Bar an der Costa del Sol auf.«

Das Interesse des Premierministers war geweckt. Wie um Himmels willen konnte der Wachtmeister jetzt schon wissen, dass er sich in zwei Jahren im Dienst den Rücken verletzen würde?

Ein anderer Polizist meinte gerade: »... wenn sie mir den Wagen wegnehmen, verletze ich mir nächstes Jahr den Rücken. Kommt überhaupt nicht in die Tüte, dass ich zu Fuß auf Streife gehe.«

Alle traten zur Seite, als die Feuerwehr heranfuhr und in Position ging. Mit Entzücken betrachtete der Premierminister das leuchtend rote Gefährt und die Feuerwehrleute in ihren männlichen Uniformen. Gehörte ein attraktives Äußeres seit Neuestem zu den Einstellungsvoraussetzungen bei der Feuerwehr? Mussten die Männer nicht nur keine Höhenangst kennen, sondern obendrein auch noch schön und heroisch aussehen? Rasch zog der Premierminister den Lippenstift nach und fuhr sich mit den

Fingern durch die blonden Locken. Allerdings trat er dennoch ein Stück weiter in den Schatten zurück, da ihm bewusst war, dass sein vermaledeiter Bart schon wieder durchkam.

Jack war mittlerweile mit dem dicken Sergeant in eine Auseinandersetzung über den Human Rights Act von 1998 verwickelt, über den sich Jack selbst immer höhnisch geäußert hatte, der ihm auf einmal jedoch unglaublich wichtig erschien. Doch nachdem die Feuerwehrleute die Flammen mit ihren Schaumwerfern gelöscht hatten, verließ ihn allmählich die Streitlust, und er schlenderte zum Premierminister hinüber, der abseits auf ihn wartete. Sie brachen zu ihrem langen Spaziergang in die Innenstadt von Leeds auf.

Nach einer Weile kamen sie in ein Viertel voller Sozialbauten, das wie eine Geisterstadt wirkte. In ganzen Straßenzügen waren die Häuser mit Brettern vernagelt. Eine Häuserzeile war abgebrannt. Dann hielt ein Taxi vor einem der vernagelten Häuser an, und zwei Mädchen im Teenageralter, die bauchfreie Trägertops und Hüfthosen trugen, kletterten aus dem Auto und verschwanden in der metallverstärkten Eingangstür.

Jack rannte auf das Taxi zu und winkte es herbei. Der Taxifahrer, Ali, saß in einem Käfig aus Maschendraht, der ihn nach drei Seiten hin schützte. Er war hocherfreut, als Jack ihn bat, ihn und seine Begleiterin zu einem guten Hotel in der Innenstadt von Leeds zu fahren.

»Ich bringse zum besten Hotel in ganz Leeds, was?«, meinte Ali voller Begeisterung. »Die ham Antiquitäten in den Zimmern und Musik und Telefon im Bad. Und se ham sogar Katzen zum Streicheln da, damit Se sich wie zu Hause fühlen. Achtzig TV-Kanäle, und Limo und Orangensaft kriegste umsonst.«

Sie fuhren an noch mehr Verfall vorbei. An einem Kreisverkehr stellte der Premierminister fest, dass es ungewöhnlich sei, Straßenarbeiter in den frühen Morgenstunden bei der Arbeit zu sehen. Kräftige Männer stemmten Pflastersteine in die Höhe und schichteten sie in einem weißen Lieferwagen übereinander.

»Räuberisches Diebespack!«, rief Ali. »Klauen den Bürgersteig, was?«

»Yorkstein«, erklärte Jack. »In London bekommen Sie fünfzig Pfund pro Pflasterstein.«

Der Premierminister erzählte Jack, dass David Samuelson neulich siebentausend Pfund für eine Terrasse aus Yorkstein bezahlt hatte, die von einem »Bauunternehmen« aus Leeds verlegt worden war.

»Die Siedlung hier heißt Gumpton«, sagte Ali. »Es gibt kaum Taxis, die hierher fahren, wenn's dunkel is' – in Gumpton wohnt ein wildes Völkchen. Echte Barbaren.«

Über ihnen ertönte lautes Geratter, und ein greller Lichtstrahl erleuchtete das Wageninnere. »Der Polizeihubschrauber is' in der Luft«, schrie Ali verzückt. Er klang, als habe er soeben den ersten Kuckucksruf im Frühling vernommen.

Ein paar Minuten schwebte der Helikopter über ihnen, bog dann aber ostwärts ab, sobald sie sich dem Stadtzentrum näherten. Aus der Funkanlage erklang ein Knistern.

»Ali, bitte kommen. Bitte kommen, Ali. Wo bist du, Ali?«

»Ich fahr nach Haus und leg mich aufs Ohr, Boss. Ich halt gerade vor meiner Haustür.«

Der Premierminister schürzte missbilligend die Lippen, denn in Wirklichkeit hielten sie vor The Falls an, einem aus einem Getreidespeicher umgebauten Hotel, das sich neben einem Kanal erstreckte. Jack bestellte Ali für zehn Uhr morgens wieder zu dem Hotel. Jack und der Premierminister konnten das Wehr hören, nach dem das Hotel benannt war, als sie über das nasse Kopfsteinpflaster auf den Eingang zuschritten. Ein Nachtportier namens Norman ließ sie herein und schaltete die Gasfeuerung im futuristischen Design an, die sich im Empfangsbereich befand.

Jack trug die beiden in das Gästebuch ein. Unterdessen

nahm sich der Premierminister einen roten Apfel von einer Glasschale, in der das Obst kunstvoll zu einer Pyramide aufgeschichtet waren. Norman missbilligte die Tat. Die Kundschaft von The Falls war sich gewöhnlich darüber im Klaren, dass es sich bei dem Apfelturm um ein Kunstwerk handelte, und nur ein Narr sich einen Apfel nehmen und ihn essen würde.

Während Jack das Anmeldeformular ausfüllte – Mr Jack Sprat und Miss E. St Clare –, erwärmte Norman in der Mikrowelle hinter dem Empfangstisch zwei Tassen Glühwein. Da das Getränk zu heiß war, um es sofort zu trinken, waren Jack und der Premierminister gezwungen, stehen zu bleiben und abzuwarten, bis der Wein sich ein wenig abgekühlt hatte. Norman prahlte mit den berühmten und wichtigen Persönlichkeiten, die schon in The Falls abgestiegen waren. Er erwähnte eine Schauspielerin aus der Fernseherie *Coronation Street*. Die Schauspielerin, von der Jack noch nie etwas gehört hatte, hatte um vier Uhr morgens ein Käsebrot mit Kürbiskernen verlangt. Norman tippte sich an den Nasenflügel. »Fragen Sie mich nicht, wie ich es fertig gebracht habe, aber um vier Uhr fünfundzwanzig aß sie ihr Sandwich.«

Jack unterbrach Norman mitten in einer Anekdote über Sir Cliff Richard und eine Dose Gesichtscreme von Clarins. Der Premierminister war so müde, dass er ins Bett kletterte, ohne sich abzuschminken. »Ich weiß, das ist liederlich, Jack, aber morgen früh reinige ich mir das Gesicht ganz besonders gründlich und behandle es mit Gesichtswasser und Feuchtigkeitscreme – versprochen!«

Seite an Seite lagen sie wach in dem Doppelbett und sprachen über eine Reform des Polizeiwesens. Jack schlug vor, dass Polizisten, die zu Fuß ihre Runde machten, in einer höheren Gehaltsklasse sein sollten als die Kollegen im Streifenwagen. Der Premierminister murmelte schläfrig, dass er mit dem Innenminister John Hay reden würde, sobald er zurück in Nummer zehn sei.

Kapitel 9

NORMA LIESS DEN FRÜHSTÜCKSSPECK in der Pfanne anbrennen. So aßen sie und James ihn am liebsten. James hatte ihr erzählt, wie blass und wässrig der Speck in dem Kinderheim gewesen war, dass das Fett nicht richtig durch und die Schwarte zäh gewesen war, sodass man sie nicht herunterschlucken konnte. Deshalb hing nun der Geruch von angebranntem Bratfett und knusprigem Speck in der kleinen Küche.

James fächerte mit einer Ausgabe der *Sun* den Rauch von Peters Käfig fort. Eine der Schlagzeilen lautete: »Adele – ihr Zehenmann packt aus«. James berichtete Norma gerade, wie er von jemandem sexuell missbraucht worden war, der heute im Oberhaus des Parlaments saß. »Einmal hat er mir zu Weihnachten eine Lederjacke gekauft und im Jahr drauf ein Keyboard von Yamaha. Aber niemand hat mir die Klavierstunden bezahlt, also habe ich es gegen ein Rennrad eingetauscht. Das Rad wurde dann eine Woche später gestohlen, als ich es vor dem Sozialamt abgestellt hatte.«

Alle Geschichten, die James erzählte, hatten etwas Deprimierendes, wenn man genau hinhörte und nicht auf das Gelächter achtete, mit dem er sie zum Besten gab.

Norma hob den knusprigen Speck mit einem verkohlten hölzernen Bratenwender aus der Pfanne und legte die Speckstreifen auf luftig weiche, weiße Toastscheiben.

Anschließend verteilte sie mit geschickter Hand HP-Soße darüber. Nachdem die Sandwiches ihre Toastdeckel erhalten hatten, schnitt Norma sie diagonal entzwei. James war der Ansicht, dass dies Klasse verriet, und sagte Norma, sie sei eine Klassefrau – und heute war sie auch piekfein! Sie war ihrem Kleiderschrank zu Leibe gerückt und hatte die Sachen nach vorne geräumt, die sie sonst immer nur für besondere Anlässe aufsparte. Jetzt hatte sie das türkise Kostüm an, dass sie auf der Hochzeit von Stuart und dieser Bohnenstange Karen getragen hatte. Die Ehe hatte unter keinem guten Stern gestanden und auch nicht lange gehalten. Auf dem Standesamt hatte Karen trotz ihrer flachen weißen Seidenschuhe alle anderen überragt, selbst die größten Kerle. Stuart hatte sich seine neuen Schuhe mit einer Schicht Zeitungspapier ausgestopft, damit der Größenunterschied zwischen den beiden nicht ganz so deutlich war, aber unter den Gästen hatte es trotzdem ein paar gegeben, die gekichert hatten.

Jack war zu der Hochzeit extra aus London angereist und hatte eine hübsche junge Frau namens Celia mitgebracht, die durchschnittlich groß gewesen war. Als abzusehen war, dass die Schlägerei auf dem Hochzeitsfest länger dauern würde, hatte er Celia eilig weggbracht, ohne sich von Norma zu verabschieden, die mittendrin mitmischte. Jack hatte kurz vor einer Beförderung bei einer Spezialeinheit gestanden und wollte nicht dabei sein, wenn die Bullen aus Leicester anrückten, um dem Spaß ein Ende zu bereiten. Im Wagen auf der Autobahn M1 nach London meinte Celia, die Psychologin war, dass Stuart offensichtlich ein aggressiver Mensch sei. Karen habe er ihrer Meinung nach geheiratet, weil er durch den Spott, den sie auf sich zog, die perfekte Ausrede hatte, einen Streit vom Zaun zu brechen, wenn ihm danach war.

James hatte schon bald die Angewohnheit entwickelt, Norma aus der *Sun* vorzulesen. Sie selbst würde sich niemals die Mühe machen, etwas zu lesen, aber sie liebte es, sich die Geschichten anzuhören.

Wie er David Grubb, unserem Korrespondenten, anvertraute: »Ich lernte Mrs Floret-Clare im Mai 1997 kennen. Meine Kundenkartei war voll, aber sie ließ mir durch eine meiner anderen bekannten Kundinnen ausrichten, dass sie sich gerne die Füße von mir machen lassen würde. Ich glaube, Lulu hatte meinen Namen bei einem Wohltätigkeitsdinner für Menschen mit Wachstumsstörungen erwähnt.

Ehrlich gesagt waren ihre Füße in erschreckendem Zustand. In den sechs Wochen vor der Wahl hatte sie sie grauenvoll misshandelt. Sie hatte zahlreiche Probleme: Hühneraugen, Hornhaut, entzündete Fußballen und die frühen Anzeichen eines Hammerzehsyndroms.

Während der ersten Behandlung, die eine Stunde lang dauerte, arbeitete sie an ihrem Laptop. Doch während der folgenden Besuche unterhielten wir uns über dies und das. Eines Tages meinte mein Lebensgefährte, Gregory: ›Deine Pläuschchen mit der Gattin des Premierministers sind geschichtlich bedeutsam und sollten aufgezeichnet werden.‹ Also fing ich an – lediglich zukünftiger Geschichtsschreiber zuliebe – meine Gespräche mit Mrs Floret-Clare aufzunehmen. Vielleicht hätte sie unter Druck gestanden, wenn sie davon gewusst hätte, und Stress ist nicht gut für die Füße. Als ausgebildeter und staatlich geprüfter Fußpfleger geht es mir selbstverständlich in erster Linie um das Wohl der Füße meiner Kunden.«

Norma meinte: »Ich stehe auf der Warteliste für eine Fußbehandlung. Aber wenn ich endlich an der Reihe bin, habe ich so viel Hornhaut, dass ich nicht mehr in meine Latschen passe.«

Peter wippte fröhlich auf seiner kleinen Schaukel und sah Norma und James dabei zu, wie sie ihre Specksandwiches aßen. »Du magst deinen kleinen Käfig, nicht wahr, Peter?«, sagte Norma. »Ist doch gemütlich, oder?«

Am gestrigen Nachmittag hatte eine Frau von *Opfer setzen sich zur Wehr* – Marjorie Makinson – Norma besucht, um ihr wegen des Traumas zu helfen, das sie von dem Überfall davongetragen hatte. Norma hatte die Frau in die Küche gebeten und ihr erklärt, dass sie dabei sei, sich von dem Schock zu erholen, und dass James, ihr neuer Untermieter, herausgefunden habe, wer der Dieb gewesen sei. James hatte ihm eine Tracht Prügel verabreicht, es war ihm jedoch nicht gelungen, ihre Sachen oder das Geld zurückzukriegen.

Marjorie war entsetzt. »Ich missbillige es von Herzen, wenn jemand das Gesetz in die eigene Hand nimmt, Mrs Sprat.«

»Wir haben hier schon immer das Gesetz in die eigene Hand genommen«, antwortete Norma. »Man hat die Beine gebrochen bekommen, wenn man bei den Nachbarn stahl oder Hand an alte Leute oder Kinder legte.«

Einen Moment lang genoss es Norma, sich moralisch im Recht zu fühlen. Sie entsann sich des Ratschlags, den Trev seinen jungen Stiefsöhnen mit auf den Weg gegeben hatte: »Scheißt nie vor die eigene Haustür, Jungs, und klaut nicht von den Armen. Haltet euch an die Vororte und hängt dort herum, bis ihr eine von diesen glücklichen Familien gemeinsam irgendwohin fahren seht – zu einem Picknick, ins Sportzentrum oder so, ihr wisst schon. Es ist kein Verbrechen, Leute aus der Mittelschicht zu beklauen. Die sind sowieso versichert, außerdem ist es gut für die Wirtschaft.«

Marjorie beäugte Peters Käfig. Sie kümmerte sich nicht nur um die Opfer von Verbrechen, sondern war auch Tierschützerin, und sie war sich sicher, dass Peter dringend Schutz benötigte. Erstens war sein Käfig kleiner, als die Richtlinien es vorsahen, die in der eingebrachten Tierschutzresolution standen. Außerdem hatte er von Rechts wegen Anspruch auf ein Weibchen.

Aus dem Gedächtnis betete sie die zum Tierschutz erlassenen Gesetze herunter. »Den Richtlinien des RSPCA, des königlichen Tierschutzvereins, zufolge hat Ihr Wellensittich Anspruch auf ein geräumiges Vogelhaus, in dem er in einer stimulierenden Umgebung voll Spielzeug und Zweigen in den Genuss der Gesellschaft anderer Wellensittiche kommt.«

»Peter ist glücklich in seinem Käfig«, gab Norma zurück, »und er ist gern ein Einzelvogel.«

»Nichtsdestotrotz«, erwiderte Marjorie. »Gesetz ist nun mal Gesetz.«

Nachdem Adele einen Croissantkrümel von ihrem Pulli der Marke Joseph entfernt hatte, ergriff sie Wendys Hand. »Wendy, Barrys Bein ist – oder besser gesagt war – ein großer Teil von ihm«, sagte sie beschwörend. »Sie können es nicht einfach wegwerfen, als sei es eine Lammkeule.«

»Eine Lammkeule würde ich ja wohl kaum wegwerfen, oder? Ich würde sie kochen und aufessen«, entgegnete Wendy verstimmt.

»Sie sind so eine verfluchte Kleinkrämerin, Wendy«, beschwerte sich Adele. »Keine sehr schöne Tugend. Tja, aber ich habe mit einem befreundeten Kardinal gesprochen, und er hat sich bereit erklärt, den Trauergottesdienst bei der Beerdigung von Barrys Bein zu halten. Es würde im kleinen Rahmen stattfinden, nur die Familie – und ich natürlich. Auf dem Friedhof von Kensal Rise ist gerade eine Plätzchen frei geworden ... Sagen Sie Ja, und ich kümmere mich um alles. Ich brauche nur die Maße von Barrys Bein für den Sarg.«

»Hat Barry da nicht ein Wörtchen mitzureden?«, erkundigte sich Wendy.

»Selbstverständlich hat er das!«, erwiderte Adele. »Und er ist völlig einverstanden. Ich habe heute Vormittag mit ihm gesprochen.«

»Aber er ist doch mit Morphium zugedröhnt. Außerdem ist er völlig traumatisiert«, wandte Wendy ein.

»Genau, und dies ist eine Möglichkeit, mit der ganzen Sache abzuschließen. Er kann auf die Beerdigung eines seiner wichtigsten Körperteile gehen. Da kann er darüber sprechen, was ihm das Bein bedeutet hat. Er kann seine Erinnerungen mit uns teilen. Diese Gelegenheit sollten Sie ihm nicht verwehren, Wendy.«

Wendy fragte sich, nicht zum ersten Mal, ob nun Adele verrückt war, oder sie selbst. War es unsinnig, Einspruch gegen die Beerdigung des Beins ihres Sohnes zu erheben oder nicht? Schließlich war Adele ausgesprochen klug und, was noch viel schwerer ins Gewicht fiel, eine große Denkerin und Hobbytheologin.

»Ich würde gerne bis zur Rückkehr Ihres Mannes warten und mit ihm darüber sprechen«, meinte Wendy.

Adele legte das Gesicht in Sorgenfalten. Gestern Nacht hatten die Stimmen ihr gesagt, dass Ed nie mehr zurückkommen würde.

Da stürmte Alexander McPherson ins Zimmer und knallte einen gewaltigen Zeitungsstapel vor Adele auf den Couchtisch. Abgesehen vom *Catholic Herald* zierte Adeles Warzenstory jede einzelne Titelseite.

»Hast du die gesehen?« Es fiel ihm sichtlich schwer, seinen Zorn im Zaum zu halten. Adele hatte gegen ein heiliges Gesetz verstoßen. Sie hatte John Humphrys in der Radiosendung *Today* ein Interview gegeben, ohne dass die Pressestelle etwas davon gewusst hatte. Das war das Gleiche, als hätte sich ein Christ freiwillig in ein Kolosseum voller Löwen begeben und erwartet, ungeschoren davonzukommen.

Adele war entzückt, dass ihr Antlitz auf den Titelseiten der überregionalen Presse prangte. Und sie war stolz auf den Inhalt. Sie setzte sich für die Unantastbarkeit menschlichen Lebens ein und feierte die Heiligkeit gewöhnlicher Männer und Frauen.

»Adele hat dafür gesorgt, dass ein Kardinal Barrys Bein auf dem Friedhof von Kensal Rise beerdigt«, erklärte Wendy. Sie musste mit jemandem darüber sprechen, der mit beiden Beinen auf dem Boden der Tatsachen stand – jemand, der ohne Zweifel bei Verstand war, selbst wenn es sich um einen herrschsüchtigen kleinen Intriganten handelte.

Adele griff nach dem *Independent* und las den Aufmacher auf der ersten Seite. Alexander und Wendy tauschten Blicke aus, wobei Alexander den Zeigefinger an die Schläfe legte und ihn in einer international verständlichen Geste kreisen ließ. »Adele«, sagte er, »wie heißt gleich noch einmal deine Ärztin?«

Kapitel 10

JACK SASS AUF DEM AMMENSTUHL aus dem achtzehnten Jahrhundert und blickte durch das Fenster auf das regungslose graue Wasser des Kanals. Zu seinen Füßen lag eine schwarze Katze aus Holz. Im Laufe der Nacht war er etliche Male über sie gestolpert. Er versuchte, sich in Geduld zu üben, aber der Premierminister machte sich nun schon seit über einer Stunde fertig. Jack fragte sich, was der Premierminister überhaupt noch alles mit sich anstellen konnte. Er konnte sich doch gewiss nicht endlos schminken und sich das Haar vor dem Spiegel richten.

Bevor sie aufgewacht waren, hatte man ihnen ein Freiexemplar des *Daily Telegraph* unter der Tür durchgeschoben. Mit Entsetzen las Jack die Schlagzeile »Frau des Premierministers in fundamentalistischer Kontroverse«, doch als er dem Premierminister die Zeitung gezeigt hatte, hatte Edward lediglich gesagt: »Es ist toll, dass Adele eine Diskussion über eine derart wichtige Glaubensfrage losgetreten hat.« Dann war er wieder im Badezimmer verschwunden, um seine Wimpern mit der Wimpernzange zu bearbeiten.

Die Sozialbausiedlung Gumpton lag in einem freundlichen Tal, an das an jeder Seite sechsspurige Fernstraßen grenzten. Etliche lange Fußgängerbrücken und -unterführungen verbanden die Siedlung mit der Außenwelt. Zu diesem Thema hatte ein Einwohner der *Yorkshire Post* in einem Leserbrief geschrieben: »Ich weiß jetzt, wie sich ein Hamster fühlen muss!«

Die Einwohner dieses weitgehend vergessenen Gebiets waren fast alle der Überzeugung, dass das Wetter über Gumpton immer schlechter war – dass die Wolken tiefer hingen, und der Wind kälter wehte als in den anderen Teilen von Leeds. Es gab keinerlei meteorologische Beweise für diesen Glauben, doch er hielt sich standhaft und verstärkte noch das Gefühl, es sei reine Schikane, in der Sozialbausiedlung leben zu müssen. Hierher geschickt worden oder aus eigenem Verschulden hier gelandet zu sein, wurde allgemein als eine Form gesellschaftlicher Strafe angesehen. Manche der jüngeren Bewohner, die schon einmal im Gefängnis gesessen hatten, behaupteten, das Leben dort sei dem in Gumpton vorzuziehen. Im Knast gab es wenigstens etwas zu tun.

Wenn man die Siedlung als Außenstehender betrachtete, beschlich einen schnell der Gedanke, sie sei auf unerklärliche Weise vom restlichen Großbritannien abgeschnitten worden und nie in den Genuss irgendeiner Art von Regierungskontrolle gekommen. Der Ort hatte etwas von einer untergegangenen Zivilisation. Gelegentlich kamen Reisende aus der Außenwelt vorbei – Sozialarbeiter, Lehrkräfte und Amtspersonen, die der Stadtrat geschickt hatte. Doch sie alle erledigten ängstlich ihre Pflichten und suchten vor Einbruch der Dunkelheit schleunigst das Weite. Bevor Ali sein Taxi den Hügel hinuntersteuerte, murmelte er ein Gebet, in dem er Allah um dessen Schutz anflehte. Auf der Fahrt hierher hatte er seinen Fahrgästen, dem ernsten Mann und der hübschen Blondine, bereits erklärt, dass er unter gar keinen Umständen sein Taxi unbeaufsichtigt lassen würde. Die männlichen Jugendlichen des Gumptonstamms waren kulturell darauf programmiert, jedes Fahrzeug zu stehlen, das ihnen in die Finger kam. Vor kurzem war ein Landrover der Polizei von zwei zwölfjährigen Jungen gestohlen und durch die Siedlung gefahren worden, wobei der Großteil der Einwohnerschaft ihnen zugejubelt und sie beglückwünscht hatte.

Zuerst fuhr Ali durch Gumpton und zeigte ihnen die Wahrzeichen der Siedlung. Es fehlte kein Klischee äußerster Armut. Der Premierminister wand sich beim Anblick der vernagelten Häuser und schmutzigen Trampelpfade, die einst Bürgersteige gewesen waren, in seinem Sitz. Einst hatte er die armselige Shanty-Town von Rio de Janeiro besucht, wo die Leute am Existenzminimum lebten. Dort hatte man aber dennoch das Gefühl gehabt, dass die Leute ihr Leben lebten und es sogar genossen. Hier hingegen gab es keinerlei Anzeichen dafür, dass das Leben der Bewohner von Gumpton auch nur den geringsten Wert besaß.

Ali parkte neben einer freien Fläche voll Schlamm und Gras, die vielleicht einmal ein Park gewesen sein mochte. Starker Regen prasselte auf die Windschutzscheibe und Ali musste die Scheibenwischer einschalten, um wieder etwas sehen zu können. Sie beobachteten, wie ein Pickup vor einem Haus gegenüber anhielt. Zwei unsportliche, feiste Männer, beide in Trainingsanzügen und Turnschuhen, stiegen aus und zerrten mühsam an einem Seil, mit dem eine alte, breite Matratze auf der Pritsche des Pickups festgebunden war. Mittlerweile regnete es in Strömen, und schon bald klebte den beiden das Haar am Kopf. Die Männer formten mit den Lippen obszöne Schimpfwörter, während sie sich beeilten, die Matratze loszubinden und in das Haus zu schaffen, bevor sie völlig vom Regen durchnässt war. Jack, Ali und der Premierminister sahen dem Wettrennen zu, als handele es sich um ein Sportereignis.

Eine große, stämmige Frau mit Bodybuilderarmen öffnete die Tür. An ihrer Trainingshose klammerte sich ein kleiner Junge fest, der nichts außer einem Spider-Man-T-Shirt trug, und dem ein Fläschchen aus dem Mund hing.

Die Frau schien die Männer anzufeuern, doch als Ali sein Fenster herunterkurbelte, konnte das Trio im Auto sie schreien hören: »Beeilt euch gefälligst, ihr fetten Säcke!«

Einer der Männer brüllte: »Willst du die Scheißmatratze oder nicht, Toyota?«

Die Männer hievten sich die Matratze auf die Köpfe und taumelten den Weg zur Haustür entlang, ohne etwas sehen zu können. Das halbnackte Kleinkind rannte ihnen zur Begrüßung freudig entgegen.

Toyota lief dem Kleinen hinterher, packte ihn am T-Shirt und riss ihn empor. Als das Kind zu schreien anfing und seinen Rücken krümmte, gab Toyota ihm Klapse auf die Beine und die bloßen Pobacken. Das Kind holte tief Luft und hielt eine Weile den Atem an. Einen Augenblick lang setzten die automatischen Reflexe seines kleinen Körpers aus.

Im Auto warteten die drei Männer gebannt darauf, dass das Kleinkind wieder atmete. Die Lippen des Premierministers zitterten. »Wie absolut barbarisch! Jack, so tun Sie doch etwas!«

Mithilfe ihrer starken Arme hatte Toyota das Kind an seinem zerknüllten T-Shirt noch höher gehoben, bis sich das Gesicht des Jungen auf selber Höhe wie ihr eigenes befand. Nun schlug sie das Kind in einem annährend synkopischen Rhythmus. Die Worte, die sie dem Kleinkind mit kurzen Pausen ins Gesicht brüllte, verhielten sich kontrapunktisch zu ihren Schlägen. »Wie. oft. muss. ich. dir. noch. sagen., dass. du. gefälligst. drinnen. bleiben. sollst., Tush. in. ga?«

»Tush. In. Ga?«, fragte der Premierminister, der unter seiner Abdeckcreme von Max Factor ganz blass geworden war.

»Tushinga«, erklärte Ali. »Is'n afrikanischer Name.«

Jack sinnierte darüber, dass nur sehr reiche und sehr arme Leute ihren Kindern derart ungewöhnliche Namen gaben.

Die beiden Männer traten unter ihrem Matratzendach

ungeduldig von einem Fuß auf den anderen und warteten darauf, dass das Kind fertig bestraft wurde. Der Kleine hatte mittlerweile wieder genug Luft in den Lungen um zu schreien. Das herzzerreißende Geräusch ließ den Premierminister aus dem Wagen springen und den Weg entlangstürzen. Er umsegelte die Matratze und baute sich vor der Frau auf. Tushinga hing immer noch in der Luft. Die Abdrücke von den Schlägen prangten wie rote Blütenblätter auf der blassen, ansonsten makellosen Haut.

»Bitte! Hören Sie auf«, flehte der Premierminister.

»Wer zum Teufel sind Sie?«, wollte Toyota wissen, deren Atem aufgrund der körperlichen Anstrengung schwer ging. Ein kleines Kind zu verprügeln war ermüdender, als es den Anschein hatte.

»Ich bin Sozialarbeiterin«, log der Premierminister.

»Ich hab aber schon einen Sozialarbeiter«, entgegnete Toyota.

Einer der beiden feisten Männer rief höflich: »Können wir bitte endlich die verdammte Matratze reinbringen?«

Der Premierminister, Toyota und das Baby traten beiseite, und die Männer kämpften sich durch die Eingangstür und verschwanden im Hausinnern.

Nachdem der Premierminister die Saugflasche aufgehoben hatte, die halb voll mit einer Flüssigkeit war, die nach Coca-Cola aussah, reichte er sie dem schluchzenden Kind mit den Worten: »Hier, Tushinga. Nicht weinen, Mommy wird dich nie wieder schlagen.«

»Ich werd ihm den verfluchten Kopf abreißen, wenn er nicht auf mich hört«, sagte Toyota. »Er muss es lernen.«

»Aber er wird wohl kaum was lernen, wenn er Schläge bekommt, oder?«, meinte der Premierminister.

»So hab ich auch gelernt«, versetzte Toyota, die sich wieder beruhigt zu haben schien.

»Hallo, Tushinga!« Der Premierminister fasste dem Kind zärtlich unters Kinn, aber der Kleine drehte sich weg und schmiegte den Kopf an den Hals seiner Mutter. Sein Schluchzen wurde immer leiser, und seine Mutter begann, ihm das Haar aus dem nassen Gesicht zu streichen und seine Hände, die kleine Grübchen hatten, mit Küssen zu übersäen.

»Machen Sie für Andy weiter, oder was?«, erkundigte sich Toyota.

Der Premierminister blieb bei seiner Lügengeschichte. »Ja, Andy hatte einen Nervenzusammenbruch, und ich bin seine Vertretung.« Er wusste, dass es aufgrund von stressbedingten Krankheiten und niedrigen Einstellungszahlen einen akuten Engpass im sozialen Bereich gab.

»Überraschen tut mich das nicht«, entgegnete Toyota. »Beim letzten Mal war er ziemlich fertig.« Sie bedeutete dem Premierminister, mit ins Haus zu gehen. »Am besten kommen Sie auf 'ne Tasse Tee rein.«

Sie warf dem Taxi, das am Bordstein parkte, einen argwöhnischen Blick zu. »Kein Wunder, dass es keine Krippenplätze gibt. Der Sozialdienst gibt sein ganzes verfluchtes Geld für Sozialarbeiter aus, die sich aus Schiss im Taxi rumkutschieren lassen.«

Bevor Toyota den Premierminister ins Haus führte, warf er Jack einen beschwörenden Blick zu. Jack winkte ihm zu und ließ sich dann in den Rücksitz des Taxis sinken, um den *Daily Telegraph* zu lesen.

Ali zog an einem Hebel unter dem durchgesessenen Fahrersitz, und die Lehne neigte sich nach hinten. Im nächsten Augenblick war er eingeschlafen. Dies entwikkelte sich zu einem Traumjob: Das Taxameter zeigte bereits 39,40 Pfund an, und es war erst später Vormittag.

Unter den Augen von Toyota und dem Premierminister spielte Tushinga mit einer leeren Videohülle und ein paar Wäscheklammern auf dem schäbigen Teppich. Das Wohnzimmer wurde von einem riesenhaften Flachbildfernseher auf einem Rauchglasgestell beherrscht. Es lief eine Tiersendung, und ein Rudel Schakale war gerade dabei, ein Zebra in Stück zu reißen. Außerdem gab es eine dreiteilige Sitzgarnitur aus schwarzem Lederimitat, und über der Kamin-Attrappe hing in grellen Farben ein vergrößertes Foto vom kleinen Tushinga.

In dem Raum waren schon Zehntausende Zigaretten geraucht worden, sodass Decke und Wände in einem modisch-hellen Nikotinton gehalten waren.

Der Premierminister musste an seine eigene Wohnzimmereinrichtung denken. Tagelang hatte Adele sich mit Farbpaletten abgequält und eine Innenarchitektin zu Rate gezogen. Diese Konsultationen hatten sie fünfhundert Pfund pro Stunde gekostet, und sie hatte noch einmal mehr aufwenden müssen, als die Innenarchitektin ihr die Wände in mehreren Schichten mit der Farbe »Launisches Kamel« verziert hatte.

Er zog ein kleines Notizbuch aus der Handtasche und schrieb das eine oder andere mit. Toyota plauderte einiges über Mogeleien bei der Sozialhilfe aus, und in Gedanken sah sich der Premierminister im Parlament, wie er seine Notizen hervorzog und damit die Politiker aus den Reihen seiner eigenen Partei zum Schweigen brachte, die das geplante Durchgreifen der Regierung bei Betrügereien im sozialen Bereich kritisierten.

Nachdem sich Toyota eine Zigarette angesteckt hatte, bot sie dem Premierminister ebenfalls eine an. »Nein, danke. Ich habe noch nie geraucht.« Er hob abwehrend die Hand.

»Noch nie?«, wollte Toyota wissen. »Wie können Sie dann wissen, dass es Ihnen nicht schmeckt, wenn Sie's noch nie probiert haben?«

Sie machte ihn nervös. War es am Ende eine Charakterschwäche seinerseits, dass er Nichtraucher war?

Die beiden dicken Männer standen rauchend im Türrahmen und starrten auf den Fernseher. Der Premierminister und die Männer wurden einander nicht vorgestellt.

»Na los, probieren Sie schon eine«, drängte Toyota. »Meine Mum hat mir den ersten Glimmstängel gegeben, als ich gerade mal elf war.«

Einer der dicken Männer sagte: »Okay, wir packen's dann, Toy. Hast du die zehn Mäuse?«

»In meinem Geldbeutel ist Flaute«, erwiderte Toyota. »Kannst nachschauen, wenn du mir nicht glaubst.«

Wie sich herausstellte, hatte Toyota die Matratze einem alten Verwandten eines der beiden Männer für fünf Pfund plus fünf Pfund Liefergebühr abgekauft. Ihre eigene Matratze, die jetzt hinten im Garten lag, war ruiniert worden, als Tushinga das Feuerzeug seiner Mutter in die Finger bekommen hatte. Toyota sah den Premierminister an. »Deshalb muss ich streng mit ihm sein«, meinte sie. »Ich will nicht, dass er ein Rowdy wird.«

»Aber die fünf Pfund für Sprit musst du uns schon geben«, sagte der andere Mann. »Der verdammte Sprit ist alle.«

Auf der Stelle bekam Toyota einen Wutanfall. »Ihr habt nix davon gesagt, dass ich gleich bei der Lieferung zu zahlen hab. Ihr werdet schon warten müssen, bis ich meine Sozialhilfe kriege.«

»Mein verdammter Tank ist leer, und keiner von uns beiden hat Knete und wir haben in 'ner halben Stunden 'nen anderen Auftrag.«

»Wieso habt ihr keine Knete?«

»Weil wir gleich heute Morgen im Voraus für das Baugerüst bezahlen mussten, dass wir aufgebaut haben«, erwiderte er.

»Ruft meinen Derek an, vielleicht kann der mir fünf Pfund borgen«, sagte Toyota.

Einer der Männer zog ein Pre-Paid-Handy aus der Tasche, drückte ein paar Tasten und sagte: »Toyota braucht zehn Pfund, um für die Matratze und den Sprit zu zahlen.« Er wartete einen Augenblick, dann grunzte er und wandte sich an Toyota: »Er sagt, du sollst dich verpissen. Du schuldest ihm immer noch Kohle für den Babybuggy.«

»Die Scheißräder sind vorm Lidl abgefallen, und Tushinga ist auf den verfluchten Gehsteig geknallt!«, schrie

Toyota. »Ich war geschlagene sechs Stunden in der beschissenen Notaufnahme.«

Die Notizen des Premierministers gerieten durcheinander. Er hatte geschrieben: »Matratze, Feuerzeug, dicke Männer Mehrwertsteuer angemeldet?«

Einer der Männer sagte zu dem anderen: »Du wirst Polio-John fragen müssen, ob er mich etwas Sprit aus seinem Invalidenauto umfüllen lässt. Ansonsten geht uns der verfluchte Auftrag durch die Lappen!«

Man kontaktierte Polio-John, der sagte, er sei auf der Post, um seine Invaliditätsrente abzuholen, dass er aber vorbeifahren würde, sobald er fertig sei.

Da ging das Licht aus, und mit einem Klicken schaltete sich der Fernseher ab.

»Ich brauch 'ne neue Stromkarte«, seufzte Toyota.

Als der Premierminister sie entgeistert anstarrte, erklärte sie, dass die Elektrizitätsgesellschaft sie als Kreditrisiko betrachtete, sodass man in ihrem Haus einen Zähler installiert hatte. Da ein Stromzähler voller Silbermünzen jedoch eine süße Versuchung für Jugendliche darstellte, die es nach Nike Turnschuhen und Crack gelüstete, musste man eine Plastikkarte kaufen und in den Zähler schieben. Die Karten konnte man in bestimmten Läden, an Tankstellen, auf Polizeirevieren und sogar bei der Feuerwehr kaufen.

Einer der dicken Männer schien einen Einfall zu haben: »Ruf Lucky Paul an und sag ihm, er soll zur Tankstelle fahren, eine Stromkarte und ein paar Liter Sprit kaufen. Er kann dort anschreiben lassen.«

Als Lucky Paul angerufen wurde, erklärte er jedoch, er könne nicht mehr in der Tankstelle anschreiben lassen. Der alte Geschäftsführer sei entlassen worden, weil er schmutzige Videos unter dem Ladentisch verkauft habe. Der neue Geschäftsführer sei ein »aufgeblasener Mistkerl aus Manchester«. Trübsinniges Schweigen legte sich über das Zimmer, als die drei armen Leute über ihre akuten finanziellen Probleme nachgrübelten.

»Ich wünschte, ich könnte Ihnen helfen«, sagte der Premierminister.

»Schon gut«, meinte Toyota. »Ich weiß ja, dass Sie keine Knete rausrücken dürfen.«

Ohne das künstliche Licht war das Zimmer sehr dunkel. »Ich hab bald keine Glimmstängel mehr.« Toyotas Stimme klang angstverzerrt.

»Wenn wir den Auftrag nicht erledigen«, sagte einer der Männer, »bekommen wir keine Knete, und das bedeutet, dass wir das Scheißgerüst nicht länger mieten können, und dann verlieren wir den Auftrag. Und so weiter.«

Dem Premierminister kam ein Gedicht in den Sinn, das sein Vater ihm vorzutragen pflegte; etwas über einen fehlenden Nagel, der zur Niederlage in einer Schlacht geführt hatte.

Da hatte Toyota eine Eingebung. »Hat Husten-Tony nicht letzte Woche sein Asbestgeld gekriegt?«

»Ja, schon, aber am Sonntag hat er seine Lungen rausgehustet und ist im Krankenwagen abgekratzt.«

Erneut verlor Toyota die Fassung. »Wieso hat mir keiner was davon erzählt? Ich hab ihm immer den Einkauf gemacht und ihm seine Pommes gebracht, wenn's ihm dreckig ging.«

Ihre Augen füllten sich auf der Stelle mit Tränen, und sie schluchzte ein paar Minuten geräuschvoll vor sich hin. Die drei Männer beobachteten sie voll Unbehagen. Niemand ging auf sie zu, um sie zu trösten. Der Premierminister hatte das Gefühl, dass sich seine Brust krampfartig zusammenzog. In seinen Ohren war ein Klingeln. Und war da nicht ein Schmerz in seinem linken Arm? Er lehnte sich in dem schwarzen Sessel zurück und versuchte ruhig zu atmen. Das Problem mit den zehn Pfund schien unüberwindlich zu sein. Über die Millionen, die Großbritannien der Weltbank schuldete, hatte er sich weniger Sorgen gemacht!

Mit regem Interesse las Jack eine Abschrift der Unterhaltung zwischen Adele und ihrem Fußpfleger Peter Bowron:

PB: Da ist ein wenig Hornhaut an der Ferse ... Jaja, Graham Norton hat ganz zierliche Füßchen und er pflegt sie wirklich.
AF-C: Ich habe versucht, Eddy zu überreden, Sie aufzusuchen. Seine Füße sind ... na ja, unschön.
PB: Übel riechend?
AF-C: Und verschwitzt.
PB: Ja, ich habe ihn in der Glotze gesehen. Digitales Fernsehen beschönigt nichts. Er transpirierte, tja, sagen wir: ungehindert.
AF-C: Das ist seine Nervosität. Nach außen ist er Mr Cool, aber innen drin sieht es grässlich aus.

Die nächsten fünfundsechzig Sekunden der Unterhaltung gehen im Lärm eines elektrischen Hornhautschabers unter.

PB: So, jetzt sind sie wieder hübsch und glatt.
AF-C: Wunderbar!
PB: Ich kann Ihnen sagen, wer tolle Füße hat: Roy Hattersley. Er war nur einmal hier, weil er einen eingewachsenen Zehennagel hatte, aber ich habe seine Füße niemals vergessen. Schöner Spann, wunderbar bewegliche Zehen. Er hätte Fußmodel werden können.
AF-C: Aber er ist ein Verräter aus den eigenen Reihen, Pete. Er hat immer New Labour kritisiert.
PB: Das mag schon sein, aber er hat fabelhafte Füße. Wie wäre es mit einer Pfefferminzmassage?
AF-C: Ja, bitte, Pete ... Stimmt es, dass Sie auch Posh und Becks behandeln? Ich habe da etwas läuten hören.
PB: Über Posh und Becks kann ich nicht sprechen,

Adele. Ich bin vertraglich zur Verschwiegenheit verpflichtet worden.

AF-C: Mir können Sie es erzählen. Ich bin sehr diskret. Ed vertraut mir alles an. Eigentlich sollte er das nicht, aber er muss mit jemandem darüber reden. Zum Beispiel Bushs *Krieg der Sterne*-Abwehrprogramm. Ed meint, Bush sei völlig durchgeknallt, es auch nur zu erwägen, aber ...

PB: Möchten Sie die halbe oder die ganze Beinmassage?

AF-C: Die ganze. Ich habe noch zwei Stunden Zeit, bevor ich in den Palast muss.

PB: Wie ist die Queen so?

AF-C: Die Queen? Herrje, höchstwahrscheinlich ist sie die langweiligste Frau Englands. Es geht nur um Hunde, Pferde und Briefmarken. Sich mit ihr zu unterhalten ist eine echte Qual. Sie hatte noch nicht einmal etwas von Wittgenstein gehört. Komisch eigentlich, dabei ist sie doch ein Nazi! [Gelächter]

Jack faltete die Zeitung zusammen und blickte zu dem Haus hinüber. Toyota sah aus dem Fenster. Er stieg aus dem Auto aus und ging den Gartenweg entlang auf die Haustür zu. Einen Moment später war er im Hausinnern und reichte einem der Matratzenträger einen Zehnpfundschein.

Ali fuhr den Premierminister, Jack, Toyota und Tushinga zu einem kleinen Gemeindezentrum in der Nähe. Es handelte sich um ein flaches, zweckdienlich gebautes Backsteingebäude. An der Dachkante war Stacheldraht angebracht, der zu einer langen Rolle gewunden und mit Rasierklingen bestückt war.

Ein uniformierter Wachmann teilte ihnen einen Parkplatz zu. Nebenan befand sich das Gumptoner Freizeitzentrum. Ein überdachter Verbindungsgang, der von den Umkleiden zum Schwimmbad führt, grenzte direkt an den Parkplatz. Eine vierköpfige Familie ging mit Handtüchern, die unter ihren Armen wie riesige Biskuitrollen aussahen, auf den Eingang des Schwimmbads zu. Ihrer Sprache nach zu schließen kamen sie nicht aus Gumpton.

Toyota hatte die zehnminütige Fahrt zu dem Gemeindezentrum ohne Unterbrechung gesprochen. Dort würde Jack ihr Strom kaufen, der für drei Tage reichen müsste, wenn sie aufpasste und nicht den Heizlüfter im Schlafzimmer anstellte. Allerdings hatte sie nicht den leisesten Schimmer, wie zum Teufel sie die Matratze trocken bekommen sollte! Sie hatte an einem Projekt teilgenommen, um sich als Altenpflegerin ausbilden zu lassen. Alte Leute mochte sie wirklich. Die hatten mehr zu erzählen als junge Leute. Ihre Mum hatte auf Tushinga aufgepasst, aber jetzt, wo er herumlief, machte er ihrer Mum ziemlich zu schaffen, denn sie konnte sich wegen ihrem kranken Knie nicht so schnell bewegen. Und die Kinderkrippe war voll, also konnte Toyota nicht arbeiten gehen. Dabei wurden Altenpfleger dringend gesucht. Ein privater Krippenplatz kostete hundert Pfund die Woche; sie würde also weiter Sozialhilfe beziehen und von der Hand in den verfluchten Mund leben müssen und für sich und Tushinga Secondhandklamotten aus dem Wohltätigkeitsladen um die Ecke kaufen, dessen Erlös an die Krebshilfe ging.

Gestern war Tushinga auf eine Feier eingeladen gewesen, doch er hatte nicht hingehen können, weil sie kein Geld für eine Geburtstagskarte und ein Geschenk hatte. Und er brauchte Schuhe. Richtige Schuhe, wo er doch schon laufen konnte! Sie wollte, dass sein erstes Paar Schuhe neu war, keine ausgelatschten Dinger aus dem Secondhandladen.

In der Schule war sie gut in Erdkunde gewesen. Sie hatte eine Projektarbeit über Afrika gemacht. Jedes Land hatte sie mit einem andersfarbigen Filzstift ausgemalt. Eines Tages würde sie gerne dorthin reisen und all die Tiere mit eigenen Augen sehen, die dort frei herumliefen.

Sie hatte alles versucht, damit das Geld die Woche über

reichte. Sie hatte es in verschiedene Krüge und Schachteln gesteckt und Pfundstücke in einem Eierbecher aufgehoben. Aber hatten die denn überhaupt eine Ahnung, wie viel Wegwerfwindeln kosteten? Sie musste Tushinga endlich beibringen, aufs Töpfchen zu gehen. Andy, ihr ehemaliger Sozialarbeiter, hatte ihr gesagt, dass Tushinga zu klein war, um seine Blase und seinen Darm unter Kontrolle zu halten. Aber ihr Sohnemann verstand sehr gut, was es bedeutete, wenn der verfluchte Eisverkäufer mit seinem Wagen draußen »Greensleeves« spielte! Der Kleine war bloß zu faul, um jedes Mal aufs Töpfchen zu gehen.

Andy hatte gemeint, sie sollte mit dem Rauchen aufhören, dabei waren es sowieso nur noch fünf am Tag – und überhaupt rauchte er selbst ja auch. Aber große Töne spucken!

Nie ging sie abends aus, obwohl sie erst neunzehn war. Tushingas Dad hatte ihn erst einmal gesehen, im Krankenhaus, am zweiten Tag, nachdem der Kleine zur Welt gekommen war. Er war mit seinen Kumpels aufgetaucht und hatte einen riesigen Teddybären mitgebracht, den seine Mum bei einer Tombola gewonnen hatte. Der zählte also nicht als Geschenk. Manchmal ließ er ihr durch Polio-John Geld zukommen, aber den ersten Geburtstag seines Babys hatte er vergessen. Sie wusste, dass sie dick war und nicht sehr hübsch, aber manchen Männern machte das nichts. Sie hatte einen guten Charakter, und es gab nichts über die Tierwelt in Afrika, was sie nicht wusste. Früher hatte sie sich immer Bücher über Tiere in der alten Bücherei ausgeliehen, die es in der Siedlung gegeben hatte. Da drin war es wunderschön gewesen. Es war ruhig und roch nach Politur, und da waren diese hohen, runden Fenster. Aber jetzt war ein Teppichlager daraus geworden, und die neue Bücherei war bloß ein einziger Raum im Gemeindezentrum, und sie war nie geöffnet, wenn man hinkam.

Sie hatte keine Ahnung, was »Tushinga« auf Afrikanisch bedeutete, aber eines Tages würde sie es bestimmt herausfinden.

Während Toyota ihre Stromkarte kaufen ging, lasen Jack und der Premierminister die Mitteilungen im Eingangsbereich. Auf einem Poster stand zu lesen, dass der Jugendklub von Gumpton sich donnerstags von sieben bis neun im Gemeinderaum traf, den er sich offensichtlich mit dem Rentnerbingoverein und der Spielgruppe für Vorschulkinder (keine freien Plätze mehr) teilte.

»Während des Kriegs gab es an jeder Straßenecke Kinderkrippen, damit die Frauen arbeiten gehen konnten«, meinte Jack.

»Es werden unzählige Maßnahmen getroffen, um es allein Erziehenden zu erleichtern, wieder arbeiten zu gehen, Jack«, erwiderte der Premierminister gereizt.

Oben hinter verschlossenen Türen trafen sich Mitarbeiter des Gemeinderats und der Stadtsanierung, Sozialarbeiter, Bewährungshelfer und die Polizeibeamten der Gegend mit dem Einwohnerbeirat von Gumpton. Man einigte sich darauf, einen Zuschuss zu beantragen und für das Geld, sollte der Antrag bewilligt werden, eine neue Tischtennisplatte, vier Schläger und einen Ballvorrat anzuschaffen. Auf diese Weise sollte versucht werden, Vandalismus und Joyriding in der Siedlung zu bekämpfen.

Der Premierminister und Jack brachten Toyota im Auto zurück zu ihrem Haus. Jack nahm ihr Tushinga ab und trug ihn den Gartenweg entlang. Es gefiel ihm, die Arme des Kindes an seinem Hals zu spüren. Er reichte Toyota einen Zwanzigpfundschein und meinte: »Es ist mir völlig egal, wofür Sie das hier ausgeben, meine Liebe.«

Als er wieder im Auto saß, fragte er den Premierminister erbost: »Es war viertel nach zwölf an einem Mittwochnachmittag. Warum war also die Bücherei nicht geöffnet?«

Der Premierminister erwiderte nichts, empfand allerdings ein gewisses Schamgefühl. Sein Brustkorb zog sich erneut zusammen, und er spürte ein Kribbeln in der linken Hand, die eingeschlafen war. Doch er erwähnte es nicht. Um einen Herzinfarkt konnte es sich nicht handeln – er war ein gesunder Mann, spielte Tennis und hatte zweimal die Woche Sex. Sein Herz sollte in gutem Zustand sein. Er griff nach Jacks Zeitung und überflog die Titelgeschichte. Dann hatte Adele eben die Queen als Nazi bezeichnet. Na und? Sie war eine selbständige Frau, die ihre eigene Meinung haben durfte. Er setzte großes Vertrauen in Alex McPherson. Er würde alles daran setzen, den Schaden für die Regierung so weit wie möglich zu begrenzen. Der Premierminister ließ sich in seinen Sitz zurücksinken und schnallte sich an. Diese unangenehmen Gedanken verdrängte er so schnell wie möglich wieder. Schließlich hatte er immer noch drei Tage lang Urlaub.

»Wohin jetzt, Boss?«, wollte Ali wissen.

Jack fragte den Premierminister, was er als Nächstes sehen wolle. »Gibt es hier eine Kirche?«, erkundigte sich der Premierminister.

Kapitel 11

Die Kirche St Luke war ein gewaltiges Gebäude, das jetzt von einem Discounter und einer ganzen Reihe mit Brettern vernagelter Läden umgeben war. Zum Schutz hatte man Maschendraht vor den Farbglasfenstern angebracht, und das Dach glänzte vor Anti-Vandalismus-Schmiermittel. In den schlammigen Boden vor dem Kirchenvorbau war jede Menge Konfetti ausgestreut worden. Aus einem Gebäude an der Rückseite drang Musik: »Red Sails in the Sunset«.

Jack und der Premierminister suchten sich einen Weg durch den Matsch und den Abfall aus einer umgekippten Mülltonne und gelangten zum Pfarrsaal. Das kleine Gebäude sah aus wie ein Militärgefängnis: Es hatte vergitterte Fenster, war mit Eisenspitzen versehen und wies Stacheldraht mit Rasierklingen auf. Da die Tür abgesperrt war, lugten sie durch die Gitterstäbe an den Fenstern und erspähten alte Frauen und ein paar alte Männer beim Walzertanzen. Alle hatten funkelnde Tanzschuhe an. Die Frauen trugen hübsche Kleider, die Männer Anzug, Hemd und Krawatte. Ihre normalen Alltagsschuhe standen an der Rückwand aufgereiht.

Überrascht musste Jack feststellen, dass seine Augen feucht geworden waren, obwohl er »Red Sails in the Sunset« nie besonders gemocht hatte.

Ein junger schwarzer Mann in einem dunklen Anzug

mit steifem, hohem Geistlichenkragen trat aus der Eingangstür des Pfarrsaals. Er lächelte, als er Jack und den Premierminister erblickte, und fragte mit starkem afrikanischen Akzent: »Sind Sie zum Tanzen hergekommen?«

»Ja«, antwortete der Premierminister. Auf einmal hatte er das dringende Bedürfnis, im Takt der Musik durch den Saal zu wirbeln und den Schlamm, das Metall und den kalten Wind hinter sich zu lassen.

Der Pfarrer stellte sich vor. Er hieß Jacob Mutumbo und war ein Missionar aus Pretoria, der nach Gumpton gekommen war, um den Armen zu helfen. Er war erst seit einem halben Jahr in St Luke, hatte aber schon einige Erfolge erzielt. Den Tanzverein für Rentner hatte er ins Leben gerufen, weil Tanzen gut für die Seele war. Es tat ihm wirklich Leid, aber die Seelen der Bewohner von Gumpton hatten Schaden genommen und mussten erst wieder geheilt werden.

Jack nahm den Premierminister zu den heißen Rhythmen von Edmundo Ross in den Arm. Sie hatten beide schon seit Jahren keine Rumba mehr getanzt, aber sie gaben ein gutes Paar ab, und es tat Jack beinahe Leid, als ein pfeifend atmender alter Mann namens Ernie Napier abklatschte und mit dem Premierminister auf eine weit entfernte Ecke des Saals zuwirbelte.

Als Jack sich hinsetzte, um wieder zu Atem zu kommen, bemerkte er, dass etliche ältere Damen dem Premierminister giftige Blicke zuwarfen, während er zu den feurigen Klängen von »Guantanamera« lasziv die Hüften kreisen ließ.

Nachdem Jacob Mutumbo Damenwahl verkündet hatte, wurde Jack von einer älteren Frau mit glitzernden Pumps und losem künstlichem Gebiss zum Quickstepp aufgefordert. Während sie zusammen durch den Saal fegten, erzählte sie Jack, sie habe als kleines Mädchen einen Penny ihres Taschengeldes gespendet, damit ein Missionar nach Afrika geschickt werden konnte. »Na, und jetzt brauchen wir sie!«

Ernie Napier versuchte, den Premierminister zu beeindrucken, indem er Schritte und Drehungen vollführte, die er längst aus seinem Tanzrepertoire gestrichen hatte, da sein hohes Alter und die Arthritis ihm zu schaffen machten. Doch angesichts der relativen Jugend und des glanzvollen Zaubers des Premierministers zog er alle Register. Der Premierminister hingegen hatte Mühe, mit ihm Schritt zu halten, da er den ungewohnten Part der Dame tanzte, und ihn die Stöckelschuhe behinderten.

In der Pause sprach Jacob vor der kleinen Gruppe von Gott. Er ließ ihn wie einen wohlwollenden Familienvater klingen, der darauf bedacht war, seine sechsmilliardenköpfige Familie auf dem Pfad der Tugend zu halten.

Während Jacobs Predigt legte Ernie Napier dem Premierminister eine Hand auf den Oberschenkel und meinte: »Ich bin vielleicht neunundsiebzig, aber ich kann es immer noch.«

Der Premierminister stieß seine Hand fort. »Sie tanzen wirklich sehr gut.«

Ernies feuchte Lippen näherten sich dem Ohr des Premierministers. »Wer spricht denn hier vom Tanzen? Ich kann *es* immer noch«, stieß er keuchend hervor.

Bei der Vorstellung, Geschlechtsverkehr mit dem schnaufenden, sabbernden Ernie Napier zu haben, zog sich die Brust des Premierministers zusammen, und seine Handflächen wurden feucht. Er gab Jack das Zeichen zum Aufbruch, doch als er aufstand, wurde ihm schwindlig und er sank langsam zu Boden.

Rentner drängten sich um ihn und erstickten ihn mit ihrem Geruch nach alter Kleidung und Mottenkugeln. Er bekam nicht genug Luft in seine Lungen und spürte, wie panische Angst in ihm aufstieg, während sich ein dumpfer Schmerz in seiner Brust ausbreitete. Vor seinem geistigen Auge erschien die Queen, die einen Hitlerschneuzer trug. »Ich sterbe«, dachte er und schloss die Augen.

Der Krankenwagen brauchte viel länger, als es laut offizieller Richtlinie vorgesehen war. Die Sanitäter hatten sogleich Gründe zu ihrer Verteidigung parat – sie gaben den Anti-Joyriding-Absperrungen und ihrem neuen, auf Computer umgestellten Notrufsystem die Schuld.

Jack hatte den Premierminister in die stabile Seitenlage gebracht. Der nun auf der Seite liegende Körper mit dem Arm über dem Kopf, sah aus, als posiere der Premier, obwohl vollständig bekleidet, für ein Erotikmagazin.

Nachdem der Krankenwagen fort war, brach Ernie Napier in Tränen aus und gestand dem Pfarrer, dass er für den Kollaps seiner Tanzpartnerin verantwortlich sei. »Ich habe Sex ins Spiel gebracht«, schluchzte er.

Jacob tröstete Ernie, indem er ihm versicherte, dass Gott selbst Sex für etwas Schönes halte, und dass Ernie sich nicht die Schuld geben dürfe. Während Ernie sich die Tanzschuhe auszog, fragte er sich, mit wem wohl Gott Sex hatte – eine Frage, die ihn den größten Teil der Nacht wach halten sollte.

Jack hatte zugestimmt, Alexander McPherson nur dann zu kontaktieren, wenn es um Leben und Tod ging. Als er nun in Alis Taxi saß, das dem Krankenwagen mit dem zusammengebrochenen Premierminister ins Krankenhaus folgte, kam er zu dem Schluss, dass es sich hierbei um einen solchen Notfall handelte. Er rief Alexander McPherson an und erreichte ihn auf der Stelle unter der entsprechenden Nummer.

»McPherson.«

»Hier spricht Jack. Edwina ist in einem Krankenwagen, weil sie einen Zusammenbruch hatte.«

»Verfluchte Scheiße! Was fehlt ihm denn?«

»Die Sanitäter gehen von einem Herzinfarkt aus.«

»Bekommt er nur schwer Luft, schwitzt, hat Schmerzen in der Brust und im linken Arm, Kribbeln in den Gliedern, Mattigkeit, hoher Blutdruck?«

»Ja«, gab Jack zur Antwort.

»Jack, er hyperventiliert bloß. Das macht er dauernd. Erst letzten Monat, kurz bevor er vor dem amerikanischen Kongress sprechen sollte. Bushs Kardiologe untersuchte ihn; tipptopp von Kopf bis Fuß. Was hat er gerade gemacht, bevor er ...?«

»Er hat mit einem Rentner namens Ernie Rumba getanzt.« Jack musste einfach hinzufügen: »Sie trägt jetzt ein Marilyn-Monroe-Outfit.« Damit bewirkte er etwas, das nur sehr selten geschah – Alexander McPherson lachte.

»Wir sind gleich in der Notaufnahme. Soll ich später noch mal anrufen?«

»Ja, halten Sie mich auf dem Laufenden.« Dann imitierte McPherson Marilyn Monroe, indem er gar nicht so übel hauchte: »Ooo shooby doo.«

Nun musste Jack lachen, woraufhin Ali ihn verwundert ansah. Wenn es seine Frau wäre, die da mit dem Krankenwagen ins Krankenhaus gebracht wurde und so'n Sauerstoffdings trug, würde er nicht lachen, sondern persönlich sämtliche Verwandte anrufen, damit sie ins Krankenhaus kämen und beteten. Manchmal fragte er sich, ob Engländer genauso fühlten wie andere Menschen. Seine eigenen Kinder waren in England zur Welt gekommen, und er hatte bemerkt, dass sie nicht sehr lange geweint hatten, als ihr Kaninchen an einer Erkältung gestorben war. Soviel er wusste, hatten sie Flopsys Namen seitdem nie wieder erwähnt.

Jack zahlte Ali den Betrag, den das Taxameter anzeigte sowie zwanzig Prozent Trinkgeld. Außerdem riet er Ali, die linke Bremsleuchte richten zu lassen.

Ali schrieb seine Telefonnummer auf die Rückseite der Quittung und erklärte Jack, dass er gerne vorbeikommen und seine Frau und die Kinder kennen lernen könne.

Bevor Jack das Taxi verließ, sagte Ali: »Allah passt schon auf ihre Frau auf, auch wenn sie keine Moslime is', was?«

Jack bedankte sich und stieg aus.

Der Premierminister lag auf einer harten, schmalen Pritsche in dem Krankenwagen und hörte zu, wie sich die Sanitäter mit einer anderen Person, die er nicht sehen konnte, über fahrbare Liegen stritten. Ab und an beugte sich jemand, der nach Zigaretten und Aftershave roch, über ihn und murmelte: »Immer schön langsam und tief einatmen, Edwina.«

Der Geruch des Sauerstoffs und die Maske über seinem Gesicht gefielen dem Premierminister. Es war einfach herrlich, herumkommandiert zu werden und gesagt zu bekommen, er solle sich nicht bewegen. Eine wunderbare Trägheit überkam ihn, und er schlief in dem Wissen ein, dass er dank seines Patientenstatus mindestens vierundzwanzig Stunden davon entbunden war, eine Meinung zu haben, eine Entscheidung zu treffen oder eine Stellungnahme zu irgendeinem Thema abzugeben.

Verblüfft bemerkte Jack, dass sich der Premierminister immer noch in dem Krankenwagen befand. Er hatte erwartet, ihn mitten in der Notaufnahme vorzufinden, wo sich Ärzte um ihn kümmerten. Man setzte Jack auseinander, dass keine Liege verfügbar sei. Von daher sei es besser, die Patientin zu belassen, wo »sie« war, bis eine Liege frei wurde.

Jack entging die Andeutung nicht, dass Edwinas Geschlecht zumindest für fragwürdig gehalten wurde. Unter der durchsichtigen Gesichtsmaske war der Bartwuchs des Premierministers zu erkennen, sein Lippenstift war verblasst, und ohne Stöckelschuhe sahen seine Füße entschieden männlich aus, besonders die haarigen großen Zehen.

»Können Sie denn keinen Arzt hier nach draußen holen?«, wollte Jack wissen. Man erklärte ihm, dass man gerade dabei sei, einen Motorradfahrer wieder zu beleben. Außerdem sei ein Mann, dessen Penis in einem Staubsauberrohr feststeckte, in der Abteilung mit den Bagatellverletzungen Amok gelaufen, als die Ärztin ihn darüber informierte, dass man seiner Frau Bescheid geben müsse, dass er sich im Krankenhaus befinde.

»Und deshalb ist die gesamte Abteilung lahmgelegt?«, fragte Jack.

Er entfernte sich von dem Krankenwagen und machte sich auf die Suche nach einer Liege. Durch eine Flügeltür hindurch betrat er eine andere Welt – den Wartebereich der Notaufnahme.

Es handelte sich um einen großen, fensterlosen Raum, der von Neonröhren erleuchtet war. Hierher kamen die besonders Unfallgefährdeten, die Ungeschickten, die Unglückseligen und die Unschuldigen. Sie trugen ihre Knochenbrüche, Verbrühungen, Verletzungen, Verstauchungen, Schnittwunden, dumpfen Schmerzen, Verstopfungen, Erbrechen, Fieber, Nasenbluten, Anfälle, Überdosen an Drogen und teilnahmslosen Babys in diesen Raum. Sie waren von Leitern oder Dächern gefallen, hatten Bleichmittel oder Whiskey oder nichts getrunken. Sie hatten sich kochendes Wasser über die Füße geschüttet und waren über Flaschenscherben gelaufen oder auf Legoteilen ausgerutscht und die Treppe hinuntergestürzt. Ihr Rücken tat weh und sie hatten vergessen, die Pille zu nehmen, und ihre Babys hatten diverse kleine Gegenstände verschluckt. Sie waren von ihren Allgemeinärzten ins Krankenhaus geschickt worden oder hatten in der Notrufzentrale angerufen, und niemand, außer dem einen oder anderen, der am Münchhausen-Syndrom litt, war gerne hier.

Die Türangeln gaben ein qualvolles, schrilles Quietschen von sich, das Jack die Haare zu Berge stehen ließ.

In einer großen verglasten Kabine mit einem Schild, auf dem »Empfang« stand, saßen drei Frauen in grauer Uniform. Vor jedem der Fenster befand sich eine kleine Schlange. Über einer Tür an einem Ende des Wartebereichs stand »Voruntersuchung« geschrieben. Reihenweise saßen Leute schweigsam wartend da und lauschten den vertraulichen Informationen, die über die Sprechanlage gebrüllt wurden, die den Empfang mit dem Wartezimmer verband. Während Jack anstand, um nach einer Liege zu fragen, las er eine offizielle Nachricht, die mit schwarzem Stift auf eine weiße Tafel gekritzelt worden war.

Willkommen in der Notaufnahme
Wartezeiten:
Kinder 2 Stunden
Kleinere Verletzungen 2 Stunden
Schwere Verletzungen 2 Stunden

Er fühlte sich beleidigt – nicht von der Nachricht an sich, sondern von der Art und Weise, mit der sie geschrieben worden war. Natürlich erwartete er nicht, dass das Krankenhaus Kalligraphen beschäftigte – obgleich es genug Mitteilungen an die Patienten gab, dass ihm gewiss nie die Arbeit ausgehen würde. Er hatte jedoch das Gefühl, eine sorgfältiger beschriftete Tafel würde die Patienten und deren Begleiter positiv in dem Vertrauen bestärken, dass ähnliche Qualitätstandards im gesamten Krankenhausbetrieb herrschten.

Eine pummelige Frau, die zwei Leute vor Jack in der Schlange stand, gab ihren Namen und ihr Geburtsdatum an. Emily Farnham, vierter Mai dreiundfünfzig. Die Sprechanlage winselte auf, und die Leute hielten sich vor dem schrecklichen, kreischenden Geräusch die Ohren zu.

»Ich bin vom Pferd gefallen. Ich hätte die Zügel loslassen sollen, aber ... Ich glaube, ich habe mir den Knöchel gebrochen.«

»Nehmen Sie Platz. Die Schwester wird sich so bald wie möglich um Sie kümmern und eine Voruntersuchung durchführen.«

Emily sah sich nach einem Stuhl um und hüpfte ohne Hilfe auf einen freien Platz zu.

Der Mann vor Jack hielt seine Hand empor, um die ein blutdurchtränkter Kissenbezug gewickelt war. Er stand unter Schock und hatte Schwierigkeiten, sich an seinen Namen oder sein Geburtsdatum zu erinnern.

»Ist jemand bei Ihnen?«, rief die Sprechstundenhilfe. Die Rückkoppelung verzerrte ihre Worte, und sie musste sie dreimal wiederholen, bis der Mann sie verstand.

»Meine Frau. Sie parkt gerade den Wagen.«

Jack blickte sich um. Es musste doch jemand kommen und dem Mann helfen! Eine Frau mittleren Alters drängte sich zum Empfangstisch vor. »Ich habe meinen Vater draußen im Auto. Er ist hingefallen und hat sich den Kopf angeschlagen. Er kotzt die ganze Zeit. Er ist achtzig und er ist Diabetiker. Ich kann ihn nicht von der Stelle bewegen. Kann mir jemand helfen?«

»Ich kümmere mich gerade um diesen Herrn hier«, erwiderte die Sprechstundenhilfe.

»Aber er ist achtzig! Er ist Diabetiker. Er hat sich den Kopf angeschlagen. Er übergibt sich ständig.«

»Sie müssen ihn aus dem Auto holen.«

»Zu schwer, ich kann ihn nicht tragen«, antwortete sie.

»Sie hätten einen Krankenwagen rufen sollen.«

Die Anspannung mehrerer Stunden entlud sich, und die Frau schrie: »Ich habe fünfeinhalb Stunden auf einen Krankenwagen gewartet!« Sie wandte sich vom Empfang ab. »Ich habe den Motor laufen lassen und ich stehe in der Krankenwageneinfahrt«, sagte sie zu dem Mann mit der blutigen Hand.

»Ich habe mir die Fingerspitze abgeschnitten«, antwortete er. »Ich habe sie mitgebracht. Sie ist in einer kleinen Plastiktüte in meiner Tasche.«

Jack war ein starker Mann, doch er hatte mit dem Gewicht des ehemaligen Sergeant Majors Philip Doughty zu kämpfen, als er den alten Mann aus dem kleinen Fiat holte und in den Wartebereich schleppte. Er legte Mr Doughty quer über fünf Plastikstühle in der Nähe der Eingangstür, weil es sonst nichts gab, worauf er ihn hätte legen können. Die Tochter des alten Mannes zog sich den Mantel aus und faltete ihn zu einem Kissen für ihren Vater zusammen.

Jack stürmte wütend durch eine Tür, auf der »Kein Zutritt« stand. Auf beiden Seiten des Ganges, in dem er sich nun befand, standen Liegen mit Patienten; manche Leute hingen an Infusionen, andere waren an einen Herzmonitor angeschlossen.

Ein junger Mann in Motorraduniform lag blass und reglos da, den Kopf zwischen zwei Blöcken, sodass er sich nicht bewegen konnte. Seinen roten Helm hatte man ihm zwischen die Füße geschoben. Als Jack an einer alten Frau vorüberging, rief sie ihm zu: »Hilf mir, Jungchen, sie versuchen, mich umzubringen!«

Jack schlich auf der Suche nach einer fahrbaren Liege oder einem leeren Bett durch die Gänge. Schließlich kam er zu einer Tür mit der Aufschrift »Nächtlicher Wachraum«. Da er nicht wusste, was er sonst tun sollte, bat er ein hübsches Mädchen um Hilfe, das die Aufsicht über die Abteilung zu führen schien. Zwei Telefone läuteten mit unterschiedlichen Klingeltönen. Das Mädchen erklärte Jack, dass es sich um einen ruhigen Tag handelte, und gewiss bald ein paar Liegen frei werden würden.

Jack ließ die Abteilung hinter sich und suchte weiter die Korridore ab. Als er ein leeres Büro erblickte, ging er hinein und griff nach einem Papierstapel. Er wusste, dass sich so gut wie jeder überall Zutritt verschaffen konnte. Man musste nur aussehen, als ob man wisse, wohin man gehe, und außerdem ein paar Dokumente bei sich tragen. Er zog sich die Jacke aus, krempelte die Ärmel seines Hemds hoch und konnte so nach Lust und Laune im Krankenhaus umherwandern.

In einem leeren Röntgenzimmer stieß er auf zwei Liegen sowie einen Pfleger und beschlagnahmte alle drei. Jack war jetzt Dr Jack Sprat, und binnen weniger Minuten lagen der Premierminister und der ehemalige Sergeant Major Doughty in einem Gang und warteten darauf, von einem zugelassenen Arzt untersucht zu werden.

Der Premierminister schlief unruhig. Er hatte eigenartige Träume. Die Queen hielt eine Rede in Nürnberg, und Scharen von goldhaarigen Jünglingen, die in Reih und Glied standen und eine bemerkenswerte Ähnlichkeit mit dem jungen Prinz Philip aufwiesen, riefen in Sprechchören: »Mein Führer!« Er wachte auf und rang keuchend nach Luft. Es dauerte einige Zeit, bis Jack ihn wieder beruhigt hatte und ihm versichern konnte, dass er nicht im Sterben lag, und ihn demnächst ein Arzt untersuchen würde.

Der frühe Abend kam und ging, und als die Nacht hereinbrach, hatten sich die Freunde und Verwandten der bettlägrigen Patienten längst miteinander angefreundet. In ihrer Not hatten fast alle pflegerische Fähigkeiten an sich entdeckt, von deren Existenz sie bisher nichts geahnt hatten.

Um Mitternacht gingen Freunde des Motorradfahrers fort, um kurze Zeit später mit Pizzas in Schachteln zurückzukehren, die sie an diejenigen verteilten, die Hunger hatten und Nahrung zu sich nehmen konnten. Der Premierminister bekam ein Stück Napoli, dünn & knusprig. Ein wenig Peperoniwurst fiel ihm aus dem Mund und landete auf einem der Saugfüße, die dabei halfen, seinen Herzrhythmus zu überwachen.

Jack entfernte das Wurststückchen und wischte dem Premierminister das Kinn mit einem Taschentuch ab, das er von der Frau hatte, die vom Pferd gefallen war. Dann zog er einen Lippenstift aus der Handtasche des Premierministers und forderte ihn auf, sich die Lippen nachzuziehen.

Im Gegensatz zu seinen Kollegen war Dr Singh nicht sonderlich am Erscheinungsbild des Mannes interessiert, der eine blonde Perücke und Damenunterwäsche trug. Er stammte aus Rajasthan und war einmal nach Pushkar gekommen, wo eine Truppe Transvestiten – wunderschöne Wesen in erlesener Kleidung – zum Ergötzen eines männlichen Publikums getanzt hatte. Seiner Meinung nach hatte dieser arme Kerl hier – der dringend eine Rasur benötigte, und dessen blonde Perücke ständig nach rechts verrutschte – im Grunde keine echten Herzprobleme. Dennoch tat es ihm Leid, ihm den Herzmonitor abnehmen zu müssen, um das Gerät einem älteren Mann mit Angina zur Verfügung zu stellen, der es wahrscheinlich dringender benötigte.

Der Mann, der sich Edwina nannte, hatte die Schwester daran hindern wollen, ihm die Gummisaugnäpfe abzunehmen. Er war hysterisch geworden und hatte geschrien, dass er sein ganzes Leben lang in die Sozialversicherung eingezahlt und von daher ein Anrecht auf einen eigenen Herzmonitor habe, und zwar länger als schäbige zehn Minuten lang. Er sei der Premierminister, und es werde dem Krankenhaus noch Leid tun, wenn er sterbe. Malcolm Black, der Schatzkanzler, jedenfalls sei der Überzeugung, dass der National Health Service über genug Geldmittel verfüge. Er sei bloß nicht in der Lage, sich selbst zu verwalten. Dr Singh bedachte den armen Kerl mit einem Lächeln. Offensichtlich litt er an einer akuten Angstneurose. Er würde ihn über Nacht im Krankenhaus behalten und ihn am Morgen zum Psychiater schicken.

Kapitel 12

UM DREI UHR MORGENS WURDE der Premierminister in die Bevan*-Beobachtungsstation verlegt. Nachdem Jack einer erschöpften Assistenzärztin geholfen hatte, das Aufnahmeformular auszufüllen, ließ er sich in einen Sessel zurücksinken und wachte über den Premierminister, der unruhig schlief und immer wieder aufwachte. Zustände wie im Tollhaus waren noch nicht auf der Krankenstation ausgebrochen – man hätte keine Eintrittskarten verkaufen können, um die Patienten angaffen zu lassen –, aber es herrschte ein ständiges Kommen und Gehen, und man wurde regelmäßig gestört. Der ehemalige Sergeant Major Doughty lag im Bett gegenüber und schrie immer wieder laut auf, da er glaubte, sich auf einem Ponton zu befinden, der jeden Moment am Strand der Normandie landen würde.

Eine Frau in der Nachbarnische rief: »Schwester, Schwester, Schwester!« Doch kein rettender Engel erschien.

Der Mann mit dem Staubsaugerrohr im Bett daneben hatte den Kopf unter die Decke gesteckt und weinte vor

* Britischer Politiker der Labour Party, der im Jahre 1948 in seinem Amt als Gesundheitsminister den National Health Service gründete und deshalb der politischen Linken Großbritanniens als Held gilt.

Schmerz und Demütigung, und weil er sicher war, dass seine Frau ihn nun verlassen würde. Er erzählte Jack, dass er bereits zum zweiten Mal in diesem Jahr, die Hosen bis zu den Knöcheln heruntergelassen, auf das Rohr gefallen sei, nachdem der Hund versehentlich den Staubsauger im Schlafzimmer eingeschaltet habe. Die Geschichte war ein wenig unglaubwürdig; das musste er selbst zugeben.

Jack war froh, als um Punkt sechs Uhr morgens die Lichter auf der Krankenstation angingen. Der Premierminister wachte auf und meinte, dass es ihm schon viel besser gehe, aber er sah grauenvoll aus. Jack reichte ihm den Lippenstift und begab sich auf die Suche nach einem Rasierer.

Der Premierminister ließ sich in seine Kissen zurücksinken und beobachtete eine nachlässig gekleidete Frau in einem schlecht sitzenden Arbeitskittel aus Polyester, die einen schmutzigen Mop in der Mitte der Station entlangschob.

Der ehemalige Sergeant Major Doughty rief: »Sie sollten unter den Betten sauber machen, da stecken die ganzen Keime!«

Nachdem Jack eine Packung Bic Rasierklingen in dem miserabel sortierten Krankenhausladen gekauft hatte, ging er nach draußen, um von seinem Handy aus Ali anzurufen. Ihre Taschen befanden sich noch im Hotel, und er bat den Taxifahrer, sie abzuholen und im Krankenhaus in der Bevan-Station vorbeizubringen. Ali versicherte, er würde es so bald wie möglich erledigen, allerdings müsse er erst noch in die Moschee.

Als Jack wieder auf die Station zurückkehrte, war der Premierminister gerade in eine Unterhaltung mit der erbärmlich aussehenden Frau mit dem Wischmop vertieft.

»Jack, das hier ist Pat. Sie hat mir eben von ihrem schier unmöglichen Arbeitspensum erzählt. In nur drei Stunden muss sie ganz alleine zwei Stationen putzen. Bevor der Putzservice privatisiert wurde, gab es zwei

Reinigungskräfte auf jeder Station. Damals erfüllte sie ihre Arbeit mit Stolz, und sie waren sogar in der Lage, den Krankenschwestern auszuhelfen. Ich werde ein Wörtchen mit dem Gesundheitsministerium sprechen müssen, sobald wir wieder in London sind.«

Nachdem Jack den Premierminister rasiert hatte, ordnete er ein paar Blumen in einer Vase am Bett einer spindeldürren alten Frau, die nur ein paar weiße Haarbüschel auf dem rosafarbenen Schädel hatte. »Sind Sie schon lange hier?«, erkundigte Jack sich höflich.

»Seit fünf Wochen.« Ihre Stimme klang wie die eines Kindes. »Ich bin eine Bettblockiererin. Das hat der Arzt gemeint, als er das letzte Mal bei mir war. Er stand am Bettende und sagte zu seinen Studenten: ›Mrs Alcott ist eine Bettblockiererin.‹ Was bedeutet das?«

Jack stopfte die letzte Nelke in die Vase und erwiderte, dass er es nicht wisse, aber der Premierminister rief herüber: »Es bedeutet, dass man Sie nicht entlassen kann, weil es zu Hause niemanden gibt, der sich um Sie kümmern könnte.«

»Genau, weil nämlich die Scheißregierung sämtliche Pflegeheime geschlossen hat, um ein paar Mäuse zu sparen«, warf eine derb wirkende Frau ein, die einen karierten Schlafanzug trug.

Oberflächlich betrachtet erschien die Krankenstation betriebsam und effizient, doch in Wirklichkeit herrschte heilloses Durcheinander. Aufzeichnungen wurden verlegt, Medikamente den falschen Patienten verabreicht, Entlassungsschreiben unterblieben, und ein Blumenstrauß wurde an das Bett einer Patientin geliefert, die vor zwei Tagen verstorben war. Man bereitete zwei Leute namens Smith für dieselbe Operation vor; ein Diabetiker bekam eine Schüssel mit Kellogg's Choco Krispies und gezukkerten Tee. Eine Patientin, über deren Bett stand, dass sie nur intravenös ernährt werden durfte, wurde gefragt, welches Mittagsmenü sie haben wolle. Unterdessen eilten die Schwestern geschäftig hin und her, mit leicht märtyrerhafter Miene. Ärzte kamen und machten ihre Runde, doch am Bett des Premierministers blieb einzig und allein ein Psychiater mit leiser Stimme stehen, der seine Ausbildung in Zagreb gemacht hatte.

In seinem Bericht würde es heißen, dass er sich am Krankenbett um einen Mann gekümmert habe, der sich selbst Edwina St Clare nannte. Er war beeindruckt von »Edwinas« Dauerlächeln. »Er lächelte unverwandt während unseres gesamten einstündigen Gesprächs. Von diesem ›behinderten Lächeln‹, wie die bekannte Psychotherapeutin Valerie Sinason es unlängst in einem Aufsatz nannte, spricht man dann, wenn ein eifriges, einstudiertes Grinsen als Verteidigungsmechanismus eingesetzt wird. Als ich Ms St Clare fragte, ob sie irgendwelche bestimmten Sorgen habe, antwortete sie: ›Ja, die habe ich.‹«

Der Bericht ging weiter:

> Ich bat sie, ein paar ihrer Sorgen aufzuzählen, woraufhin sie ganze zwanzig Minuten lang redete. Ich übertrage nur wenige Punkte vom Band, da es mir aus Zeitmangel unmöglich ist, ihre Sorgenliste vollständig wiederzugeben: der Gazastreifen, die Wahlrechtsreform, die Fuchsjagd, die Privatisierung des Schienenverkehrs, die von der Regierung eingerichtete Integrationsbehörde, die sich mit dem Problem der sozialen Ausgrenzung beschäftigt, der Ausschuss, der über die Immunität von Parlamentsabgeordneten entscheidet, das Cover der letzten Ausgabe des Satiremagazins *Private Eye*, das Rassendiskriminierungsverbotsgesetz, die Polizei in Nordirland, das frühere Jugoslawien, Anti-Terror-Gesetzgebung, Kinderarmut, die Wohnungskrise wichtiger Mitarbeiter des öffentlichen Dienstes, illegale Einwanderung, der elfte September, die Verfassungsreform, Außenpolitik in Zeiten ethnischer Konflikte, genmanipuliertes Getreide, Dezentralisierung, das Verbot von Zigarettenwerbung, die Erderwärmung, der Wechsel-

kursmechanismus, der nächste G8-Gipfel, die Fragestunde des Parlaments, Osama Bin Laden, der Euro, Kaschmir, die Finanzen des Königshauses, Fangquoten für Kabeljau und die europäischen Richtlinien zum Fischfang, Flugsicherung, die Finanzierung des neuen Wembley Stadions, Al Qaida, die Arbeitslosen im Nordosten, Robert Mugabe, Saudi-Arabien, das erneute Auftreten der Maul- und Klauenseuche, Rupert Murdoch, Killer-Asteroiden, der Mangel an Zahnärzten, die über den National Health Service abrechnen, tote Delfine an britischen Stränden, sein unwiderstehlicher Drang, sich Bronco-Toilettenpapier um den Penis zu wickeln, die Staatsanwaltschaft, Nationalisten aus Cornwall, die Anstalt für Finanzdienstleistungsaufsicht, Straßenkriminalität, die Einführung von Personalausweisen (oder sollten sie Berechtigungsausweise heißen?), Bush, der Iran, der Irak und der Krieg der Sterne.

Ich versuchte »Edwina« zu beruhigen, indem ich ihr versicherte, dass dies nicht ihre Probleme, sondern vielmehr die der Regierung seien, und dass von keiner einzelnen Person erwartet wird, sich in so vielen grundverschiedenen Themen auszukennen. Ich meinte scherzhaft, dass selbst Gott angesichts einer solchen Liste alle Hände voll zu tun hätte. An dieser Stelle wurde »Edwina« sehr aufgeregt und sagte: »Gott ist eine überaus fähige Gottheit, und ich möchte keinen Zweifel daran lassen, dass er meine vollste Unterstützung hat.«

Er legt eine Angst vor klaren Differenzierungen an den Tag und bevorzugt das Verschwommene – das Androgyne. Als ich ihn nach seiner Lieblingsblume fragte, antwortete er: »Frühlings- und Sommerblumen.« Nach seiner Lieblingsrockband gefragt, erwiderte er: »Die Bands, die alle mögen.« Auf die Frage nach seinem Lieblingsbuch: »Die Klassiker.« Er leidet an der pathologischen Unfähigkeit, eine Meinung zu vertreten, aus Angst, er könnte es dem Fragenden, in diesem Falle mir, nicht recht machen. Ich fragte ihn nach seiner Kindheit. Er meinte: »Ich möchte keinen Zweifel daran aufkommen lassen, dass ich eine höchst erfreuliche Kindheit hatte.« An dieser Stelle brach er in Tränen aus.

Mr Jack Sprat, »Edwinas« Begleiter/Partner bestätigte, dass »Edwina« viele Jahre unter großem Druck gestanden habe. Ich teilte Mr Sprat mit, dass »Edwina« zweifellos ein Urlaub gut tun würde. Mr Sprat wollte wissen, ob »Edwina« ärztlich behandelt werden müsse. Ich sagte ihm, er würde von mir hören.

Den Patienten fiel es schwer, die verschiedenen Dienstgrade der Krankenschwestern auseinander zu halten. Der Premierminister beging einen schwer wiegenden Fauxpas, als er eine Schwester mit Universitätsabschluss darum bat, ihm die Kissen aufzuschütteln.

Jack hatte es satt darauf zu warten, dass ein Verantwortlicher dem Premierminister ein Entlassungsschreiben ausstellte, außerdem befürchtete er, der Psychiater könne zurückkehren und den Premier im Krankenhaus behalten wollen. Um vier Uhr nachmittags handelte er den Krankenhausbestimmungen zuwider und benutzte auf der Station sein Handy, um Ali anzurufen und ihn zu bitten, sie am Haupteingang abzuholen und in ein Hotel auf dem Land zu fahren. Seiner Meinung nach würde es dem Premierminister gut tun, sich an einem ruhigen Ort zu entspannen.

Ali versicherte, dass er genau das richtige Hotel kenne: Einmal hatte er eine Schauspielerin von *Emmerdale* dorthin gebracht, nachdem sie eine »Auseinandersetzung« mit ihrem Ehemann gehabt hatte. Es liege völlig abgeschieden und sei früher eine Klapsmühle gewesen.

»Klingt perfekt«, meinte Jack.

Morgan Clare zog die Kassette aus der unbeschrifteten Hülle und legte sie in den Videorekorder ein. Das Band glitt problemlos hinein und fing ein paar Augenblicke später zu laufen an. Morgan warf der Zimmertür einen Blick zu. Sollte er absperren oder würde das den Verdacht aufkommen lassen, dass er sich dessen schämte, was er sich gleich ansehen würde? Selbstverständlich wären seine Eltern nicht damit einverstanden, aber er hatte ja wohl das Recht, sich seine eigene Meinung über derartige Dinge zu bilden, oder etwa nicht?

Die Hauptattraktion des Film würde nicht mehr lange auf sich warten lassen. Während die Spannung unaufhaltsam stieg, spürte Morgan, wie die Aufregung in ihm wuchs. Sein Atem ging schnell, und seine Beine fühlten sich immer schwächer an, als könnten sie sein Gewicht nicht länger tragen. So war das also, wenn man sagte, dass einem die Knie weich wurden!

Malcolm Black, der Finanzminister, hatte ihm das Videoband gestern mit den Worten zugesteckt: »Lass das hier nicht deine Mutter sehen, Junge.«

Ein wenig wusste Morgan natürlich bereits darüber. In der Schule hatte man ihnen davon erzählt – selbst sein Großvater Percy hatte einmal damit zu tun gehabt, obgleich jene skandalöse Geschichte in der Familie totgeschwiegen wurde. Folglich musste er sich jetzt selbst darüber informieren. Doch warum hatte er solch ein schlechtes Gewissen?

Er kroch weiter auf das Fernsehgerät zu. Es war ein Schwarzweißfilm, und manche der Bilder waren etwas unscharf.

Die Einleitung vor den Hardcoresachen war eine Qual für Morgan, aber ihm war von Anfang an klar gewesen, dass er sich wahrscheinlich viel zahmen Schrott ansehen musste, bevor das wirklich Wichtige, Atemberaubende kam.

Morgan stand auf und verriegelte die Tür. Damit brach er ein Familiengesetz: Mum und Dad legten keinerlei

Wert auf Privatsphäre. Manchmal glaubte Morgan, dass sie Angst vor dem Alleinsein hatten.

Er nahm wieder vor dem Bildschirm Platz und wurde alsbald mit dem Anblick des Objekts seiner Bewunderung, ja Liebe, belohnt. Aneurin Bevan sprach auf einem Parteitag der Labour Party in Blackpool, wo er einen riesigen Saal voll Delegierter unterhielt und belehrte. Morgan sog den Tonfall der verehrten Stimme und den weisen Witz seines Idols in sich auf. Mr Bevans leidenschaftliches Eintreten für die Arbeiterklasse und seine höhnische Verachtung für die Konservativen schlugen ihn in ihren Bann.

Jemand rüttelte von außen an der Tür, dann rief seine Mutter: »Morgan, ich bin's! Warum ist deine Tür abgesperrt?«

Morgan griff nach der Fernbedienung und hielt das Video an, bevor er rasch zur Tür ging und Adele hereinließ. Sie betrat sein Zimmer so gut wie nie – sie mochte den moschusartigen Geruch nicht, den Jungen im Teenageralter verströmten, und sie verabscheute es, dass sie ihre Fenster und Vorhänge immer geschlossen hielten. Morgans Zimmer wirkte wie ein arabischer Suk auf sie, besaß jedoch nicht den Vorteil, dass sie dort hübsche orientalische Souvenirs kaufen konnte.

»Was hast du hier gemacht?«

Als er keine Antwort gab, fuhr sie fort: »Es ist nicht die richtige Tageszeit zum Onanieren, Morgan. Du hast doch noch gar nicht deine Hausaufgaben erledigt, oder?«

»Ich habe an meinem Projekt gearbeitet«, murmelte er. Er hasste es, wenn sie unaufhörlich vom Onanieren redete. Seiner Meinung nach war es eine ihrer fixen Ideen; sie ermunterte ihn sogar dazu, als sei es ein gesunder Zeitvertreib wie Kricket oder Tennis.

Morgan machte sich Sorgen um seine Mutter. Sie war immer mit etwas *beschäftigt.* Niemals saß sie still. Gestern hatte er gesehen, wie sie über einen Tisch gekrümmt Poppy gestillt und zur gleichen Zeit die Fahnen ihre neuen Buches Korrektur gelesen hatte. Misstrauisch blickte sie sich in dem Zimmer um. Sie hätte eine gute Detektivin abgegeben, fand er. Auf einmal griff sie nach der Fernbedienung und drückte auf Play. Aneurins schönes Haupt erschien auf dem Bildschirm, und seine Stimme hallte durch den Raum.

Adele nahm die Kassette aus dem Videogerät. »Woher hast du das?«, sagte sie verletzt.

Morgan schwieg weiter.

»Du verrätst alles, wofür dein Vater eintritt. Möchtest du, dass wir wieder wie in den schlimmen Zeiten von Old Labour leben, als die Gewerkschaften uns alle erpressten, und sich der Abfall und die Toten in den Straßen türmten?«

So ganz verstand Morgan nicht, wovon seine Mutter sprach. Was war schon ein bisschen Müll im Vergleich zu den glorreichen Idealen, von denen Mr Bevan und Mr Beveridge früher gesprochen hatten?

Nachdem Adele das Zimmer mit dem Video in der Hand verlassen hatte, legte sich Morgan auf sein Bett und gab sich genüsslich dem Selbstmitleid hin. Er war zu so etwas wie einem Märtyrer der Linken geworden, dachte er, der für seine politischen Überzeugungen bestraft wurde. Es war ihm egal, ob er die Nike Turnschuhe nun nicht mehr bekam; zur Not würde er barfuß zur Schule gehen, so wie es die Kinder in der Viktorianischen Zeit getan hatten, bis die Arbeiterbewegung sie mit Schuhen versorgt hatte.

Estelle vernahm das Gezeter, das aus Morgans Zimmer drang; etwas von wegen »das Volk« und »die Produktionsmittel«. Morgan war ein richtiger Trottel geworden! Er hatte keine Ahnung, wer im Big-Brother-Haus war oder in den Charts auf MTV. Er war Morgan, der Einzelgänger. Sie hörte, wie ihre Mutter schrie. Am liebsten wäre sie nach nebenan gegangen und hätte ihr geraten, sich auszuruhen und einmal für ein paar Tage aufzuhören, eine Karrierefrau zu sein.

Estelle wollte keine Karriere machen. Vielleicht würde sie ein paar Jahre lang arbeiten gehen – bis sie ihr erstes Baby bekam –, aber es würde einer dieser Jobs sein, bei denen man am Ende des Arbeitstages nach Hause gehen konnte und sich nicht weiter Gedanken darum zu machen brauchte. Vielleicht würde sie Klempnerin werden oder Malerin – angeblich herrschte ein Mangel an Handwerkern. Estelle war der Ansicht, dass Karriere Frauen nur unglücklich machte. Sie hatte es mit eigenen Augen gesehen. Karrierefrauen hatten nie genug Zeit, etwas *richtig* zu machen. Ihre Mutter nannte es Multitasking, aber es bedeutete lediglich, kopflos herumzulaufen und fünf Dinge gleichzeitig zu tun, bevor man in Panik geriet und schrie, dass man zu spät zu einer Besprechung kommen würde.

Es bedeutete, zu seinen Kindern »Jetzt nicht!« zu sagen. Und manchmal in Tränen auszubrechen, weil man seinen blöden Geldbeutel und die Schlüssel nicht fand. Estelle ließ sich nicht von dem halbfertigen Brot täuschen, das Mum manchmal in den Ofen schob. Es roch gut, solange es im Ofen war, aber es war kein echtes hausgemachtes Brot.

Dads Karriere war natürlich noch schlimmer. Durch sie war Estelle zu einer Gefangenen geworden. Estelle kam sich wie eine Prinzessin in einem Turm vor, bloß dass sie keine langen Haare hatte, weil Mum meinte, dass Kurzhaarfrisuren morgens nicht zeitaufwändig seien. Dad tat so, als sei er daran interessiert, was Estelle tat, allerdings entging es ihr nicht, dass er nur mit halbem Ohr zuhörte. Sie wollte das Wichtigste in seinem Leben sein. Doch wenn sie sich bei ihm beschwerte, sagte er bloß: »Wir müssen alle Opfer bringen, Estelle.«

Kapitel 13

AM VORMITTAG BERIEF ALEXANDER McPherson eine Sitzung ein, in der diskutiert werden sollte, wie mit der Krise umzugehen sei, die von der Presse unter dem Titel »Barrys Bein« breitgetreten wurde. Anwesend waren McPherson; Ron Phillpot, der Vizepremierminister; der Finanzminister Gordon Brown; David Samuelson; der Chef des inländischen Geheimdiensts MI5, Sir Niall Conlon; und Adeles Ärztin, Lucinda Friedman.

Dr Friedman war erst eine Stunde vor Beginn der Besprechung am Flughafen London City gelandet. Alexander hatte einen Privatjet losgeschickt, um sie von der griechischen Urlaubsinsel Skýros abzuholen, bei der es sich praktischerweise auch um einen NATO-Stützpunkt handelte. Persönlich war McPherson der Auffassung, dass Adele die letzten drei Tage lang in aller Öffentlichkeit den Verstand verloren hatte. Am Morgen hatte sie etwas getragen, das seiner Meinung nach wie ein verfluchtes Clownskostüm aussah. Himmelherrgott noch einmal! Jetzt brauchte sie bloß noch ein explodierendes Auto und sie konnte im Moskauer Staatszirkus auftreten.

Sobald Dr Friedman in Nummer zehn eingetroffen war, war sie hinauf in Adeles Schlafzimmer gegangen, wo sie die Premiersgattin in der Fötusstellung im Bett vorgefunden hatte, die Hände über den Ohren. Rasch hatte die Ärztin herausgefunden, dass Adele aufgehört hatte, ihre

Medizin zu nehmen, und dass die Stimmen Eddys Sturz prophezeiten.

»Malcolm Black steckt hinter der ganzen Sache«, erklärte Adele ihrer Ärztin. Ihrer Meinung nach strahlte er Botschaften durch die Häuserwand, die sich Downing Street Nummer zehn und Nummer elf, das Haus des Finanzministers, miteinander teilten. Er verfügte über dämonische Kräfte und war für die Überschwemmungen, Zugunglücke und den Ausbruch der Maul- und Klauenseuche verantwortlich, die das Land in den letzten Jahren heimgesucht hatten. War sich Lucinda übrigens darüber im Klaren, dass Eddy der neue Messias war? Er war für den Job viel besser qualifiziert, als Jesus es gewesen war, verkündete Adele trotzig. »Und Eddy hätte sich auch nicht einfach kreuzigen lassen, bevor seine Arbeit hier auf Erden getan ist. Er hätte mit Pilatus einen Kompromiss ausgehandelt, so wie er es damals mit den Liberaldemokraten gemacht hat.«

Als Dr Friedman einwarf, dass der Finanzminister ihrer Meinung nach bisher ganze Arbeit geleistet habe, die Inflation auf einem so niedrigen Stand zu halten, flüsterte Adele: »Aber so verstehen Sie doch, Lucinda! Er wiegt uns lediglich in falscher Sicherheit. Aber schauen Sie ihm das nächste Mal, wenn Sie ihn treffen, in die Augen und auch Sie werden des Höllenfeuers gewahr, das darin lodert.«

»Wollen Sie damit sagen, dass er der Teufel ist, Adele?«, fragte Dr Friedman verdrossen. »Soll ich auch nach Hörnern und gespaltenen Hufen Ausschau halten?«

Adele lachte. »Wir leben in der Postmoderne, Lucinda! Der Teufel steckt im Detail, und Malcolm Black ist detailversessen.«

Derartiges religiöses Geschwätz war Dr Friedman nur allzu vertraut. Schon seit längerem war sie der Ansicht, dass ihr Berufsstand den großen Religionen dankbar für den ständigen Nachschub an gepeinigten Patienten sein sollte.

Sie überwachte, wie Adele eine große Dosis eines neuen Psychopharmakons einnahm. »Glaubt Eddy, dass er der neue Messias ist?«, wollte die Ärztin wissen, bevor sie sich zum Gehen wandte.

»Hätte ich einen geringeren Mann geheiratet?«, zischte Adele erzürnt.

Lucinda begab sich nach unten zu der Sitzung. Der distinguierten Runde, die sich um den Kabinettstisch versammelt hatte, teilte sie mit, dass Adele an einem psychotischen Schub leide, dass sie ihr aber ein neues Medikament verschrieben habe und überzeugt sei, dass Adele in ein oder zwei Wochen wieder so gut wie normal sein würde.

»So gut wie?«, meinte David Samuelson.

»Sie könnte einiges zunehmen«, räumte Lucinda ein. »Das ist eine der Nebenwirkungen.«

»Wieviel wäre ›einiges‹?«, erkundigte sich Samuelson.

»Es hat Patienten gegeben, die in kurzer Zeit hundertfünfzig Kilo zugelegt haben.«

»Es könnte vorteilhaft für Ed sein, eine dicke Frau zu haben«, gab Alexander McPherson zu bedenken. »Die durchschnittliche britische Frau trägt Größe 44.«

Ron Phillpot zog eine streitlustige Grimasse. »Sie wird eine verdammte Belastung sein, bis die Medikamente wirken!«, rief er. »Wir können schließlich nicht zulassen, dass sie zur Beerdigung eines Beins geht, oder?« Phillpot schmeichelte sich, ein pragmatischer Mensch zu sein.

»Keine Sorge«, murmelte Sir Niall Conlon. »Um Barrys Bein kümmere ich mich schon.«

Malcolm Black, der sich der Macht des Schweigens bewusst war, sagte nichts.

»Sie wird ein paar Stunden schlafen«, erklärte Lucinda, »aber es sollte jemand bei ihr sein, wenn sie aufwacht. Hat sie irgendwelche Freunde?«

»Niemand, dem wir vertrauen könnten«, murrte Alexander McPherson. »Und Wendy ist bei diesem Schwachkopf Barry im Krankenhaus.«

»Herrje«, seufzte Lucinda. »Dabei habe ich meinen Urlaub so genossen! Ich lege mich ein bisschen aufs Ohr und werde dann hier sein, sobald sie aufwacht.«

Lucinda entschuldigte sich und ging.

Nachdem sie das Zimmer verlassen hatte, entspannte sich die Männerrunde.

»Das Schlimmste, was ein Politiker tun kann, ist eine intelligente Frau zu heiraten«, sagte Phillpot. »Meine Ehefrau ist strohdumm, aber bei Parteiveranstaltungen macht sie sich gut an meinem Arm, und saubere Hemden habe ich auch immer. Soweit ich weiß, hat sie keinerlei eigene Ansichten, und schon gar keine, was die Heiligkeit abgeschiedener Körperteile betrifft.«

»Du meinst wohl abge*trennter* Körperteile«, warf Malcolm Black leise ein.

»Ist dies vielleicht eine gute Gelegenheit, um der Labour Party einen neuen Namen zu geben?«, schlug Samuelson vor.

»Welchen denn?«, wollte Phillpot mit finsterer Miene wissen.

Samuelson legte die Finger aneinander, sodass sie ein Dach bildeten. »Es war die ganze Zeit vor unserer Nase«, sagte er. »Der Begriff steht für Fröhlichkeit, Spaß, das Ablegen von Hemmungen, Feiern und eine Ansammlung von Menschen, die einfach gut drauf sind.«

Sir Niall Conlon ergänzte die fehlenden Worte. »Die Party Party?«, fragte er. »Das hat heute schon im ganzen MI5 die Runde gemacht. Sie sollten wirklich vorsichtiger mit Ihren E-Mails sein, Mr Samuelson. Die Zeiten der Privatsphäre sind längst vorbei.«

Ron Phillpot lachte, wobei zwei Reihen fieser kleiner Zähne sichtbar wurden. »Sie wollen es also die Party Party nennen, ja?«

Alexander meinte: »Die Party Party.« Er stellte sich die Worte als Slogans auf Reklametafeln und Postern vor, die mit Papierschlangen und Luftballons behängt waren. Der Name konnte dem Schmähwort »Champagnersozialist«

einen Anstrich von Ehrbarkeit verleihen. Andererseits war das ganze natürlich komplett hirnrissig.

Malcolm Black stieß ein geringschätziges Lachen hervor, das mehr nach einem Bellen klang. »Die Party Party – so gut, dass wir sie doppelt benannt haben.«

»Es würde auf jeden Fall die Jugend ansprechen, meinen Sie nicht?« Samuelson hatte sein Fingerdach eingerissen und massierte sich nun abwechselnd jeden Finger einzeln.

»Ich würde keine Partei anführen wollen, die es für nötig hält, eine Wortwiederholung in einen Namen einzubauen, der aus genau zwei Worten besteht«, sagte Malcolm Black. »Im Hinblick auf die Bevölkerungsentwicklung der Zukunft, nämlich dass wir alle länger leben werden, sollten wir vielleicht ohnehin lieber die Alten ansprechen. Ich persönlich würde es vorziehen wenn wir uns Old Labour nennen.«

Er warf einen Blick in die Runde und wartete auf eine Antwort, doch niemand sah ihm in die Augen. Alle waren damit beschäftigt, über ihre eigene politische Zukunft nachzudenken.

Kapitel 14

DAS GRIMSHAW WAR EINE ehemalige Irrenanstalt, die 1987 in ein Hotel mit Charakter umgewandelt worden war. Ein Gruppenfoto der letzten Geistesgestörten, die dort gelebt hatten, bevor man sie hinauswarf und in die Gesellschaft entließ, hing an der holzgetäfelten Wand in der gewaltigen Empfangshalle. Eine eingerahmte Zwangsjacke lieferte eine weitere amüsante Note.

Der Besitzer Clive Bostock trat vor, um Jack und den Premierminister willkommen zu heißen. Die Tweedsachen, die er trug, waren von der Farbe dickflüssiger Orangenmarmelade. Er begrüßte sie so überschwänglich und mit einem solch herzlichen, langen Händeschütteln, dass Jack und der Premierminister sich fragten, ob dieser kleine Mann mit dem buschigen grauen Schnurrbart vielleicht ein enger Freund sein könnte, den sie nur nicht wieder erkannten.

Mrs Daphne Bostock war ebenso erfreut, sie zu sehen. Sie schien die Einzelheiten ihrer Anreise fesselnd zu finden, und Jacks Bemerkung, dass es glücklicherweise noch nicht zu regnen begonnen habe, raubte ihr schier den Atem.

Clive Bostock goss den Gästen aus einer Karaffe am Empfangstisch ein Glas Sherry ein. Jack wünschte sich sehnlichst, endlich in das Zimmer zu kommen und sich die Schuhe ausziehen zu können. Doch als er fragte, ob er sich ins Gästebuch eintragen könne, und seine Kreditkarte zückte, machte Bostock eine abwehrende Handbewegung, als handele es sich um eine Stange Dynamit. »Gütiger Himmel, Sie brauchen doch jetzt nicht zu zahlen, mein Bester! Sie beiden sind unsere Gäste. Nun lassen Sie mich Ihnen aber das Haus zeigen und Sie den guten Leuten vorstellen, die uns beim Betrieb dieses Hotels helfen.«

»Wir setzen uns nicht gerne von den Angestellten ab«, erklärte Daphne. »Wir sind alle eine große, glückliche Familie.«

Sie wurden einen langen Korridor entlang bis zu der ungeheuer großen Küche geführt, in der ein halbes Dutzend mürrisch dreinblickender Osteuropäer ihre Arbeit unterbrach, um ihnen die Hand zu schütteln. Aus dem Augenwinkel erspähte Jack, wie einer der Arbeiter eine obszöne Geste hinter Mrs Bostocks Rücken machte.

Mr Bostock sprach, ohne Luft holen zu müssen: »Als Daph und ich das Haus zum ersten Mal sahen, war es in einem schrecklichen Zustand, nicht wahr, Daph? Das Dach eingestürzt, Brombeersträucher in den Isolationszellen. Aber wir sahen die Möglichkeiten, die sich uns hier eröffneten. Es war schon immer unser Traum gewesen, ein wahrhaft gastliches Hotel zu führen; eines, in dem die Gäste je nach Belieben kommen und gehen, wo sie in die Küche spazieren und sich einfach ein Stück Käse und eine Scheibe frisch gebackenes Brot nehmen können, in dem die Mahlzeiten zusammen mit der Familie eingenommen werden, wo die Gäste in unserem Wohnzimmer Zeitung lesen und mit Daph fernsehen. Auf Ihrem Zimmer werden Sie vergeblich nach einer Minibar suchen. Nein, derlei Unsinn gibt es bei uns nicht! Wenn Sie Lust auf ein Schlückchen verspüren, kommen Sie einfach nach unten und schenken sich einen Drink ein! Unsere Bar basiert auf Ehrlichkeit, wobei wir Sie bitten möchten, aus Rücksicht auf die anderen Gäste, wenn möglich keine Flasche ganz leer zu trinken.«

Jack sank der Mut. Er warf dem Premierminister einen Blick zu und musste feststellen, dass dieser, wie Daphne Bostock, Lippenstift auf den Zähnen hatte.

»Sie werden auch nicht wie in diesen anonymen Hotelketten eine Frühstückskarte vorfinden, die man vor die Tür hängt. Gefrühstückt wird bei uns in der Küche. Die meisten Leute entscheiden sich zu einem kontinentalen Frühstück, aber wenn Sie darauf bestehen, wird Ihnen auch ein richtiges englisches Frühstück komplett mit Würstchen und Rührei zubereitet – doch das müssten wir am Abend zuvor wissen, damit der Koch extra mit dem frühen Bus kommen kann. Manche unserer Gäste fühlen sich so bei uns zu Hause, dass sie nach dem Essen den Abwasch machen und mit den Hunden spazieren gehen. Die meisten Leute machen ihre Betten selbst und putzen die Kloschüssel schnell mal mit der Toilettenbürste aus.«

Jack blickte aus dem Fenster und bemerkte in der Ferne einen Mann, der den Rasen mähte. Er fragte sich, ob es sich um einen bezahlten Angestellten oder einen zahlenden Gast handelte.

Sie wurden in die Ophelia-Suite geführt. Auf dem Weg dorthin kamen sie im ersten Stock an der König-George-III-Suite sowie Zimmern vorbei, die nach berühmten Geisteskranken benannt waren.

Die Suite bestand aus drei kleinen, miteinander verbundenen Zimmern. Eines davon, ein großer begehbarer Schrank, verfügte immer noch über ein vergittertes Fenster. An Bett und Fenster hingen rosafarbene und grüne Chintzvorhänge mit Rosenmuster. Grässliche Möbelstükke lehnten deprimiert an den Wänden.

Der Premierminister fühlte sich zutiefst bedrückt und konnte spüren, wie sein Lächeln nachließ. Er kämpfte dagegen an und ging ins Badezimmer um zu sehen, inwieweit ihm dies gelang. War erst einmal sein Lächeln fort, gab es keine Rettung mehr, das was ihm klar. Dann würde er sich nicht mehr vor seiner unglücklichen Kindheit und den Ängsten des Erwachsenenlebens verstecken können. Sein Lächeln hielt ihn aufrecht und legte einen Schutzfilm um ihn, ähnlich, wie es regelmäßig in der Zahnpastawerbung versprochen wurde.

»Warum nehmen Sie nicht ein Schaumbad mit diesem Perlenzeugs, was Sie im The Falls geklaut haben?«, schlug Jack vor.

Der Premierminister hatte den Korb mit Aromatherapie-Ölen, Kräuterextrakten und anderen Toilettenartikeln in seine Reisetasche geleert. Jack hatte ihn dabei beobachtet und bei sich gedacht, dass er noch nie zuvor jemandem begegnet war, dem diese kleinen Präsente derart viel Freude bereiteten.

Als Jack die Wasserhähne aufdrehte, tat sich jedoch nichts. Ungeduldig wartete er ein wenig, dann rieselte ein dünner Strahl lauwarmes Wasser aus dem Hahn.

Ein paar Schritte weiter wartete der Premierminister mit einem kleinen Fläschchen Anti-Stress-Lavendel-Badeöl. Jetzt da Jack es erwähnt hatte, sehnte Edward sich nach einem ausgiebigen, wohl duftenden Schaumbad, und sobald offensichtlich wurde, dass ihm diese Wohltat verwehrt bleiben würde, gab er Jack die Schuld. Selbstverständlich war das alles andere als fair, aber Jack hatte eine Art Versprechen gegeben und es anschließend quasi gebrochen! So ähnlich jedenfalls.

Im Laufe des folgenden heftigen Streits brüllte Jack: »Sie müssen gerade reden von wegen nicht eingelöster Versprechen! Was ist denn mit Ihrem Versprechen, die Steuern nicht zu erhöhen?«

Es wurden noch andere hässliche Dinge gesagt, die beide Männer beinahe auf der Stelle wieder bereuten. Jack entschuldigte sich als Erster und bot an, den Empfang anzurufen und sich bei Bostock zu beschweren. Er wählte von dem gewaltigen Apparat am Bett aus, der noch aus Heimzeiten stammen musste. Es standen verschiedene Nebenanschlüsse zur Auswahl. Jack drückte den Knopf für den Empfang und wartete. Das Telefon läutete, doch niemand ging an den Apparat. Er versuchte andere Durchwahlen, darunter eine mit der Bezeichnung »Elektroschockbehandlung«. Eine Amerikanerin meldete sich: »Sissy Klugberg.«

»In der Ophelia-Suite funktioniert das Warmwasser nicht«, meinte Jack.

»Bei uns auch nicht«, antwortete sie.

»Sie sind Gast hier?«, erkundigte sich Jack.

»Tja, also eigentlich schon, aber mein Mann ist beinahe seit unserer Ankunft da draußen und mäht den Rasen, von daher ...«

»Mrs Klugberg«, fiel Jack ihr ins Wort, »haben Sie eine Waschgelegenheit auf dem Zimmer?«

»Nein, wir haben weder einer Badewanne noch eine Dusche. Wir sind im Napoleon-Zimmer, und Mrs Bostock erklärte uns, dass Napoleon seiner Josephine nicht erlaubte sich zu waschen. Ich schätze mal, das hatte seinen Grund ...« Ihre Stimme verlor sich, während sie versuchte, Mrs Bostocks Erklärung für das Fehlen jeglicher Waschmöglichkeiten wenigstens im Nachhinein zu ergründen. »Oh, Mrs Bostock rief mir außerdem ins Gedächtnis, dass wir uns für ein Hotel mit Charakter entschieden haben, und dass Vollbäder mit kaltem Wasser dazu beigetragen hätten, den britischen Charakter zu formen.«

Jack meinte, er freue sich schon darauf, Sissy und ihren Mann ...

»Glade«, ergänzte Sissy.

... kennen zu lernen.

Laut Sissy würde ein Gong erklingen, sobald sich die Gäste zum Abendessen fertig machen sollten. Ein weiterer Gongschlag würde ankündigen, dass das Abendessen gleich serviert würde.

Erneut dachte Jack sehnsüchtig an das Holiday Inn. Er wollte in Unterhosen auf dem Bett liegen, sich vom Zimmerservice das vegetarische Tagesgericht bringen lassen und CNN sehen.

Poppy Clare lag in ihrem Kinderbett auf dem Rücken und übte, mit ihrem rechten dicken Beinchen auszutreten. Ihr Blick hing an dem mechanischen Spielzeugmobile, das sich langsam über ihr drehte und »Yellow Rose of Texas« spielte. Es war ein Geschenk des US-Präsidenten und der First Lady gewesen.

Sobald ein Bestandteil des Mobiles in ihr Blickfeld kam, streckte Poppy die kurzen Ärmchen aus und versuchte beherzt, den Cowboystiefel, den Stetson, die Ölbohrinsel, die Kuh, den Kaktus, den Stern, die gelbe Rose oder das große, fette Dollarzeichen zu packen.

Der Aufziehmechanismus ließ das Mobile elf Minuten lang rotieren, dann blieb es stehen, und Poppy fing jedes Mal zu schreien an. Sie hatte gelernt, dass jemand in ihr Zimmer kam, sobald sie Geräusche von sich gab, die laut genug waren. Die beste Person war ihre Mutter – sie hatte Milch und weiche Brüste und war warm –, aber Estelle war auch in Ordnung. Estelle hob sie hoch und warf sie in die Luft und tanzte vor dem Spiegel mit ihr und tat so, als sei sie ihre Mutter.

Su Lo war gut zu ihr. Sie nahm Poppy nach draußen mit und zeigte ihr die Bäume und ließ sie den Wind und die Sonne auf dem Gesicht spüren.

Daddy roch gut, aber er hielt sie zu fest, als habe er Angst, sie fallen zu lassen und ihr wehzutun.

Das Mobile drehte sich langsamer, die Pausen zwischen den einzelnen Musiknoten wurden immer länger, und Poppy wusste, dass es bald aufhören würde. Sie fing zu wimmern an, dann zu quengeln, bis sie Su Los Stimme durch den kleinen Lautsprecher des Babyfons neben dem Kinderbettchen vernahm: »Hallo Poppy! Ich kann dich hören, Poppy. Mummy kann dich nicht mehr stillen, Poppy. Sie ist krank und die Muttermilch ist voll Medizin. Also bin ich hier in der Küche, Poppy, und bereite dir eine leckere Flasche Bio-Säuglingsmilch zu. Du wirst dich schnell daran gewöhnen, Poppy.«

Poppy wusste nicht, was eine Flasche war – Milch war

bisher aus einer einzigen Quelle geflossen: ihrer Mutter. Im Grunde wusste sie nur eines: In ihrer Welt gab es nichts als gute Menschen.

Das Mobile blieb stehen, und Poppy wurde still und starrte gebannt das große, fette Dollarzeichen an, das langsam über ihrem Kopf hin- und herbaumelte.

Der Premierminister saß an dem Tisch, der als Friesierkommode und Schreibtisch diente, und begann ein Gedicht mit dem Titel »Pamela« zu verfassen.

Am Brunnen vor dem Tore
Da steht die Pamela

Er strich die Worte durch, als ihm einfiel, dass es ein berühmtes Gedicht mit mehr oder weniger derselben Satzkonstruktion gab.

Warum Pamela ihm überhaupt in den Sinn gekommen war, wusste er nicht zu sagen. Sie lebte in der Nähe von Bourton-on-the-Water zusammen mit ihrem Ehemann Andrew, einem unangenehmen Kerl, der irgendetwas mit Hunden zu tun hatte. Doch Edward hatte sie seit drei Jahren nicht mehr gesehen. Als Edward Premierminister geworden war, hatte Pamela ihm eine Glückwunschkarte geschickt. Auf der einen Seite war ein wild aussehender Dobermann abgebildet, auf die andere hatte sie geschrieben: »Lieber Ed, nun bist du also ein hohes Tier. Herzlichen Glückwunsch. Wie wäre es mit einer Abmachung? Du sprichst nicht über mich, und ich werde nicht über dich sprechen. Viele Grüße, Pamela.«

»Es tut mir Leid, wir hätten in ein Holiday Inn gehen sollen«, sagte Jack.

Der Premierminister lächelte dem Spiegel zu. »Die Bostocks sind kolossale Leute, und das hier ist ein kolossales Hotel. Alles ist einfach kolossal! Ich amüsiere mich hier kolossal.«

Das Abendessen wurde in der zum Speisesaal umgebauten Waschküche serviert. Mr Bostock tranchierte einen knorpeligen Fleischklumpen und verteilte die Scheiben auf kalten Tellern an die Gäste.

Zum Abendessen war der Premierminister in seinem paillettenbesetzten Futteralkleid erschienen. In dem trüben Licht der Energiesparlampen an den Wänden sah er beinahe fraulich aus.

Die mürrischen Küchenhilfen kamen und gingen mit verschiedenen Servierplatten voll lauwarmem Wurzelgemüse. Ein Holzbrett war mit einem schweren rustikalen Brotlaib beladen.

Glade Klugberg, ein Amerikaner in einem Kaschmirpulli mit Schottenmuster, meinte: »Einfach fantastisch!«

»In den Staaten gibt es so etwas nicht«, fügte seine Frau Sissy hinzu.

»Wird es morgen früh warmes Wasser geben?«, fragte Jack.

»Ich fürchte, das hängt davon ab, wie unser etwas exzentrischer Boiler gelaunt ist, Mr Sprat«, erwiderte Clive Bostock.

Jack schluckte einen Bissen des ekelhaften Essens herunter. »Bei zweihundertsechzig Pfund pro Nacht erwarte ich keine launenhafte Exzentrik, sondern Warmwasser.«

Schweigen legte sich über den Tisch, bis Daphne Bostock sagte: »Das hier ist nicht das Holiday Inn, Mr Sprat.«

»Ich weiß«, versetzte Jack. »In jedem Holiday Inn, in dem ich bisher war, gab es rund um die Uhr warmes Wasser, vierundzwanzig Stunden am Tag.«

Clive Bostock stieß ein leises Lachen aus. »Also wirklich, Mr Sprat, man könnte ja fast meinen, Sie hätten einen Warmwasserfetisch.«

Der Premierminister blickte auf den Tisch hinab, den die Bostocks in der ehemaligen Beschäftigungstherapieabteilung gefunden hatten. Es war zum Korbflechten und zu anderen beruhigenden Handwerkereien benutzt worden. Der Premierminister hasste diese Art Konflikt. Mit den Unannehmlichkeiten im Kosovo oder in Sierra Leone wurde er fertig, das waren abstrakte Dinge, die ihn persönlich nicht berührten. Doch hier und jetzt, im Speisesaal der Bostocks, verspürte er den Drang, auf irgendeine Weise den Vermittler zu spielen. Bostock erinnerte ihn auf unbehagliche Weise an seinen Vater. »Ich für meinen Teil finde, dass Warmwasser ein wenig, na ja, überbewertet wird.«

»Genau«, stimmte Clive Bostock ihm zu. »Bei mir in der Schule winselten immer bloß die Muttersöhnchen nach warmem Wasser!«

Mit einem Mal empfand Jack es als zwingend notwendig, in dieser Warmwassersache gegen Bostock den Sieg davonzutragen. Er hatte das Gefühl, als befänden sich Bostock und er in Wimbledon auf dem Centrecourt, also schlug er den Ball zu Bostock zurück: »Der härteste Mann, den ich je kannte, war Mitch Bates, der Anführer einer Kommandotruppe. Er pflegte jeden Tag zweimal heiß zu baden.«

Den Bruchteil einer Sekunde blieb Bostock unentschlossen an der Grundlinie stehen, dann stürzte er zum Netz vor und schmetterte den Ball zurück. »Soweit ich weiß, ist wissenschaftlich erwiesen, dass zu viel warmes Wasser die Spermaproduktion zurückgehen lässt. Ich bitte um Verzeihung, meine Damen.«

Jack traf den Ball und schlug ihn über das Netz. »Mitch Bates hat zwölf Kinder, acht Jungs und vier Mädchen. Alle über eins achtzig.«

Bostock erreichte den Ball nicht rechtzeitig, woraufhin Jack vor sich hin murmelte: »Spiel, Satz und Sieg.«

Daphne Bostock erhob sich vom Tisch und ging in die Küche, von wo man sie die ausländischen Küchenhilfen anplärren hörte, dass sie Kaffee kochen und ihn im Salon servieren sollten. Der Premierminister weigerte sich, mit Jack zu sprechen oder ihm in die Augen zu sehen. Seiner Meinung nach hatte sich Jack lächerlich pedantisch verhalten, was das warme Wasser betraf. Was war nur los mit ihm? Die Bostocks waren das Salz der Erde.

Als Nächstes wurden die Gäste von den Bostocks in den Salon geführt. Jack entging nicht, dass sich auf dem Teppich neben dem leeren Kamin ein Paar von Clives Socken befand. Daphnes Stickzeug lag auf dem Sofa, und überall standen Fotos dümmlich aussehender Bostock-Kinder und -Enkel in Silberrahmen herum. Ein gigantischer Fernsehapparat zeigte *Wer wird Millionär?*

»Setzen Sie sich und machen Sie es sich gemütlich – schließlich sind Sie Freunde der Familie!«

Jack fiel auf, dass die Bostocks sich ohne zu zögern in den gemütlichsten Sesseln niederließen. Als eine düster dreinblickende Frau namens Eva den Kaffee hereinbrachte, schenkte Clive Bostock sich selbst und seiner Frau zuerst ein.

Jack brachte Clive Bostock auf die Palme, indem er sämtliche Fragen der Quizshow richtig beantwortete und eine Million Pfund gewann. Die beiden Amerikaner waren beeindruckt. »Hey, was sind Sie? Ein Genie, oder was?«

Jack war nicht weniger überrascht. Bis zum heutigen Abend hatte er nicht geahnt, dass er wusste, dass Panamahüte ursprünglich in Ecuador hergestellt wurden.

»Jack ist ein Produkt des britischen Schulsystems mit seiner integrierten Gesamtschule«, meinte der Premierminister.

Daphne Bostock rümpfte die Nase, als verbreite das Wort »Gesamtschule« einen unangenehmen Geruch im Zimmer.

»Edwina, wenn Sie Gesamtschulen für so etwas Phänomenales halten, wieso schicken Sie dann nicht Ihre eigenen Kinder auf eine?«, wollte Jack wissen.

»Wir haben geknausert und geknickert, um unsere Kinder, Mark und Gillian, auf eine gute Privatschule schikken zu können«, sagte Mrs Bostock.

Jack trank einen Schluck Kaffee. »Ich habe schon seit Jahren keinen Malzkaffee mehr getrunken.«

Bostock fasste dies als Kompliment auf. Jack bedeutete

dem Premierminister, dass es Zeit war, sich zurückzuziehen. Noch während sie die Treppe emporstiegen, dröhnte Clive Bostocks Stimme zu ihnen herüber. Er erzählte Glade und Sissy, im elften Jahrhundert habe Robin Hood den Malzkaffee im Sherwood Forest erfunden.

In ihrem Zimmer angekommen, rief Jack Norma an. Sie sagte, sie könne nicht lange sprechen, da sie Besuch habe. Im Hintergrund erklangen jugendliche Stimmen. Gelegentlich wurde Gelächter laut. Norma erzählte ihm, dass James wie ein Sohn für sie sei, und in Jack wallte Eifersucht auf. Da Normas Abendessen kalt zu werden drohte, ließ Jack sie gehen. Er legte auf, nachdem er sie daran erinnert hatte, dass sie ihn jederzeit auf dem Handy anrufen könne. Sie meinte: »Danke, aber ich denke nicht, dass das nötig sein wird.«

Im Grunde hatte Jack sich gewünscht, von seiner Mutter gefragt zu werden, wie es ihm gehe. Manchmal vermisste er diese kleinen Aufmerksamkeiten.

Er holte das Reiseschuhputzset aus seiner Tasche und machte sich daran, seine Straßenschuhe und die Stöckelschuhe des Premierministers zu säubern. Dann fragte er den Premierminister, was er am nächsten Tag unternehmen wolle.

»Ich möchte Pam besuchen«, erklärte der Premierminister. Als er Oppositionsführer war, wurde er von MI5 gewarnt, dass seine Schwester »Anlass zur Sorge gäbe«. Er wollte herausfinden, ob dem so war. Er verspürte das dringende Bedürfnis, sich mit Pam über ihre Mutter zu unterhalten.

Kapitel 15

NORMA HATTE WIEDER EINMAL das Haus voll. »Hier ist es wie bei den Vereinten Nationen«, sagte sie zu James und betrachtete die Jungen und Mädchen, die im Vorderzimmer saßen und Pommes aus weißen Styroporschachteln aßen. Sie hatte James gebeten, ihr ein wenig Kabeljau mitzubringen, aber James war mit panierter Forelle zurückgekommen und hatte Norma auseinandergesetzt, dass Kabeljau heutzutage ein Luxusfisch sei, den nur die Reichen äßen.

»Die Welt ist komplett verrückt!«, entfuhr es ihr.

Sie hatte etliche Toastscheiben mit Butter beschmiert und adrett geschnitten. Die Brothälften hatte sie auf einen Essteller mit einem silbernen Spitzendeckchen gelegt. Dann hatte sie den Teller herumgehen lassen, und die Jungen und Mädchen hatten sich Pommes-Sandwiches gemacht. Alle hatten »bitte« und »danke« gesagt, und die meisten hatten von dem Geschirrhandtuch Gebrauch gemacht, das sie anstatt von Servietten zur Verfügung gestellt hatte.

James neckte sie und meinte, seine jungen Freunde seien Banausen, die keinerlei Erziehung genossen hätten und derartige Feinheiten nicht zu schätzen wüssten. Doch es war Norma nicht entgangen, dass er selbst diese Dinge sehr wohl zu schätzen wusste.

Es gab ein paar Sachen, die Norma an diesen geselligen

Abenden störten, insbesondere die Schimpfwörter. Scheißdies, Scheißdas, diese Scheißkerle, alles Scheiße. Eine Göre hatte in ihrer Anwesenheit »Hurensohn« gesagt, woraufhin Norma sich auf sie gestürzt und sie wütend angeschrien hatte: »Du dreckige kleine Schlampe! Wie kannst du es wagen, die Mutter von jemandem als Hure zu bezeichnen? Mütter sind etwas ganz Besonderes. Sie bringen das Leben zur Welt!«

James hatte von dem Mädchen verlangt, sich zu entschuldigen. Norma war stolz auf ihn; all die Jungen und Mädchen schienen ein wenig Angst vor ihm zu haben und taten mehr oder weniger, was er ihnen sagte. James war ein geborener Anführer. Er hatte Norma erklärt, dass die Jungen und Mädchen aus der Gegend abends nirgends mehr hinkonnten, seitdem der Jugendtreff in der Sozialbausiedlung zugemacht hatte. Es war am besten für alle Beteiligten, wenn sie zu ihr kamen und ein bisschen Stoff rauchten, anstatt sich auf der Straße herumzutreiben und in Schwierigkeiten zu geraten.

Etwas anderes, das Norma nicht mochte, war die Musik. Sie verstand überhaupt nicht, was dieses Bumm, Bumm, Bumm mit Musik zu tun haben sollte. Auf sie machte es den Eindruck, als würden da viele wütende Männer etwas von ihren »Bitches« herumgrölen. Doch nach ein paar Joints fiel ihr das Zuhören leichter – im Grunde war dann alles leichter. Sie dachte nicht mehr an Stuart oder sorgte sich nicht um Yvonne oder darum, dass Jack einsam sein könnte. Selbst ihre Arthritis machte ihr nicht mehr zu schaffen, und wenn sie einschlief, hatte sie wunderschöne Träume.

Als die Jungen und Mädchen fort waren, und James und Norma die Küche aufräumten, sagte James: »Wie wäre es mit ein bisschen ehrenamtlicher Sozialarbeit an den Wochenenden, Norma? Es würden hundert Mäuse für dich dabei rausspringen.«

»Ich bin viel zu alt, um arbeiten zu gehen«, meinte Norma.

»Aber das ist ja das Schöne daran: Du müsstest nicht einmal das Haus verlassen. Ich würde die Unglücklichen von Freitag bis Sonntag Abend vorbeibringen.«

»Was is' los mit denen?«, wollte sie wissen. Ihr fiel der Kleinbus ein, der früher immer den mongoloiden Jungen am anderen Ende der Straße abgeholt hatte.

»Sie haben sich der Einnahme eines illegalen Rauschmittels verschrieben«, antwortete er. »Und sie brauchen eine Mutter, die sich um sie kümmert, während sie unter dem Einfluss dieses Mittels stehen. Sie brauchen einen sicheren Ort, Norma, wo sie sich und anderen nichts zuleide tun können.«

»Was müsste ich machen?«, fragte sie.

»Nicht viel«, erwiderte er. »Ihnen zu essen geben und ein bisschen putzen. Manchmal verlieren sie die Kontrolle da unten, wenn du verstehst, was ich meine.«

»Reden wir hier von Crack, James?« Im *Mirror* hatte es einen »Drogenführer für Eltern« zum Herausnehmen gegeben, und dort hatte sie von Crack gelesen. Eines der Symptome war unkontrollierbarer Durchfall. Crackabhängige mischten das Zeug mit Natriumbikarbonat, was dazu führte, dass sie sich in die Hosen machten.

»Du würdest das so toll hinkriegen, Norma!«, schwärmte James. »Ich meine, du verurteilst diese Leute doch nicht, oder? Ich meine, du hast doch Mitleid mit Drogensüchtigen, nicht wahr? Ich meine, du hast doch das Beste für Stuart getan, oder? Du hättest doch auch gewollt, dass sich jemand wie du um deinen Stuart kümmert, nicht wahr, Norma?«

»Bist du einer dieser Unglücklichen, James?«

»Ehrlich gesagt ja, Mutter, das bin ich«, räumte er ein.

»Wie lange schon?«

»Erst seit zwei Wochen, Norma«, entgegnete er. »Aber seitdem ich es das erste Mal genommen habe, seit meinem ersten Schuss, kann ich an nichts anderes mehr denken.«

Norma versuchte sich daran zu erinnern, was sie im

Mirror gelesen hatte. Ließ Crack sie nicht durchdrehen? Und gewalttätig werden? Oder war das Ecstasy? So genau wusste sie es nicht mehr.

Sie konnte den schrecklichen Blick in seinen Augen nicht länger ertragen. »Wenn ich schon voll geschissene Hosen waschen soll, brauche ich mehr als hundert Mäuse, James.«

»Ist gebongt.« Er gab ihr einen Gutenachtkuss und ging ins Bett.

Sobald Norma hörte, wie er die Tür zum Eselzimmer zuschlug, schleuderte sie die Schuhe von sich und öffnete ein paar Haken und Ösen an dem Korsett, das sie unter ihrem Cocktailkleid trug. Eines der Mädchen hatte ihr vorhin zu ihrer schlanken Figur gratuliert und ihr versichert, sie sähe nicht wie einundsiebzig aus.

Norma sagte zu Peter, der auf seiner Schaukel hin- und herschwang: »Sag bloß Jack nichts davon, Pete, das könnte ihn mächtig ärgern.«

Peter hüpfte so schwungvoll von seiner kleinen Schaukel, dass sich seine Federn aufbauschten, und hopste auf sein Wasserschälchen zu, weil er hoffte, Norma hätte daran gedacht, es zu füllen. Doch es war immer noch leer.

Die Bostocks stritten in der Küche miteinander, als der Premierminister und Jack am folgenden Tag nach unten zum Frühstück gingen. Glade und Sissy Klugberg standen an der Spüle. Was sie abwuschen sah verdächtig nach den Töpfen des gestrigen Abends aus.

Bostock sagte gerade zu seiner Frau: »Du musst dich ans Telefon setzen und mehr Ausländer herbestellen. Schließlich bist du dafür verantwortlich, dass der letzte Haufen auf und davon ist.«

Daphne wandte sich auf der Suche nach Mitgefühl an Jack und den Premierminister: »Ich habe zu den Ausländern bloß gesagt, dass sie doch ab und an einmal lächeln könnten, wo wir doch so gut zu ihnen sind. Natürlich haben sie schwere Zeiten hinter sich, Folter, die Flucht aus ihren Dörfern und so weiter. Aber Clive und ich waren sehr gut zu ihnen. Ich meine, wir haben ihnen einen annehmbaren Schlafsaal zur Verfügung gestellt, und Essen haben sie auch bekommen. Okay, es war vielleicht nicht dasselbe Essen wie unseres, aber es war Essen. Und sie bekamen Taschengeld, und wenn sie ein bisschen mehr gelächelt hätten, hätten sie Trinkgelder von unseren Gästen bekommen. Dankbar hätten sie sein sollen!«

Clive schob Jack und dem Premierminister den Rest des gestrigen Brotlaibs und ein klebriges Glas Orangenmarmelade zu. »Es gibt nichts Besonderes heute Morgen, weil uns die Ausländer heute Nacht weggelaufen sind, und heute haben wir hier auch noch eine Konferenz ... Sie könnten uns nicht zufällig helfen, die Stühle aufzustellen?«

Bevor der Premierminister etwas sagen konnte, meinte Jack: »Wir haben es beide mit dem Rücken, sorry. Außerdem reisen wir nach Gloucestershire ab, sobald unser Wagen eintrifft.«

»Glade und ich helfen Ihnen gerne aus«, meldete sich Sissy zu Wort.

Die Konferenz wurde in der alten Turnhalle abgehalten, in der die Geistesgestörten früher bei den alljährlichen Weihnachtsfeiern mit dem Pflegepersonal getanzt hatten. Auf den Fotografien an den Wänden waren glückliche Leute zu sehen, die festliche Papierhütchen trugen. Es war unmöglich, die Wärter von den Insassen zu unterscheiden.

Jack und der Premierminister sahen Glade und Sissy von der Tür aus zu, wie sie Stühle, die an einer Wand gestapelt waren, in Reihen vor einer kleinen Bühne aufbauten.

Im Hintergrund hing ein Transparent mit der Aufschrift: »Personalausweise – eine Chance für die Wirtschaft«.

»Das ist nicht mehr bloß der Große Bruder, sondern gleich noch die Große Schwester und die ganze restliche Familie«, bemerkte Jack.

»Das ist doch nichts als hysterische Paranoia!«, fuhr der Premierminister ihn an.

»Ed, gerade Sie müssten doch verstehen, wie wichtig es ist, manchmal anonym sein oder sich einfach mal verdrücken zu können, ohne dass irgendjemand weiß, wer man ist oder was man tut!«

»Wovor haben Sie denn Angst, wenn Sie nichts zu verbergen haben?«, brachte der Premierminister einen seiner Standardsprüche zur Anwendung.

»Aber ich habe durchaus etwas zu verbergen!«, entgegnete Jack. »Meine Kreditwürdigkeit, meinen Geschmack bei Büchern aus Leihbüchereien, die Partei, die ich unterstütze, das Vorstrafenregister meines Stiefvaters, wie mein Bruder starb, wie viel Alkohol ich pro Woche kaufe, meinen genetischen Code. Weshalb sollte irgendeine Versicherungsgesellschaft über all diese Informationen verfügen?«

Da wurde der Premierminister nachdenklich. Würde eine Behörde, die eines Tages einmal Personalausweise ausstellte, die Sache mit dem Bronco-Toilettenpapier in Erfahrung bringen? Er war sich absolut sicher, dass nur Adele wusste, zu welchem Zweck er es verwandte. Doch er würde sterben – sterben! –, wenn die *Daily Mail* von seinem kleinen Geheimnis erführe.

Während der Premierminister mit Packen beschäftigt war, ging Jack nach draußen und rief Ali an um herauszufinden, wie lang der Taxifahrer noch brauchen würde. Jack wollte unbedingt von diesem Ort verschwinden. Er beobachtete, wie etliche Kleinbusse mit Männern und Frauen in dunklen Anzügen und Kostümen die Auffahrt entlangkamen. Die Konferenzteilnehmer stiegen aus und versammelten sich vor dem Haus. Clive Bostock trat auf sie zu und begrüßte sie überschwänglich, bevor er sie in das Hotel führte.

Adele schlummerte selig vor sich hin. Das Bett war wunderbar weich und warm, und sie fühlte sich schwerelos, als sei sie in Stoffe aus dem Märchen gebettet: Gänsedaunen, Schwanenfedern und dünne, von Glühwürmchen gesponnene Fäden.

Drei Schwäne hielten die Seidenstricke mit den Schnäbeln fest und zogen ihr antikes französisches Bett durch einen rosa und blau gestreiften Himmel, während die Sonne über einer mittelalterlichen Landschaft aufging.

Sie wurde ins Elfenland gebracht, eine phantastische Landschaft nach einem Entwurf von Vita Sackville-West, wo ihre Elfenschwestern den Morgentau von den Blumen tranken und Beeren aßen, und wo überhaupt sämtliche Nahrung aus dem Reich der Natur stammte.

Adele setzte sich in ihrem Bett auf und meinte zu dem Schwan, der die Dreierformation anführte: »Ich glaube, ihr habt euch verfahren. Hätten wir vor der Milchstraße nicht links abbiegen müssen?«

»Verzeihung, aber ich bin nun schon tausend Jahre auf der Route ins Elfenland unterwegs«, entgegnete der Schwan. »Versuch nicht, mir meinen Job zu erklären.«

»Wann bekomme ich meine Flügel aus feinster Gaze?«, wandte Adele sich erneut an den Schwan.

»Die werden dir bei deiner Ankunft zugewiesen«, meinte der Schwan gereizt. »Versuch dich zu entspannen.«

Doch dabei konnte Adele es nicht bewenden lassen. »Was werde ich im Elfenland tun?«

»Dasselbe wie die anderen Elfen: Du wirst in einer Hängematte aus Spinnweben schlafen, die an zwei Grashalmen festgemacht ist; am Morgen wirst du aufwachen und dir das Gesicht an einem Waschbecken waschen, das aus dem Fruchtbecher einer Eichel besteht; du wirst Nektar und Beeren frühstücken und anschließend entscheiden, was du den restlichen Tag über tun möchtest.«

»Wäre es in Ordnung«, erkundigte sich Adele zögernd, »wenn ich einfach dasitzen und nichts tun würde?«

»Das wäre völlig in Ordnung«, antwortete der Schwan. »Müßiggang wird im Elfenland hoch geschätzt.«

»Unwissenheit wird verehrt«, fügte ein anderer Schwan hinzu.

Während die Flügelschläge der Schwäne Adele dem Horizont entgegentrugen, schmiedete sie Pläne für ihr zukünftiges Leben. Als Kopfbedeckung würde sie die Blüte einer Glockenblume tragen. Außerdem würde sie bei einer Elfenschneiderin ein Kleid aus Rosenblättern in Auftrag geben. Auf keinen Fall konnte sie ihre Elfenkleidung selbst anfertigen; was Nadel und Faden betraf, war sie ein hoffnungsloser Fall.

Lucinda saß in einem Sessel am Fuß von Adeles Bett und las in der aktuellen Ausgabe des *Spectator*. In dem Artikel, in den sie vertieft war, wurde Adeles mutige Haltung in einer der bedeutendsten Kontroversen der Gegenwart gelobt – Barrys Bein. Mit Interesse nahm Lucinda zur Kenntnis, dass der Papst in zahlreichen Sprachen festgestellt haben sollte: »Gott hat Barrys Bein gegeben und wieder genommen und Gott muss es entsorgen.«

Adele warf einen Blick über den Bettrand. Unter ihr funkelte das Elfenland, doch unaufhaltsam stiegen Sorgen in ihr hoch: Sie hatte nicht die leiseste Ahnung, ob das sozialwirtschaftliche System des Elfenlands nicht am Ende demjenigen der Welt ähnelte, die sie soeben hinter sich gelassen hatte. Gab es dort ein Klassensystem? Lebten manche Elfen in riesigen, exklusiven Schirmpilzen in bester Lage, während andere in primitiven Verhältnissen in winzigen Stinkmorcheln am Rand des Sumpfes vor sich hinvegetierten?

Adele fragte den Schwanenanführer: »Werde ich Bücher haben?«

»Nein, im Elfenland gibt es keine Bücher.«

»Dann muss ich wohl meine eigenen Bücher schreiben.«

»Man wird dich hinauswerfen, wenn du das tust«, sagte der Schwan. »Bücher bringen nichts als Ärger.«

»Aber ich muss etwas zu lesen haben«, meinte Adele.

»Was haben eure ganzen Bücher und Zeitschriften und Erfindungen und philosophischen Schulen und politischen Systeme euch gebracht?«, fragte der Schwanenanführer.

Sie begannen mit dem Abstieg. Glockenhelles Gelächter drang an Adeles Ohr, und sie sah Tausende Elfen lächelnd zu ihr emporblicken. Jede Einzelne hatte genau so eine Nase wie sie selbst.

Lucinda fiel auf, dass Adele beim Aufwachen ihre gewaltige Nase sofort mit der Hand bedeckte. »Ich habe geträumt, ich lebte im Elfenland«, sagte Adele schläfrig.

»Wie war es?«, erkundigte Lucinda sich aus beruflichem Interesse.

»Einfach himmlisch! Es gab nicht das Geringste zu tun«, seufzte Adele.

Lucinda bohrte weiter: »Und die übrigen Elfen?«

»Reizend.«

Lucinda hatte jedoch das Gefühl, dass Adele etwas verschwieg. »War Ed auch da?«

»Nein, aber das war nicht schlimm«, antwortete Adele.

»Was war dann verkehrt?«, drang Lucinda weiter in sie.

»Nichts.«

»Kommen Sie schon, Adele. Ich bin schon zu lange Ihre Seelenklempnerin – ich weiß, wann Sie mir etwas verschweigen.«

Adele fasste sich an die Nase.

Da ließ Lucinda es darauf ankommen: »Adele, es gibt nur eine Sache, über die wie nie gesprochen haben, obwohl es so deutlich ist wie die Nase in Ihrem Gesicht –

ja, es *ist* die Nase in Ihrem Gesicht!« Adele zog die Dekke nach oben, bis nur noch ihre Augen zu sehen waren.

»Das Ding da in Ihrem Gesicht muss weg, Adele! Ich kenne einen Schönheitschirurgen, der ...«

»Das ist ja der reinste Körperfaschismus!«, rief Adele erbost. »Weshalb sollte ich mich dem Schönheitsideal der Medien unterwerfen?«

»Geben Sie es zu, Ihre Nase ist ein Riesenproblem«, wandte Lucinda ein. »Sie macht Sie zu einem mentalen Krüppel.«

Eine Stunde später blätterten Lucinda und Adele auf der Suche nach einer neuen Nase für Adele in dem Katalog eines Schönheitschirurgen. Dort gab es Nasen in jeder erdenklichen Größe und Form.

Kapitel 16

ALS NORMA UND JAMES mit den Vorräten für ihre Wochenendgäste aus dem Großmarkt zurückkehrten, war das Hauses kaum mehr wieder zu erkennen. Man hatte die Eingangstür mit Stahlplatten verstärkt und die Fenster im Erdgeschoss vergittert.

»Es sieht wie ein Gefängnis aus«, stellte Norma fest. »Wo ist mein Briefschlitz an der Tür?«

»Du brauchst keinen Briefschlitz«, entgegnete James. »Kriegst eh keine Post.«

Sie schleppten die Kartons mit den Vorräten vom Auto in die Küche, wo sie drei Freunde von James vorfanden, die damit beschäftigt waren, eine Stahlplatte an der Hintertür festzuschrauben.

Als Norma ihnen eine Tasse Tee anbot, meinte einer der Jugendlichen: »Wir haben uns vorhin eine Tasse Kaffee gemacht, Norma. Ich hoffe, das geht in Ordnung. Und Peter haben wir was zu trinken gegeben.«

»Seid ihr Jungs bei der Gemeinde angestellt?«, wollte Norma wissen.

»Nein, sie arbeiten für mich«, meinte James lachend. »Ich will doch, dass sich meine Mutter in ihrem eigenen Haus sicher fühlt. Die ganzen ausländischen Rowdys sollen schließlich draußen bleiben.«

Jack rief an, als gerade die Gitterstäbe an das Küchenfenster angebracht wurden. Er erzählte Norma, dass er eventuell am kommenden Wochenende bei ihr vorbeischauen würde.

»An welchem Tag?«, fragte Norma. »Freitag, Samstag oder Sonntag?«

Jack war nicht sicher, wann er kommen konnte, und wollte wissen, ob es einen großen Unterschied mache.

James hatte dem Gespräch zugehört. Er schüttelte den Kopf und formte mit den Lippen: »Nicht dieses Wochenende.«

»Komm dieses Wochenende nicht vorbei«, sagte Norma zu ihrem Sohn. »Ich habe keine Zeit.« Da sie nicht wusste, was sie sonst noch sagen sollte, legte sie mit einem »Tschüss« auf.

Norma und James packten die Kartons aus und stapelten die Bierdosen, Tiefkühlpizzen, Beefburger und Tüten voll Backofenpommes auf den Tisch.

James hatte genug Essen und Getränke für acht Leute, inklusive ihn und Norma, eingekauft. »Wenn wir in ein paar Wochen erst mal in Gang gekommen sind, kaufen wir eine richtige Gefriertruhe und eine neue Waschmaschine«, sagte er.

Obgleich Norma nickte, war sie nicht wirklich erbaut, dass Jack sie am Wochenende nicht besuchen sollte. Manchmal beschlich sie das Gefühl, dass James immer mehr ihr Leben bestimmte, aber sie erwähnte ihm gegenüber lieber nichts. Sie wollte nicht wieder zurück zu den Zeiten, als sie jeden Tag allein verbracht und als einzigen Ansprechpartner Pete gehabt hatte. Dass James mit dem Putzen aufgehört hatte, hatte sie zuerst schade gefunden, doch dann hatte er ihr auseinander gesetzt: »Norma, in deinem Alter brauchst du die Bewegung, damit du keinen Herzinfarkt kriegst.«

Nach dem Verlassen des Grimshaw Hotels hatte der Premierminister vorgeschlagen, auf dem Weg nach Bourton-on-the-Water die landschaftlich schöne Strecke durch den Peak District zu nehmen. An einer Tankstelle hatten sie eine Landkarte gekauft, und der Premierminister hatte sich bereit erklärt, sie zu lesen. Doch schon nach wenigen Minuten dirigierte er sie einen Feldweg entlang, sodass Ali gezwungen war, ein umständliches Wendemanöver auf dem Vorplatz eines Bauernhofs zu machen, bei dem ihm der überraschte Bauer und seine Frau zusahen. Nach ein paar weiteren Fehlstarts reichte der Premierminister Jack die Karte und meinte jungmädchenhaft: »Ich gebe wohl besser auf, Jack. Jeder weiß, dass Frauen sich im Kartenlesen hoffnungslos anstellen.«

»Meine Alte is' total klasse im Kartenlesen«, sagte Ali. »Sie hat uns von Islamabad nach Karachi gebracht – das sind neunhundert Meilen – und wir ham uns kein einziges Mal nich verfahren.«

Der Premierminister sah aus dem Fenster auf das atemberaubende Moorland hinaus. Angesichts der Fähigkeiten von Alis Ehefrau fühlte er sich ganz klein.

Widerwillig griff Jack nach der Landkarte. Er hatte es genossen, sich zurückzulehnen und aus dem Fenster zu schauen. Die Landschaft hier gefiel ihm; sie hatte etwas Ursprüngliches und Wildes an sich, und er dankte Gott, dass weit und breit kein Cottage mit pittoreskem Strohdach zu sehen war.

Doch Alis Geduld wurde von der höchsten Straße Englands auf die Probe gestellt: der Straße von Leek nach Buxton. Eine Minute war es sonnig, in der nächsten fuhren sie durch dichte Wolken. Wohnwagenkolonnen krochen voran und kämpften gegen den ungehindert blasenden Wind an. Direkt vor ihnen war ein Rentner in einem Reliant Robin unterwegs. Den Mann schien auf einmal der Mut verlassen zu haben, denn er hatte seinen Wagen auf fünfzehn Meilen pro Stunde verlangsamt. Aufgrund des ununterbrochenen Verkehrsflusses in entgegengesetzter Richtung konnte Ali nicht überholen, was ihn seine gute Laune verlieren ließ. Zum ersten Mal im Laufe ihrer Bekanntschaft geriet er in Wut und schüttelte fluchend die Faust in Richtung des kleinen Dreiradfahrzeugs vor ihnen.

Als Jack kurz vor Bakewell ein Schild entdeckte, auf dem für traditionellen englischen Cream Tea geworben wurde, bat er Ali, in den kleinen Parkplatz einzubiegen. Der Premierminister und Jack stiegen aus, Ali hingegen blieb hinter dem Lenkrad sitzen.

Jack beugte sich in das Seitenfenster des Taxis und sagte: »Kommen Sie doch mit, Ali. Hier draußen wird schon keiner Ihr Auto klauen.«

»Nee, da kann ich nich rein«, entgegnete Ali und warf dem grauen, glyzinienüberwucherten Steinhaus einen ängstlichen Blick zu, als handele es sich um das Hauptquartier des KGB.

»Warum nicht?«, fragte Jack.

»Da gehör ich nich hin, wissense? Das is' für die Engländer.«

»Aber Sie sind Brite, Ali!«, warf der Premierminister ein. »Sie haben das gleiche Anrecht auf einen Cream Tea wie jeder andere britische Staatsbürger.«

Ali stieß ein Lachen aus, in dem nicht die geringste Spur von Heiterkeit mitschwang. »Einmal bin ich mit zwei von meinen Schwagern in ein Pub auf'm Land gegangen. Da drin plapperten alle durcheinander, aber als wir reinkamen, war's schlagartig still. Bevor wir was bestellen konnten, meinte der Wirt: ›Ich dacht, ihr dürft keinen Alkohol trinken.‹ Ich: ›Aber Orangensaft dürfen wir trinken.‹ Und nach fünf Minuten kommt 'ne Frau rein und sagt zum Wirt: ›Mensch, Eric, jetzt kommense schon aus'n Städten.‹«

»Haben Sie sie wegen Rassismus angezeigt?«, wollte der Premierminister wissen.

Ali und Jack brachen in Gelächter aus. »Das ist richtig herzergreifend, Ed«, sagte Jack.

Ali fügte hinzu: »Wenn ich jedes Mal zu den Bullen geh, wenn mich einer einen Scheiß-Pakistani nennt, müsst ich bei denen vor der Tür zelten. Nee, ich bleib einfach in meiner Nachbarschaft, wenn ich nich arbeite. Es is' schade, denn meine Alte fährt gern aufs Land. Sie mag die Kühe und so ...«

»Ich bestehe darauf, dass Sie uns begleiten, Ali«, erwiderte der Premierminister. »Cream Tea ist ein britischer Brauch und sollte jedem offen stehen, der einen gültigen britischen Pass besitzt.«

»Oder einen Personalausweis«, murmelte Jack.

Widerwillig stieg Ali aus dem Taxi und ließ sich in den ländlichen Tearoom führen. Die Teetrinker drehten sich zwar um und starrten, allerdings galten ihre Blicke nicht Ali, sondern dem Premierminister. Transvestiten waren im Peak District noch seltener als Pakistani. Die drei Männer setzten sich an einen freien Tisch. Kläglich blickte Ali hinab auf das rosafarbene Ginghamtischtuch. Es war schlimm genug, dass er hier drin das einzige dunkelhäutige Gesicht war, aber hinzukam, wer ihn begleitete! Schon nach wenigen Stunden war ihm aufgegangen, dass es sich bei der Frau mit den blonden Haaren in Wirklichkeit um einen Mann handelte, und alle anderen wussten es auch. Er hatte seiner Frau gesagt, er würde Jack erklären, dass er bereits ausgebucht sei, falls dieser noch einmal anrief. Wenn die Leute in der Gemeinde erfuhren, dass er mit Perversen zu tun hatte, wäre sein Ansehen in der Moschee hinüber. Man setzte ihm ohnehin bereits zu, weil seine Frau eine Burka tragen sollte. Als er es ihr gegenüber erwähnt hatte, hatte sie aus dem Koran zitiert; die Stelle, die besagte, dass Frauen genauso gut waren wie Männer. Außerdem hatte sie gesagt: »Du weißt doch, dass ich es nich ausstehen kann, was im Gesicht zu haben. Sogar meine Haare gehen mir auf die Nerven.«

Er wünschte, seine Frau wäre jetzt hier. Sie würde wissen, was man von der Speisekarte bestellen sollte. Schließlich konnte sie besser Englisch lesen als er. Vor ihrer Heirat hatte sie die mittlere Reife abgelegt und in einer Bank gearbeitet.

Der Premierminister fragte Ali nach seinem Essenswunsch. »Ich bin wunschlos glücklich«, lautete Alis Antwort. Das stimmte nicht, aber er konnte den beiden ja wohl schlecht erzählen, dass er manche der Wörter auf der Speisekarte nicht verstand! Dabei war er am Verhungern, denn er hatte seit dem Frühstück nichts mehr gegessen.

»Wir bestellen verschiedene Dinge und teilen«, entschied Jack.

Ein schlaksiges Schulmädchen mit runden Schultern trat an ihren Tisch und leierte roboterhaft: »Hallo, ich heiße Emma. Ich bin heute Ihre Bedienung. Wie kann ich Ihnen helfen?«

»Hallo Emma«, sagte Jack. »Ich bin heute Nachmittag Ihr Kunde und ich würde gerne etwas bestellen.« Jack las von den altenglischen Lettern auf der Speisekarte ab: »Ein Teller frisch gepflückten Salats inmitten eines Nests aus im Ofen gebackenen Brots, hausgemachtes Landteegebäck mit einer Portion feinster Sahne und einer Auswahl Heckenfrüchte, eingemacht, und eine große Kanne Earl Grey.«

Nachdem die Bestellung etliche Male wiederholt worden war, und das Mädchen sie endlich begriffen hatte, wandte sich der Premierminister an Ali: »Ich würde mich gerne mit Ihnen über die Erfahrungen unterhalten, die Sie in diesem Land gemacht haben, Ali; Rassismus, Integration, das Leben in einer ethnischen Minderheit.«

»Wennse nix dagegen ham, tät ich mich lieber über Kricket unterhalten, Edwina.«

Der Premierminister war von Alexander McPherson gewarnt worden: »Finger weg von diesem verfluchten Kricket und zwingen Sie sich, stattdessen Fußball anzuschauen. New Labour, New Fußball!«

Eine Zeitlang herrschte unbehagliches Schweigen am Tisch. Jack tat so, als sei er in die Speisekarte vertieft. Ali fuhr mit dem Zeigefinger das Muster der Tischdecke nach, und der Premierminister versuchte verzweifelt, sich an das letzte Mal zu erinnern, als er zum Thema Kricket gebrieft worden war. Schließlich setzte er an: »Der englische Kricketverband ist mit der Frage an uns herangetreten, ob das bevorstehende Testmatch zwischen Indien und Pakistan lieber auf neutralem Boden in England abgehalten werden sollte.«

Ali lachte. »Neutraler Boden!«, stieß er hervor. »In Leeds wird's um das Stadion Headingley rum Blutvergießen geben, das könnense mir glauben. Verstehnse mich nich falsch, ich hab keine Vorurteile – ein paar von meinen besten Freunden sind Inder.«

Als das Essen serviert wurde, reichte es bei weitem nicht an den idealen Cream Tea heran, den Jack sich ausgemalt hatte. Die Sandwiches waren auf der Innenseite ganz schleimig vor Mayonnaise, das Teegebäck war stümperhaft in der Mikrowelle warm gemacht worden und brutzelte noch auf dem Teller, die Sahne war aus der Dose, und die Marmelade kam in winzigen Plastikbehältern, die man mit den Gabelzinken aufstechen musste.

Jack rief Emma herbei. »Die Sandwiches sind voll Mayonnaise.«

»Die kamen schon mit Mayo drauf«, nuschelte Emma.

»Kamen woher?«, wollte Jack wissen.

»Aus der Sandwichfabrik in Buxton«, gab das Mädchen Auskunft.

»Das sind doch bestimmt zehn Meilen!«

»Eher fünfzehn«, verbesserte Ali, der Fachmann.

»Und wer bäckt das Teegebäck?«, fragte Jack.

Das Mädchen schien nicht zu begreifen. »Bäckt? Das kommt von Iceland.«

»Aus Island?«, fragte der Premierminister nach, der erst letztens in Reykjavík gewesen war. »Das ist doch absurd!«

Ali erklärte ihm, dass es sich bei Iceland um eine landesweite Supermarktkette handelte, die hauptsächlich Tiefkühlprodukte verkaufte.

»Soll ich dann abräumen?«, wollte Emma wissen.

»Lassen Sie den Earl Grey stehen«, antwortete Jack.

Als Emma ihnen die Rechnung brachte, bezahlte Jack sie anstandslos, da er sich nicht mit einem nervösen Mädchen herumstreiten wollte, das die wahre Bedeutung der Wörter »frisch«, »hausgemacht« und »Heckenfrüchte« nicht kannte.

Als sie den Tearoom verließen, murmelte Emma düster: »Bye-bye, folks.«

»Wie bitte?«, meinte Jack.

»Bye-bye, folks«, wiederholte Emma.

»Emma,« sagte Jack, »Sie sind doch keine Amerikanerin, und das hier ist nicht Amerika. Wer immer Ihnen gesagt hat, Sie sollen sich dieses Ausdrucks bedienen, ist ein Vollidiot.«

»Alles klar«, erwiderte Emma.

Da klingelte die Mikrowelle, und Emma eilte von dannen.

Eine Meile weiter hielten sie an einer Tankstelle an und kauften Süßigkeiten, Chips, Limonade und eine Ausgabe der *Daily Mail*. Ali verpasste nie, sein Horoskop zu lesen. Dieses kindische Vergnügen heiterte ihn jedes Mal auf. Als er seine Kassette mit den *Größten Soullegenden aller Zeiten* in die Autostereoanlage einlegte, sangen die drei Männer Eddie Floyds »Knock on Wood« mit, während sie in Richtung Stafford auf die Horrorautobahn M6 zufuhren.

Vier Autobahnkreuze später, nachdem sie bei »Under the Boardwalk«, »Rainy Night in Georgia«, »Soul Sister«, »Brown Sugar« und »When a Man Loves a Woman« mitgegrölt hatten, stießen Wagenkolonnen von der M54 zu ihnen, und der Verkehr auf der M6 kam zum Erliegen. Sie standen eingeklemmt zwischen einem Tankwagen, an dessen Rückseite ein Totenkopf mit gekreuzten Knochen zu sehen war, und einem Lkw mit drei Lagen blökender Schafe.

»Warum halten wir?«, erkundigte sich der Premierminister.

»Sieht aus wie hohes Verkehrsaufkommen«, gab Ali zurück. »Auf der Höhe von Walsall isses immer so. Als ich die Strecke das letzte Mal gefahren bin, bin ich dreieinhalb Stunden im Verkehr stecken geblieben. Ich hab Zeitung gelesen, bin eingepennt, und als ich wieder aufgewacht bin, waren die Leute aus ihren Wagen gestiegen und sind auf der Autobahn spazieren gegangen und haben sich miteinander unterhalten. War eigentlich ganz nett«, sagte er träumerisch. »Ein Typ in 'nem roten Astra hat mir 'ne Dose Limo gegeben, als ich ihm erzählt hab, dass ich durstig bin. Aber eins kann ich Ihnen sagen: Wenn dieser Trottel Edward Clare hier aufgekreuzt wär, wär er in Stücke gerissen worden.«

Der Premierminister ließ den Blick über die gestauten Fahrzeuge schweifen und meinte nervös: »Der Premierminister ist aber doch nicht für das Verkehrswesen zuständig. Ron Phillpot ist Verkehrsminister.«

»Ron Phillpot is' ein Arschloch, oder nich?«, versetzt Ali.

»Ja, mir ist natürlich klar, dass er in der Tat ein Arschloch ist. Er ist bloß zum Vizepremierminister gemacht worden, um die Parteilinke zu beschwichtigen«, sagte der Premierminister.

»Baut die Regierung hier nicht irgendwo eine Nebenstrecke?« fragte Jack.

»Es ist ein halb staatliches, halb privates Unternehmen«, antwortete der Premierminister, »und soll eine Mautstraße werden.«

»Wieso soll ich zehn Mäuse zahlen, um ein Stück Straße entlangzufahren?«, wollte Ali wissen. »Ich zahl Kraftfahrzeugsteuern, Einkommenssteuer, Kommunalabgaben und Mineralölsteuer, oder etwa nich?«

»Das ist der reine Straßenraub«, pflichtete Jack ihm bei. »Der Straßenräuber Dick Turpin ist vor zweihundert Jahren ähnlich verfahren.«

Die nächsten zwei Stunden fuhren sie im Schritttempo, wobei sie im Radio einer lebhaften Debatte über die

Rolle der Premiersgattin lauschten. Sollte Adele sich nur in der Öffentlichkeit blicken lassen, ohne etwas zu sagen, oder sollte sie zu Dingen von nationalem Interesse Stellung nehmen dürfen?

Als Peter, ein Zuhörer aus Truro, anrief und behauptete, in der Beziehung des Premierministers habe offensichtlich Adele Floret-Clare die Hosen an, zupfte sich der Premier verstohlen den Schlüpfer seiner Frau zurecht und nickte zustimmend.

Hassin aus Kettering ergriff in der Angelegenheit um Barrys Bein Partei für Adele, obgleich er fand, dass das Beerdigen von Warzen einen Schritt zu weit gehe.

Sandra aus Cardiff rief mit einem Kompromiss an. Sie schlug vor, die Warzenbestattung zentral zu organisieren. Zwar war sie sich nicht sicher, wie viele Warzen in einen durchschnittlich großen Sarg passten, aber sie tippte auf Hunderte, wenn nicht Tausende.

Als ein gewisser Doktor Singh, ein Mathematikdozent an der Brunel Universität, anrief um zu sagen, dass ungefähr 51.842 Warzen in einen durchschnittlichen Sarg passten, schaltete Ali das Radio aus und legte erneut seine Kassette mit den *Größten Soullegenden aller Zeiten* ein.

Bis sich der Stau aufgelöst hatte, konnten die Männer den Text von »Knock on Wood« auswendig und hatten im Auto eine Tanzroutine perfektioniert, zu der unter anderem gehörte, dass sie einander gleichzeitig im Takt an den Kopf klopften.

Da hatte der Premierminister eine Epiphanie. Er war in seinem ganzen Leben noch nie so glücklich gewesen. Jedes Mal, wenn »Knock on Wood« zu Ende ging, flehte er, es erneut zu spielen.

Schließlich meinte Ali: »Nee, mein Kopp tut weh. Jack, lesense mir lieber mein Horoskop vor. Ich bin Steinbock.«

Jack las laut: »›In Ihrem Leben braut sich ein Gewitter zusammen. Ein Mensch des anderen Geschlechts ist aufgebracht – haben Sie diesem Menschen in letzter Zeit gesagt, dass sie ihn lieben? Wenn Sie nicht bald handeln, könnte es in ihrem Leben zu einer grundlegenden Veränderung kommen, die sie vielleicht bereuen werden.‹«

Ali griff nach seinem Handy und rief zu Hause an. Eindringlich sprach er auf Urdu mit seiner Frau. Sobald Ali wieder mit beiden Händen am Steuer fuhr, erkundigte sich der Premierminister: »Was sagen die Sterne den Fischen voraus?«

»Ich dachte, Ihr Geburtstag sei im Mai«, sagte Jack.

»Ist er auch«, entgegnete der Premierminister. »Aber Malcolm Black ist Fisch.«

Jack las vor: »›Nutzen Sie diese Woche die Gelegenheit zur Selbstverwirklichung. Sie besitzen die Verwegenheit und das Talent. Nun machen Sie schon und nehmen Sie sich, was rechtmäßig Ihnen gehört! Wenn Sie diese Woche vorhaben umzuziehen, dürfte es eine kleine Verzögerung geben – lassen Sie sich davon nicht entmutigen!‹«

»Dieser Mistkerl, sobald ich einmal nicht aufpasse ...«, flüsterte der Premierminister.

Er nickte, als Jack fragte, ob er die Vorhersage für Stier, das Sternzeichen des Premiers, vorlesen solle.

Jack las: »›Ihre alten Unsicherheiten und Komplexe verfolgen Sie weiterhin. Geben Sie Ihre Suche nicht auf. Vielleicht ist jetzt der richtige Zeitpunkt, um sich ein wenig auf Ihren Lorbeeren auszuruhen. Lassen Sie andere die Drecksarbeit machen. Sie sollten sich um Familienangelegenheiten kümmern.‹«

Der Premierminister saß schweigend da.

»Jack, was sind Sie?«, wollte Ali wissen.

»Ich bin Krebs, und das hier ist ganz großer Blödsinn«, antwortete Jack. Doch um Ali zufrieden zu stellen, las er: »›Die Liebe ist zum Greifen nahe. Wenn Sie sich jedoch in Ihr Schneckenhaus zurückziehen, sobald sie erscheint, könnten Sie die Gelegenheit zu wahrem Glück verpassen. Müsste Ihre Tierversicherung erneuert werden?‹«

An der nächsten Tankstelle an der M5 hielten sie, damit jeder auf die Toilette gehen konnte. Jack und Ali gingen auf die Herrentoilette, während der Premierminister die Damentoilette aufsuchte.

Lange nachdem der Premierminister mit Urinieren fertig war, blieb er auf der Toilette sitzen. Er fand es unerträglich, dass sie nach Süden fuhren, und er nach Ablauf von zwei Tagen wieder in die Probleme der Welt vertieft sein würde. Am liebsten wäre er für immer in der Toilettenkabine sitzen geblieben, hätte dem Geräusch der Klospülungen, dem Getöse der Föhne und dem fröhlichen Geplapper der Frauen gelauscht, die sich vor den Spiegeln zurechtmachten. Er stützte den Kopf in die Hände und saß da, bis er hörte, wie Jack nach ihm rief.

»Edwina, sind Sie da drin?«

Kapitel 17

Malcolm Black sass auf dem Sofa, den Arm um seine Frau Hannah gelegt. Sein gewaltiges Haupt lag schwer auf ihrer zarten Schulter. Er hatte seinem Büroleiter sowie seinem Privatsekretär gesagt, dass er mit seiner Frau eine Stunde ungestört sein wolle.

»Es wird Zeit, dass du dir die Haare schneiden lässt, Malc«, meinte Hannah. »Gestern im Fernsehen hat es furchtbar ausgesehen, wie eine Perücke der gesetzlichen Krankenkasse.«

»So schlimm?«

Ihre Stunde der Zweisamkeit neigte sich dem Ende zu, und es war noch immer keine Entscheidung gefallen. Wollte sie, dass er der nächste Premierminister wurde oder nicht?

Wenn sie Nein sagte, würde er sich darauf konzentrieren, die Wirtschaft zu stabilisieren und die Kinderarmut auszurotten. Wenn sie Ja sagte, würde er Großbritannien von Grund auf verändern.

Er kaute an seinen Nägeln, bis seine Frau ihm die Hand vom Mund schlug. »Es ist schön, hier zu sitzen«, stellte er fest.

»Es könnte ein Abenteuer sein.«

Er lachte. »Ja, eines dieser glorreichen britischen Abenteuer, die komplett danebengehen. Ich könnte der

Ernest Shackleton* der britischen Politik werden.« Hannah setzte sich gerade auf und sah ihm in die Augen. »Wie sehr möchtest du Premierminister werden, auf einer Skala von eins bis zehn?«

»Zehn«, lautete die Antwort.

»Dann solltest du dich besser ranhalten. Bisher hast du es weit gebracht für einen naseweisen kleinen Jungen aus Govan, findest du nicht?« Sie lachte. Als Kind war Malcolm frühreif und konnte mit drei Jahren sämtliche Vorlesebücher auswendig. Er stellte endlos Fragen, sodass die Befragten schnell Reißaus nahmen. Während seiner Schulzeit schien er in einer anderen Welt zu leben als seine Klassenkameraden. Er ließ sich nicht gerne anfassen. Mit sechzehn ging er auf die Universität von Edinburgh, wo er sich in eine Prinzessin vom Balkan verliebte – hätte er sie geheiratet, wäre er vielleicht König ihres Landes geworden. Er war hoffnungslos unordentlich, und nur in seinen Taschen hatte er ein Ablagesystem entwickelt. Wenn er ein Fußballspiel im Fernsehen ansah, gab er sich dem Match mit solcher Heftigkeit hin, dass Hannah jedes Mal befürchtete, ihm könnte eine Ader platzen. Er war in den Schiffswerften von Govan in Glasgow aufgewachsen, und die Armut, die er dort gesehen hatte, hatte ihn zu einem Sozialisten werden lassen. Zu Babys und kleinen Kindern hegte er eine tiefe und zärtliche Zuneigung.

An Gott glaubte er nicht, und er fand es immer wieder erstaunlich, dass der Premierminister, der Innenminister und der Außenminister allesamt Mitglieder der Sozialistisch-Christlichen Bewegung waren. Dabei schienen die drei solch rationale Männer zu sein!

* Ernest Henry Shackleton, Südpolarforscher, der sich bis 1903 an der »Discovery«-Expedition von R.F. Scott beteiligte, der außerdem Expeditionen ins Weddellmeer unternahm und 1921 mit der Umfahrung der Antarktis begann.

Einmal war Malcolm in einem Zimmer auf sie gestoßen, in dem alle drei mit geschlossenen Augen saßen, die Hände gefaltet. Er hatte inbrünstig gehofft, dass sie intensiv nachdachten und nicht etwa beteten.

Hannah Black verließ das Zimmer, weil sie am Abend zu einer gesellschaftlichen Veranstaltung eingeladen war. Malcolm zog sich Morgan Clares Hausaufgabenordner auf den Schoß. »*Öffentlich-private Partnerschaften sind weniger effizient und teurer als mit öffentlichen Geldern unterstützte Projekte. Bitte erörtern.*« Malcolm Black schrieb: »Da gibt es nichts zu erörtern. Es ist längst erwiesen, dass ÖPPs eine Katastrophe sind. Zukunftsprojekte müssen mit größter Vorsicht überdacht werden. Die nationale und regionale Dezentralisierung sowie ÖPPs sprechen die Regierung immer häufiger von Verantwortung frei, wenn etwas schief geht, lassen sie aber das Verdienst in Anspruch nehmen, wenn alles klappt.«

Alis Taxi hielt an einem Schild am Straßenrand, auf dem in Fraktur stand: »Der Hafen. Erstklassige Hundeunterkunft. Rechts abbiegen«. Daneben stand das »Zu Verkaufen«-Schild eines Maklers mit dessen Telefonnummer.

Ali wartete, bis ein langsam dahinkriechender Traktor vorübergefahren war, dann bog er ab und fuhr knirschend eine lange Kiesauffahrt entlang. In der Ferne bellten Hunde.

»Das klingt aber nach vielen Hunden, oder?«, fragte Ali ängstlich. »Ich hab's nich mit Hunden. Mein Onkel is' in Lahore von 'nem Köter gebissen worden und hat die Tollwut gekriegt.«

»Ich glaube nicht, dass einer der Hunde in Pamelas Hundepension die Tollwut hat«, meinte der Premierminister. »Es kostet hundert Pfund am Tag, seinen Hund hier zu lassen.«

»Sie machen Witze!«, sagte Ali ungläubig.

Sie fuhren vor dem hübschen georgianischen Haus vor.

Eine hoch gewachsene Frau, die das blonde Haar nach hinten gebunden trug, kam mit einem Plastikeimer in der Hand durch ein Seitentor. Selbst aus dieser Entfernung sah sie dem Premierminister frappierend ähnlich. Sie trug eine graue Fleecejacke, enge, ausgewaschene Jeans und grüne Gummistiefel.

Als der Premierminister aus dem Taxi stieg, stellte sie den Eimer ab und sagte: »Himmel, Ed! Dir stehen Kleider viel besser als mir!«

Ihr Lachen war verführerisch tief und heiser. Es klang, als erhole sie sich gerade von einer Halsentzündung. Sie zog eine Schachtel Zigaretten aus der Brusttasche ihrer Jacke und zündete sich eine mithilfe eines rosafarbenen Feuerzeugs an. Auf der Stelle musste sie husten. »Diese verdammten Dinger bringen mich noch mal ins Grab.«

Ihre Sprechweise war vornehm, aber nicht einschüchternd. Jack liebte die Schwester des Premiers vom ersten Augenblick an.

Anfangs fiel ihm gar nicht auf, dass ihre Fingernägel schmutzig waren, oder dass sie sich die Haare mit einem Männerstrumpf zusammengebunden hatte. Der Premierminister machte die beiden miteinander bekannt. Sie gaben sich die Hand, sahen sich tief in die Augen und lächelten. Sie sagte: »Ich wusste, dass du eines Tages kommen würdest.«

Zuerst dachte Jack, sie spräche mit ihm, doch selbst falls dem so war, war es der Premierminister, der ihr antwortete. »Pam, ich bin nicht hier.«

»Ich weiß«, erwiderte sie. »Du hockst in einem Bunker und spielst hohes Tier in Kriegszeiten.«

Der Premierminister führte sie vom Wagen fort und flüsterte: »Ali, der Fahrer, weiß nicht, wer ich bin, Pam. Verdirb die Sache nicht.«

Ali saß hinter dem Steuer und wartete darauf, dass die Engländer mit ihrer eigenartigen Begrüßungszeremonie fertig wurden. Er fragte sich, ob seine Kinder auch lernen würden so zu tun, als freuten sie sich nicht, ihre Verwandten zu sehen oder neue Freunde kennen zu lernen. Die schöne Schwester des seltsamen Mannes mit der blonden Perücke klopfte an das Autofenster und lud ihn zu einer Tasse Tee in ihr Haus ein.

Er erkundigte sich nach den Hunden und erzählte ihr von seinem Onkel in Lahore. Sie zeigte sich höchst interessiert und versicherte ihm, dass sämtliche Hunde sicher untergebracht seien.

Seitdem Pamela Jack die Hand geschüttelt hatte, vermied sie es, ihn direkt anzusehen. Stattdessen unterhielt sie sich größtenteils mit Ali und ließ ihn in aller Ausführlichkeit vom schleichenden Tod seines Onkels erzählen.

Sie erreichten ein niedriges, weiß getünchtes Nebengebäude. »Dort leben meine Gäste«, erklärte sie. »Ich wollte ihnen gerade ihr Abendessen servieren. Eddy, geh doch ins Haus und mach Ali eine Tasse Tee. Jack kann mir helfen, die Hunde zu füttern.«

Der Premierminister war erleichtert, von den bellenden und knurrenden Hunde weg zu kommen. Sein Vater hatte ihm aus Hygienegründen immer untersagt, Haustiere zu halten.

Jack hatte Fliesenböden, Käfige und den Geruch von Desinfektionsmitteln erwartet. Stattdessen gab es hier zu seiner Überraschung Einzelabteile, Teppiche und gedämmtes Licht. Jeder Hund hatte Zugang zu einem eigenen Außenbereich und einen Farbfernseher. Ein paar Tiere sahen sich die Soap *Crossroads* an.

Während Pamela von Zimmer zu Zimmer ging und die Hundeschüsseln mit Pedigree Pur füllte, verspürte Jack den Drang, ihr von dem Hund zu erzählen, den er in seiner Kindheit gehabt hatte. Er schilderte ihr, wie es dem Hund nie etwas ausgemacht hatte, unter dem Küchentisch als Fußbank benutzt zu werden.

»Wie hieß er?«, fragte Pamela.

»Bobby«, antwortete Jack. Er verschwieg Pamela, dass er auf offener Straße nie nach dem Hund gerufen hatte.

Er hätte damit leicht eine Massenhysterie in der Nachbarschaft auslösen können, weil alle gedacht hätten, er wolle sie vor einem herannahenden Polizisten warnen. Pamela war beinahe so groß wie er, was ihm gefiel. Kleinere Frauen schüchterten ihn ein, da sie so zerbrechlich wirkten. Er konnte den Blick nicht von ihrem wunderhübschen Gesicht losreißen. Sie sagte alles mit einem halben Lachen. Er versuchte herauszufinden, wie alt sie war; schließlich fragte er sie einfach.

Sie verriet ihm ihr Alter ohne Umschweife. »Ich bin einundvierzig. Dass die Vierziger die beste Zeit des Lebens sein sollen, ist eine riesengroße Lüge.«

»Sie haben doch erst ein Jahr hinter sich gebracht.«

»Stimmt, und es war total beschissen. Im Januar hat mich mein Ehemann verlassen, mein Finanzberater lebt jetzt in Tanger, und Eddys verfluchte Regierung hat es der britischen Wirtschaft erlaubt, mir meine Altersversorgung kaputtzumachen.«

Jack war froh, all dies zu hören. Es bedeutete, dass sie ungebunden und schutzbedürftig war. Was sprach dagegen, sie glücklich zu machen und das mit der Rente wieder hinzubiegen?

Er fragte nach Kindern und war erleichtert, als sie verneinte.

»Ich mag Kinder zu gern, um selbst eins zu haben«, meinte sie. »Ich wäre eine schreckliche Mutter, denn ich bin absolut faul, furchtbar egoistisch und außerdem hasse ich Schmerzen. Ich habe zu viele Westernfilme gesehen, in denen die Ehefrauen von Cowboys die Ranch in Grund und Boden geschrien haben, während sie die Söhne der Cowboys zur Welt brachten.«

»Es waren immer Söhne?«

»Ja. Für meinen Vater stellte ich eine doppelte Enttäuschung dar. Nicht genug damit, dass ich ein schrecklich hässliches kleines Mädchen war, ich habe noch dazu meine Mutter auf dem Gewissen.«

Es kostete ihn Mühe, sie nicht zu berühren, die Arme

um sie zu schlingen, sie festzuhalten. Beinahe hätte er ihr einfach die Hand auf die Schulter gelegt, doch er wollte sie nicht verschrecken. Sie betraten das Haus durch die Küchentür. Ein alter schwarzer Labrador tapste auf Jack zu und ließ einen Gumminikolaus vor dessen Füße fallen.

»Das ist Bill«, stellte Pamela vor.

Jack streichelte den Hund an seinen samtenen Ohren und sagte: »Hallo Bill.«

Auf dem Boden der kleinen Abstellkammer stand eine Recyclingkiste, aus der ein halbes Dutzend Flaschen Stolichnaya Wodka hervorlugte. Jack erkundigte sich bei Pamela, ob sie allein lebe.

Sie versetzte der Kiste einen Tritt. »Ja, und ich trinke ein bisschen, weil ich einsam bin.«

Jack war froh, dass sie wenigstens einen Fehler hatte und nicht perfekt war. In ihm keimte die Hoffnung auf, dass sie eventuell seine Hilfe brauchen könnte. Er wollte sich um sie kümmern.

Und überhaupt könnte er selbst etwas mehr trinken, kam ihm in den Sinn. Er sah sie beide zusammen in Spanien, vielleicht sogar bei einem Stierkampf: Sie war Ava Gardner, er Ernest Hemingway. Sie waren betrunken und hatten in aller Öffentlichkeit eine laute Auseinandersetzung. Er fragte, ob er etwas Wodka haben könne. Auf einmal fühlte er sich in der Lage, ein Glas in einem einzigen Zug zu leeren.

Zu seiner Enttäuschung sagte sie: »Es ist kein Tropfen im ganzen Haus. Ich vergesse immer, welchen zu kaufen, wenn ich im Dorf bin.«

»Alkoholikerin ist sie also nicht«, dachte Jack erleichtert. Im Grunde konnte sie aber sein, was sie wollte. Es war ihm ganz egal.

»Ich habe Wein«, meinte sie. »Aber das gilt ja nicht als alkoholisches Getränk, oder? Ist eher eine Art Medizin, seitdem die verfluchten Ärzte geraten haben, zwei Gläser pro Tag zu trinken.«

Alle vier saßen um den großen Tisch mitten in der Küche, auf dem sich Bücher, Zeitungen und Mahnbescheide stapelten. Ali schlief ein.

»Er ist scheißmüde«, stellte Pamela fest. »Den lasse ich heute Abend auf keinen Fall nach Leeds zurückfahren.«

Jack fragte sich, ob ihre vulgäre Sprache ihm irgendwann auf die Nerven gehen würde, wenn sie erst einmal verheiratet waren. Sie sah nicht wie eine Frau aus, die sich gerne kritisieren ließ.

Der Premierminister meinte: »Warum hat Andrew dich verlassen, Pam? Gab es eine andere Frau?«

»Wahrscheinlich ist ihm langweilig geworden«, erwiderte sie. »Ich bin eine sehr langweilige Person, Ed. Deshalb gehe ich auch nicht auf Partys. Ich öde alle an, bis ihnen die Tränen kommen. Mir fällt einfach nichts ein, worüber ich reden könnte.«

Jack schwor sich, nie wieder auf eine Party zu gehen. Er wollte zu Hause bleiben und sich von Pamela langweilen lassen.

»Ich selbst koche nicht«, erklärte sie den beiden Männern, »aber etwas zu essen müsste da sein.« Sie wies mit der Hand zur Vorratskammer und zum Kühlschrank. »Ihr findet bestimmt etwas.«

Sie zündete sich eine weitere Zigarette an und wandte sich an Jack: »Sie sind doch Polizist. Letzte Woche ist bei mir eingebrochen worden.«

»Was wurde gestohlen?«

»Das Übliche: Fernseher, Videorekorder, ein bisschen Silber und mein ganzer Schmuck.«

»Hast du Anzeige erstattet?«, wollte der Premierminister wissen.

»Das hätte nichts gebracht«, antwortete sie. »Die Alarmanlage war kaputt, also wird die verdammte Versicherung nichts zahlen.«

Am liebsten hätte Jack ihr gesagt, dass er liebend gerne sein gesamtes Erspartes abheben und ihr den Schmuck ersetzen würde, der ihr abhanden gekommen war.

Als könne sie seine Gedanken lesen, sagte sie: »Ich

vermisse nichts. Im Grunde habe ich sowieso viel zu viel Zeug. Seht euch doch nur dieses Haus an! Ich habe fünf Schlafzimmer, zwei Badezimmer, drei Wohnzimmer und eine Küche voller *Zeug*. Ich habe die Schnauze voll davon. Solange ich lebe, werde ich nichts mehr anschaffen. Ich sehne mich nach einem weißen Zimmer, einem kleinen, weißen Bett, einem Aschenbecher und ein paar Büchern.«

»Du hast soeben eine Gefängniszelle beschrieben«, bemerkte der Premierminister. »Und wenn du dich weiterhin mit deinen Unruhe stiftenden Freunden abgibst, wirst du eines Tages auch in einer landen.«

Er machte den Kühlschrank auf und warf einen Blick hinein. Es gab eine Schüssel mit roten Äpfeln, zwei Lauchstangen, eine Tüte keimender Kartoffeln, einen Becher Sahne, eine Packung Käse, der nur leicht schimmelte, und verschiedene kleine Päckchen in dem Fach für die Milchprodukte.

»Bei dir klingt es so, als sei ich eine Anarchistin«, antwortete sie. »Dabei sind wir einfach nur gegen all das, wofür du stehst, Ed.«

Nachdem der Premierminister die Kühlschranktür zugeworfen hatte, ging er in die Vorratskammer. Sie konnten hören, wie er in seinen Stöckelschuhen auf dem Steinboden herumlief. Kurz darauf trat er wieder in die Küche. »Es gibt nichts zu essen, und ich habe Hunger.«

»Winsel nicht so rum, Eddy«, wies Pamela ihn zurecht. »Das erinnert mich an unsere beschissene Kindheit.«

»Ich hatte eine idyllische Kindheit«, widersprach der Premierminister.

»Das hier ist kein Fernsehinterview. Ich bin es, Pamela. Zeitweise war ich damals auch da, schon vergessen?«

»Wir könnten eine Pizza bestellen«, schlug Jack vor.

»Der Pizzaservice liefert nicht so weit raus, und im Dorf gibt es nichts. Da ist tote Hose, seitdem Ed die Post geschlossen hat.«

»Ich habe sie nicht mit eigener Hand geschlossen, Pam.

Die ganzen kleinen Postämter auf dem Land sind einfach nicht lebensfähig.«

»Ich fand es sehr wohl lebensfähig!«, rief sie. »Jetzt muss ich für jede Scheißbriefmarke nach Stow-on-the-Wold fahren!«

»Pamela, bitte hör mit dieser Fäkalsprache auf.«

Während Pamela und der Premierminister ihre politischen Meinungsverschiedenheiten austrugen und einander anfauchten und knurrten wie zwei Hunde, die um ein paar Knochen stritten, stand Jack auf und suchte die Zutaten für ein Abendessen zusammen. Er räumte eine Arbeitsfläche frei, legte ein paar Gerätschaften bereit und begann zu kochen. Durch ein genaues Studium der Kochbücher von Delia Smith hatte er sich ein Repertoire aus sieben pannensicheren Speisen angeeignet. Er wollte Pamela mithilfe seiner diversen Fähigkeiten blenden und verführen. Er wollte ihr zeigen, wie gut er Pastete bakken, ein Zelt aufbauen, weiße Leinenhemden bügeln, den Londoner Verkehr meistern, das Kreuzworträtsel im *Independent* lösen und mit den verschiedensten Schusswaffen ins Schwarze treffen konnte – er konnte einen Attentäter mit einem Schnellfeuergewehr aus einer Entfernung von fünfhundert Metern niederstrecken.

Sich zu verlieben war tatsächlich so, wie es immer in den Liedern und Büchern beschrieben wurde, stellte er verblüfft fest. Sämtliche Farben strahlten heller, und das Leben schien voll fantastischer Möglichkeiten zu stecken. Er sang nur höchst selten, und vor der Episode heute im Auto niemals in Gesellschaft, aber nun kamen ihm die Worte zu »Try a Little Tenderness« in den Sinn. Im nächsten Moment sang er: »Wearing the same shabby dress ...« Niemand hörte ihn. Ali schnarchte, und der Premierminister und seine Schwester keiften einander an. Es ging um den Erfolg beziehungsweise das Scheitern des globalen Kapitalismus sowie darum, wer am meisten Aufmerksamkeit von ihrem Vater erhalten hatte.

Als die Lauch-Zwiebel-Pastete fertig war, stellte Jack

sie wie den Heiligen Gral vor Pamela auf den Tisch. Zur Belohnung erntete er die Worte:

»Verdammte Scheiße, das sieht aber lecker aus!«

Er servierte die Beilagen: sautierte Kartoffeln und eine Schüssel mit Minze angemachter Erbsen.

Geübt öffnete Pamela eine Flasche Wein. »Trinkt Ali?«, erkundigte sie sich.

Jack weckte Ali. »Klar, wenn ich schon mal in Rom bin«, meinte Ali und trank ein halbes Glas.

Befriedigt stellte Jack fest, dass sein Mahl bis auf den letzten Bissen verputzt worden war.

Auf Pamelas Vorschlag hin rief Ali bei seiner Frau an, um ihr zu sagen, dass er an diesem Abend nicht nach Hause kommen würde. Da Salma ihm nicht glaubte, dass er in einem Haus auf dem Land mit einer Hundepension war, nahm er das Handy mit nach draußen in den kühlen Aprilabend und ließ sie das Gebell von elf Hunden hören. Doch auch das konnte sie nicht besänftigen.

»Ali«, sagte sie. »Tu mir das nich an! Du bist bei einer andern Frau. Ich weiß genau, wer sie ist – diese fette Schlampe aus'm Gemüseladen.«

Ali kehrte in die Küche zurück und bat Jack: »Redense mit meiner Alten, Jack. Sagense ihr, dass ich auf Arbeit bin.«

Jack griff nach dem Telefon und sprach mit Salma. Er erklärte ihr, dass er Ali gerne noch weitere zwei Tage verpflichten würde, falls sie es gestatte.

»Wir sind noch nie länger wie einen Tag voneinander getrennt gewesen«, vertraute sie ihm an. »Leicht wird's nich für mich sein. Se müssen sich um meinen Mann kümmern. Achtense drauf, dass er was isst. Manchmal vergisst er's.«

Jack versicherte ihr, es zu tun. Dann bedankte er sich bei ihr und gab Ali das Handy zurück.

Ali hätte es vorgezogen, in seinem Wagen zu übernachten – der Fahrersitz ließ sich flach nach hinten klappen, und im Kofferraum hatte er eine Decke. Doch für

Pamela kam das nicht in Frage. Sie führte ihn nach oben und ließ ihn eines von vier Schlafzimmern aussuchen. Er wählte das Kinderzimmer, in dem ein Bett stand, das ungefähr die richtige Größe für ihn zu haben schien. Er war kein großer Mann.

Der Premierminister war betrunken. Er war so betrunken, dass er Jack und Pamela immer wieder erklärte, nicht betrunken zu sein. Außerdem sagte er ihnen wiederholt, dass er sie sehr, sehr lieb habe. Dann brach er in Tränen aus und verlangte nach seiner Mutter. »Ich kann mich nicht an sie erinnern, Pam«, schluchzte er. »Früher hatte ich ein Bild von ihrem Gesicht und ihrem Haar vor meinem geistigen Auge, doch dann fiel mir ein, dass es gar nicht Mum war, sondern die Schauspielerin Jean Simmons. Irgendwie habe ich die beiden verwechselt. Dabei war Mum doch dick, oder? Ich weiß noch, wie sie in das Auto stieg, um zum Krankenhaus zu fahren. Sie sah eher wie Hattie Jacques aus, du weißt schon, die Dikke aus den ›Carry on‹-Filmen.«

»Mum war nicht dick, Ed. Damals war sie bloß mit mir schwanger.«

»Gibt es denn kein Foto von ihr?«, wollte Jack wissen.

»Es gab ein paar, aber nicht viel«, antwortete Pamela. »Mum ließ sich nicht gern fotografieren. Auf jedem Foto, das ich gesehen habe, hat sie ihren Kopf weggedreht, oder ihr Gesicht ist unscharf. Andrew hat die Alben mitgenommen.«

»Wieso?«, rief der Premierminister. »Mum war meine Mutter, nicht seine.«

»Mum hat sich das Fotoalbum mit seiner Lieblingslabradorhündin Patsy geteilt.«

»Was für ein Mensch war Mum?«, fragte der Premierminister.

»Ich weiß es nicht«, erwiderte Pamela. »Frag jemanden, der sie kannte. Onkel Ernest lebt in einem Pflegeheim in der Nähe von Cheltenham.«

»Ich will auf der Stelle zu ihm!«

»Morgen«, entgegnete Jack.

Der Premierminister zog sich die blonde Perücke vom Kopf. Sein Haar klebte ihm zerdrückt am Schädel. Pamela und Jack halfen ihm die Treppe hinauf und brachten ihn in ein geschmackvoll eingerichtetes Zimmer. Allerdings bestand der Premierminister darauf, sich selbst auszuziehen.

»Möchtest du dir einen Schlafanzug oder ein Nachthemd ausleihen?«, fragte Pamela.

»In seiner Tasche ist ein Nachthemd«, sagte Jack. »Ich mach das schon.«

Als Jack sich wieder zu Pamela in die Küche gesellte, hatte sie die dritte Weinflasche geöffnet. Sie wollte über ihren Bruder reden.

»Ich hasse es, wenn die Leute Ed angreifen«, sagte sie. »Ich weiß, ich lehne so gut wie alles ab, wofür er eintritt, und ich hasse es, wie er vor den Amis kriecht, aber er ist mein großer Bruder, und ... na ja ... ich schätze mal, ich liebe ihn.«

Um zehn Uhr zog sie sich ihre Jacke über. »Es ist Zeit, die Hunde ins Bett zu bringen.«

Jack folgte ihr nach draußen. Schon seit Jahren war er nicht mehr in solch vollkommener Dunkelheit gewesen. Er blickte nach oben zu den Sternen, und da waren sie – der Himmel war voll davon. Als er und Pamela auf die Hundepension zugingen, sagte er: »In der Stadt bekommt man die Sterne gar nicht richtig zu Gesicht.«

Sie warf den Kopf in den Nacken und sah nach oben. »Das ist bloß ein kleiner Trost, wenn man dafür auf dem gottverdammten Land leben muss.«

»Sie sind hier nicht glücklich.«

»Nein, ich bin ein Stadtmensch. Andrew hat mich gekidnappt und hierher verschleppt. Ich bin noch nicht mal eine richtige Hundeliebhaberin.«

Sie ging von Zimmer zu Zimmer, um die Fernseher auszuschalten und den Hunden eine gute Nacht zu wünschen. Elf Augenpaare waren auf sie gerichtet, als sie sich umwandte und rief: »Bis morgen früh!« Dann schloss sie die Tür hinter sich.

Im Schutz der Dunkelheit griff Jack nach ihrem Arm und führte sie den Weg entlang auf das Haus zu, obgleich er derjenige war, der sich hier nicht auskannte.

Er fragte, ob er sich Kaffe kochen könne.

»Vielleicht sind noch ein paar Bohnen von Andrew da.« Als gehe ihr jetzt erst auf, dass drei Monate vergangen waren, seitdem er fort war, fügte sie hinzu: »Die werden wahrscheinlich schon ein wenig schal sein.«

Jack war klar, dass er hätte zu Bett gehen sollen, sobald sie ihren Kaffee ausgetrunken hatten. Pamela hatte im Laufe ihrer Unterhaltung mehrfach gegähnt und außerdem erwähnt, sie müsse morgens früh aufstehen, um nach den Hunden zu sehen. Doch Jack konnte sich einfach nicht von ihr losreißen. Schließlich erhob sich Pamela als Erste vom Tisch. »Ich bin zum Umfallen müde.«

Er entschuldigte sich dafür, sie wach gehalten zu haben, woraufhin sie erwiderte: »Kennen Sie das chinesische Sprichwort? Dass Gäste und Fische nach drei Tagen zu stinken anfangen?«

»Ja.«

»Nun«, fuhr sie fort, »aus eigener Erfahrung kann ich nur sagen, dass Gäste und Fische schon nach einem Tag stinken.«

»Keine Sorge, wir reisen morgen noch vor dem Mittagessen ab.«

»Bis dahin haben Sie meine langweilige Wenigkeit sowieso satt«, meinte sie.

Dies wäre eine gute Gelegenheit für Jack gewesen, sein Interesse an ihr zu bekunden, aber er schwieg, und sie ging nach oben in ihr Bett. Er blieb noch lange am Küchentisch sitzen und versuchte sich an den Gedanken zu gewöhnen, dass er fortan in einem neuen Universum lebte.

Kapitel 18

ALI WURDE VOM KLINGELN seines Handys geweckt. Als er die Augen aufschlug, sah er, dass er unter einer »König der Löwen«-Bettdecke lag. Bei dem Anrufer handelte es sich um Sedek, seinen achtjährigen Sohn, der ihn nach dem längsten Fluss auf den Britischen Inseln fragte. Ali meinte, dass es die Themse sein könnte, er sich aber nicht sicher sei.

Draußen hörte er Stimmen. Er stand auf und blickte aus dem Fenster. Jack und Pamela befestigten Leinen an den Halsbändern der Hunde. Ali öffnete das Fenster und erkundigte sich nach dem Fluss. »Der Severn«, antworteten Jack und Pamela wie aus einem Munde.

Nachdem Ali seinem Sohn die Antwort auf seine Hausaufgabenfrage gegeben hatte, wollte er nacheinander mit jedem seiner Kinder sprechen. Er erzählte ihnen, dass er die Nacht in einem wunderbaren Schlafzimmer verbracht habe, das für ein Kind eingerichtet worden sei. »Es wär gut genug für ein Königskind«, sagte er. »Es gibt alles, was'n Kind sich bloß wünschen kann, außer 'nem Fernseher und 'nem Videorekorder.«

Pamela teilte die Hunde zwischen sich und Jack auf. Sie selbst nahm sechs. Die beiden gingen die Kiesauffahrt entlang und entfernten sich vom Haus; Pamela rauchte ihre erste Zigarette an diesem Tag. Das Hundegebell war grauenvoll. Die Hunde waren schlecht erzogen und weigerten sich, in einer Reihe zu laufen. Als sie das Ende der Auffahrt erreichten, kam die Sonne hervor, und Pamela schob sich zum Schutz ihrer Augen die Sonnenbrille von der Stirn auf die Nase. An diesem Morgen trug sie einen andersfarbigen Strumpf im Haar als am Vortag, bemerkte Jack.

»Gehen wir weit?«, schrie Jack über den Lärm hinweg.

»Zum Dorf und zurück«, erwiderte sie. »Ich brauche Zigaretten.«

Da es kaum Verkehr gab, gingen sie mitten auf der schmalen Straße. Ab und an mussten sie anhalten, um die verhedderten Hundeleinen auseinander zu dividieren. Jack bewunderte die Wiesenblumen am Straßenrand. Die Sonne schien.

»Das hier ist mein Land«, erklärte ihm Pamela. »Ich musste die Blumen selbst anpflanzen. Bestellt habe ich sie in einer Gärtnerei, die auf so etwas spezialisiert ist. Die verfluchten Bauern hier hatten nämlich alles mit ihren Scheißchemikalien ausgerottet.«

»Dann hassen Sie das Land also nicht?«, fragte Jack.

»Ich hasse, was man aus ihm gemacht hat«, erwiderte sie leidenschaftlich.

Ein Mann mit Koteletten und einer Tweedmütze brauste in einem brandneuen olivegrünen Landcruiser an ihnen vorbei und drängte sie beinahe in den Straßengraben ab. Es dauerte eine Zeit lang, bis sich die Hunde wieder so weit beruhigt hatten, dass sie ihren Weg fortsetzen konnten.

»Das ist der Bauer, dem das Land neben meinem gehört«, sagte Pamela. »Letztes Jahr war er im Fernsehen und hat etwas von seinen verfluchten Schafen gefaselt. Dass sie wie Familienmitglieder für ihn seien, und wie weh es ihm tue, sein Vieh wegen der Maul- und Klauenseuche abschlachten zu müssen. Tja, nachdem er eine halbe Million Pfund Schadensersatz von Ed erschwindelt hatte, konnte er bald wieder lächeln. Ein und dieselbe Herde wurde so oft von einem verfluchten Bauernhof zum nächsten geschafft, dass die Schafe geglaubt haben müssen, auf einer Weltreise zu sein.«

Sie näherten sich dem Dorf Swale-on-the-Wold. Die Blicke der Dorfbewohner machten deutlich, dass Pamela alles andere als beliebt war. Vor der ehemaligen Post blieb sie wie angewurzelt stehen. Zwei Männer waren damit beschäftigt, ein schönes altes Schiebefenster durch eine doppelt verglaste PVC-Scheibe zu ersetzen.

Beim Weitergehen fragte Jack sich, ob er mit einer Frau leben könnte, die so viel aufgestaute Wut und Empörung mit sich herumschleppte. Er hielt die elf Hunde an der Leine, während Pamela in den kleinen Spar-Supermarkt ging. Bei ihrer Rückkehr hatte sie eine Schachtel Tiefkühl-Chow-Mein in der Hand. »Sie müssen einmal nach London kommen, Pamela«, meinte Jack. »Dann gehen wir in die Gerrard Street und ich führe Sie zu einem richtigen Chinesen aus.«

Zu seiner Überraschung fragte sie: »Wann?«

»Sobald Ed wieder in Nummer zehn ist«, erwiderte er.

»Jack, meines Erachtens ist es offensichtlich, dass Ed komplett ausgebrannt ist.«

Als sie auf dem Rückweg an der alten Post vorbeikamen, brachte ein Handwerker gerade ein schmiedeeisernes Schild über der Eingangstür an, auf dem stand: »Wirtshaus zur Alten Post. Seit 1746«.

Ali hatte herausgefunden, wie man einen Kessel auf dem Herd erhitzte, und hatte Tee gekocht. Anschließend setzte er dem Premierminister auseinander, weshalb er nie wieder Labour wählen würde.

»Erstens hamse all das Geld für diese bescheuerte Waffenausstellung rausgeschmissen – ich mein, wer will schon dreißig Pfund blechen, um sich mit seinen Kindern ein paar alte Pistolen und Schwerter anzugucken. Und dann gibt's noch die ganzen blöden Einbahnstraßen und Busspuren, und wieso musstense die Schwimmbäder schließen, bevor mein Ältester seine Bronzemedaille bekommen hatte?«

Den Kopf in die Hände gestützt saß der Premierminister da und tobte innerlich. Warum war die britische Wählerschaft nicht in der Lage, zwischen den Verantwortlichkeiten der Landesregierung und denjenigen der Kommunalverwaltungen zu unterscheiden?

In dem Augenblick kam Pamela herein. »Herzlichen Glückwunsch, Ed, gestern Abend warst du eine niedliche, klassische Schnapsleiche. Zehn von zehn Punkten.«

Der Premierminister blinzelte und murmelte eine Entschuldigung.

Als Jack nach oben ging, um die Reisetaschen zu holen, kam er an der Kinderzimmertür vorbei, die offen stand. Auf dem Rückweg betrat er das Kinderzimmer und sah sich darin um. Die Möbel und das Spielzeug waren neu, aber offensichtlich unbenutzt. Jack zog die oberste Schublade einer Kommode auf und fand darin helle Kinderkleidung vor. Behutsam machte er die Schublade wieder zu und schloss die Tür beim Hinausgehen hinter sich.

Pamela war beschäftigt, als sie losfahren wollten. Eine Frau mit karibischer Sonnenbräune wurde mit ihrem kleinen Hund wieder vereinigt. Jack küsste Pamela auf beide Wangen, wobei ihm ihr Parfum in die Nase stieg. Er versprach, sich wegen des Essens zu melden.

Daraufhin hatte sie ihn derart bezaubernd angelächelt, dass ihm ganz warm geworden war. Selbst die Aussicht, den einundachtzigjährigen Onkel Ernest in seinem Pflegeheim zu besuchen, konnte dieser inneren Glut nichts anhaben.

Jack bat Ali, langsamer zu fahren, und deutete auf Pamelas Wiesenblumen, die am Straßenrand wuchsen. Der Premierminister sagte: »Wissen Sie, Jack, es gibt doch nichts Schöneres als die ländlichen Gegenden Englands – abgesehen von der Toskana natürlich.«

Vor ihnen fuhr ein Traktor die äußere Umgrenzungslinie eines Felds entlang, das an die Straße stieß. Ein Rohr auf dem geschlossenen Fahrerhaus versprühte feinen Nebel. Bevor sie die Fenster hochkurbeln konnten, wehte der Dunst in das Wageninnere, brannte ihnen in den Augen und ließ sie husten. Ali bremste und würgte den Motor ab, da er die Straße vor sich nicht mehr sehen konnte. Seine Augen waren voller Tränen, und ein trüber Film hatte sich über die Windschutzscheibe gelegt, gegen den die Scheibenwischer nicht ankamen.

Eine Viertelstunde später ging auf dem Polizeipräsidium in Cheltenham ein Notruf von einem Bauern aus Swale-on-the-Wold ein, der behauptete, von drei Wanderern vom Traktor gezerrt und tätlich angegriffen worden zu sein: von einem großen Weißen, einem blonden Transvestiten und einem Pakistani. Die Beamtin, die den Anruf entgegennahm, warnte den Bauern, dass Leute, die blinden Alarm schlugen, gesetzlich belangt wurden – und zwar mit einer hohen Geldstrafe oder Zuchthaus.

Nachdem die Polizistin aufgelegt hatte, sagte sie zu einer Kollegin, die neben ihr saß: »Noch so ein verrückter Bauer. Das kommt von den Chemikalien, die sie immer benutzen.«

Kapitel 19

IM EMPFANGSBEREICH DES RAINBOW Seniorenheims, wo sich der Geruch von Harnsäure und Desinfektionsmitteln vermengte, wurden Jack und der Premierminister vom Heimleiter Harry Rainbow begrüßt, der ein ehemaliger Schwergewichtsboxer hätte sein können. Eine fette schwarze Katze strich um die Beine seiner Nadelstreifenhosen, während er ihnen lebhaft die Hand schüttelte. »Das ist Blackie«, stellte er vor. »Die Anwohner lieben ihn.«

»Ich habe noch nie so eine fette Katze gesehen«, meinte Jack.

»Ein echtes Untier«, pflichtete Harry Rainbow ihm bei. »Ich habe die Anwohner gebeten, ihn nicht zu füttern, aber sie bringen ihn vor Freundlichkeit schier um. Durchschnittlich verbrauchen wir eine Katze pro Jahr. Sie heißen alle Blackie, dann müssen wir nicht immer neue Erkennungsmarken anfertigen lassen. Sie sind wegen der Schließung hier, nehme ich an?«

»Nein«, entgegnete der Premierminister. »Wir möchten Ernest Middleton besuchen.«

Rainbow war überrascht, dass Ernest Besuch hatte. »Seine Nichte Pamela kommt jeden Sonntag, allerdings ist sie die Einzige. Eigentlich traurig – er ist der Onkel des Premierministers, müssen Sie wissen. Der arme Ernest kriegt nicht mal eine Weihnachtskarte von ihm geschickt. Die Sache mit der Schließung hat ihn ziemlich mitgenommen. Ein wenig Aufmunterung kann er gut gebrauchen.«

»Warum machen Sie zu, Mr Rainbow?«, erkundigte sich der Premierminister. »Gibt es denn keine große Nachfrage nach Pflegeheimplätzen?«

»Doch, schon, aber ich und Mrs Rainbow sind in erster Linie Geschäftsleute, und die Gewinnspannen bei alten Leuten sind ehrlich gesagt äußerst mickrig. Pro Einheit bräuchte ich fünfzig Pfund mehr, damit sich die Sache überhaupt für mich und meine Frau rentiert. Und dann treten noch all diese neuen Gesetze in Kraft. Ich muss sämtliche Türen zweieinhalb Zentimeter breiter machen.«

»Aber wo sollen die Leute alle hin?«, fragte der Premierminister.

Ein Grüppchen alter Damen tippelte über Laufgestelle gebückt durch den Empfangsbereich. Harry Rainbow rief: »Lauft um euer Leben, die Kukident-Gang ist im Anmarsch!«

Die alten Damen lachten höflich über Harrys Standardwitz.

Mit gesenkter Stimme sagte Harry: »Keine Ahnung, wohin sie kommen. In drei Monaten ist das hier jedenfalls eine Privatklinik: Brustvergrößerungen, Botox, Fettabsaugen. Da steckt heutzutage das große Geld.«

Er stellte sie der Pflegerin Lauren vor. Lauren musterte den Premierminister durch ihre grüne Brille. »Ich kenne Sie irgendwoher. Von Weightwatchers vielleicht?«

Jack lenkte Lauren ab, indem er fragte, ob es möglich sei, Ernest zu sehen.

»Sie können zu ihm«, erwiderte sie, »aber es kann sein, dass er nicht mit Ihnen sprechen will. Der Gute schmollt. Die Schließung hat sie alle hart getroffen.« Sie führte sie einen Korridor entlang in einen großen Saal, in dem Grüppchen alter Leute in Plastiksesseln saßen, eingepfercht von latzartigen Tischgestellen. »Eigentlich tun mir die alten Leute Leid, aber Mr Rainbow hat gesagt, dass Privatpatienten viel Trinkgeld geben, wenn wir nur genügend katzbuckeln.«

In einem großen Fernseher lief eine Kindersendung. Vier Schauspieler, die in jeweils eine der Grundfarben gekleidet waren sowie freundliche Monstermasken trugen, sangen Play-back zu einem Lied über die Freuden des Kuchenessens.

Lauren trat zu einem mageren alten Mann mit einem klugen Gesicht, der Anzug, Hemd, Krawatte und Weste trug. »Ernest, Sie haben Gäste!«

»*Die jungen Gäste* von Daisy Ashford«, sagte Ernest. »Ein wunderbares Buch. Es hätte durch falsche Naivität ermüdend wirken können, aber meiner Meinung nach hat die Kleine es geschafft.«

»Manchmal redet er dummes Zeug«, erklärte Lauren.

Jack sagte zu Ernest: »Es ist ein sehr witziges Buch.«

»Onkel Ernest«, meinte der Premierminister, »kannst du dich an meine Mutter, deine Schwägerin, Heather Clare erinnern?«

»Sie kann nicht Ihre Mutter sein, mein Liebes. Heather hatte nur zwei Kinder. Eines davon ist der Premierminister, und der sind Sie offensichtlich nicht. Das andere ist die schöne Pamela, und die sind Sie gewiss nicht. Wer sind Sie also?«

Einen Augenblick lang versank der Premierminister in tiefe Selbstzweifel. Wer war er?

»Das hier ist Edwina«, kam Jack ihm zu Hilfe. »Heather Clares Kind der Liebe.«

»Dann bist du also tatsächlich meine Nichte«, entgegnete Ernest fröhlich. »Eigentlich sollte mich das nicht überraschen. Deine Mutter war dem starken Geschlecht nicht abgeneigt. In den Dreißigerjahren, als sie noch jung war, hat sie ein flottes Leben geführt und sich mit leichtlebigen Leuten umgeben – Musiker, du weißt schon.«

Diese Beschreibung seiner Mutter passte ganz und gar nicht zu seinen eigenen Erinnerungen des Premierministers. »Hast du Fotos von ihr?«

»Auf meinem Zimmer«, erwiderte der alte Mann.

Sie halfen ihm, als er sich mühsam aus seinem Sessel erhob, und begleiteten ihn zum Aufzug, der sich in dem Korridor befand. Während sie langsam zwei Stockwerke hochfuhren, fragte Jack: »Wie lange leben Sie hier schon, Ernest?«

»Das hab ich vergessen. Ich weiß bloß, dass ich mein Haus verkaufen musste, um für das Pflegeheim zu zahlen, und nun ist das ganze Geld weg, und ich bin völlig vom Staat abhängig.«

Sein Zimmer war klein, aber hübsch eingerichtet. Unter anderem wies es ein gut bestücktes Bücherregal und einen Dansette-Plattenspieler auf.

Jack warf einen Blick aus dem Fenster und konnte sehen, wie Ali die Pestizide mithilfe eines Eimers voll Seifenlauge von seinem Auto wusch, den er sich von einer Küchenhilfe erbettelt hatte.

Nachdem Ernest eine Zeit lang in einer Schublade herumgekramt hatte, holte er schließlich ein paar Fotografien hervor. »Das hier ist ein sehr nettes Bild von Heather.« Er legte es dem Premierminister in den Schoß. »Das war im Winter 1936.«

Der Premierminister starrte das hübsche, vor Leben sprühende Mädchen an, das in einer Reihe schlecht angezogener, bleicher Männer mit flachen Mützen mitmarschierte.

Jack, der dem Premierminister über die Schulter sah, erklärte:

»Der Jarrow-Marsch. Die protestierenden Arbeiter machten auf ihrem Marsch nach London in der Genossenschaftsschuhfabrik in Leicester Halt. Mein Großvater war einer der Männer, die sich bereit erklärten, länger zu bleiben und ihre Stiefel zu reparieren.«

Der Premierminister betrachtete jede Einzelheit des Bilds seiner Mutter. Die Zigarette, die sie zwischen Zeige- und Mittelfinger ihrer rechten Hand hielt, den dunklen Lippenstift, die lächerlichen Riemchenschuhe, die sie trotz des Kopfsteinpflasters trug, ihre schmale Taille und die Aufregung, die aus ihren Augen leuchtete.

Ernest gab dem Premierminister eine weitere Fotografie, auf der seine Mutter zu sehen war, wie sie lachend vor einem Theaterplakat stand und auf einen Namen in der Mitte des Programms deutete. Diesmal hielt sie die Zigarette in der linken Hand. Er versuchte, den Namen zu entziffern, doch die Buchstaben waren zu klein.

»Sie hat die Rhythmusgitarre in einer Frauenjazzband gespielt. Miss Monicas Heiße Sieben«, sagte Ernest.

»Gitarre? Jazz?«, fragte der Premierminister. »Nein, nicht meine Mutter – sie war eine sehr stille, fromme Frau. Mir hat sie nicht einmal erlaubt, Schlagermusik zu hören.«

Ernest ließ sich auf seine knochigen Knie sinken und zog unter dem Bett eine Kiste hervor. »Das war, bevor sie diesen Stalinisten Percy heiratete.« Er holte eine Schallplatte mit achtundsiebzig Umdrehungen pro Minute aus der Kiste. Dann reichte er sie Jack mit der Bitte, sie auf den Plattenspieler zu legen.

Behutsam zog Jack die Schellackplatte mit den Fingerspitzen aus ihrer vergilbten Hülle und bettete sie auf den Plattenteller.

Ernest meinte: »Deine Mutter hat ein ziemlich gutes Solo, etwa nach zwei Minuten.«

Nach anfänglichem Knistern und Krachen füllten die Klänge von »Stomping at the Savoy« das Zimmer. Miss Monica hatte die Musik so arrangiert, dass jedes ihrer Mädels die Gelegenheit hatte, mit seinem Instrument zu glänzen, wenn auch nur kurz. Als das Gitarrensolo begann, beugte sich der Premierminister nervös zu dem Plattenspieler vor und drückte seiner Mutter die Daumen.

Nachdem sie fertig war, klatschte der Premierminister Beifall, und Jack gratulierte ihm, als habe dieser das Solo persönlich gespielt.

Das nächste Foto war konventioneller. Edwards Mutter stand neben seinem Vater. Die beiden trugen ihre Hochzeitskleidung. Ihr Kleid war wie eine Falten werfende weiße Säule, und vor dem Bauch hielt sie einen riesigen Blumenstrauß. »Sie war im fünften Monat schwanger«, sagte Ernest, »obwohl man es niemals gemerkt hätte.«

»Dann war also Ernest, ihr erstes Kind, unehelich?«, fragte der Premierminister.

»Ein Bastard«, stimmte Ernest ihm zu. »Aber es war ungeheuer selbstlos von Percy, sie zu heiraten, wenn man die Moralvorstellungen der Zeit bedenkt.«

»Wovon sprichst du?«, wollte der Premierminister wissen.

»Edwards leiblicher Vater war ein Flüchtling namens Shadrack Vajansky.«

»Na, so was!«, entfuhr es dem Premierminister. »Woher kam der Knabe?«

»Aus der Tschechoslowakei«, antwortete Ernest. »Er war ein gut aussehender Bursche mit schwarzen Augen und ein paar Goldzähnen, der sich in der Gegend mit Messerschleifen durchschlug. Damals erzählte man sich, er entstamme einer adeligen Romafamilie. Allerdings tippe ich eher darauf, dass er dieses Gerücht selbst in Umlauf setzte. Auf den Mund gefallen war der Kerl gewiss nicht!«

»Unglaublich! Ist er noch am Leben?«, erkundigte sich der Premierminister.

»Ich weiß es nicht. Der arme Kerl wurde deportiert und zurück hinter den Eisernen Vorhang geschickt. Heather war ganz aufgelöst. Sie stellte Nachforschungen an, aber es kam nie etwas dabei heraus.«

Auf der Stirn des Premierministers hatten sich Schweißperlen gebildet. Jack holte ein weißes Taschentuch aus der Tasche und reichte es ihm. Nachdem der Premierminister sich die Stirn damit abgetupft hatte, entschuldigte er sich und machte sich auf die Suche nach einer Toilette.

Er war froh, sich an dem Geländer festhalten zu können, das neben dem Toilettensitz angebracht war. Nachdem er sich gesetzt hatte, holte er ein Stück Bronco-Toilettenpapier aus seiner Handtasche.

Die Grundfesten seiner Kindheit waren von Ernests Enthüllungen in die Luft gesprengt worden. Er war das Kind eines Roma, und in seinen Adern floss echtes böhmisches Blut. Seine Mutter hörte sich nach einer tollen Frau an. Hätte er sie nur besser gekannt! Er warf das Bronco-Papier in den Mülleimer und riss ein paar Blätter weicher, rosafarbener Papierhandtücher von der Rolle an der Wand, um sich die Nase zu putzen und die Augen trockenzuwischen. Dann blickte er in den Spiegel und schminkte sich die Augen neu. Das Händewaschen ließ er bleiben.

Clarke und Palmer wussten von der Karriere der Mutter des Premiers mit Miss Monicas Heißer Sieben, doch von seinem leiblichen Vater zu hören, kam auch für sie überraschend. Auf der Stelle tippte Palmer ein paar Einzelheiten in seinen Laptop und binnen Minuten hatte er herausgefunden, dass Shadrack Vajansky noch lebte und am Stadtrand von Bratislava in einem Romalager hauste. Laut Unterlagen der Einwanderungsbehörde hatte er zweimal versucht, sich in Großbritannien niederzulassen. Erstmals 1951 auf der Flucht vor dem sowjetischen Kommunismus und ein zweites Mal im Jahre 1998. Bei dieser Gelegenheit kam er jedoch nicht weiter als bis Heathrow. Sein damaliger Asylantrag, den er damit begründete, in der Slowakei von rassistischen Skinheads verfolgt zu werden, wurde abgelehnt. Anscheinend hatte er den Beamten der Einwanderungsbehörde gegenüber behauptet, der Vater ihres Premierministers zu sein, und gebeten, ein Telefonat mit Edward führen zu dürfen, dem Sohn, den er nie kennen gelernt hatte. Die Erlaubnis wurde ihm nicht erteilt.

»Weißt du was, Palmer?«, sagte Clarke. »Ich sehe meinem Vater kein bisschen ähnlich.«

Sobald der Premierminister das Zimmer verlassen hatte, fragte Jack: »Haben Sie auch Fotos von Pamela, Ernest?«

Zehn Minuten später erlahmte selbst sein Interesse an dem endlosen Strom von Bildern, die Ernest ihm eins nach dem anderen reichte. Da war sie, eine echte Schönheit, saß auf dem Knie des Nikolaus, paddelte in Black Rock Sands in Unterhosen im Wasser, in ihrer Pfadfinderinnenuniform, jubilierte, weil sie die Führerscheinprüfung bestanden hatte, heiratete Andrew, einen großen Mann mit breitem Nacken, den Jack auf den ersten Blick unsympathisch fand.

Als der Premierminister von der Toilette zurückkehrte, ertönte eine Glocke. »Sie läuten zum Mittagessen«, erklärte Ernest.

Jack half ihm, die Fotografien wieder zu verstauen und nutzte die Gelegenheit, ein Bild zu entwenden und in seine Hosentasche zu stecken. Er wusste nicht, welches er gestohlen hatte. Sobald er später allein war, würde er nachsehen.

Der Premierminister ging direkter vor und fragte Ernest, ob er ein Foto seiner Mutter haben könne.

»Nimm alle drei«, erwiderte Ernest. »Ich bin sowieso bald tot.«

»Onkel Ernest, vielleicht lebst du noch zwanzig Jahre lang!«

»Wenn ich nicht großes Pech habe, Liebes, habe ich in vierzehn Tagen das Zeitliche gesegnet«, sagte Ernest.

Vor dem Aufzug standen etliche alte Leute Schlange, sodass Jack und der Premierminister Ernest halb die Treppe hinuntertrugen. Im Speisesaal setzten sie ihn an einen Tisch, an dem für sechs Personen gedeckt war.

Lauren und anderes Pflegepersonal eilten geschäftig hin und her und servierten Teller mit blassem Eintopf und Gemüsebeilagen.

»Dann lasse ich dich mal besser dein Mittagessen genießen, ja?«, wandte sich der Premierminister an Ernest.

»Ich werde nicht zu Mittag essen«, entgegnete Ernest.

»Ich werde nie wieder etwas essen. Lass mich dir ein Geheimnis anvertrauen: Seit zwei Tagen habe ich keinen Bissen zu mir genommen. Ich bin dabei, mich zu Tode zu hungern.«

Er griff nach Essen und bückte sich mühsam, um den Teller auf den Boden zu stellen. Kurz darauf tapste Blakkie herbei und begann, mit zarter Zunge an dem wässrigen Eintopf zu lecken.

Jack sagte, dass er sich ein wenig die Füße vertreten wolle, und ging draußen spazieren. Er konnte verstehen, weshalb Ernest diesen Ort nicht verlassen wollte – die Parkanlage war wunderschön. Unter den alten Bäumen lugten Osterglocken und Krokusse aus dem Gras hervor. Jack ließ sich auf einer Holzbank nieder, an der ein Messingschild mit der Aufschrift angebracht war: »Zum Andenken an unsere geliebte Elsie Stafford, die hier glücklich war.« Er zog das Foto aus seiner Tasche, das er heimlich hatte mitgehen lassen. Zuerst erkannte er Pamela nicht wieder. Sie wurde von zwei uniformierten Polizisten über den Dorfanger von Swale-on-the-Wold gezerrt. Im Hintergrund waren ein Rudel Hunde und ein berittener Jäger zu erkennen, der eine bemerkenswerte Ähnlichkeit mit Prinz Charles aufwies.

Jack rief bei Pamela an, weil er sich nach dem Klang ihrer Stimme sehnte. Er konnte die Hunde bellen hören sowie die Stimme eines Mannes. »Du hast Besuch?«, fragte er.

»Mein Nachbar Douglas«, sagte sie. »Ihm ist heute etwas Schreckliches passiert. Er war gerade dabei, die Hecken auf seinem Feld mit Pestiziden zu besprühen, als ein durchgeknallter Städter ihn völlig grundlos von seinem Traktor gezerrt und in einen Entwässerungsgraben geworfen hat, wo er von einem Kerl in Frauenkleidern und einem Pakistani wüst beschimpft wurde.«

Sie gab sich alle Mühe, nicht haltlos zu lachen. Jack erzählte ihr, dass Onkel Ernest gerade dabei war, sich zu Tode zu hungern.

»Er ist ein Narr«, erwiderte sie. »Ich habe ihm angeboten, mich hier um ihn zu kümmern, er behauptet jedoch, er habe eine Hundephobie, seitdem er *Der Hund von Baskerville* gelesen hat.«

Am liebsten hätte Jack ihr gestanden, dass er sie liebte, aber die Anwesenheit des gekränkten Nachbarn machte ihn befangen. Da sagte Pamela, dass sie auflegen müsse. Jemand war gekommen, um eine Pudeldame namens Harrie abzuholen.

Erneut betrachtete Jack die Fotografie und suchte nach Gründen, weshalb er diese Frau vergessen sollte. Ihre Weltanschauung unterschied sich deutlich von der seinen. Bis vor kurzem hatte er Füchse für Ungeziefer gehalten, doch nun fing er an, die Sache aus der Sicht des Fuchses zu sehen.

Ihm kam eine Fuchsstola in den Sinn, die seine Mutter früher an Wintermorgen getragen hatte, und deren Glasaugen er immer gehasst hatte. Er wählte Normas Nummer, doch niemand ging an den Apparat. Später würde er den Premierminister fragen, ob sie auf dem Rückweg nach London in Leicester vorbeischauen könnten.

Ali rief ihm zu, dass sie abfahrbereit seien. Der Premierminister saß bereits hinten im Auto, die Schallplatte mit »Stomping at the Savoy« in Händen, als handele es sich um Nitroglycerin, das jeden Moment in die Luft fliegen könnte.

»Ed, Sie können nicht zwei Tage lang dasitzen und das Ding umklammern«, sagte Jack.

»Aber diese Schellackplatten zerbrechen doch so leicht.«

Ali war verletzt. »Hey, wennse was an meinem Fahrstil auszusetzen haben, dann sagense's mir gefälligst! Mit elf Jahren bin ich in einem Tata-Lkw voll Eiern durch Islamabad gefahren und hab nie auch nur ein einziges Ei zerbrochen, kein einziges Mal!«

Jack hatte den Verdacht, dass Ali zu stark auftrug, was seine Fahrkünste betraf, doch er mischte sich nicht ein.

Nachdem Jack den Premierminister um Erlaubnis gebeten hatte, wies er Ali an, links auf die A46 abzubiegen und in Richtung Leicester zu fahren.

»Wissense, Se können mir Ihre kostbare Platte ruhig anvertrauen«, meinte Ali. »Legense das Ding einfach auf'n Sitz neben Ihnen. Allah wirdse beschützen.«

Der Premierminister tat, wie ihm geheißen. Er dachte, Ali wäre bestimmt sehr gut darin, abtrünnige Parteimitglieder bei Abstimmungen zur Räson zu bringen.

Nach ein paar Meilen gewann Ali seine gute Laune wieder, und die Stimmung im Auto hob sich. Der Premierminister fragte: »Können wir nicht irgendwo halten und etwas trinken? Ich habe Riesenlust, einen Campari Soda zu zischen.«

»Ed, das heißt, ein Bierchen zu zischen«, verbesserte ihn Jack.

»Stratford liegt auf'm Weg«, meinte Ali. »Das is Shakespeare geboren.«

»Als Nächstes erzählen Sie uns noch, dass der Premierminister in der Downing Street wohnt«, fuhr Jack ihn gereizt an.

Ali lachte triumphierend. »Tut er ja gar nich mehr! Angeblich soll er in so 'nem Atombunker hocken, aber ich glaub, er is' tot.«

»Tot?«, fragte der Premierminister.

»Klar. Ich kann mir gut vorstellen, dass er beim Versuch, auf Wasser zu gehen, abgesoffen is'.«

Der Premierminister zwang sich, in das Gelächter der anderen einzustimmen.

»Mein Ältester, Mohammed, muss Shakespeare für seine Prüfungen in der Schule lesen«, sagte Ali.

»Wie hat er denn abgeschnitten?«, erkundigte sich der Premierminister.

»Hörense mir bloß mit diesen blöden Einstufungstests auf«, entgegnete Ali. »Alle meine Kinder haben graue

Haare gekriegt, weilse sich so viele Sorgen wegen dieser Tests gemacht ham.«

»Welches Shakespeare-Stück lesen sie denn gerade in der Schule?«, fragte der Premierminister.

»Es is' kein Stück, sondern ein Sonett. Das is' so was Ähnliches wie'n Gedicht«, erklärte er hilfsbereit. Er erzählte ihnen, dass er selbst auch manchmal Gedichte verfasste. Die waren aber nicht gut – und er würde sie auch niemandem außer seiner Frau zeigen. Meist saß er spät abends dran, nachdem alle seine Kinder schlafen gegangen waren. Seine Frau hatte ihm ein Notizbuch und ein Federmäppchen gekauft, die beide im Wohnzimmer auf einem Regal in dem alten Wandschrank aufbewahrt wurden, in dem sich früher der Stromzähler befunden hatte. Anfangs hatten sich seine Gedichte gereimt, aber dann hatte Mohammed ihm ein Gedicht vorgelesen, das ihn und Ali zum Lachen gebracht hatte. Es war von einem Typen, der noch am Leben war. Er hieß Simon Armitage und lebte in der Nähe von Leeds. Dieser Bursche war ziemlich bekannt, und Ali freute sich, dass Jack von ihm gehört hatte. Edwina, der Kerl mit der blonden Perücke, kannte ihn allerdings nicht. Also setzte Ali ihm auseinander, dass dieser Armitage über ganz alltägliche Dinge schrieb. Ali hatte ein Gedicht über sein Taxi geschrieben und es mit dem Pferd eines Cowboys verglichen. Klar war es nicht gut genug, um in einem Buch abgedruckt zu werden, aber seiner Frau gefiel es, und sie hatte es in ihrer schönen Handschrift abgeschrieben und seinem Vater nach Pakistan geschickt.

Jack blickte finster auf Anne Hathaways Cottage auf der anderen Straßenseite, vor dessen Eingang es von Touristen nur so wimmelte.

»Ich begreife es einfach nicht«, sagte der Premierminister.

Der Premierminister hatte die Angewohnheit, ab und an Pausen zwischen den einzelnen Wörtern zu machen, was Jack ziemlich auf die Nerven ging. Da sie nun sieben

Tage lang auf engstem Raum miteinander verbracht hatten, war es Jack immer mehr aufgefallen. Inzwischen wartete er schon darauf. »Was begreifen Sie nicht?«, wollte Jack wissen.

»Ihre Abneigung gegen Cottages mit Strohdach.«

»Die sind so verflucht selbstgefällig und blasiert«, antwortete Jack. »Lassen Sie uns etwas trinken.«

»Als kleiner Junge wollte ich immer Schauspieler werden«, erzählte der Premierminister.

Er und Jack saßen in einem Pub, dem Dirty Duck, in Stratford-upon-Avon. An einem Nebentisch saß eine Gruppe Schauspieler.

»Man sagt ja, dass Politiker nichts anderes als schlechte Schmierenkomödianten sind«, versetzte Jack lachend.

Der Premierminister wirkte niedergeschlagen. »Wer sagt das, Jack?«

»Man!«

»Aber wer ist man?«, bohrte der Premierminister.

»Es ist nur so eine Redensart.«

»Politiker sind auch nicht schlechter als der Großteil der Bevölkerung.«

»Der Punkt ist doch«, seufzte Jack matt, »dass Politiker in erster Linie Schauspieler sind.«

Ali blickte durch das Schaufenster eines Souvenirladens in der Haupteinkaufsstraße, die man in eine Fußgängerzone umgewandelt hatte. Nächste Woche hatte sein ältester Sohn Geburtstag, und er hatte ihm ein William Shakespeare T-Shirt gekauft, nun hatten ihn jedoch Zweifel befallen. Welcher fünfzehnjährige Junge wollte schon auf offener Straße mit einem T-Shirt herumrennen, auf dem ein alter Typ mit Glatze abgedruckt war? Und Mohammed es einfach so mitbringen war auch keine gute Idee. Dann würden die anderen auch etwas haben wollen.

Es machte den Premierminister glücklich, im Dirty Duck zu sitzen mit einem Campari Soda vor sich auf dem kleinen Tisch. Er war überzeugt, dass seine Mutter es gutheißen würde, dass er zu Mittag einen Cocktail trank und sich in Gesellschaft von Theaterleuten befand.

Ein Schauspieler mit einem Pockengesicht, das dem Premierminister bekannt vorkam, beugte sich zu ihm herüber. »Sind Sie nicht Victoria Rotherhide? Wir haben doch 1988 zusammen in der Polizeiserie *The Bill* gespielt, oder? Mein Name ist Guy Sutherland.«

Der Premierminister blinzelte auf Hochtouren. »Hi Guy«, meinte er, »ich heiße Edwina St Clare.«

»Ja, natürlich! Ich kann mir einfach keine Namen merken«, sagte Guy. »Sie waren eine Frau, der man die Kinder entführt hatte, und ich war der Psychopath.«

Die anderen Schauspieler lachten. Einer rief: »Die Rolle passt zu dir!« Und: »Na, die Rolle dürfte dir ja leicht gefallen sein!«

»Darf ich mich zu Ihnen setzen?«, fragte der Premierminister kokett. Er wollte mal von Jack wegkommen und unter Seelenverwandten sein. Schließlich lag ihm das Theater im Blut. Jack benahm sich seit Neuestem wie ein launischer Teenager. Und dann dieser dauernde Zynismus! Wie konnte jemand ein Cottage mit Strohdach nicht bezaubernd finden?

Er saß neben Amaryllis, einer dunkelhaarigen Schauspielerin mit glühenden schwarzen Augen und kunstvoll zurechtgemachtem Schmuddel-Look. »Ich nehme an, Sie sind wegen des Vorsprechens hier«, sagte sie. »Sie sehen Edward Clare schrecklich ähnlich.«

Als Jack von der Bar herübersah, lachte der Premierminister gerade, den Kopf in den Nacken geworfen, sodass sein Adamsapfel hüpfte. Jack runzelte die Stirn. Er hatte dem Premierminister geraten, das zu unterlassen, da es sehr verräterisch war. Na ja, zumindest lachte er ...

Amaryllis und der Premierminister erzählten einander ihre Lebensgeschichten. Der Premierminister behauptete, er habe zusammen mit Helen Mirren an der Royal Academy of Dramatic Art in London studiert und in einer WG mit Simon Callow gelebt. Anfangs war er bei Repertoirebühnen in Nottingham und Bristol aufgetreten, dann hatte er hauptsächlich für Film und Fernsehen gearbeitet. Das Theater war jedoch seine erste Liebe. »Wissen Sie, man hat doch das Gefühl, durch das Publikum legitimiert zu werden.«

Jack sah, wie einer der Schauspieler am Tisch sich abwandte und so tat, als würde er sich den Finger in den Hals stecken.

Gegenüber des Pubs saß Sir Digby Priest, der gefeierte Theaterregisseur, in dem winzigen Büro eines Bühnenleiters an der Rückseite des Royal Shakespeare Theaters. In drei Tagen sollten die Proben für ein Stück mit dem Titel *Das Leben und der spirituelle Tod von Edward Clare* von Wayne Sparrow beginnen. Sparrow war ein Dramatiker, der dem linken Flügel angehörte, und dessen erstes Stück, *Furz*, von der Kritik hoch gelobt worden war.

Sie hatten das Stück vor drei Jahren bei Sparrow in Auftrag gegeben, doch er hatte einen Abgabetermin nach dem anderen versäumt und nun hatte er das Stück über Clare vor zwei Tagen eingereicht. Er war betrunken gewesen oder hatte unter Drogeneinfluss gestanden. »Es ist total scheiße und es ist bloß siebenundzwanzig Minuten lang«, hatte er vor sich hin genuschelt. »Ich stecke in einer Identitätskrise.«

Nach der ersten Lektüre des Manuskripts hatte Sir Digby sich ernsthaft überlegt, ob er ein paar Schlägertypen anheuern und Sparrow die Beine brechen lassen sollte. Als Junge hatte Digby seinem Onkel geholfen, Milch an die berüchtigten Gangsterbrüder Kray zu liefern, und er hatte immer noch Kontakte im East End.

Die Werbebroschüre für das Stück war jedoch bereits

gedruckt, und die Poster hingen in den Läden in ganz Stratford; die Aufführung musste also auf die Beine gestellt werden – the show must go on!

Digby war immer noch auf der Suche nach dem Hauptdarsteller. Er blätterte in einer Theaterzeitschrift, deren Seiten er verzweifelt nach Schauspielern durchforstet hatte, die dem Premierminister ähnelten. Weshalb druckten diese Mistkerle zwanzig Jahre lang dieselben Fotos ab? Himmelherrgott noch mal, er hatte Schauspieler vorsprechen lassen, die in El Alamein gekämpft hatten!

Als er sich in den Probenraum aufmachen wollte, rief eine Agentin an, die ihm erklärte, sie sitze gerade an einer Aufstellung von möglichen Edward Clares. Einer müsse sich jedoch mitten in der Spielzeit wegen einer Fernsehsache freinehmen, und ein anderer sei ein wenig klein, würde sich aber bereit erklären, Plateauschuhe zu tragen.

»Wie klein ist ein wenig klein?«, wollte Digby wissen.

»Er ist fast einsdreiundfünfzig.«

»Verdammt noch mal, der Kerl braucht keine Plateauschuhe, sondern Stelzen!«, schrie Digby.

Das Telefon klingelte erneut. Es war Amaryllis, die mal in einer Inszenierung von *Endstation Sehnsucht* gespielt hatte, bei der er Regie geführt hatte. Als Blanche war sie eine Katastrophe gewesen. Ihr Südstaatenakzent hatte geklungen, als käme er direkt aus dem walisischen Hinterland. Amaryllis sagte: »Digby, Darling, in diesem Moment sitzt der perfekte Edward Clare im Duck. Es ist eine Frau, aber sie ist er!«

Sir Digby zog eine kleine Bürste aus der Umhängetasche, die er stets bei sich trug, und frisierte sich das Haar und den Spitzbart. Er war zur Zeit nicht verheiratet und hoffte immer, weibliche Gesellschaft zu finden. Während er durch das Gebäude lief und auf die Straße hinauseilte, wurde er von fast jedem, an dem er vorbeiging, gegrüßt oder erntete zumindest ein kurzes Nicken. In Interviews hatte er des Öfteren von seinem »absoluten Bedürfnis nach ungestörter Privatsphäre« gesprochen. Sein auffälliges, an Shakespeares Falstaff erinnerndes Aussehen und die dröhnende Stimme führten jedoch tragischerweise dazu, dass es ihm unmöglich war, in der Masse zu verschwinden. Brian Blessed, der von der Presse gerne als der lauteste Mann der Welt bezeichnet wurde, sollte einmal gesagt haben: »Ich verehre Darling Digby, aber bei Gott, er ist einfach zu laut!«

Jack beobachtete, wie Sir Digby Priest in das Pub schlenderte. Er hatte Priests veröffentlichte Tagebücher gelesen und deshalb das Gefühl, den Mann in- und auswendig zu kennen. Aufgrund dieser Vertrautheit hob Jack die Hand zum Gruß, ließ sie jedoch gleich wieder sinken, als ihm klar wurde, dass Priest in Wirklichkeit ein Fremder war. Er fragte sich, weshalb sich ein Mann, der sich in seinem fünfundsechzigsten Jahr befand, mit Jeans, Cowboystiefeln, einem Rolling Stones T-Shirt und schwarzer Lederjacke auftakelte.

Sir Digby bahnte sich einen Weg durch den Schankraum auf den Premierminister zu.

Digby sah auf den ersten Blick, dass das Wesen in dem Zigeunerkleid und der billigen blonden Perücke absolut perfekt war für die Rolle des Premierministers.

Nachdem Amaryllis sie einander vorgestellt hatte, dröhnte Sir Digby: »Verschwindet, Viehzeug!« Gehorsam standen die Schauspieler auf und gingen auf die andere Seite des Raums.

Er griff nach den Händen des Premiers und hielt sie in seinen riesenhaften Pranken. Während er dem Premierminister tief in die Augen sah, sagte er etwas, das er für ein vertrauliches Flüstern hielt, das Jack jedoch bis zur Bar hinüber hören konnte: »Transsexuelle sind nichts Neues für mich, Schätzchen. Meine erste Ehefrau war ein Kerl. Ich hatte eine katholische Schule besucht und wusste nichts über Frauen. In sexuellen Dingen war ich eine Niete, aber wir hatten die Sechzigerjahre, und man gestand nicht gern ein, dass man nicht vollkommen im

Bilde war, was die weibliche Anatomie betraf. Also ging ich davon aus, dass meine erste Frau Cassandra – ein unglaublich süßes Mädchen – eine ungewöhnlich große Klitoris hatte. Doch das arme Täubchen war insgeheim verzweifelt, denn sie war in Wirklichkeit ein Mann mit einem lächerlich kleinen Penis. Ich zahlte dafür, dass sie ihn abgeschnipselt bekam, und unsere Ehe lief noch eine Zeit lang mehr recht als schlecht weiter. Eines Tages gab es jedoch einen unschönen Streit über etwas ganz Dummes – sie hatte meinen Rasierpinsel benutzt, ohne ihn auszuwaschen –, und wir ließen uns scheiden. Aber erzählen Sie mir von sich, Schätzchen.«

Der Premierminister sprach ein paar Minuten über die Höhepunkte seiner Karriere: Da gab es einen Selbstmord in der Krankenhausserie *Casualty*, und er hatte den Inspektor in *An Inspector Calls* und Gwendolyn in *Bunbury oder die Bedeutung, ernst zu sein* gespielt. »Aber ich habe mich immer danach gesehnt, in der Royal Shakespeare Company anzuheuern.« Schließlich war er dazu geboren, Heinrich V zu spielen.

Während der Premierminister redete, beobachtete Digby sein Mienenspiel und lauschte jeder Nuance seiner Stimme, jene charakteristische Mischung aus Zögern und Befehlston. Digby gab sich Mühe, gelassen zu bleiben. Er war schon einmal in einer derart perfekten Castingsituation gewesen, als Sylvester Stallone beinahe den Vertrag unterzeichnet und Zettel im *Sommernachtstraum* gespielt hätte. Die Sache endete in Tränen, da Stallones Agent verlangt hatte, man möge in den Vertrag aufnehmen, dass Stallone jeden verfluchten Schwan töten dürfe, der ihm in die Quere kam. Als Digby in L. A. angerufen und erklärt hatte, dass die Schwäne in Stratford der Königin gehörten und gesetzlich geschützt waren, hatte der Agent gebrüllt: »Das Geschäft ist geplatzt! Wissen Sie denn nicht, dass so ein Scheißschwan einem Mann den Arm brechen kann?«

Sir Digby antwortete dem Premierminister: »Shakespeare finde ich todlangweilig. Ich gebe mich nur mit zeitgenössischen Stücken noch lebender Autoren ab. Deshalb möchte ich, dass Sie für die Hauptrolle in einem Stück mit dem Titel *Das Leben und der spirituelle Tod von Edward Clare* vorsprechen.«

»Die Hauptrolle?«

»Sie sehen unserem hoch geschätzten Premier auf geradezu unheimliche Weise ähnlich. Sind Sie frei?«

»Ja«, meinte der Premierminister. »Ich habe eine Pause eingelegt.«

»Dann lassen Sie uns doch ausprobieren, wie Sie im Anzug aussehen, Schätzchen!«

»Huch!«, sagte der Premierminister. »Das ist aber aufregend!«

Jack folgte Sir Digby und dem Premierminister über die Straße zu den Proberäumen. Er ließ es zu, dass der Premierminister ihn als seinen Agenten vorstellte, woraufhin man ihm widerwillig Zutritt zu dem Proberaum gewährte, in dem das Vorsprechen stattfand. Der Premierminister wurde von einer Gewandmeisterin entführt und erschien zehn Minuten später wieder in einem blauen Anzug, weißem Hemd, roter Krawatte und Schnürschuhen. Die Perücke trug er nicht mehr. Die kleine Gruppe Theaterangestellter in dem Zimmer brach spontan in Beifall aus, als der Premierminister scheu auftrat.

Sir Digby ging in dem Raum auf und ab und gab dem Premierminister eine Anweisung nach der anderen; der Premierminister sollte lachen, weinen, wütend werden, zu Gott beten, vor den Vereinten Nationen sprechen, so tun, als sei er ein Hund, singen, tanzen und ein zehnjähriger Junge sein.

Jack wand sich vor Verlegenheit. Seiner Meinung nach war der Premierminister überhaupt nicht geeignet, sich selbst zu spielen. Und er hatte nicht die leiseste Ahnung, wohin mit seinen Händen. Doch nach einer kurzen Beratung mit der Regieassistenz und anderen Leuten des Produktionsteams verkündete Sir Digby, dass sie den Premierminister um zehn Uhr am Montagmorgen zu den Proben erwarteten. Seine Stimme zitterte vor Emotion, als er sich an die Anwesenden wandte: »Dies ist ein verdammt wichtiges Stück. Es handelt vom spirituellen Niedergang eines politischen Führers und seiner Kapitulation vor dem amerikanischen Imperialismus.«

Der Premierminister warf Jack einen nervösen Blick zu. »Natürlich muss ich erst noch mit meinem Agenten sprechen, aber es ist sehr nett von Ihnen, mir die Rolle anzubieten. Wirklich!«

Ali befand sich in einem von Stratfords vielen Geschenkartikelläden, vertieft in eine Welt englischer Kindheitsikonographie. Er war umgeben von Pu dem Bären, dem Esel I-Ah, Känga Ruh, Peter Hase, Paddington Bär, Thomas, der kleinen blauen Dampflok, Sir Topham Hatt, dem dicken Kontrolleur, Noddy, Alice im Wunderland, dem verrückten Hutmacher, Herrn Kröterich, Ratte, Dachs und Maulwurf. Er schwitzte, weil er sich einfach nicht entscheiden konnte. Würde Areefa, seine dreijährige Tochter, Pu den Bären lieber haben wollen als Paddington Bär? Wäre Sedek beleidigt, wenn er die schwimmende Noddy-Seifenschale bekäme? Wäre seine Frau gekränkt, wenn er ihr Herrn Kröterich als Stofftier kaufte? (Wenn sie unter sich waren, nannte Ali sie immer Fröschlein, seitdem sie Ende der Neunzigerjahre Probleme mit der Schilddrüse gehabt hatte – doch das war längst vorbei, Allah sei Dank.) Seiner ältesten Tochter Hassina mit ihren dreizehn Jahren würde er es ohnehin nicht recht machen können, aber vielleicht hätte sie an Peter Hase nichts auszusetzen.

Kapitel 20

NORMA ERWACHTE, UND ES DAUERTE einen Augenblick, bis ihr wieder einfiel, dass heute der große Tag war. Sie warf die schwere Bettdecke zurück. Eigentlich konnte sie eine dünnere nehmen, da das Zimmer jetzt wunderbar warm war, als hätten sie Sommer. Seit James bei ihr eingezogen war, hatte sie sich überreden lassen, den ganzen Tag und die ganze Nacht hindurch zu heizen. Es war tollkühn, das wusste sie, doch was James gemeint hatte, stimmte: »Die Stromrechnung kommt alle Vierteljahre, aber wir können morgen schon tot sein.«

Es gefiel ihr, wie er immer »wir« sagte und sie immer miteinbezog, als seien sie Partner – in Geschäftsdingen und auch so. Sie liebte James. Natürlich konnte es nie *die* Art von Liebe werden; schließlich war sie einundsiebzig und er noch nicht einmal zwanzig. Obwohl bei Jerry Springer einmal ein Pärchen aufgetreten war, das behauptet hatte, glücklich zu sein. Er hatte eine Glatze und sabberte aus dem Mundwinkel, und sie war gerade sechzehn und ein wenig zurückgeblieben.

Norma war sowieso heilfroh, dass sie *das* nicht mehr zu tun brauchte. Spaß gemacht hatte es ihr nur mit Trevor, und der hatte sie nicht allzu oft deswegen belästigt. Weihnachten, Ostern, im August, wenn in Blackpool die Lichter angeknipst wurden, und ab und an zwischendurch, wenn er die richtige Menge Alkohol getrunken hatte. Zu wenig, und er war zu schüchtern, zu viel, und er hatte Schwierigkeiten, überhaupt etwas zustande zu bringen.

Die Liebe, die sie und James füreinander empfanden, war rein, aber dennoch aufregender als die Liebe, die sie für Stuart, Yvonne und Jack hegte. Außerdem brauchte James ihre Hilfe. Er war wie ein Lebens- und Geschäftspartner für sie, und sobald er von seiner Cracksucht geheilt war, würde er sie auf Reisen mitnehmen. Zuerst eine Kreuzfahrt zum Eingewöhnen – schließlich war sie noch nie im Ausland gewesen. Sie und Trev hatten zwar im Urlaub nach Disneyland fahren wollen, doch dann war Trev vom Dach gefallen. Wenn man das richtige Schiff erwischte, auf dem alle Englisch sprachen, war es, als sei man immer noch in England, hatte James ihr erzählt.

Sie putzten gemeinsam das Haus, denn sie hatte es gern sauber, wenn Besuch kam. Anschließend sagte James: »Lass uns etwas kochen, Mutter.« Er führte sie in die Küche, wo sie sich setzen sollte. Nachdem er eine Rolle Alufolie aus einer Schublade geholt hatte, legte er den gesamten Tisch damit aus. Anschließend suchte er ein Backblech, eine Glasschüssel, einen kleinen Milchtopf, eine Rolle Frischhaltefolie, einen großen Metalllöffel, ein scharfes Messer, eine Coladose, von der er zum Teil die Farbe abgekratzt hatte, und einen Locher. Binnen weniger Minuten wurde der Küchentisch in die Werkbank eines Alchemisten verwandelt. Sie sah ihm zu, wie sie früher ihrer Mutter beim Backen zugesehen hatte, während er ein wenig weißes Pulver siebte und mischte, eine Prise Natriumbikarbonat und ein paar Tropfen Wasser in die Schüssel gab. Dann nahm er den kleinen Milchtopf und erhitzte das Ganze, bis es knackte, knisterte und knallte.

Sir Digby sträubte sich, seine erstaunliche neue Entdekkung ohne feste Zusage ziehen zu lassen. »Edwina, bleiben Sie hier bei mir in Stratford. Ich habe ein reizendes Cottage mit Strohdach gemietet. Wir könnten zusammen den Text durchgehen. Ich habe meine eigenen Forschungen betrieben und ich glaube, ich habe die Sprechmelodie unseres gefeierten Premiers raus.«

»Wie sehen Ihre politischen Überzeugungen aus?«, erkundigte sich der Premierminister.

Es überraschte Sir Digby, dies gefragt zu werden. Sein Name erschien regelmäßig gleich hinter Palin und Paxman in Petitionen und Denkschriften an die Presse über alle möglichen radikalen Themen von der Reform des Gefängniswesens bis hin zum Irakkrieg.

»Ich fürchte, ich bin fanatisch gegen das Establishment eingestellt. Letztes Jahr wurde ich aus dem Marylebone Kricket Club geworfen, weil ich versucht habe, im Krikketstadion, und zwar im Mitgliederbereich des Lords, eine La-Ola-Welle zu starten.«

Jack musste lachen.

»Ich weiß selbst, dass es nicht ganz das selbe ist, wie sich vor einen Panzer zu werfen«, meinte Sir Digby gereizt, »aber dazu gibt es auf den Straßen dieses Landes nur sehr selten Gelegenheit.« Er schien diesen Umstand bedauerlich zu finden. »Edwina, gemeinsam könnten wir etwas bewirken. Wir könnten die Regierung Clare stürzen. Bitte sagen Sie, dass Sie Edward Clare spielen werden.«

»Edwina und ich müssen das erst ausdiskutieren«, mischte sich Jack ein. »Wir melden uns. Rufen Sie nicht an, Sir Digby, wir rufen Sie an.«

Dann brachte Jack den Premierminister zu Ali, der die Warnblinkanlage eingeschaltet hatte und im Halteverbot stand. Bevor sie losfahren konnten, schob Sir Digby rasch ein Exemplar des Manuskripts durch das offene Fenster. »Wir haben Sharon Stone so gut wie verpflichtet, Adele zu spielen. Sie ziert sich ein wenig wegen der Nase, aber ich bin mir sicher, wenn sie erst einmal ein paar Prothesen anprobiert hat ...«

»Fahren Sie los, Ali«, befahl Jack. Der Wagen setzte sich langsam in Bewegung und reihte sich in den Verkehrsstrom der Touristen ein, die Stratford verließen. Der Premierminister las laut aus Wayne Sparrows dürftigem Stück vor. Eine der dramatischsten Szenen spielte im Büro des US-Präsidenten im Weißen Haus, wo der Premierminister von Großbritannien und der Präsident der Vereinigten Staaten im Feuerschein nackt miteinander rangen. Dem Sieger winkte als Belohnung die zweifelhafte Ehre, den Befehl zu erteilen, Raketen auf die größeren Städte in sämtlichen lästigen Ländern der »Achse des Bösen« niederregnen zu lassen.

»Offensichtlich ist Sparrow ein Fan von D. H. Lawrence«, meinte Jack. »Ich werde von Sir Digby verlangen, dass er die Gage verdoppelt, wenn er von Ihnen erwartet, dass Sie Ihren Hintern zeigen, Ed.«

»Es klingt nach ’nem Film, den wo meine Alte letztens geschaut hat«, warf Ali ein.

In einer anderen Szene war Sparrows Premier als Pudel verkleidet und sprang durch einen brennenden Reifen, den die Freiheitsstatue in die Höhe hielt. Der Dialog war mit Obszönitäten und Flüchen durchsetzt.

Als Jack nach dem Text griff und einen Monolog vorlas, sagte Ali: »Hamse nich den Hinweis am Armaturenbrett gesehen, Jack? Bitte keine Beleidigungen!«

In letzter Zeit konnten Palmer und Clarke es kaum erwarten, in die Arbeit zu kommen, und ärgerten sich, wenn sie von der Nachtschicht abgelöst wurden. Sie hatten angeboten, vierundzwanzig Stunden am Tag zu arbeiten und im Büro zu schlafen und zu essen, doch der Chef hatte ihnen die Erlaubnis verweigert, wobei er aus dem Arbeitsschutzgesetz zitierte. Mittlerweile hatten sie die Leute, die sie überwachen sollten, ins Herz geschlossen. Als Jack jenen verfluchten Bauern mit seinen Koteletten vom Traktor gezerrt und ein wenig aufgemischt hatte, waren sie in lautstarken Jubel ausgebrochen. Sie verfolgten, wie Alis Auto auf der A46 in Richtung Leicester fuhr, wo Jack seine Mutter besuchen und nach dem Rechten sehen wollte. In Berichten des Nachrichtendienstes hieß es, in ihrem Haus und in dessen unmittelbarer Nähe sei ein ungewöhnliches Treiben beobachtet worden, die Bilder der Überwachungskameras waren jedoch zu unscharf. Sie hatten das Kennzeichen eines Mercedes Coupé erfasst, das nun schon seit etlichen Tagen vor dem Haus parkte und von zwei kleinen Jungen mit Kapuzensweatshirts und ausgebeulten weiten Hosen bewacht wurde. Die Nummernschilder gehörten dem Inhaber einer Sportbekleidungskette in Reading. Das Auto war vom Pink Elephant Parkplatz am Flughafen Stanstead gestohlen, jedoch nicht als vermisst gemeldet worden.

Adele und Lucinda ließen sich in die Harley Street fahren. Ihrem Wagen folgte ein weiterer, in dem Adeles Leibwächterin Sergeant Sandra Lock und deren Kollege John Harvey saßen.

Adele wartete immer noch darauf, die perfekte Nase in einer Broschüre oder im Internet zu finden. Lucinda hatte das Thema langsam satt. Sie hoffte, dass Sir Nigel Hambleton ihr diese Last in Zukunft abnehmen würde. Ihr Termin war für 19 Uhr angesetzt, folglich hatten sie über eine Stunde Fahrtzeit für die kurze Strecke von zweieinhalb Kilometern von der Downing Street zur Harley Street einkalkuliert. Allerdings kam der Verkehr mehrmals völlig zum Erliegen. Am Piccadilly Circus hatte Adele Zeit, das Menschengewühl um den touristischen Nabel der Welt zu beobachten. Sie blickte zum Eros hinüber und zum ersten Mal fiel ihr auf, wie jung er war. Er war nichts weiter als ein verliebter Teenager, und auf den Stufen unter ihm saßen andere Teenager mit schönen Gesichtern, in deren Augen sich die Neonlichter widerspiegelten. Dort saß ein Junge, der eine bemerkenswerte Ähnlichkeit mit Morgan aufwies, den Arm um die Schultern eines schwarzen Mädchens in Feldjacke und Khakihosen gelegt. Aber es konnte nicht Morgan sein, denn der hatte sich freiwillig angeboten, Poppy ins Bett zu bringen, bevor er einen Aufsatz über Kinderarbeit zu schreiben gedachte.

Lucinda gähnte, während sie zu kalkulieren versuchte, wie viel sie für ihre Zeit verlangen sollte. Wenn sie ihrem Klempner fünfundsechzig Pfund in der Stunde zahlte, war es dann übertrieben, ein Stundenhonorar von hundertfünfzig Pfund in Rechnung zu stellen? Immerhin hatte sie zehn Jahre lang studiert.

Am Cavendish Square brach der Verkehr völlig zusammen. Auf der kleinen Grünfläche in der Mitte des Platzes hatte man große Zelte errichtet, und lodernde Fackeln erhellten hölzerne Verbindungsstege. Leute in Abendgarderobe zeigten Sicherheitsleuten in Smokingjacken ihre Einladungen. Adele erspähte etliche bekannte Gesichter und spürte einen Stich, weil man sie nicht zu dem eingeladen hatte, was auch immer hier stattfand. »Es ist ein Wohltätigkeitsfest, um Brunnen in Swaziland zu finanzieren«, murmelte Lucinda.

Da sich das Auto nur zentimeterweise vorwärtsschob, bat Adele den Fahrer, Sir Nigel Hambletons Sekretärin anzurufen, um ihn wissen zu lassen, dass die Gattin des Premierministers im Stau steckte.

»Was würden Sie sagen, wenn ich Ihnen mitteilte, dass ich meinen unbezahlten, ehrenamtlichen Posten niederlegen möchte, nämlich die Premierministergattin zu sein?«, fragte Adele.

»Wollen Sie damit sagen, dass Sie sich von Ed scheiden lassen möchten?«

»Nein«, erwiderte Adele. »Aber ich möchte vorübergehend getrennt von meinem Job leben.«

»Es wird mindestens zwei Monate dauern, bevor Sie sich mit ihrer Nase in der Öffentlichkeit zeigen können«, erklärte Lucinda. »Sie sollten verreisen, Adele. Irgendwohin, wo es warm ist. Nehmen Sie Poppy mit. Arbeiten Sie nicht, werden Sie dick. Wir Frauen rackern uns ab und wozu das Ganze?«

Sir Nigel wartete im Eingangsbereich seiner Praxis auf sie. Er hatte die berüchtigte Nase oft auf Fotos und im Fernsehen gesehen und einmal seiner Frau zugeflüstert: »Himmelherrgott, Betty, die bekäme ich gerne in die Finger.« Und hier war sie nun. Er konnte sich kaum zurückhalten, ihre Form abzutasten, das Knorpelgewebe zu überprüfen und sich Zugriff zu den Nasenlöchern zu verschaffen. Nachdem er Adele und Lucinda in sein Büro geführt hatte, plauschte er weltmännisch über Wiederherstellungschirurgie. Vor kurzem hatte er die Nasenscheidewand eines unbedeutenden Mitglieds der Königsfamilie repariert, das mehr Kokain geschnupft hatte, als im Allgemeinen ratsam war.

Schließlich konnte sich keiner der drei länger vor dem Grund für Adeles Besuch drücken. Sir Nigel beugte jeglicher möglichen Verlegenheit zuvor, indem er sich in Wissenschaft und Technik flüchtete. Er vermaß Adeles Nase auf den Bruchteil eines Millimeters und untersuchte das Naseninnere mit einer winzigen Lampe, die an einem biegsamen Röhrchen angebracht war. Dann stellte er Adele viele nasenspezifische Fragen. Anschließend tat er so, als wäge er die Vorteile und Nachteile einer Nasenoperation in Adeles Fall ab, und kam wenig überraschend zu dem Schluss, dass Adele eine geeignete Kandidatin sei. Er fragte sie, ob sie an eine bestimmte Nase gedacht hätte. Als sie meinte: »Ich hätte sie gerne ein bisschen kleiner, etwa in die Richtung von Barbara Streisand«, erwiderte er: »Na, das kriegen wir aber bestimmt besser hin, Mrs Floret-Clare.«

Er ließ sie vor einem Computer Platz nehmen und befahl ihr, sich auf keinen Fall zu bewegen. Daraufhin drückte er ein paar Tasten, und Adeles Gesicht erschien auf dem Bildschirm.

Nacheinander kopierte er eine Auswahl an Nasen in Adeles Gesicht. Die Cleopatra gefiel ihr ganz gut; sie ließ sie selbstbewusst und gebieterisch aussehen. Die Sophia Loren passte nicht; ihre Augen waren zu klein, obwohl die Nase an sich sehr schön war. Die Greta Garbo war perfekt.

Adele bestellte sie und bestand darauf, eine Anzahlung zu leisten. Sie wollte wissen, ob sie die Nase schon am folgenden Tag bekommen könne.

Sir Nigel sagte, er würde seine Termine ein wenig umdisponieren. Er würde sie auf der Stelle aufnehmen und befahl ihr, nach Mitternacht nichts mehr zu essen oder zu trinken.

Morgan hatte Poppys amerikanisches Mobile abgenommen. Wenn er schon dafür verantwortlich war, sie ins Bett zu bringen und dafür zu sorgen, dass sie einschlief, würde er es zu seinen Bedingungen tun. Sie lag auf dem Rücken und beobachtete ihn durch die hölzernen Gitterstäbe ihres Bettchens. Er zog den niedrigen Ammenstuhl heran und begann, Poppy eine Gutenachtgeschichte zu erzählen.

»Es war einmal ein Junge namens Keir Hardie, der 1856 in Schottland geboren wurde. Er ging von der Schule ab und begann mit acht zu arbeiten. Im Alter von zehn Jahren schuftete er unten in den Minen. Stell dir das einmal vor, Poppy, ein kleines Kind von zehn Jahren, das sich tief unter der Erde in der Dunkelheit abrackert! Er besuchte die Abendschule und wurde Journalist. Dann kandidierte er fürs Parlament, wie Dad. Er gründete die Independent Labour Party.«

Poppy fing zu wimmern an. Sie strampelte sich von ihrer Decke frei und zappelte mit Armen und Beinen in ihrem mintgrünen Babygro herum.

Morgan war verblüfft, wie rasch sie wütend wurde und in einem fort mit offenem Mund brüllte. Lange hielt er es nicht aus, sondern hängte das amerikanische Mobile wieder an seinen angestammten Platz und zog an dem Aufziehmechanismus.

Sie erreichten den Stadtrand von Leeds. Von London waren sie einhundert Meilen entfernt. »Ich will nicht nach Hause, Jack«, sagte der Premierminister. »Gibt es denn keine Chance, unseren Urlaub ein wenig zu verlängern?«

»Dies ist kein Urlaub für mich«, gab Jack zurück. »Ich tue lediglich meine Pflicht.«

»Ach, kommen Sie schon, Jack. Es war doch wunderbar, ein absoluter Riesenspaß.«

Jack hasste das Wort »Spaß«. Seiner Meinung nach hatte es nicht das Geringste damit zu tun, sich zu amüsieren, und wurde zu häufig von Leuten gebraucht, die es für lustig hielten, anderen Streiche zu spielen, etwa, indem sie sie in den Swimmingpool stießen. Es war ein Wort, das Richard Branson häufig verwandte.

»Haben Sie etwa nichts gelernt?«, fragte Jack unverblümt.

»Nur dass, na, Sie wissen schon, die Leute anscheinend ihre eigenen Wege gehen, ganz egal, was die Regierung mit ihnen vorhat.«

»Es würde den Leuten leichter fallen, wenn die Wege in einwandfreiem Zustand und ihr Schuhwerk besser wäre«, versetzte Jack.

»Wege?«, meinte der Premierminister. »Wir bauen doch quasi eine sechsspurige Autobahn nach der anderen.«

»Ich sag Ihnen mal was, Ed: Wäre es nicht ein interessantes Experiment, einmal auszuprobieren, wie eine Demokratie in diesem Land funktionieren würde?«

»Großbritannien ist die Wiege der Demokratie«, antwortete der Premierminister.

»Tja, nur ist leider das Kind aus der Wiege in die Wanne gefallen und dann mit dem Bade ausgeschüttet worden.«

Ali hatte die Nase voll von diesem verwickelten metaphorischen Schlagabtausch. Er schaltete das Radio ein.

»... Ein Sprecher des Krankenhauses räumte heute ein, dass das amputierte Bein, das im Mittelpunkt dessen steht, was als Barrys Beinstreit bekannt geworden ist, versehentlich aufgrund eines verwaltungstechnischen Fehlers entsorgt wurde. Ein Angestellter der Leichenhalle ist bis auf Weiteres suspendiert worden. Wir schalten nun zu unserer Reporterin vor Ort, Martha Tree, die sich in diesem Augenblick vor dem Krankenhaus befindet. Martha, was können Sie uns Neues berichten?«

»Nun, nicht sehr viel. Wie Sie eben schon sagten, wurde das Bein versehentlich entsorgt und ein Mitarbeiter wurde bis auf Weiteres suspendiert.«

»Wissen wir, auf welche Weise dieses Bein entsorgt wurde?«

»Nein, zu diesem Zeitpunkt noch nicht.«

»Ist bekannt, wie sich die Familie angesichts der Entsorgung des Beins fühlt?«

»Nein, zu diesem Zeitpunkt noch nicht, aber ich gehe davon aus, dass sie am Boden zerstört sind. Das sind die Leute meistens.«

Jack wandte sich um, weil er sehen wollte, wie der Premierminister die Nachricht aufnahm. Der Premier schien sich nicht weiter darum zu kümmern, sondern fummelte an den großen Zigeunerohrringen herum, die er zuvor bei Accessorize in Stratford gekauft hatte.

Sie fuhren an frei stehenden Reihenhäusern vorbei. In einem der Gärten stutzte eine Frau in einem Sari einen Busch, vor einem anderen Haus bewunderte eine dunkelhäutige Familie ein Auto, das neu aussah. In der Gegend schien es nur wenige Weiße zu geben.

Der Premierminister erwähnte diesen Umstand Jack gegenüber. »Leicester ist auf dem besten Wege, die erste britische Stadt zu werden, in der andere Volksgruppen die Mehrheit stellen«, erklärte Jack und klang dabei wie ein Reiseführer.

Ali lachte. »Eure Frauen wollen halt keine Kinder, was?«

Jack, dem seine eigene Kinderlosigkeit in den Sinn kam, meinte abwehrend: »Unsere Frauen wollen sich nicht aufs Kinderkriegen reduzieren lassen.«

»Meine Frau Adele«, warf der Premierminister ein, »schafft es, Arbeit, Kinder und ein abwechslungsreiches Sozialleben wunderbar unter einen Hut zu bringen. Ich weiß selbst nicht, wie sie es macht.«

Ali fuhr an Geschäften mit indischen und pakistanischen Namen vorbei. In einem Kino lief ein Bollywoodfilm. Die Bank von Indien wurde von Rahkis Schuhladen und Amans Übersetzungsbüro flankiert. Ali erklärte, er werde seinen Cousin besuchen, der neben der Straßenüberführung in Belgrave wohnte, nachdem er Jack und den Premierminister vor Normas Haus abgesetzt habe.

»Wahrscheinlich werden Sie es genießen, endlich wieder Ihr eigenes Essen zu bekommen«, sagte der Premierminister mit einem Blick auf die Restaurants und Schnellimbisse.

Ali wirkte verblüfft. »Ich krieg mein Lieblingsessen überall«, antwortete er. »Pizza mit Meeresfrüchten.«

Das Taxi bog in die Siedlung ein, in der Jack auf die Welt gekommen war, und wo er sich selbst großgezogen hatte.

Als sie an Häuserwänden vorüberfuhren, die von den ansässigen Jugendlichen im Laufe sozialer Projekte mehr schlecht als recht bemalt worden waren, meinte Ali: »Ich lass Se hier nich gern zurück. Sindse sicher, dass ich Se nich direkt nach London bringen soll?«

Der Premierminister wollte unbedingt seine Rückkehr hinauszögern, da die Bürde seiner Verantwortung bereits wieder auf ihm zu lasten begann. »Nein, wir müssen Jacks Mutter besuchen und herausfinden, weshalb sie nicht ans Telefon geht. Uns kann ohnehin nichts passieren, denn wir sind ja durch die Überwachungskameras geschützt.«

Die Kameras waren überall und bewegten ihre neugierigen Köpfe in langsamen 360-Grad-Umdrehungen.

»Überwachungskameras sind ein Witz, Ed«, erwiderte Jack. »Da hat man schlecht ausgebildete Sicherheitsleute, die eine Reihe verschwommener, unscharf eingestellter Bildschirme beobachten, die jeden auf der Straße wie einen Yeti aussehen lassen. Sie sind ein Opfer der Massenhysterie geworden, die die privaten Sicherheitsfirmen angeheizt haben, weil sie ganz heiß auf Aufträge sind.«

Allmählich fürchtete der Premierminister sich vor Jacks Predigten und wünschte, er hätte ihn anfangs nicht ermutigt, mehr zu sagen. Beim Frühstück im Grimshaw war er erschreckend ärgerlich geworden, als es um die geringe Anzahl von Tagesheimstätten ging.

Jack erkannte das befestigte Haus seiner Mutter nicht wieder und ließ Ali zweimal daran vorbeifahren, bevor er merkte, dass es tatsächlich die Nummer zehn war. Immer wieder hatte er im Laufe des Tages angerufen, aber niemand hatte abgehoben. Während er und der Premierminister den Gartenweg entlanggingen, glaubte Jack durch einen Spalt zwischen den Vorhängen ein Gesicht zu sehen, das durch das vergitterte Vorderfenster blickte. Durch das Mauerwerk hallten die dumpfen Takte von Schlagzeug und Bass.

Er hämmerte gegen die mit Stahlplatten verstärkte Tür, wobei ihm auffiel, dass es keinen Briefschlitz mehr gab. Wie bekam seine Mutter nun die ganzen Reklamesendungen, die sie so gerne mochte? Sie hatte ihn schon häufig angerufen, um ihm zu sagen, sie habe laut Mr Tom Champagne von *Readers Digest* Hunderttausende Pfund gewonnen.

Aus dem Hausinnern hörte man James' Geschrei. Er schien zu glauben, dass die Drogenfahndung vor der Tür stand. Ängstlich sah der Premierminister sich um. Er hatte nicht erwartet, dass Jacks Mutter in einer solch deprimierenden Gegend wohnte. Auf der Straße war keine Menschenseele, und die meisten Häuser wirkten unbewohnt. Langsam wurde es dunkel, und er wünschte, er hätte Ali gebeten, auf sie zu warten. Seit dem Beginn ihrer Reise vor sieben Tagen hatte er kein einziges Mal Angst verspürt.

Jack war wie eine Säule neben ihm gewesen, wenn auch eine aus kaltem Marmor. Manchmal wünschte er zwar, Jack hätte keine politischen Ansichten, aber der Premier hatte nie daran gezweifelt, dass Jack mit jeder Situation fertig werden würde. Jetzt blieb ihm nicht verborgen, dass Jack selbst Angst hatte. Dem Premierminister gefiel auch das Zittern ganz und gar nicht, das in Jacks Stimme mitschwang, als dieser schrie: »Mum, Mum, mach die Tür auf!«

Norma saß hinter der geschlossenen Küchentür. Sie konnte sich selbst kaum denken hören, so laut war die Musik von James. Jacks Rufen drang dennoch von draußen bis zu ihr hindurch. Am liebsten wäre sie losgelaufen, um ihn hereinzulassen, aber James stand mit seitwärts ausgestreckten Armen und gespreizten Beinen an der Küchentür und sprach in dem Tonfall zu ihr, den sie mittlerweile zu fürchten gelernt hatte. Er rauchte einen seiner besonderen Joints – keinen mit Stoff, sondern einen von denen, die sie umbringen würden, wie er sagte. Die Art Joint, die ihn seine Manieren vergessen ließ, sodass er schreckliche Worte benutzte und dann winselte und weinte und in die Hose schiss.

»Warten Sie hier«, befahl Jack dem Premierminister und kletterte über das Seitentor. Der Premierminister wollte weglaufen, doch die kleinen Kapuzengestalten, die an dem Mercedes ganz in der Nähe standen, erwiderten sein zaghaftes, freundliches Winken.

Verstohlen schlich Jack an der Hauswand entlang und betrat den rückwärtigen Garten. Die Küchenvorhänge waren zugezogen, und die Hintertür war ebenfalls verstärkt worden.

Als er sich an das Fenster drückte, konnte er seine Mutter trotz brüllender Musik rufen hören: »Bitte, ich muss doch Jack reinlassen!«

Drinnen sog James den Rauch tief in seine Lungen, wo Zehntausende winziger Kapillargefäße die Chemikalien rasch in seinen Blutkreislauf transportierten. Und sobald sie den Teil des Gehirns erreichten, der sinnlichen Genuss produzierte, zerstörten sie Millionen Zellen. James Freude an Musik, Essen, Sex und allen anderen Dingen aus dem Reich der Natur ging verloren.

Rasch ging er die Möglichkeiten durch, die seine vom Crack verursachte Paranoia ihm eröffnete. Er besaß eine Waffe, die er für vierzig Pfund secondhand gekauft hatte. Sie befand sich in einer Keksdose auf dem Küchenschrank. Zwar hatte er sie noch nie abgefeuert, aber er glaubte, zu wissen, was damit zu tun war. Er könnte auf Jack schießen und versuchen, mit dem Wagen zu entkommen. Er könnte Norma als Geisel nehmen. Er könnte Jack hereinbitten und ihm erklären, seine Mutter leite in ihrem Haus, das sie vom Sozialamt hatte, eine Crackhöhle, was gewiss Grund genug für eine Zwangsräumung wäre.

Schließlich entschied er sich, Jack hereinzulassen, und ging zur Haustür. Er zog an den letzten Fetzen seines Joints und fing dann an, die Ketten und Riegel zu öffnen. Die Musik hämmerte dumpf in seinem Innern, und seine Zähne klapperten. Als er jedoch die Tür aufmachte, stand dort nicht Jack. Stattdessen fand er auf der Türschwelle eine Blondine mit riesigen Ohrringen vor, die sich bei genauerem Hinsehen als Mann in Frauenkleidung herausstellte. Beinahe wäre er in Gelächter ausgebrochen. Die Mistkerle vom Rauschgiftdezernat bekamen es doch nie gebacken! »Wo ist Jack?«, fragte er und zerrte den Mann ins Haus. Er schrie dem Premierminister ins Gesicht: »Wo ist Jack?«

Der Premierminister hatte sich oft gefragt, inwieweit er in einem Verhör oder unter Folter seinen Mann stehen würde. Da traten Norma und Jack hinzu. »Ich bin hier!«, meinte Jack, und so blieb es dem Premierminister erspart, seine Standhaftigkeit unter Beweis zu stellen.

Unpassenderweise schlug Norma vor: »Wie wäre es mit einer gemütlichen Tasse Tee?«

Kapitel 21

ALEXANDER MCPHERSON GING in die Pressestelle hinunter und versammelte sein Team um sich. Die meisten seiner Mitarbeiter waren jung, einige obendrein klug, wenn auch nicht alle – einen hatte man aufgrund seiner Einfältigkeit ausgesucht. Es war ein netter Vierundzwanzigjähriger namens Ben Fossett, der den leichtgläubigen, ehrbaren britischen Steuerzahler repräsentieren sollte. Als er einst als Delegierter bei einem Parteitag der Labour Party gesprochen hatte, hatte er doch tatsächlich verlangt, Berufspolitiker sollten nur dann innerhalb der Partei aufsteigen dürfen, wenn sie in Worten und Taten absolut ehrlich waren.

Auf Zusammenkünften von New Labour Politikern wurde Fossetts unschuldig-idealistische Aussage endlos wiederholt, und löste jedes Mal maßloses Gelächter aus. Niemand war überraschter als er, als er in die Pressestelle von Nummer zehn zitiert und zum Sonderberater ernannt wurde. Während seiner Zeit dort war es ihm gelungen, sich nicht vom Zynismus der anderen anstecken zu lassen. McPherson bediente sich Fossetts im Grunde genau so, wie Schiffskapitäne von alters her Barometer zu Rate zogen, bevor sie sich anschickten, den Golf von Biskaya zu überqueren.

McPherson lehnte sich gegen einen hohen Aktenschrank. »Okay, hier also die Fakten: Erstens, Adele Floret-Clare hatte einen psychotischen Schub oder, in anderen Worten, sie ist verrückt geworden. Man hat ihr Medikamente verabreicht und sie in eine Privatklinik geschafft. Zweitens, Barrys Bein: Es wurde eine einstweilige Verfügung verhängt, die besagt, dass überhaupt nichts mehr über Barrys Bein veröffentlicht werden darf. Diese Geschichte hat also endlich ein Ende. Ich brauche rechtzeitig zu den Sechsuhrnachrichten eine Pressemitteilung über Adele. Ihr habt zwanzig Minuten, wir haben also nicht die Zeit abzuwarten, bis eure verfluchten Laptops warm gelaufen sind.«

Fossett saß an einem Schreibtisch und kaute an dem Radiergummi am Ende seines Bleistifts herum. Nach kurzem Überlegen schrieb er:

Lieber Mr Redakteur, liebe Mrs Redakteurin,

unserer Mummy geht es nicht gut. Sie hat eine Nervensache und braucht einen ruhigen Ort, an dem sie ungestört ist. Schreiben Sie also bitte nix Schlimmes über sie in der Zeitung oder sagen etwas im Radio oder im Fernsehen. Unser Dad kann uns nicht beistehen, denn er ist weg und versucht, die Welt zu einem sicheren Ort für alle Kinder zu machen.

Liebe Grüße, die Clare-Kinder

Als Fossett an der Reihe war, stammelte er: »Ich ... ähm ... habe mich bloß irgendwie ... ähm ... in die Gedankenwelt eines Kindes ... na ja, also ... versetzt.«

»Nicht schwierig«, murmelte McPherson im Flüsterton.

»Wenn Sie die Kinder dazu bringen könnten, es zu unterschreiben ... ähm ... vielleicht gibt es ja ein Foto ... Ach, und übrigens habe ich extra ›nix‹ statt ›nichts‹ geschrieben.«

McPherson riss Fossett das Schreiben aus den verschwitzten Händen, überflog es und befahl einer Sekretärin, es in kindlicher Handschrift auf einen Briefbogen von

Nummer zehn zu schreiben und auf keinen Fall »nix« durch »nichts« zu ersetzen. Sobald dies geschehen war, stürmte er die Treppe zu den Wohnräumen der Clares hinauf, wo Morgan und Estelle sich gerade um die Fernbedienung zankten.

Er verlangte von ihnen, den Brief durchzulesen und zu unterschreiben. Morgan weigerte sich mit der Begründung, in seinem Alter würde er wohl kaum das Wort »nix« in einem offiziellen Schreiben verwenden. Estelle, die kürzlich mit ihrer Unterschrift experimentiert hatte, unterzeichnete mit schwungvoller Hand. Anschließend griff McPherson nach dem Brief und unterschrieb für Poppy. »Ich weiß alles über deine Pläne, nächsten Monat an der Demo der Globalisierungsgegner teilzunehmen, Morgan«, sagte er. »Du solltest an deinem Kartenhandy ein wenig diskreter sein.«

»Das hier ist ja wohl ein freies Land, oder?«, protestierte Morgan.

McPherson antwortete nicht. Estelle und Poppy würden sich gut auf der Titelseite der *Sun* machen. Morgan hätte das Bild mit seiner Pickelvisage bloß verdorben.

Palmer war in einer Sitzung, in der Pläne diskutiert wurden, ein Attentat auf Saddam Hussein zu verüben und auf diese Weise den Regimewechsel zu beschleunigen. Ein Mitarbeiter des Außenministeriums hatte eben gesagt: »Niemand außer dem Premierminister und seinen christlich-sozialistischen Kumpels ist scharf drauf, den Irak anzugreifen und dort einzumarschieren. Es wäre ziemlich teuer und alles andere als ungefährlich, wenn man die Lage im Nahen Osten bedenkt. Außerdem würde es unendlich viel Papierkram verursachen, weil keiner der Computer im Verteidigungsministerium für den Kriegsfall tauglich ist.«

Es gab eine Runde Gelächter, und man einigte sich darauf, nach Alternativen zu suchen.

Palmer, selbst ein Liebhaber von Süßigkeiten, sagte, er habe im *Spectator* gelesen, dass Saddam Hussein eine Vorliebe für Pralinen der Marke Quality Street habe. »Anscheinend mag er die mit Karamell ganz besonders.«

Eine junge schwarze Frau, die den CIA vertrat, meinte: »Sir, laut neuesten Geheimdienstinformationen ist er mittlerweile zu den neuen mit Schoko-Orangen-Geschmack umgeschwenkt.«

»Das sieht diesem Opportunisten wieder mal ähnlich«, murmelte der Mitarbeiter des Außenministeriums.

Eine Zeit lang drohte die Diskussion im Sande zu verlaufen, während die Anwesenden sich über die jeweiligen Vorzüge von Pralinen mit Orangencreme, Haselnüssen, Karamell und Kokosnusscreme austauschten. Ein Irakspezialist trat für Toffeepralinen ein, bis wieder für geordnete Zustände in dem Konferenzraum gesorgt wurde.

»Warum bitten wir nicht das Biowaffen-Abwehrlabor in Porton Down, die Pralinen mit Schoko-Orangen-Geschmack mit irgendwelchen ihrer tödlichen Bakterien zu verfälschen, und schicken Saddam dann eine dieser Geschenkpackungen zu Weihnachten?«, schlug Palmer vor.

Hierauf gab es mehrere Einwände. Jemand sagte, dass die Leute von Quality Street nicht mitmachen und die Regierung verklagen könnten. Eine andere Sitzungsteilnehmerin gab zu bedenken, dass man im Irak nicht Weihnachten feiere. Jemand anders sagte, Saddam könnte die Packung einem seiner Enkel anbieten, und dass man auf keinen Fall die Tötung eines unschuldigen Kindes dulden dürfe.

Da keiner der Anwesenden die unabsichtliche Vergiftung eines Kindes durch Schokolade gut heißen wollte, einigte man sich darauf, dass Überraschungsangriffe mit Raketen auf dicht besiedelte Gebiete unvermeidbar seien – es sei denn, der Premierminister habe während der Woche seiner Abwesenheit einen plötzlichen Sinneswandel vollzogen.

Die einzigen Geräusche in der Küche kamen von den Reißverschlüssen und Metallknöpfen der Jeanshosen in der Waschmaschine, während sie im Laufe der Umdrehungen am Bullauge entlangkratzten. Die vier Leute beobachteten den Wasserkocher und warteten darauf, dass er kochte. Die Musik aus dem Nebenzimmer dröhnte immer noch, und der Premierminister wünschte, jemand möge sie abstellen.

In der Luft hing der Gestank von Marihuana und Crack. Peter stand in einer Ecke seines Käfigs auf dem Boden und piepste immer wieder monoton vor sich hin. »Das arme Kerlchen ist übergeschnappt«, sagte Jack.

James lehnte mit dem Rücken an der Küchentür, und Jack hatte das unbehagliche Gefühl, dass es die ohnehin schon gewalttätige Stimmung in dem Raum noch verschärfen würde, würde er ihn bitten, beiseite zu treten.

Mit großem Interesse ließ der Premierminister den Blick durch das Zimmer schweifen. Er hatte den Eindruck, sich in einer typischen Arbeiterklassenküche zu befinden. Auf dem Abtropfbrett waren neben den Pakkungen mit Mikrowellenessen Bierdosen gestapelt. Es gab sogar einen schäbigen Wellensittich, dessen Käfigboden mit der *Sun* ausgelegt war. Die Schlagzeile lautete: »Saddam mag Quality Street«. Ein Aschenbecher auf dem Küchentisch enthielt einen kleinen Scheiterhaufen voll Zigarettenstummel, daneben stand ein Esel, der einen Karren mit Salz- und Pfefferstreuer zog. Es gab nichts in der Küche, das Geschmack bewiesen hätte. Adele würde es wunderbar kitschig finden.

Jacks Mutter, eine Schlampe mit zu viel Make-up, schien sich nicht über den Besuch ihres Sohnes zu freuen. Sie brüllte über die Musik hinweg: »Ich weiß überhaupt nicht, warum du so verflucht mürrisch aussiehst, Jack. Ich habe dir gleich gesagt, dass du nicht kommen sollst, weil ich zu tun habe!« Dem Premierminister fiel auf, dass Norma bei diesen Worten James ansah, als wolle sie ihm zeigen, dass sie keinerlei Schuld treffe.

Um die Anspannung in dem Zimmer zu lösen, sprach Jack über das Wetter, während seine Mutter kochendes Wasser in eine Teekanne aus Metall goss.

Der Premierminister rümpfte die Nase. Soeben war ihm eingefallen, um was es sich bei dem beißenden Geruch um ihn herum handelte. Manche Studenten in Cambridge, die ein zügelloseres Leben führten, hatten Stoff geraucht. Er selbst hatte es nie getan, da er instinktiv gewusst hatte, dass er es nicht mögen würde – er wollte nicht die Kontrolle über sich verlieren. Nun fragte er sich jedoch, ob seine Mutter und sein leiblicher Vater jemals miteinander geteilt hatten, was man seines Wissens nach auch als Tüte bezeichnete.

»Du trinkst also deinen Tee«, sagte Norma, »und dann geht ihr, ja?« Es war mehr Befehl als Frage.

»Wie läuft's in der Uni?«, wandte Jack sich an James.

»Unis sind für Pygmäen. Nur Winzlinge gehen auf die Uni. Ich lerne nur, was ich wissen muss. Warum sollte ich mir den Kopf mit unnützen Fakten voll stopfen, die ich nie brauchen werde?«

Der Premierminister hatte mal ein ehemaliges konservatives Kabinettsmitglied etwas Ähnliches sagen hören.

»James wird auch ohne Uniabschluss durchkommen«, meinte Norma. »Er ist der cleverste Junge, den ich kenne: erst neunzehn und fährt schon einen Mercedes!«

Zaghaft gab der Premierminister zu bedenken: »Tja, also wissen Sie, Mrs Sprat, ich für meinen Teil glaube ja nicht, dass Bildung nur dazu da ist, uns die Werkzeuge für materiellen Gewinn an die Hand zu geben. Eine gute Ausbildung sollte unser gesamtes Leben bereichern, und uns in die Lage versetzen, einen gesellschaftlichen Beitrag zu leisten, etwas zu verändern.«

»Wo haben Sie denn Ihren Abschluss gemacht?«, wollte James wissen.

»In Cambridge.« Bescheiden senkte der Premierminister den Blick.

»Na, das hat Ihnen aber auch nicht viel gebracht,

wie?«, versetzte James. »Schauen Sie sich doch an! Kein richtiger Mann, keine richtige Frau, keine Klasse – was sind Sie überhaupt?«

Der Premierminister rückte seine Perücke zurecht und fuhr sich mit der Hand über das Stoppelkinn. Vor seinem Besuch hier hatte er sich eigentlich rasieren wollen, doch es hatte sich keine Möglichkeit gefunden.

»Ich kenne Sie irgendwoher«, meinte James. »Arbeiten Sie nicht an der Garderobe im Schwuchtelladen?«

Vom Flur aus wurde heftig gegen die Küchentür gehämmert. »Scher dich zurück in dein Zimmer und bleib da!«, rief James. Es klang, als schreie er einen Hund an.

»Wer ist das?«, fragte Jack.

»Einer unserer Gäste«, antwortete Norma. Klappernd hantierte sie mit Tassen, Löffeln und Untertassen. Zu James sagte sie: »Soll ich mit unserem Besuch im Wohnzimmer eine Tasse Tee trinken gehen?«

»Nein!«, brüllte James. »Da hast du nichts verloren!«

Als Jack das verängstigte Gesicht seiner Mutter sah, erhob er sich und sagte: »Ich habe da sehr wohl etwas verloren! Ich muss die Musik ausschalten.« Er bat James höflich, von der Küchentür wegzutreten, doch als James sich weigerte und ihn einen Faschisten schimpfte, ließ er seiner faschistischen Seite freien Lauf: Er packte James rechten Arm und bog ihn mit solcher Gewalt auf den Rücken, dass er beinahe brach. James schrie vor Schmerz auf und ging in die Knie.

»Tu ihm nicht weh, Jack!«, stieß Norma hervor.

Jack zerrte James auf die Beine und schubste ihn den Flur entlang ins Wohnzimmer. Es war stockdunkel, doch Jack konnte riechen, dass sie nicht allein waren. Die Musik fühlte sich wie ein Lebewesen an, das gegen seinen Körper hämmerte. Er tastete nach dem Lichtschalter an der Wand neben der Tür, den jedoch jemand überklebt hatte.

Jack riss das Klebeband weg und schaltete das Licht ein. Die Deckenlampe in der Mitte des Zimmers erstrahlte, und es wurden vier Männer und zwei Frauen sichtbar, die ihre Augen vor der plötzlichen Helligkeit abschirmten. Es handelte sich um den ehemaligen Manager eines Teppichgeschäfts, eine ehemalige Krankenschwester, einen ehemaligen Reifenmonteur, einen Autohändler, einen Portier und ein Mädchen, das in einem Heim für Bewährungshäftlinge wohnte. Sie alle hatten gebettelt, gestohlen und Darlehen aufgenommen, die sie niemals zurückzahlen können würden, nur um James fünfhundert Pfund pro Nase hinzublättern. Dafür wollten sie bei freier Unterkunft und Verpflegung das Wochenende in seinem Haus verbringen. In den Wandnischen zu beiden Seiten des Kamins standen gewaltige Lautsprecher. Selbst im Palais de Danse, wo Jack zusammen mit dreihundert anderen Leuten Tanzstunden genommen hatte, waren die Lautsprecher kleiner. Er musste unbedingt diesen Krach abstellen! Als er sich nach der Lärmquelle umblickte, sah er, dass die Lautsprecher an einen CD-Player angeschlossen waren, der neben seinen Nachschlagewerken und einer Eselvase mit einem Strauß verwelkter Narzissen auf seinem alten Schreibtisch stand. Er fummelte an den Tasten herum, bis Ruhe einkehrte. Normas Gäste starrten den Neuankömmling an, der in ihre Träume geplatzt war.

James stand mitten im Zimmer und bedachte Jack mit einem verächtlichen Blick. Er bemitleidete die kleinen Leute, die Angst hatten, Crack zu nehmen – es waren Pygmäen. Niemals würden sie die Ekstase kennen, die James erlebt hatte, als er zum ersten Mal Crack genommen hatte. Er ahmte die Haltung eines großen Staatsmannes nach, zugleich gebieterisch und gönnerhaft, und fing an, allen im Zimmer Anwesenden eine Predigt zu halten.

»Der Sinn des Lebens ist es, Crack zu nehmen«, verkündete er. »Es ist der Grund, weshalb wir auf die Welt gekommen sind, und die einzige Triebfeder unserer Existenz. Nur ein paar wenige überragende Persönlichkeiten dürfen von den Wunderwerken des Cracks wissen, und wir sind die wahre Elite. Diese privilegierten Menschen«

– an dieser Stelle wies er auf den Reifenmonteur – »sind Heilige, und ihnen muss gewährt werden, sich zu versammeln und Crack anzubeten. Im Namen des Cracks ist alles erlaubt. Vergewaltigung, Mord und Folter werden denjenigen zustoßen, die das Anbeten von Crack zu verhindern suchen. Wenn ein Crackuser kein Geld hat, muss ihm freistehen, von Pygmäen wie Ihnen oder Ihrer Mutter zu stehlen, Jack. Einen Pygmäen umzubringen ist kein Verbrechen, einen Pygmäen zu vergewaltigen ist kein Verbrechen, einen Pygmäen fertig zu machen ist kein Verbrechen, einen Pygmäen zu entführen und zu foltern ist kein Verbrechen. Ein Crackuser hat die Wahrheit gesehen, und die Wahrheit ist ein derart erlesenes Glücksgefühl, dass es einer völlig neuen Sprache bedarf, ehe das Ausmaß dieses Glücks begreiflich gemacht werden kann. Stellt euch die Unendlichkeit vor, die unermesslichen Weiten des Alls, die sich bis in alle Ewigkeit in die Zukunft ausdehnen, und dann stellt euch ein Glücksgefühl vor, das so gewaltig ist. Wer würde sich nicht so guuuuut fühlen wollen, so hiiiiiigh, so schöööööön, so tooooll...?

Gott ist Crack.
Jesus ist Crack.
Allah ist Crack.
Buddha ist Crack.
Krishna ist Crack.
Abraham ist Crack.
Moses ist Crack.
Martin Luther ist Crack.
Mandela ist Crack.
Beckham ist Crack.
Puff Daddy ist Crack.
Crack ist Crack ...«

Seine Stimme stockte ein wenig. »Dies ist das Versprechen von Crack. Deshalb nehmen wir es wieder und wieder und wieder und wieder und wieder ...«

»Aber es ist ein Versprechen, das gebrochen wird«, wandte die ehemalige Krankenschwester ein. »Und wir können nie, nie, nie wieder das gleiche Glücksgefühl erlangen, ganz egal, wie viel wir nehmen und wie viel Geld wir ausgeben.«

»Aber wir müssen es weiter versuchen«, fuhr James fort. »Es gibt immer Hoffnung. Wir müssen nur daran glauben.«

»Und wir müssen bereit sein, alles zu verlieren«, sagte der Autoverkäufer. »Unsere Familien, unsere Ehefrauen, Ehemänner und Kinder, unsere Arbeit, unsere Freunde, unser Geld, unseren Besitz, unsere Häuser, unsere Selbstachtung, unseren Stolz, ja uns selbst.«

»Genau«, pflichtete James ihm bei, »und wir werden in einer Welt der Dunkelheit leben, wo jeder unser Feind ist, während Schatten darauf warten, uns umzubringen, wo jedes Geräusch lebensgefährlich ist, und die Sonne uns bloß daran erinnert, dass wir bald durstig sein werden, ohne etwas zu trinken zu haben oder jemanden, der uns die Lippen befeuchten würde.«

James spürte, wie jegliche Energie aus ihm entwich. Er legte sich auf den halbmondförmigen Kaminvorleger und war im nächsten Moment eingeschlafen.

Jack schaltete das Licht aus und schloss leise die Tür hinter sich, als habe er lediglich nach schlafenden Kindern gesehen. Dann ging er die Treppe hoch und zog Normas größten Koffer von dem Kleiderschrank in ihrem Schlafzimmer.

Norma erklärte dem Premierminister, wie sehr er dem Premierminister ähnelte. »Sie sehen haargenau wie Edward Clare aus«, sagte sie. »Die Stimme, das Blinzeln, das Lächeln, selbst die schiefen Zähne. Alles!«

James' lautstarkes Schwadronieren, das aus dem anderen Zimmer zu ihnen drang, machte den Premierminister nervös, und es fiel ihm schwer, sich ins Gedächtnis zu rufen, wie man sich mit einer echten Frau der Arbeiterklasse alter Schule unterhielt. Was waren die wichtigsten Punkte? Haustiere? Bingo?

Norma erzählte dem Premierminister, er könne tausendmal besser darin sein, den Premierminister nachzuahmen als der Imitator Rory Bremner im Fernsehen. Schließlich wechselte sie das Thema: »Ich bin bloß froh, dass Jack hergekommen ist und die Sache in die Hand nimmt.«

Der Premierminister fragte Norma, was sie von der Regierung hielt. Zuerst schien sie die Frage nicht zu verstehen. »Ich weiß nicht«, meinte sie. »Für Politik interessiere ich mich nicht, abgesehen von Ron Phillpot. Ich fand es toll, wie er diesen Kerl verkloppt hat.«

Auf eigenartige Weise war Normas Gleichgültigkeit dem Premierminister ein Trost. Weshalb sollte er nachts wach liegen und sich über das Kyoto-Protokoll Sorgen machen, wenn der Großteil der Bevölkerung selig acht Stunden durchschlief und nicht die leiseste Ahnung von den Gefahren hatte, die Treibhausgase verursachten?

Das Telefon, das an der Küchenwand angebracht war, klingelte. Norma warf dem Apparat einen ängstlichen Blick zu. James hatte es nicht gern, wenn sie ans Telefon ging oder selbst jemanden anrief.

Im ersten Stock hörte Jack das Läuten und kam heruntergerannt, um an den Apparat zu gehen. Es war seine Schwester Yvonne.

»Wo bist du?«, fragte er – immerhin konnte sie von überall auf der Welt anrufen.

»Ich bin eben in Luton gelandet und fahre jetzt auf der Autobahn«, rief sie. »Wieso ist Mum nicht ans Telefon gegangen? Ist was passiert?«

Jack wusste nicht, wie er Yvonne auch nur annähernd erklären sollte, was ihrer Mutter in der vergangenen Woche widerfahren war. Also sagte er: »Ich bin so froh, deine Stimme zu hören, Vonnie!«

»Mum geht es gut?«

»Sie ist hier in der Küche und raucht«, antwortete Jack.

»Sag ihr, ich habe Geld für sie dabei«, schrie Yvonne, denn die Verbindung war schlecht.

»Ist Derek bei dir?«

»Wer?« Yvonne schien vergessen zu haben, dass sie mal sechsundzwanzig Jahre lang mit einem Mann namens Derek verheiratet gewesen war.

»Nein, ich bin alleine«, erwiderte sie. »Und ich fahre meinen eigenen Wagen!«

Jack konnte sich nicht vorstellen, wie seine Schwester Auto fuhr, geschweige denn ihren eigenen Wagen, und dann noch auf der Autobahn, nachdem sie »eben in Luton gelandet« war. Als er sie das letzte Mal gesehen hatte, hatte sie in einer Küchenschürze und Plüschhausschuhen die Fenster ihrer Doppelhaushälfte geputzt, während Derek die Lehne des Stuhls festhielt, auf dem sie stand.

Norma geriet leicht in Panik, als Jack ihr erzählte, dass Yvonne in etwa einer Stunde da sein würde. »Vonnie werden all diese Gäste gar nicht passen, Jack.«

Jack fand das Talent seiner Mutter zur Selbsttäuschung erstaunlich. Die Leute im Wohnzimmer als »Gäste« zu bezeichnen war, als beschreibe man Ameisen in einem Marmeladenglas als »willkommenen Besuch«. »Wo hebt er das Zeug auf, Mum?«, wollte Jack wissen.

»Das kann ich dir nicht sagen«, flüsterte sie. »Ich habe ihm versprochen, es nicht zu sagen. James hat es mich bei Petes Leben schwören lassen. Er sagte, er würde ihn in die Mikrowelle stecken und mit einem pochierten Ei essen! Er sagte, er würde sich Petes Federn ins Haar stekken! Ich bin so froh, dass du hier bist, Jack.«

»Dann sag es nicht, Mum«, flüsterte Jack, »sondern zeig es mir.«

Norma zog die Besteckschublade am Küchentisch auf und nahm eine Tabakdose von Old Holborn heraus. In dunkelblauen Samt eingewickelt befanden sich darin kleine, glitzernde Steinchen.

»Kristalle?«, fragte der Premierminister.

»Crack!«, antwortete Jack.

Der Premierminister wich zurück, als könnten die winzigen Steine Besitz von seinem Körper ergreifen, um ihm den Verstand zu rauben und ihn auf die Straße zu treiben, wo er wirr reden, die Leute überfallen und seinen Mitmenschen unsägliches Leid antun würde. Er fühlte sich erst besser, als Jack die Steinchen wieder mit dem Samt bedeckte, den Deckel schloss und die Dose in der Innentasche seiner Jacke verschwinden ließ.

»Das kannst du nicht einfach so behalten«, meinte Norma. »Die Gäste haben im Voraus dafür gezahlt.«

»Ich habe deinen Koffer vom Schrank geholt und auf dein Bett gelegt«, sagte Jack zu seiner Mutter. »Geh nach oben und pack. Du verlässt das Haus noch heute Abend.«

»Wohin bringst du mich denn?«

»Keine Ahnung«, erwiderte er.

»Ich kann Pete nicht alleine lassen.«

»Den nehmen wir mit«, sagte Jack, obwohl Peter seiner Ansicht nach nicht kräftig genug aussah, um eine längere Reise durchzustehen.

Während Jack im Flur Wache hielt, ging Norma in den ersten Stock und fing zu packen an. Der Premierminister sagte zu Jack: »Jack, ich bin ein ziemlich toleranter Mensch, aber bei Crack ist bei mir Schluß. Mir ist diese ganze Situation nicht geheuer. Für Sie mag das nichts Ungewöhnliches sein, Jack, aber ich muss zugeben, dass ich ein wenig, na ja, schockiert bin. Jack, es ist Ihre Pflicht, mich von hier fortzubringen. Rufen Sie Ali an und sagen Sie ihm, er soll auf der Stelle herkommen.«

»Das ist alles Ihre Schuld!«, entgegnete Jack grimmig. »Sie wissen seit zehn Jahren über Crack Bescheid und haben einen Scheißdreck dagegen unternommen. Sie sind davongelaufen, haben ihren verfluchten gemäßigten Kopf in den Sand gesteckt und so getan, als sei Crack eine schlimme Sache, die wieder von alleine weggeht, wenn wir uns ruhig verhalten und so tun, als sei es nicht da. Tja, es ist aber da!«, schrie er. »Im Haus meiner Mutter!«

Dem Premierminister kamen Statistiken über die Lippen. Er rasselte die Millionen herunter, die für Drogenerziehung und vorbeugende Maßnahmen zur Drogenbekämpfung ausgegeben wurden; er sagte, x Prozent von soundso seien für soundso ausgegeben worden, und x Prozent waren für soundso zurückgelegt worden, und x Prozent von x Prozent würden demnächst ausgegeben werden.

»Ja, klar!«, rief Jack. »Und achteinhalb Prozent der Jünger haben Jesus verraten. Prozente bedeuten gar nichts. Statistiken sind Unfug!«

»Die Regierung hat viereinhalb Millionen Pfund zu Forschungszwecken ausgegeben.«

Jack lachte grimmig. »Beschaffungskriminalität kostet dieses Land Milliarden. Ich sag Ihnen mal was, Ed: Im Wohnzimmer meiner Mum sitzen lauter Drogenexperten – wieso gehen wir da nicht rein und machen uns deren Wissen zunutze? Diese Art Forschung wird ihre Regierung keinen verdammten Penny kosten.«

Mit der Zeit bekam Yvonne die Schaltung des BMW in den Griff und wagte, auf die Überholspur umzuschwenken und Gas zu geben, bis sie neunzig Meilen pro Stunde fuhr. Das Wetter war mies und sie wünschte sich, sie hätte den gelben Kaschmirpulli angezogen, den sie in Marbella gekauft hatte. Nachdem sie die Klimaanlage höher gestellt hatte, drehte sie am Radioknopf herum. Sie suchte etwas Akzeptables: Frank Sinatra, Neil Diamond, Queen – etwas mit einer Melodie, bei der sie mitsingen konnte. Doch sie bekam nur deprimierende Nachrichten über England zu hören. Dass sie im Kricket verloren hatten, Südwestengland überschwemmt war, die M25 sieben Stunden lang gesperrt gewesen war, dass Edward Clare am folgenden Tag wieder seine Pflichten als Premierminister wahrnehmen würde, und die Kinder des Premierministers eine Erklärung veröffentlicht hatten, in der sie flehten, die Privatsphäre ihrer Mutter zu respektieren. Yvonne fragte sich, wie sie so lange hatte in England leben können. Verglichen mit Marbella war es einfach beschissen. Oder war es etwa in England möglich, auf einem warmen Balkon umgeben von Bougainvillea zu frühstücken, frisch gepressten Orangensaft zu trinken und Croissants mit echtem Kaffee zu genießen, und das alles mit Meerblick? Nein, verdammt noch mal, natürlich nicht. Konnte man in Leicester im Winter in einem weißen Jeanskostüm mit goldenen Sandalen und dazu passender Umhängetasche herumlaufen, ohne wie ein Trottel auszusehen? Nein. Konnte man in England um zehn Uhr abends in einem Straßencafé zu Abend essen, ohne sich den Hintern abzufrieren? Wohl kaum.

Yvonne strich über die goldene Umhängetasche, die neben ihr auf dem Beifahrersitz lag. Darin befand sich ein Kuvert, das prall mit Euro gefüllt war, und sie konnte es kaum erwarten, das Gesicht ihrer Mutter zu sehen, wenn sie es ihr überreichte. Sie wollte Mum das Apartment in der Strandwohnanlage zeigen, sie durch die weißen Räume mit den Marmorböden und cremefarbenen Möbelstücken führen, ihr den Kühlschrank mit der Eismaschine demonstrieren, die Klimaanlage nach Mums Geschmack einstellen, Mum in das Gästezimmer mit eigenem Bad geleiten und ihr beweisen, dass Jack nicht die einzige Erfolgsgeschichte in der Familie war. Sie mochte achtundvierzig sein, aber Pedro, ihr derzeitiger Liebhaber, hatte ihr gesagt, sie sehe mindestens zwanzig Jahre jünger aus. Tatsächlich musste sie zugeben, dass ihr die Sonnenbräune gut stand, genauso wie der Mia-Farrow-Haarschnitt. In der Schlange vor dem Abfertigungsschalter am Flughafen von Malaga hatte ein Mann sie beschuldigt, sich vorgedrängelt zu haben, und hatte sie als Scheißeuropäerin beschimpft. Sie hatte es als Riesenkompliment aufgefasst: Schon immer hatte sie europäisch sein wollen – seit sie »La Vie en Rose« von Edith Piaf gehört und gesehen hatte, wie Audrey Hepburn in

Ein Herz und eine Krone hinten auf einer Vespa gesessen hatte. Sie fuhr an den Feldern mit Radiomasten der Sendestation bei Daventry vorbei. Als sie sich nach den Autofahrern umdrehte, die sie überholte, dachte sie, wie blässlich und schlecht angezogen sie und ihre Beifahrer im Licht der Neonröhren aussahen. Anscheinend ließ sich die gesamte englische Bevölkerung gehen.

Yvonne erinnerte sich noch genau an den Augenblick im Jahre 1990, in dem sie angefangen hatte, sich gehen zu lassen. Sie hatte im Schlafzimmer im ersten Stock gelegen und sich von einer Grippe erholt. Eines Tages hatte sie mit angehört, wie Derek sich mit einem seiner Kumpel über Gartenhäuschen unterhielt. Dann hörte sie, wie Derek sagte: »Na ja, ich mach mal besser Schluss, *denn ich muss nach dem Teil oben im Bett schauen.*«

Das Teil oben im Bett. Seine Worte hatten sie verdinglicht und mit Scham erfüllt. Als sie wieder gesund war, war sie tatsächlich zu einem Teil mutiert und hatte Kleidung mit Gummizug getragen, die sich ihrer immer dikker werdenden Figur anpasste. Sie hatte aufgehört, sich die Haare zu färben, und hatte sie mit einem Gummi zusammengebunden. Das Zupfen ihrer Augenbrauen ließ sie bleiben und sie trug Dereks Socken; in dem Spalt zwischen Hosenbeinen und Schuhen konnte man die Haare an ihren Beinen sehen. Sie hatte sich der Riege der anderen Frauen angeschlossen, die sich gehen ließen – sie waren überall, standen am Eingangstor der Grundschule, saßen an Bushaltestellen und hockten in den Wartesälen der Krankenhäuser.

Mrs Thatcher hatte Yvonne vor sich selbst gerettet. Yvonne hatte gesehen, wie ihre Heldin Downing Street auf der Rückbank einer Limousine weinend verlassen hatte, eine geschlagene Frau.

»Sie wird sich gehen lassen, genau wie ich«, hatte Yvonne gedacht, doch binnen weniger Monate war Maggie zurück, und zwar so wunderbar gepflegt und kämpferisch wie eh und je. Yvonne hatte sich inspirieren lassen von Maggies verrücktem Selbstvertrauen und der Tatsache, dass sie zwanzigtausend Pfund pro Stunde für die Thatcher-Stiftung verdienen konnte, einen wohltätigen Verein, der den Kapitalismus als positive Kraft propagierte. Als Geste der Unterstützung schickte Yvonne der Thatcher-Stiftung einen Scheck über zehn Pfund. Sie hatte Jack bei einer Weihnachtsfeier in Mums Haus davon erzählt, doch er hatte nur gelacht. »Für deinen kläglichen Zehner wird sie nicht gerade dankbar sein. Die ist hart wie Granit.«

Edward Clare hingegen konnte Yvonne nicht leiden, und selbst wenn man sie gefoltert und ihr Bambus unter die Fingernägel geschoben hätte, hätte sie nicht sagen können, welche politischen Überzeugungen er vertrat. Er sprach viel über den mittleren Weg, aber das hatte nichts zu bedeuten – wer zahlte schon viel Geld für einen Platz am Ring, um dann bloß einem Mittelgewichtsboxer zuzusehen?

Sie hatte es nie bereut, England verlassen zu haben. Sie hatte es sich geschworen, als Labour die Wahl gewonnen hatte. Es hatte ein paar Jahre gedauert, doch nun hatte sie es geschafft, im Gegensatz zu Frank Bruno und Paul Daniels, die ihres Wissens immer noch hier lebten.

Sie und Derek hatten immer Labour gewählt – bis Mrs Thatcher in all ihrer königlichen Hoheit mit unglaublicher Wucht auf der politischen Szene erschienen war. Zum einen konnte man alles, was sie sagte, verstehen. Sie hatte die Gewerkschaften in die Schranken gewiesen, oder etwa nicht? Die Gewerkschaft in Dereks Fabrik hatte früher immer Ärger gemacht und die Arbeiter wegen mehr Geld oder besseren Arbeitsschutzbestimmungen aufgehetzt. Wenn jemand sich mit den Fingern in einer der Maschinen verfing, war das seine eigene verfluchte Schuld. Derek hatte überlebt, ohne auch nur einen seiner Finger einzubüßen. Mrs Thatcher hatte mit den alten, Unruhe stiftenden Gewerkschaften aufgeräumt, und Derek hatte es überhaupt nichts ausgemacht, die neuen

Bestimmungen zu befolgen und sein eigenes Toilettenpapier in die Arbeit mitzunehmen. Wieso sollte sein Boss dafür zahlen, Dereks Hintern abzuwischen? Maggie hatte Dereks Firma erlaubt, ihr Stahlblech in Indien zu kaufen, anstatt bei der Gießerei um die Ecke. Okay, qualitativ war es nicht so gut, dafür aber fünf Mal so billig, fünf Mal! Und die Gewerkschaften konnten nichts sagen, denn die Auftragsbücher waren voll, und Derek machte abends und an den Wochenenden Überstunden, sodass sie das Haus, in dem sie seit ihrer Hochzeit gelebt hatten, schließlich zu achtzig Prozent des Martkwerts vom Sozialamt kaufen konnten.

Es überraschte den Premierminister, wie normal die Crackabhängigen aussahen. Er hatte erwartet, dass ihnen die lasterhafte Verworfenheit ins Gesicht geschrieben sei.

Die Krankenschwester erzählte, sie müsse nächste Woche vor Gericht erscheinen, weil sie angeklagt sei, Patienten bestohlen zu haben. Ihre einzige Sorge war, wie sie im Gefängnis an Crack herankommen sollte.

»Soviel ich gehört habe, dürfte es da keinerlei Probleme geben«, meinte Jack. »Im Bau ist es leichter, an Crack zu kommen, als vom Gefängnisarzt eine Aspirin zu kriegen.«

Der Portier sagte, er wisse nicht, wie lange er seinen Beruf noch ausüben könne. Er hatte in der ganzen Stadt Schulden, und immer wieder tauchten Gangster auf seiner Arbeit auf und drohten, ihm die Kniescheiben zu zerschießen. Es war Freitagabend, und eigentlich sollte er an der Tür des Starlight Room stehen. Außerdem hatte er seine Frau ohne Geld zu Hause zurückgelassen, dabei hatte sie drei Kinder zu ernähren. Er hatte ihr befohlen, niemandem die Tür aufzumachen. Die Straßengangs waren dazu übergegangen, drogenabhängige Schuldner zu bestrafen, indem sie sie mit Säure bewarfen, und er würde es nicht ertragen, wenn das hübsche Gesicht seiner

Ehefrau ruiniert würde. Er konnte doch nicht mit einer narbengesichtigten Frau leben!

»Warum gehen Sie nicht zur Polizei?«, wollte der Premierminister wissen.

Das fanden alle erheiternd.

Der Premierminister blickte verständnislos in die Runde, da er den Witz nicht verstand.

Der Autoverkäufer sprach größtenteils zusammenhangloses Zeug, und der Premierminister musste sich anstrengen um herauszuhören, dass die Sucht den Mann mehr kostete, als er verdiente. Er hatte die elftausend Pfund, die für seine Hochzeit und die Hochzeitsreise vorgesehen waren, für Crack ausgegeben. Seine Verlobte ahnte nicht, dass er süchtig war, und sie würde erst am Morgen ihrer Hochzeit davon erfahren, wenn der Mietwagen nicht auftauchte, der sie zur Kirche fahren sollte.

»Haben Sie es mit einer Entziehungskur probiert?«, fragte der Premierminister.

»Es gibt nur einen Ort im ganzen Land, und da haben sie eine sechsmonatige Warteliste«, erwiderte die Krankenschwester. Dann wandte sie sich an Jack: »Treten Sie den Mistkerl wach, ich brauch wieder was.«

Alle drehten sich zu James um, der auf dem Boden lag und träumte.

»Er sieht tot aus«, sagte der Permierminister.

Jack fühlte seinen Puls. »Nein, er lebt. Leider.«

»Wieso haben Sie sich das alles angetan?«, fragte der Premierminister die Anwesenden.

Das Mädchen aus dem Heim für Bewährungshäftlinge antwortete:

»Keine Ahnung, als ich noch klein war – ich hatte gerade mal Laufen gelernt – hab ich mal von einer Flasche Bleichmittel getrunken. Da weiß ich ja auch nicht, wieso ich's gemacht hab. Ich war in 'nem Haus, und James war da, und, na ja, wir haben gespielt, wer am meisten Tequila saufen kann, ohne das Bewusstsein zu verlieren, und ich hab gewonnen. Und James hat uns diese kleinen

Steine gezeigt, das war das erste Mal. Jeden Morgen wach ich auf und, na ja, ich bin glücklich, und dann fällt's mir wieder ein: Ich muss gleich los und irgendeinem Kerl den Schwanz lutschen oder einem Fremden Angst machen, damit er Kohle rausrückt. Das ist harte Arbeit, und ich kann mich nie ausruhen, denn ich muss immerzu denken und vorausplanen und die ganze Zeit Leuten ausweichen. Meine Mum ist hinter mir her, weil ich ihre Miete für Crack ausgegeben habe, und irgendwie hab ich nie meine Ruhe. Es gibt Straßen, die ich nicht entlanggehen kann, und Orte, wo ich nicht auftauchen darf. Die Polizei kennt mich schon. Die fahren in ihren Autos an mir vorbei und rufen aus dem Fenster, dass ich zu hässlich bin, um einen Freier abzukriegen. Sie nennen mich Crack-Alice. Bin nach Nottingham abgehauen, aber da hat man mich übel zugerichtet. Also bin ich ohne Fahrkarte mit dem Zug zurückgekommen, hey, aber der Kontrolleur hat mir keinen Respekt gezeigt, also hab ich ihn halt geschubst, bloß geschubst, und jetzt sagen sie, es war tätlicher Angriff, aber das stimmt nicht – Sie können jeden hier in der Stadt fragen: Ich würde keiner Fliege was zuleide tun, höchstens, wenn sie mir was zuleide tut. Den Fahrkartenkontrolleur verachte ich. Ich hab nichts als Verachtung für ihn übrig.«

»Ich bin nicht zum Quatschen hergekommen«, meinte der ehemalige Reifenmonteur zornig. »Licht aus, Musik an und noch einen Joint und mehr Eis. Dafür hab ich gezahlt und jetzt will es auch kriegen. Ich habe mir das Geld von einer Kreditfirma geliehen. Jetzt habe ich bloß noch einen einzigen Kredit und mit den zusammengenommenen Zinsraten zahle ich denen immer noch Geld zurück, wenn ich fünfundsechzig bin.« Er fing zu lachen an. »Aber die bekommen ihr verfluchtes Geld nicht, denn bis dahin bin ich lange tot.«

»Bei den Bürgerberatungsstellen gibt es eine Schuldnerberatung, wo Sie sich vernünftige, praktische Tipps holen können«, meinte der Premierminister zu ihm.

»Entweder krieg ich jetzt noch einen Stein, oder ich will mein Geld zurück«, sagte die Krankenschwester.

Norma hatte ihre hübschesten Anziehsachen in den Koffer gepackt. Folglich befanden sich viele paillettenbesetzte Kleider und drei Abendhandtaschen darin, aber nur sehr wenige warme, bequeme Kleidungsstücke. Als Jack hörte, wie sie den Koffer die Treppe herunterschleppte, lief er ihr entgegen, um ihr behilflich zu sein.

An der Ausfahrt 21 bog Yvonne ab und fuhr auf einer Schnellstraße weiter, wobei sie über etliche Kreisverkehre von der Größe kleiner Meeresinseln navigieren musste. Sie passierte die einstöckigen, fensterlosen Gebäude, in denen Dinge hergestellt oder gelagert wurden, die außerhalb der Stadt gelegenen Einkaufszentren, wo identische Geschäfte die immer gleichen Produkte verkauften, und unaufhörlich der Wind über die flache Landschaft hinwegfegte. Außerdem fuhr sie an dem Mulitplexkino und seinen umliegenden Restaurants vorbei, in denen schlecht gekochtes, chemisch behandeltes Essen an Kunden verkauft wurde, die nicht selbstbewusst genug waren, um sich darüber zu beschweren. Schließlich erreichte sie die schreckliche einspurige Ringstraße, die zahlreiche alte Gemeinden entzweigeschnitten hatte.

Es hatte gut getan, Jacks Stimme am Telefon zu hören. Er war anständig. Yvonne mochte das an ihrem Bruder. Wann immer sie vor einer schwierigen Entscheidung oder einem moralischen Dilemma stand, fragte sie sich: »Was würde Jack tun?«

Bald schon rauschte sie an vertrauten Dingen ihrer alten Sozialbausiedlung vorbei. Der Ort, an dem sie aufgewachsen war, besaß in ihren Augen nur einen einzigen Pluspunkt: Er befand sich nur anderthalb Meilen von der Autobahn M1 entfernt, sodass man schnell wieder wegkam. Sie drosselte das Tempo und betrachtete die Fabrik, in der Derek, ihr Ehemann, von dem sie getrennt lebte, gearbeitet hatte, seitdem er mit fünfzehn von der Schule abgegangen war. Acht Stunden am Tag, fünfeinhalb Tage die Woche, war er dort quasi an eine Maschine gekettet gewesen. Er hatte eine Urkunde für seine Pünktlichkeit bekommen – und sie in dem Haus, in dem sie zusammen gelebt hatten, an die Küchenwand gehängt. Doch egal, wie hart er arbeitete, sie blieben dennoch arm. Nicht arm im Sinne von hungrig und ohne Dach über dem Kopf, aber arm im Sinne von ständig aufs Geld schauen zu müssen. Sie machten immer nur eine Woche Urlaub im Wohnwagen in dem Küstenort St Leonard-on-Sea, nie zwei. Sie hatten sich nie erklären können, weshalb sie es nicht schafften, für ihre Altersvorsorge oder auf ein Auto zu sparen. Schließlich hatte sie angefangen, ihn dafür zu hassen, dass er morgens der erste Arbeiter in der Fabrik war und abends der letzte, der nach Hause ging.

Yvonne und Ali hielten gleichzeitig vor Normas Haus und blendeten einander gegenseitig mit ihren Scheinwerfern. Den Gartenweg gingen sie gemeinsam entlang. »Wer hat denn das Taxi gerufen?«, fragte Yvonne.

»Ich bin nicht bloß ein Taxi. Ich bin ein Mietwagen!«

Jack öffnete ihnen die Tür. Als er seine Schwester erblickte, stellte er wieder einmal mit Erstaunen fest, wie radikal sich Frauen ändern konnten. Es war, als sei die Yvonne vor ihm auf der Türschwelle aus dem Kokon der alten Yvonne hervorgegangen – sie sah jünger aus, war eleganter, und die Umrisse der alten Yvonne schienen wegradiert worden zu sein, sodass eine schärfer konturierte, knochigere Frau übrig geblieben war.

Er schickte Ali in die Küche vor und blieb mit Yvonne im Flur. Yvonne nahm die Neuigkeiten aus dem Mund ihres Bruders relativ gelassen auf; dass ihre Mutter mittlerweile ein Crackhaus betrieb und in einen neunzehnjährigen Drogenhändler namens James verliebt war, und dass James und sechs andere Drogenabhängige im Moment im Wohnzimmer saßen, wobei bei einigen die Wirkung des Cracks erst langsam nachließ, und die Übrigen bereits dringend Nachschub verlangten.

Einmal als Yvonne von der Schule nach Hause gekommen war, hatte sie dort einen entflohenen Sträfling namens Kevin O'Dwyer vorgefunden, der vor dem Fernseher saß und eine Fertigsuppe verspeiste. Am Abend wurde sie Zeugin, wie sehr sich der Kriminelle freute, als bei den Regionalnachrichten zuerst über ihn berichtet wurde. Ein Polizeisprecher hatte gesagt, man solle sich ihm auf keinen Fall nähern. O'Dwyer hatte einen Joint gerollt und ihn Norma mit den Worten gereicht: »Du bist eine wahre Freundin der Geächteten, Norma. Im Himmel wirst du dafür belohnt werden.«

Yvonne war damals fast stolz auf die christliche Nächstenliebe ihrer Mutter gewesen, doch es hatte sie beruhigt, als O'Dwyer auf dem Weg zur Frühmesse geschnappt und anschließend ins Gefängnis zurückgebracht worden war.

Als Yvonne die Küche betrat, wurde sie mit dem Premierminister bekannt gemacht. »Sie müssen ganz schön die Nase voll davon haben, ständig zu hören, dass sie diesem Mistkerl Edward Clare unglaublich ähnlich sehen«, meinte sie.

»Der Premierminister ist kein Mistkerl, Vonnie, sondern ein anständiger Mensch, der sich abgerackert hat«, wandte Jack ein. »Er hat lediglich den Fehler begangen, ein Land zu regieren, ohne die geringsten politischen Überzeugungen zu besitzen.«

Der Premierminister sah Jack beinahe dankbar an.

»Wo ist mein Geld, du diebische kleine Kanaille?«, wollte Norma von Yvonne wissen.

Daraufhin zog Yvonne das Kuvert aus der Tasche und warf es auf den Küchentisch. 38.400 Euro quollen hervor.

»Das ist bloß Monopolygeld«, meinte Norma.

»Es sind Euro«, verbesserte sie der Premierminister.

»Einmal hat'n Deutscher versucht, mich in Euro zu bezahlen«, erzählte Ali. »Ich hab ihn zum nächsten Polizeirevier gefahren, aber da hamse mir gesagt, sie würden mich anzeigen, weil ich ihre Zeit verschwende. Also musst ich die Euro nehmen und auf der Bank umtauschen?«

»Wie bist du an so viel Geld gekommen, Vonnie?«, erkundigte sich Jack.

»Es ist mein Frauenpower-Projekt«, antwortete sie. »Ich bekomme zwei Frauen dazu, dreitausend Pfund zu zahlen, und jede der beiden wirbt wieder zwei an, die denselben Betrag entrichten, und die werben wieder je zwei an, und die wieder und so weiter und so fort.«

»Es funktioniert nach dem Schneeballsystem«, meinte Jack.

»Das Wirtschaftsministerium setzt sich gerade mit der Sache auseinander«, erklärte der Premierminister. »Sie sind von Beschwerdebriefen überflutet worden, weil etliche Frauen ihre Ersparnisse eingebüßt haben.«

»Ich bin in Marbella tätig, wo die Leute ein bisschen Kohle übrig haben«, erwiderte Yvonne.

»Wie ich«, sagte Norma. »Ich habe ihr dreitausend Pfund gegeben.«

»Und ich hab dir vierundzwanzigtausend Pfund zurückgebracht!«, rief Yvonne.

»Vonnie, für nichts bekommt man nichts auf dieser Welt«, mahnte Jack.

»Aber da irrst du dich«, entgegnete Yvonne. »Manche Leute bekommen sehr wohl etwas für nichts. Bankiers zum Beispiel. Und es funktioniert, so lange alle nur dran glauben! Es ist wie damals, als wir uns *Peter Pan* im Kindertheater angesehen haben, Jack. Wir alle mussten ganz laut klatschen um zu beweisen, dass wir an Feen glauben. Tja, so funktioniert das eben, und mein Geschäft genauso. Man muss bloß hoffen, dass nicht alle zur gleiche Zeit ihr Geld zurückhaben wollen. Und das tun die

Leute nicht, denn sie sind viel zu sehr mit Klatschen beschäftigt, weil sie daran glauben wollen und weil sie alle die Fee Glöckchen lieben.«

»Ich habe nie *Peter Pan* im Kindertheater zu sehen bekommen«, sagte Jack.

»Nein, stimmt, das war ja Stuart«, erwiderte Yvonne.

»Macht denn garantiert jeder Gewinn bei der Sache?«, erkundigte sich der Premierminister.

»Früher oder später«, sagte sie. »Wieso? Möchten Sie vielleicht auch etwas investieren?«

»Ich hätt gerne noch'n paar mehr Einzelheiten gehört«, meinte Ali.

»Es ist nur für Frauen«, fuhr Yvonne ihn an. »Sobald Männer mitmischen, wird es fies und es gibt nichts als Ärger.« Dann fügte sie hinzu: »Jedenfalls, Mum, ich möchte, dass du mit mir nach Spanien kommst und bei mir wohnst. Ich habe in Marbella den *Leicester Mercury* gesehen – eine meiner Kundinnen bekommt ihn zugeschickt – und bin fast tot umgefallen, als ich dein Bild auf der Titelseite gesehen habe: zusammengeschlagen und voller blauer Flecke. Am besten, du kommst mit mir.«

»Und was ist mit Pete?«, wollte Norma wissen. »Er kann doch nicht mitfliegen, oder?«

Yvonne war nie eine Vogel- oder Tierliebhaberin und fand es bewundernswert, wie wenig die spanischen Behörden für die Viecher übrig hatten. »Ich kaufe dir einen größeren, viel bunteren Vogel, einen, mit dem mehr los ist«, sagte sie. »Und wir halten ihn in einem dreistöckigen Käfig auf der Terrasse.«

»Nein, ich kann Pete nicht zurücklassen«, meinte Norma mit einem Blick auf den Wellensittich. »Er ist mit mir durch dick und dünn gegangen, also muss ich das Gleiche auch für ihn tun.«

»Wissen Sie, Norma«, sagte der Premierminister, »ich finde das richtig herzergreifend.«

»Ich kümmere mich um Pete, Mum«, bot Jack an.

»Meine Kinder würden den Vogel lieben«, sagte Ali.

»Auch ich würde ihm sehr gerne eine neue Heimat bieten«, fiel der Premierminister ein.

»Aber Pete liebt nur mich«, entgegnete Norma unwirsch. Dann wandte sie sich direkt an den Vogel: »Ich bin deine Mum, nicht wahr, Pete?«

»Mum, hol deinen Reisepass, du fliegst morgen für zwei Wochen mit Vonnie nach Marbella, während ich mich um die Sache hier kümmere. Er wird der erste Vogel sein, der in der Downing Street lebt, wenn auch nicht das erste Spatzenhirn.«

Als es im Flur Aufruhr gab, sah Jack nach. James schob gerade die Gäste aus der Eigangstür hinaus und warf ihnen Schuhe und Kleidungsstücke nach. Der Teppichverkäufer ging bereits barfuß den Bürgersteig entlang. Die Krankenschwester war damit beschäftigt, den Inhalt ihrer Handtasche aufzusammeln. James schien zu glauben, dass es sich bei ihnen um Spione der Regierung handelte. Kurz darauf kam er in die Küche und öffnete die Schublade des Küchentischs. Als er merkte, dass die Tabakdose verschwunden war, beschuldigte er Norma, selbst das ganze Crack verbraucht zu haben. Yvonne wollte etwas sagen, doch Jack warf ihr einen warnenden Blick zu. Es kostete sie einige Anstrengung zu schweigen, dafür trat sie jedoch hinter ihre Mutter und legte Norma schützend die Arme um die Schultern.

Als Jack sah, wie verängstigt der Premierminister wirkte, tat er bei ihm dasselbe. Ali war es gewöhnt, Drogensüchtige um sich zu haben. Ein wesentlicher Teil seiner Arbeit bestand darin, sie auf der Suche nach Stoff zu diversen Häusern zu fahren. Sie zogen so gut wie nie den Fahrpreis in Zweifel und erhoben keinen Einspruch, wenn er ihnen sagte, dass er das Taxameter weiterlaufen lassen musste, während sie in dem jeweiligen Haus ihre Geschäfte abwickelten. Er wusste, was es bedeutete, süchtig zu sein: Früher hatte er fünfzig Zigaretten am Tag geraucht und war einmal drei Meilen zu Fuß zur nächsten Tankstelle gelaufen, die auch nachts geöffnet hatte. Sein

Auto war in der Werkstatt gewesen. Er war an das dumme Zeug gewöhnt, das Süchtige von sich gaben.

»Ihr müsst mir geben, was mir zusteht«, verlangte James. »Ich bin der Herr, der Allmächtige!«

Als sich niemand rührte oder etwas sagte, holte er die Keksdose vom Schrank, holte die kleine Pistole daraus hervor und hielt sie dem Premierminister an den Kopf, wobei er ihm die Perücke vom Kopf fegte. Das Haar des Premierministers schien in dieser einen Woche erstaunlich grau geworden zu sein.

»Ich wusste von Anfang an, dass Sie es sind!«, log Ali.

»Damit können Sie sich auf jede Menge Papierkram gefasst machen, Ali«, sagte Jack zu ihm. »Einhaltung des Amtsgeheimnisses und das alles.«

James war so schockiert, eine derart berühmte Persönlichkeit vor sich zu haben, dass er dem Premierminister ungeschickt die Pistole gegen den Kopf stieß. Als der Premierminister zusammenzuckte, sagte James: »Tut mir Leid. Hab ich Ihnen wehgetan?«

»Nein, jedenfalls fast nicht. Ist schon in Orndung.«

»Ich habe Insiderwissen über Gibraltar, Premierminister«, sagte James in vertraulichem Tonfall. »Lassen Sie ja nicht zu, dass sich diese spanischen Mistkerle Gibraltar krallen.« Anschließend führte er aus, die spanische Regierung wolle nur deswegen Gibraltar zurückhaben, weil Gibraltar aus nichts anderem als Crack bestand. Es war ein riesiger Crackfelsen; ein geologisches Wunder, das Gott der Menschheit zum Geschenk gemacht hatte. Und wenn man den Abbau vernünftig betreibe, gäbe es dort genug Crack, um jeden Mann, jede Frau und jedes Kind auf der ganzen Welt glücklich zu machen.

Der Premierminister hörte ihm so aufmerksam wie möglich zu, während der Lauf der Waffe gegen seine Schläfe drückte. Dann entfuhr es ihm automatisch: »Ich danke meinem Herrn Vorredner sehr für diese Informationen und werde sie an die entsprechende Behörde weiterleiten.«

Zum ersten Mal begriff der Premierminister, was mit dem Ausdruck »dem Tod ins Auge sehen« gemeint war. Während er nun dem Tod ins Auge sah, hatte er das Gefühl, schlagartig viel klarer denken zu können. Zuerst schoss ihm durch den Kopf, dass die Regierung eine Kampagne großen Stils einleiten und energisch gegen Crack-Kokain vorgehen sollte. Und während die Sekunden sich endlos dehnten, kam er zu zahlreichen Entschlüssen, was Dinge betraf, die ihn in letzter Zeit stark beschäftigt hatten.

Es wäre der reinste Wahnsinn, den Irak anzugreifen, stattdessen würde man lieber der Armut den Krieg erklären. In den unterprivilegiertesten Gegenden im ganzen Land würde man Förderzentren erbauen. Tushinga würde in einer Musikschule ein paar Gehminuten von ihrem Haus entfernt Jazzgitarre oder Geige lernen. Die Zukunft, die der Premierminister vor seinem geistigen Auge sah, bediente sich der Bildersprache des *Wachtturms*, in dessen Ausgaben Zeugen Jehovas jeder Hautfarbe harmonisch in grüner Landschaft an sprudelnden Flüssen entlangspazierten – Kinder konnten rennen und springen und spielen, ohne dass man sie aus Angst vor Schadensersatzklagen der Eltern daran hinderte. Er sah, wie Überwachungskameras abmontiert und an ihrer Stelle gut funktionierende Straßenlampen angebracht wurden; er sah staatlich geführte Tagesheimstätten, in denen pädagogisch ausgebildete Frauen und Männer arbeiteten, und den Kindern die uralte Kunst des Spielens beigebracht wurde. Er sah einen kostenlosen staatlichen Kindergarten am Ende von Tushingas Straße. Tagsüber würde Toyota Zeit haben, um zu lernen und arbeiten zu gehen. Er sah herrliche Sportanlagen und öffentliche Parks, und trotz der Waffe an seinem Kopf juckte es ihn in den Fingern, das kommende Wahlmanifest zu unterzeichnen. Er würde der nächsten Generation die Möglichkeit geben, ihr ganzes Potenzial zur Entfaltung zu bringen.

In weniger als einer Sekunde hatte Jack James die Waffe aus der Hand geschlagen, und James lag auf dem Boden, Jack und Ali auf ihm.

»Tu ihm nicht weh, Jack«, flehte Norma. »Er ist doch noch ein Kind!«

Yvonne hob die Pistole auf und betrachtete sie neugierig.

»Leg sie weg, Yvonne«, warnte Norma. »Du warst schon immer ein Tollpatsch. Am Ende schießt du noch jemandem ins Auge.«

Wieder einmal griff der Premierminister auf Statistiken zurück, indem er sagte, dass es schätzungsweise 740.000 Waffen ohne Waffenschein in Großbritannien gäbe, und dass bewaffnete Überfälle in den letzten fünf Jahren um achteinhalb Prozent gestiegen seien.

Vorsichtig trug Yvonne die Pistole zum Waschbecken, warf sie in die Abwaschschüssel und ließ Wasser darüber laufen. Aus dem Lauf stiegen Luftblasen wie gespenstische Patronenkugeln empor und sammelten sich an der Oberfläche.

James gab sich geschlagen und fing zu weinen an. Er behauptete, es sei nicht seine Schuld, dass aus ihm nichts geworden sei. »Erspar uns die Einzelheiten!«, unterbrach ihn Jack. »Es wird die gleiche Geschichte sein wie bei all den anderen: Tod, Scheidung, Frustration, Ungerechtigkeit und Leid, nicht wahr?«

James nickte, woraufhin Jack ihm erlaubte, sich aufzusetzen. Mittlerweile weinte James Krokodilstränen, die ihm vom Kinn auf das T-Shirt kullerten. Der Premierminister wandte den Kopf ab, da er den Anblick nicht länger ertrug.

Ali hingegen war ungerührt. »Wenn er meinen Kindern Crack gegeben hätte, hätte ich jemanden dafür bezahlt, ihm den Kopf wegzupusten. In Leeds geht das für zweihundertfünfzig Mäuse, manchmal gibt's sogar 'nen saisonalen Rabatt.«

»Lass ihn gehen, Jack«, sagte Norma. »Denk an Stuart.«

»Stuart hat sein Heroin nicht im Supermarkt gekauft, Mum«, erwiderte Jack erschöpft. »Es war ein Mistkerl genau wie James, der ihn zum ersten Mal damit in Berührung gebracht hat.«

Norma riss zwei Allzwecktücher von der Küchenrolle und reichte sie James, der sich damit die Nase putzte und über die Augen wischte.

Jack bat Yvonne, nach oben in Normas Zimmer zu gehen und nach etwas zu suchen, womit man James an Händen und Füßen fesseln könne. Die ganze Zeit über heulte James wie ein Wolf.

»Du hast großes Glück, James«, sagte Jack. »Du kommst lang genug ins Gefängnis, um einen Uniabschluss machen zu können und als gebildeter Mann wieder heraus zu kommen.« Dann machte er Peters Käfig von dessen Ständer los und führte alle aus dem Haus.

Kapitel 22

Clarke und Palmer beobachteten, wie die kleine Schar das Haus verließ. Eigentlich hatten sie längst Dienstschluss, doch sie trieben sich noch immer in dem Observierungszimmer herum, um zu sehen, wie die Geschichte ausging. Nachdem die Wagen von Ali und Yvonne abgefahren waren, riefen sie beim örtlichen Rauschgiftdezernat an. Es dauerte eine Weile, bis es den Beamten gelang, sich Zutritt zur Nummer zehn zu verschaffen. Sie gingen davon aus, James habe sich einem bizarren Sexspiel hingegeben, denn er war an Händen und Füßen mit Normas grellen Strapsen und einem Hundehalsband gefesselt, an dem ein Metallanhänger mit der Aufschrift »Bobby« baumelte.

Sie ließen Leicester hinter sich und fuhren auf der Autobahn M1 in einem Konvoi aus zwei Wagen in Richtung Süden. Der Premierminister saß auf der Rückbank von Alis Taxi, eine Hand schützend auf den Vogelkäfig gelegt. Mit jeder weiteren Meile stieg seine Nervosität. Er konnte spüren, wie die Angst in sein Herz kroch. Das Gefühl war ihm vertraut. Er fürchtete sich davor, am nächsten Morgen wieder an seine Arbeit zurückzukehren. Auf ihn würden tausend Verpflichtungen warten, und er würde in viele schreckliche Geheimnisse aus der ganzen

Welt eingeweiht werden. »Wäre es nicht wunderbar, wenn wir nach Dover fahren, eine Fähre besteigen und in Europa verschwinden könnten?«, sagte er zu Jack und Ali.

»Nee, ich vermiss mein eigenes Bett«, erwiderte Ali. »Ohne Salma schlafe ich nich gut. Sie is' dick, und ich bin dünn, aber wir passen gut zusammen, wissense?«

Jack drehte sich in seinem Sitz um und sah den Premierminister an. »Ed, Sie müssen nicht weiter Premierminister sein. Keiner hält Ihnen eine Kanone an den Kopf.«

Die drei Männer lachten, und Jack bat Ali, an der nächsten Tankstelle zu halten, weil er hungrig war und sich etwas zu essen kaufen wollte. Yvonne folgte Alis Wagen, als er in den Autobahnzubringer abbog und vor dem Haupteingang der Raststätte hielt. Es herrschte Feierstimmung, als die beiden Grüppchen die Restaurantanlage betraten. Norma bewunderte eine Auslage: ein Füllhorn aus Polyäthylen, das am Eingang eines der Selbstbedienungscafés stand. Üppiges Plastikobst und -gemüse purzelte aus dem Innern; verstaubte Getreidegarben lugten über den Rand; Minipackungen Kellogg's Frühstückszerealien waren von unsichtbarer Hand so angeordnet worden, dass der Eindruck von Fülle und Überfluss erweckt wurde. Dem Premierminister lief das Wasser im Mund zusammen. Er gesellte sich zu Ali und Yvonne, die an der Theke mit den warmen Speisen anstanden. Jack brachte seiner Mutter ein Tablett und sagte ihr, sie solle sich alles an Essen und Getränken nehmen, wonach sie Lust habe. Dann entschuldigte er sich, um ein paar Telefonate zu erledigen.

Sein erster Anruf galt Alexander McPherson, dem er Bescheid gab, dass sie frühmorgens in der Downing Street ankommen würden. »Ich habe eben eine unglaubiche E-Mail vom verdammten Sicherheitsdienst bekommen«, sagte McPherson. »Angeblich ist ein Mann im Haus Ihrer Mutter verhaftet worden, der behauptet hat,

Edward Clare, der Premierminister habe ihn mit Strapsen gefesselt und sein Crack geklaut. Was zum Teufel ist los?«

»Das wird alles in meinem Bericht stehen, McPherson«, antwortete Jack. »Reservieren Sie ein Zimmer für meine Mutter und meine Schwester in einem Travel Inn in der Nähe des Flughafens von Luton und buchen Sie ihnen den ersten Flug morgen früh nach Malaga.«

»Für was zum Geier halten Sie mich?«, erwiderte McPherson. »Ein Reisebüro?«

»Sonst haben Sie in null Komma nichts die Presse am Hals«, sagte Jack. »Die Frauen in meiner Familie haben alle ein großes Mundwerk.«

»Was treibt Eddy?«

Jack warf einen Blick in das Café. »Im Moment stellt er sich an einer Theke an, wo man den ganzen Tag über Frühstück bekommt«, meinte er. »Hinter ihm steht ein Lkw-Fahrer und versucht, ihm in den Ausschnitt zu gukken.«

McPherson sagte, Jack solle sich am folgenden Nachmittag um vierzehn Uhr zu einem ersten mündlichen Bericht melden.

Jack versprach, da zu sein, auch wenn er nicht für das Erscheinen des Premierministers garantieren könne, da dieser ernsthafte Zweifel an seiner zukünftigen Laufbahn in der Politik entwickelt habe.

»Der kleine Urlaub sollte ihn neu beleben«, blaffte Alexander McPherson. »Wenn er geht, bin ich weg vom Fenster und Sie auch, Sprat.«

Als Jack erneut zu dem Café hinüberblickte, nahm sich der Premierminister gerade Dutzende Tütchen mit Salz, Pfeffer und Zucker und ließ sie in seiner Handtasche verschwinden.

Es gab noch einen Anruf, den Jack zu erledigen hatte. Er musste mit Pamela sprechen, denn er fühlte sich wie ein Fluss, der jeden Moment über die Ufer treten konnte. Sie musste erfahren, dass er sie liebte – er hatte Angst, vom Strom des Alltagslebens von ihr fortgerissen zu werden, wenn er es ihr nicht sagte. Mit dem Rücken an das Füllhorn gelehnt, drückte er die eins auf seinem Handy. Als sie an den Apparat ging, wusste er aufgrund des Geräuschpegels im Hintergrund, dass sie mit den Hunden den Abendrundgang machte. Er brachte keinen Ton heraus, sobald er sie im Hundegebell »Hallo! Hallo!« rufen hörte. »Sind Sie es, Jack?«

»Ja«, antwortete er.

»Wo sind Sie?«, erkundigte sie sich.

»An der Watford Gap Tankstelle«, gab er Auskunft.

Sie lachte. »Die sprichwörtliche Watford Gap Tanke zwischen dem harten Norden und dem weichen Süden.«

Er konnte hören, wie sie sich eine Zigarette ansteckte, und überlegte sich, vielleicht selbst auch mit dem Rauchen anzufangen. Ganz bestimmt würde er eines Tages Geschmack daran finden, wenn er nur standhaft blieb. Er scheute sich, ihr zu sagen, was er für sie empfand, weil seine Liebeserklärung von Bodenstationen auf der ganzen Welt aufgefangen werden würde. Dann sagte er es ihr aber doch – wieso sollte auch nicht die ganze Welt davon wissen? »Ich liebe dich.«

»Oh!«, stieß sie überrascht aus.

Dann herrschte Schweigen. Schließlich hörte er, wie sie den Hunden eine gute Nacht wünschte. Abgesehen von dem Geräusch ihres Atems wurde es wieder still in der Leitung. Er stellte sich vor, wie sie auf das Haus zuging. Ihre Abwesenheit verursachte ihm körperliche Schmerzen. Am liebsten hätte er in diesem Augenblick in der Küche mit einem Drink und einem sauberen Aschenbecher auf sie gewartet. Schließlich wurde das Schweigen durch das Geräusch einer Flüssigkeit gebrochen, die in ein Glas gegossen wurde. »Bist du am Feiern, Pamela?« Er würde sie immer Pamela nennen, niemals Pam.

»Ja, in der Tat«, antwortete sie. »Es ist viele Jahre her, seitdem mir jemand gesagt hat, dass er mich liebt, und noch länger, seitdem ich mich selbst geliebt habe.«

»Ich glaube nicht an Liebe auf den ersten Blick«, meinte Jack.

»Ich auch nicht.«

»Dann muss ich dir vorher schon einmal begegnet sein.«

»So muss es sein«, stimmte sie ihm zu.

»In ein paar Stunden bin ich zurück in London. Wann wirst du kommen, damit wir chinesisch essen gehen können?«, fragte Jack.

»Sehr bald«, erwiderte sie. »Seit du weg bist habe ich mit Stäbchen geübt.«

Norma rief: »Jack, dein Kaffee wird kalt.«

Sehr förmlich verabschiedete sich Jack: »Ich melde mich wieder. Gute Nacht, mein Schatz.«

Er ging in den Geschenkeladen und kaufte ein albernes Plüschtier, eine Art Bär. Zwischen den Vorderpfoten hielt das seltsame Wesen ein rotes, seidig glänzendes Herz, auf das in einer Fabrik irgendwo im Fernen Osten gestickt worden war: »Ich liebe dich.«

Als der Premierminister später im Auto wissen wollte, was sich in der Tüte befand, zeigte Jack ihm den Bären. »Er ist für Ihre Schwester.«

»Pam hasst solches Zeug. Als Kind war sie immer furchtbar grausam zu meinen alten Spielsachen.«

»Der hier wird ihr gefallen«, antwortete Jack voller Überzeugung.

Das nächste Mal hielt der Zweierkonvoi vor dem Motel in der Nähe des Flughafens Luton. Hier würde Easy-Jet Yvonne und Norma durch den überfüllten Himmel zum Flughafen von Malaga bringen. Dann ginge es weiter nach Marbella.

Nachdem Norma ihr Hotelzimmer besichtigt hatte, kam sie zusammen mit Yvonne auf den Parkplatz, um sich von Peter zu verabschieden. Peter saß in seinem Käfig, der sich auf der Rückbank von Alis Taxi befand – ein kleiner Klecks in der Dunkelheit. In der Luft lag das Donnern der Autobahn. Norma duckte sich in das Auto und ermahnte den benommenen Vogel, ein braver Junge zu sein. Außerdem erklärte sie ihm, dass sie es James niemals gestattet hätte, ihn in die Mikrowelle zu stecken. Sie sagte Peter, er sei die wichtigste Person in ihrem Leben, woraufhin Jack und Yvonne die Augen verdrehten, und Yvonne murmelte: »Na klasse, vielen Dank ...«

Norma streichelte den Federkopf des Vogels. »Also tschüss dann, Pete.«

»Ich kann Ihnen eines versprechen, Norma«, meinte der Premierminister. »Ich werde alles in meiner Macht Stehende tun, dass Peter zu einem voll integrierten Mitglied meiner Familie wird. Er bekommt einen neuen Käfig, der den europäischen Richtlinien entspricht. Außerdem wird er regelmäßig tierärztliche Versorgung erhalten.«

»Er mag es, wenn man sich gleich am Morgen mit ihm unterhält«, sagte Norma.

»Komm schon, Mum, sie wollen los«, mischte sich Yvonne ein.

Sie hatte Recht. Jack konnte vor Ungeduld kaum ruhig stehen. Er gab seiner Mutter einen Kuss auf die Wange. »Du bist Pete eine wunderbare Mutter gewesen.«

Norma nickte dem Premierminister und Ali zum Abschied zu, nahm dann Yvonne am Arm und ging zurück in das Travel Inn. Bevor sich die Tür hinter ihnen schloss, konnten die Männer hören, wie sie zu ihrer Tochter sagte: »Sind Zigaretten in Marbella viel billiger, Vonnie?«

»Mir, Vonnie und Stuart war sie eine schreckliche Mutter«, wandte sich Jack an den Premierminister. »Sie war faul, egoistisch und völlig ungebildet. Obendrein war sie auch noch stolz, nie in ihrem Leben ein Buch gelesen zu haben. Von meiner Mutter stammt das ›Proll‹ in ›Proletariat‹.«

»Tja, jetzt gehören wir aber alle zum Mittelstand, Jack«, sagte der Premierminister.

»Seien Sie doch nicht dumm, Ed!«, entgegnete Jack. »Können Sie sich vorstellen, wie Toyota eine Dinnerparty gibt und über Immobilien und den Turner-Preis spricht?«

Als Adele erwachte, stellte sie fest, dass es draußen dunkel war, und sich niemand außer ihr in dem kleinen Zimmer befand. Sie lehnte sich in den Krankenhauskissen zurück und fasste dorthin, wo sich früher ihre Nasenspitze befunden hatte. Sie griff ins Leere. Dann ertastete sie den Verband. Von nun an würde sie nie wieder jemand hinter ihrem Rücken Concorde nennen.

Sie blickte zu der weißen Decke empor, wo zwei kleine Fliegen eine Gigue tanzten. Köstliche Schläfrigkeit beschlich sie. Sie hatte nicht das geringste Bedürfnis, über irgendein Thema zu sprechen oder ihre Meinung dazu abzugeben. Auf dem Schränkchen neben dem Bett waren Bücher, aber allein der Gedanke daran, sie aufzuschlagen und sich einen Reim auf die darin enthaltenen Worte zu machen, ließ sie ermüden. Sie entsann sich, dass sie die Ehefrau von Edward Clare, dem Premierminister von Großbritannien, sowie die Mutter von Morgan, Estelle und Poppy war; dass sie Bücher und Aufsätze geschrieben, Vorträge gehalten, an Sitzungen teilgenommen sowie Abendessen und Empfänge gegeben hatte; dass sie tippen, Ski fahren, tauchen, mit dem Computer umgehen, Auto fahren, Französisch, Deutsch und Italienisch sprechen, kochen, bügeln, einen Fleck aus dem Teppich entfernen und jonglieren konnte. Doch im Moment genügte es ihr völlig, in diesem hohen, weißen Bett zu liegen und den Fliegen beim Tanzen zuzusehen. Einfach existieren!

Malcolm Black saß aufrecht im Bett und las *Die Lage der arbeitenden Klasse in England* von Engels aus dem Jahre 1845. Wie versprochen verfasste er Anmerkungen für

Morgan Clare. Hannah kam aus dem angrenzenden Badezimmer. Sie trug ein kurzes weißes Baumwollnachthemd und roch nach Seife und Zahnpasta. »Och, Malc, du hast schon wieder das Bettzeug mit Tinte voll gekleckst!«

Malcolm legte mit einem ernsthaften Nicken den Füller beiseite. Obwohl er die Klage seiner Frau vernommen hatte, fuhr er unbeirrt fort, in dem Buch zu blättern. Er war auf der Suche nach einer besonders entsetzlichen Passage über die Rattenpopulation in Manchester. Hannah schlüpfte neben ihn ins Bett, beugte sich zu ihm und zog ihm eine Zettelsammlung aus der oberen Tasche seines Pyjamas. Er hatte die Angewohnheit, sich vor dem Schlafengehen Notizen zu machen.

Sie hatte ihm ein Taschendiktafon für den Nachttisch gekauft, doch es war ihm nicht gelungen, es zu bedienen. Folglich lag es nun zusammen mit anderen technischen Geräten, an deren Handhabung er gescheitert war, unbenutzt in der Nachttischschublade.

Sie strich einen der zerknüllten Zettel glatt und las:

Lieber Ed,
mit tiefstem Bedauern überreiche ich dir heute Abend mein Rücktrittsgesuch ...

Sie öffnete einen weiteren.

Lieber Ed,
mit großem Bedauern muss ich dir mitteilen, dass ich in deiner Abwesenheit von einer Delegation Parlamentsabgeordneter und Anhänger von New Labour besucht und dazu aufgefordert wurde, deine Pflichten als Premierminister zu übernehmen ...

Auf dem dritten Zettel stand:

Lieber Ed,
mit großem Bedauern muss ich dir mitteilen, dass ich

mich entschlossen habe, eine neue Partei zu gründen, die Old Labour Party heißen soll ...

Keiner der Briefe war zu Ende geschrieben oder trug eine Unterschrift.

»Hör dir das an«, sagte Malcolm Black und las vor: »›Wo Gemeindeplätze existierten, konnte der Arme darauf einen Esel, ein Schwein oder einige Gänse halten, die Kinder und jungen Leute hatten einen Platz, wo sie spielen und sich im Freien herumtreiben konnten; dies hört immer mehr auf, der Verdienst des Armen wird geringer, und das junge Volk, dem sein Spielplatz genommen ist, geht dafür in die Kneipen.‹«

»Oder in die Crackhöhlen«, murmelte Hannah Black. Dann meinte sie: »Malc, ist es richtig, wenn du Morgan bei seinen Projekten hilfst? Ist das nicht Aufgabe seiner Eltern?«

»Der Junge lernt etwas über den Sozialismus. Von dem Thema haben Ed und Adele nicht den blassesten Schimmer.«

Hannah legte den Kopf auf seine breite Brust. »Welchen dieser Zettel wirst du fertig schreiben?«

»Wahrscheinlich alle drei«, antwortete er.

»Ich werde aufs Land ziehen, und wenn du dann Premierminister bist, kannst du mich und die Kinder, falls wir welche haben sollten, an den Wochenenden besuchen. Na, wie hört sich das an?«

Er meinte, es höre sich ausgezeichnet an.

Alis Auto fuhr durch die Tore der Downing Street, nachdem er von Jacks Kollegen durchgewunken worden war. Die Tür von Nummer zehn ging auf, und der Premierminister, Jack und Ali wurden rasch hineingeführt. Der Premier trug Peters Käfig in der Hand. Jack hatte Instruktionen, den Premierminister sofort nach oben zu bringen und Ali einer Sicherheitsbeamtin zu überlassen, die sich als Ms Pollack vorstellte. Als Alexander McPherson den Premierminister erblickte, brach er in schallendes Gelächter aus. »Um Himmels willen, Ed! Du siehst wie eine billige Nutte aus.«

Der Premierminister war gekränkt. Er stürmte ins Badezimmer und schlug die Tür hinter sich zu.

»Gehen Sie schonend mit ihm um, McPherson, er ist eine Frau am Rande des Nervenzusammenbruchs«, meinte Jack.

Als Estelle am nächsten Morgen ins Wohnzimmer hinunterging, saß dort ihr Vater, der allem Anschein nach ein Selbstgespräch führte. Sie hörte, wie er sagte: »Ich muss nicht weitermachen, oder, Pete?«

Dann merkte sie, dass er das Wort an einen Vogelkäfig richtete, in dem ein schmuddeliger kleiner Wellensittich hockte, der dieselbe Farbe hatte wie ihr blauer Lieblingsstift.

Ihr Dad erklärte, der Vogel heiße Peter.

Der Käfig war eng und rostig, doch schon wenige Stunden nach Peters Ankunft wurde ein neuer Käfig zusammen mit Ständer und, wie es der Besitzer einer Tierhandlung in Pimlico beschrieb, »topmodernem Wellensittichzubehör« geliefert.

Später am Nachmittag kniete Estelle in einem Wohnzimmersessel und musterte Peter eingehend. Wie alt er wohl war? Laut Internet konnten Wellensittiche sechs bis neun Jahre alt werden. Estelle dachte, dass Peter müde und deprimiert aussah, ein bisschen wie die Leute mittleren Alters, von denen sie in ihrem eigenen Käfig in der Downing Street umgeben war. Um ihr Herz unempfindlich gegen Trauer zu machen, bereitete sie sich mental auf den Tag vor, an dem Peter sterben würde. Alles starb: Leute, Blumen, Vögel, Fische, Mütter und Väter, Babys und Hunde, Sterne und Bäume. Letzten Endes, fand Estelle, macht nichts, was wir tun, irgendeinen Unterschied.

Einmal hatte sie das ihrer Mutter gesagt, und Adele meinte, dass eine existentialistische Lebenseinstellung keine Ausrede sei, um nicht die Hausaufgaben zu erledigen. Mum fuhr fort, Dad sei ein gutes Beispiel für jemanden, der einen Unterschied gemacht habe. Er habe längst die Politik in Großbritannien von Grund auf verändert.

Morgan schlief bis mittags, dann zog er seine Militärhosen und die hohen Stiefel an und ging nach unten, um seinen Vater willkommen zu heißen. Der arme Dad war dabei, einen Stapel roter Aktenordner durchzugehen, doch als er Morgan sah, legte er den Stift weg und streckte ihm die Arme entgegen. »Morgan, Liebling, wie geht es dir, mein Sohn?«

Als Morgan seinen Vater eilig umarmen wollte, schlug er sich das Knie an der Schreibtischkante an. »Wie war es im Bunker, Dad?«, fragte er. »War es cool?«

»Ich habe sehr viel über mich gelernt, Morgan«, antwortete der Premierminister.

»Was denn?«, wollte Morgan wissen.

Am liebsten hätte der Premierminister Morgan von den Leuten erzählt, denen er begegnet war, den Orten, die er besucht hatte, und den Dingen, die ihm widerfahren waren. Stattdessen sagte er: »Ich kann dir versichtern, Morgan, dass Großbritannien vorbereitet ist, sollte der Ernstfall eintreten.«

»Dad, du redest wie ein Politiker!«

»Aber ich bin Politiker, Liebling.«

»Ein Politiker ohne politische Überzeugungen«, murmelte Morgan.

»Sei nicht albern, Morgan. Ich habe eine sehr ausgeprägte politische Philosophie.«

»Hast du nicht, Dad!«, erwiderte Morgan aufgeregt. »Ich bin deine Reden durchgegangen auf der Suche nach so etwas wie einer klaren sozialistischen Vision, aber da ist nichts. Du bist wie einer dieser Priester, die sich nicht entscheiden können, ob Gott existiert oder nicht. Wenn sie sich nicht sicher sind, sollten sie die Kirche verlassen und Sozialarbeiter oder so was Ähnliches werden.«

Der Premierminister erhob sich und schob die roten Ordner von seinem Schreibtisch. Sie fielen mit lautem Gepolter auf den Boden. »Ich bin ein Sozialarbeiter für das ganze Land, Morgan. Ich bin alles für alle. Ich sehe alle Standpunkte und versuche, jeden glücklich zu machen. Und wenn du mal ... ähm ... ein bisschen reifer bist, wirst du vielleicht begreifen, wie komplex und vieldeutig die Politik heutzutage ist.«

Morgan hob die roten Ordner vom Boden auf und stapelte sie wieder auf den Schreibtisch. »Unsere Familie könnte einen Sozialarbeiter gebrauchen.«

Der Premierminister trat hinter seinem Schreibtisch hervor. »Meine Familie ist mir das Wichtigste auf der ganzen Welt.«

»Nein, das sind wir nicht, Dad!«, rief Morgan leidenschaftlich. »Wir kommen irgendwo zwischen Afrika und, was weiß ich, dem Nahen Osten. Du hast uns aufgeopfert, als du die Wahl gewonnen hast. Wir hätten normal sein können, Dad, ganz normal!«

»Ich wollte ein Held für dich sein, Morgan.«

»Alle meine Helden sind tot außer einem«, erwiderte Morgan traurig.

»Und wer ist das?«, fragte der Premierminister.

Doch Morgan brachte es nicht übers Herz, seinem Vater zu erzählen, dass er Malcolm Black für einen heldenhaften Menschen hielt. Stattdessen sagte er: »The Rock, das ist ein Wrestler.«

Edward fuhr mit seinen Kindern ins Krankenhaus, um Adele einen Besuch abzustatten. Poppy zupfte an dem Verband an der Nase. Adele hatte zwei blaue, blutunterlaufene Augen, doch sie glänzten vor Glück. Estelle erzählte ihrer Mutter von Peter und meinte, sie würde gerne ein Zoogeschäft besitzen, wenn sie groß war. Adele stimmte mit ihr überein, dass dies eine sehr angenehme Art wäre, den eigenen Lebensunterhalt zu bestreiten. Morgan hielt eine kurze Rede über die schreiende Ungerechtigkeit, ein Lebewesen in einem Käfig zu halten, und schlug vor, Peter mindestens zweimal am Tag im Zimmer herumfliegen zu lassen.

Die Familie diskutierte diesen Punkt und kam zu dem Schluss, dass die Tür des Vogelkäfigs zu gewissen, von Estelle bestimmten Zeiten offen stehen könnte.

Epilog

JACK LEHNTE AM SCHWARZEN GELÄNDER neben der Tür von Nummer zehn und sah zu, wie ein Möbelwagen voll geladen wurde. Die traditionellen Unruhen am ersten Mai waren friedlich verlaufen. Ein Schaufenster in der Regent Street war geplündert worden und die dort ausgestellten Schottenröcke waren verschwunden, und nun kehrten einige der Demonstranten nach einem angenehmen Ausflugstag zu ihren Zügen und Bussen zurück.

Jack konnte in der Ferne die letzte Rede der Veranstaltung am Trafalgar Square hören.

Malcolm Black kam nach draußen und gesellte sich zu Jack, während er auf seinen Wagen wartete. »Ein sehr schöner Abend, Premierminister«, meinte Jack.

Malcolm blickte zu den Toren der Downing Street hinüber, wo sich eine große Menschenmenge versammelt hatte. Er hob den Arm und winkte. Die Geste erntete ebenso viele Hurra- wie Buhrufe. Sein Wagen fuhr vor, und Malcolm Black stieg ein und setzte sich neben den Fahrer.

Da flatterte ein winziger kobaltblauer Klecks mit hektischen Flügelschlägen an Jack vorbei in den blassen Abendhimmel. Es war Peter. Jack fing zu laufen an. Er folgte dem Vogel die Straße entlang, begleitet von ironischen Beifallsrufen der Polizei und der Menschenmenge an den Toren. Peter flog Richtung Whitehall auf das Ehrenmahl für die Kriegsgefallenen zu, wo er sich, unbemerkt von den Menschenströmen unter ihm, kurzzeitig ausruhte. Ohne dass Jack ihn hätte aufhalten können, flog er weiter in Richtung Trafalgar Square, wo er ohne Zweifel den Tod finden würde.

Aus der Reihe Critica Diabolis